Foto: Elke Werner

Hera Lind ist Sängerin, Romanautorin und Fernsehmoderatorin. Ihr erster Roman, ›Ein Mann für jede Tonart‹ (Fischer Taschenbuch Bd. 4750), erschien 1989 und wurde ein Bestseller. Der gleichnamige Kinofilm war ebenso erfolgreich. Die Fortsetzung des Romans, ›Frau zu sein bedarf es wenig‹ (1992), wird fürs ZDF verfilmt. 1994 folgte ihr dritter Roman, ›Das Superweib‹ (Bd. 12227), der inzwischen eine Auflage von mehr als zwei Millionen Exemplaren erreichte. Der Film, den Sönke Wortmann nach diesem Buch drehte, kam 1996 in die Kinos. Hera Linds vierter Roman, ›Die Zauberfrau‹ (Bd. 12938), erschien 1995 und wurde wiederum ein Bestseller. 1997 veröffentlichte sie ihr erstes Kinderbuch, ›Der Tag, an dem ich Papa war‹ (mit Illustrationen von Marie Marcks; Bd. 85020), und ihren fünften Roman, ›Das Weibernest‹ (Bd. 13770). Die Autorin lebt mit ihrem Lebensgefährten und ihren vier Kindern in Köln.

Pauline hat Wut. Sie hat doch nicht zehn Jahre lang ihren Kehlkopf strapaziert und sich sämtliche Partien, die für ihre minderbemittelten Stimmbänder in Frage kommen, in den Schädel gehämmert, um jetzt einem gediegenen Gatten die Blümchentapeten wohnlicher zu gestalten, als warmherziger Vordergrund! Sie ist eine Karierrefrau mit der nicht zu unterdrückenden Berufung, ihre Stimmbänder im Winde der Öffentlichkeit flattern zu lassen! Auch ein uneheliches Kind kann sie nicht davon abhalten, weiterhin hemmungslos ihrem ungezügelten Selbstverwirklichungsdrang zu frönen. Emanzipiert und lebensfroh wie eh macht sie sich mitsamt Klötzchen am Busen auf den dornenreichen Weg einer alleinerziehenden Diva. Dabei trifft sie auf Simon, den exzentrischen Opernsänger, der ihr durch rein gar nichts im Wege steht. Und auf so manche Kinderfrau...

Mit Witz und Ironie, aber auch mit einem guten Schuß Romantik schrieb Hera Lind die Fortsetzung zu ihrem Bestseller ›Ein Mann für jede Tonart‹.

Hera Lind

Frau zu sein bedarf es wenig

Roman

Fischer Taschenbuch Verlag

Für Gitte, die beste
Kinderfrau von allen

Limitierte Sonderausgabe
Veröffentlicht im Fischer Taschenbuch Verlag GmbH,
Frankfurt am Main, März 1999

Gesamtherstellung: Clausen & Bosse, Leck
Printed in Germany
ISBN 3-596-50198-9

Nebenan stöhnte eine Frau.

Ich lag am Wehenschreiber, las einen Roman und langweilte mich.

Die Nadel auf dem Millimeterpapier zeichnete treudoof irgendwelche Krakeleien auf.

»Schwester!« rief ich. »Sind das Wehen?«

Ein fernöstliches Gesicht erschien am Vorhang. Freundliche Schlitzaugen lugten auf das Papier. »Spüren Sie denn nichts?«

»Nein, außer Langeweile spüre ich eigentlich nichts«, bedauerte ich.

Die Frau nebenan langweilte sich nicht. Sie schrie wie am Spieß. Die fernöstliche Schwester huschte wieder hinter den Vorhang und rief beschwichtigend dazwischen, der Muttermund sei doch immerhin schon drei Zentimeter offen!

»Mehr nicht?« schrie die Frau hinter dem Vorhang frustriert, und die Schwester tröstete sie: »Ich hole den Doktor!«

Das fand ich auch angebracht. In Anbetracht der ungewöhnlichen Hitze und des ungewöhnlichen Lärmpegels hatte ich an diesem Tag keine Lust mehr zum Gebären. Ich beschloß, noch ins Freibad zu gehen und meine üblichen 2000 Meter hinter mich zu bringen, damit der Fötus schwimmend auf die bevorstehende Geburt vorbereitet würde.

»Hallo!« rief ich durch den Vorhang. »Kann mich hier mal jemand losbinden?«

Doch niemand schenkte mir Beachtung. Doktor, Hebamme und Frau waren damit beschäftigt, sich gegenseitig anzuschreien.

Ich versuchte, mich auf meinen Roman zu konzentrieren. Er handelte von der Emanzipationswelle in den Siebzigern. Für ein Kreißbett vielleicht nicht gerade die geeignete Lektüre, fürwahr.

Endlich verebbte das Geschrei. Man hatte der Frau eine Rückenmarksspritze verpaßt. Der Doktor erschien in meiner Zelle.

»Na, und Sie? Von Ihnen hört und sieht man ja nichts! Tut sich denn gar nichts?«

»Nein«, grollte ich. »Ich will nach Hause.« Wenn mich dieser Geburtshelfer endlich von den Gumminoppen befreien würde, die auf meinem prallen Bauch klebten, könnte ich mich endlich aufs Fahrrad schwingen. Sportlich war ich, drahtig und geradezu verbissen gut in Form.

»Meine liebe Frau... äähh«, sagte der Doktor und guckte suchend in seinen Aktenordner.

»Frohmuth«, sagte ich.

»Frohmuth«, sagte der Arzt und grinste anzüglich. »Sie sind heute genau...« Er unterbrach sich erneut, um in seine Papiere zu starren.

»Zwei Wochen über den Termin«, half ich nach.

»Genau«, sagte der Doktor.

»Also?« sagte ich. »Kann ich jetzt schwimmen gehen?«

»Mo-ment!« sagte der Weißbekittelte. »Nun mal schön langsam. Meinen Sie nicht, daß Sie Ihre Schwangerschaftsgymnastik ein wenig übertreiben?«

»Eigentlich nicht«, sagte ich trotzig. Ich wollte diesen ganzen schreienden Feiglingen mal beweisen, wie eine Indianerfrau sich verhält. Am besten beim Schwimmen gebären; das wäre doch originell.

Der Doktor versteifte sich aber auf sein Vorhaben, an mir noch heute die Entbindung vorzunehmen.

»Wir leiten ein«, sagte er entschlossen.

»Was, jetzt?« fragte ich entgeistert. »Ich bin mit dem Fahrrad hier!«

Der Doktor reagierte genervt. »Jetzt hören Sie schon auf, hier die Heldin zu spielen«, sagte er böse. »So was wie Sie ist mir hier noch nie untergekommen!«

Gut so, dachte ich. Ich bin eben einfach ausgesprochen originell in meiner ganzen Art!

»Wollen Sie jemanden verständigen, daß er Ihre Sachen bringt?« fragte der Arzt und zog eine Spritze auf. Ich überlegte. Eigentlich wollte ich niemanden verständigen. Indianerfrauen verständigen ja auch niemanden. Die hängen sich kurzzeitig an einen Baum oder verschwinden im Gebüsch, und dann ist die Sache erledigt.

»Nö«, sagte ich. »Meine Sachen kann ich ja noch selbst holen.«

»Mit dem Fahrrad, was?« fuhr mich der Doktor an. Seine Humorlosigkeit mußte mit der Hitze in Zusammenhang stehen.

»Meinetwegen mit dem Taxi«, sagte ich versöhnlich.

»Ja, haben Sie denn keinen Mann?« schnauzte der Doktor gereizt.

»Nö!« sagte ich schadenfroh. Wie leicht sich dieser Mensch aus der Fassung bringen ließ!

»Und Ihre Mutter?« fragte er kraftlos.

»Tante Lilli ist zur Kur in Bad Driburg«, sagte ich freundlich.

Der Doktor verdrehte die Augen zur Kreißsaaldecke. »Und Ihre Freundin?«

»Meine Freundinnen sind alle in Urlaub«, sagte ich sanft zu ihm. »Kein Mensch kommt bei diesem herrlichen Wetter auf die Idee, in Köln zu bleiben!«

»Da haben Sie ausnahmsweise recht, Frau... FROHMUTH«, höhnte der Arzt. »Jedenfalls bleiben Sie jetzt hier. Heute abend haben Sie Ihr Kind!« Er fragte NICHT, ob ich schon einen Kindersitz auf das Fahrrad montiert hätte, was ich ebenfalls unter Humorlosigkeit verbuchte.

Damit ging er wieder nach nebenan, um bei der inzwischen beängstigend stillen Frau nach dem Rechten zu sehen.

»Das glaubst du ja selbst nicht«, murmelte ich und vertiefte mich wieder in meinen Roman.

Zwei Stunden später brüllte ich in Panik um Hilfe. Meine Eingeweide zogen sich dermaßen heftig zusammen, daß mir grün vor Augen wurde. Das Liegen auf dieser Pritsche war schier unerträglich. Die Nadel auf dem Wehenschreiber tanzte hysterisch auf und nieder. Kein Zweifel: Die Diva hatte Wehen!

Alle meine kühlen Vorsätze, nicht den leisesten Laut über meine professionellen Lippen dringen zu lassen, waren dahin.

»Schwester!« brüllte ich. »Ich komme nieder!«

Eine bebrillte Hebamme mit alternativer Hochfrisur erschien. Sie stammte nicht aus Fernost, sondern eindeutig aus der Kölner Öko-Szene. In meinem ganzen Weh bemerkte ich noch ihre Birkenstock-Sandalen.

»Bleiben Sie ganz ruhig«, sagte sie sanft, und eine Aura von Müsli und geschrotetem Korn umwehte sie.

»Atmen Sie ruhig ein und aus. Bald ist es soweit.«

»Wann, bald?« schrie ich ungehalten.

»Das kann man nicht so genau sagen«, antwortete sie gütig. »Jede Wehe bringt Sie Ihrem Kind ein Stück näher.«

Ich wollte nichts davon hören. Hundertmal hatten wir im Entspannungskurs bei Frau Rheingarten-Schlotterkamp solcherlei Sprüche in uns aufgesogen. Jetzt wollte ich keine Wehen und kein Kind. Ich wollte brüllen.

»Tun Sie doch was!« rief ich und krallte mich an einer kühlenden Eisenstange fest. »Das ist nicht zum Aushalten!«

»Alle Frauen haben das bis jetzt ausgehalten«, sagte die Hebamme freundlich. »Ich hole Ihnen was zur Entspannung!«

»Nein, bleiben Sie hier«, schrie ich in höchster Verzweiflung. »Sie können mich doch nicht einfach so allein lassen!«

»Ich komme ja wieder!« sagte die Milde und verschwand.

Ich krallte mich in die Stange und mit der anderen Hand in das feuchtgeschwitzte Laken und versuchte, mich auf das ruhige Atmen zu besinnen, das man uns eingepaukt hatte.

»Tieef in den Bauch!« sagte ich zu mir selbst, aber ich hatte keinen Sinn mehr für solche Kleinigkeiten.

»Hier, nehmen Sie ein paar von den Kügelchen und lassen Sie sie unter der Zunge zergehen«, munterte mich die Hebamme auf. Ich schob mir die lächerlichen Liebesperlen in den Mund und glaubte kein bißchen an deren Wirkung. Aber weil ich nicht »Abrakadabra« dazu sagen mußte, schluckte ich sie um des lieben Friedens willen. Tante Lilli hätte auch gesagt, Kind, tu, was die Dame dir sagt und halt dich bescheiden im Hintergrund.

»Möchten Sie noch einmal austreten?«

Das war leichter gesagt als getan! Ich nahm nicht an, daß ich jemals wieder eine solche Verrichtung erledigen könnte. Außerdem irritierte mich die gestelzte Sprache der Dame in Grün. Austreten! Vielleicht würde sie mir noch fünfunddreißig Pfennig fürs Händewaschen abnehmen und ein damastenes Gästehandtuch reichen?! Zu zweit wankten wir schräg über den Gang zur Toilette. Die Tür ließ ich sperrangelweit offen, wie ein Kind im Kindergarten, aus Angst, ungesehen auf dem Klo zu verenden. Mit letzter Kraft ließ ich mir eiskaltes Wasser über die Arme und den Kopf laufen. Mein Spiegelbild zeigte mir völlig verzerrt ein rotes, fleckiges, leidendes Gesicht. So sieht eine Diva also aus, wenn sie stirbt. Nicht gerade zum Verlieben. Ich keuchte wie ein Walroß. Kräuterweiblein! Zu Hülfe! Sonst bin ich verloren.

Die Schwester nahm mich bei der Hand.

»Wir haben ein heißes Bad für Sie vorbereitet«, sagte sie fröhlich, »das entspannt!«

»Baden? Jetzt? Heiß?« jammerte ich fassungslos. Ich kann vor Schmerzen nicht stehen und die Folterknechte lassen heißes Badewasser ein?

»Ja«, lächelte sie, die Unbeugsame, die sicherlich im Laufe ihrer Berufsjahre schon mit vielerlei Beschimpfungen überhäuft worden war, »je heißer, desto besser!«

»Aber es sind 36 Grad draußen!« sagte ich kraftlos, um mich sofort wieder an irgend etwas zu krallen und laut zu keuchen. Kind, sei nicht so theatralisch.

Kurz darauf ließ man die Diva zu Wasser.

Irgendwie mochte ich keinen Gefallen in der Wanne finden. Weder im Sitzen noch im Liegen oder Stehen, ganz anders als sonst, komisch. Die Schmerzen hämmerten unverdrossen weiter auf mich ein.

»Wir haben Herrn Doktor Klett benachrichtigt«, sagte der Geburtshelfer, der inzwischen grüne Arbeitskleidung angelegt hatte. Anscheinend machte es ihm Freude, mir eins auszuwischen.

Klaus Klett war zwar zufällig der Vater meines Kindes und ebenso zufällig Arzt an dieser Klinik. Aber ich hatte ihm ganz streng untersagt, sich im Kreißsaal blicken zu lassen, weil ich nicht wollte, daß er mich beim Gebären beobachtete.

Irgendwie hatte ich geahnt, daß ich dabei vielleicht nicht so liebreizend aussehen könnte wie sonst immer, und der positive Eindruck, den er aus unerklärlichen Gründen von mir hatte, mußte ja nicht einfach so aus Übermut zerstört werden.

Klaus kannte und schätzte mich als, wie er fand, »gestandene« Sängerin, die durch bundesdeutsche Kleinstädte zog und sensationelle Debüts in verschiedenen Kirchen und Stadthallen ablieferte. Warum also sein Weltbild zerstören? Außerdem sah ich im schwarzen Abendkleid einfach souveräner aus als im weißen Gebärkittel. Schwarz macht schlank, deshalb.

Nachher, wenn die Diva im reizenden rosa Stillnachthemd im Bett sitzen und der Öffentlichkeit Audienz gewähren würde, dürfe er gerne mit einigen Dutzend roter Rosen erscheinen, hatte ich ihm zum Abschied gesagt, vorher bitte nicht.

Natürlich hielt sich der Herr Doktor mitnichten an meine Anweisungen. Gerade als ich mich schmerzvoll stöhnend in der Wanne wälzte, erschien er verschwitzt in der Kreißsaaltür, bewaffnet mit seiner verdammten Videokamera, einem Blumenstrauß und einer Flasche Sekt. Er schien die Szene hier eindeutig mit einem meiner üblichen Auftritte zu verwechseln.

»Wer hat dich reingelassen?« schnauzte ich ihn an, mußte mich aber unterbrechen, weil die Fruchtblase platzte.

»Hilfe, es kommt!« japste ich, nicht ahnend, was es nun genau war. In solchen Situationen kann ja allerlei kommen, schon allein aus Panik. Ich weiß, wovon ich spreche. Kurz vor Konzerten ist der Drang am größten.

Klaus entledigte sich flugs seines Gepäcks und streifte einen dieser grünen Kittel über.

»Sie muß schleunigst raus«, ordnete er an. Ich hatte keine Ahnung, wie ich Hundertachtzigpfünder jemals ohne Flaschenzug aus dieser Wanne kommen sollte. Man hievte mich – zu viert – aufs Trockene. Die Hebamme reichte mir in aller Freundlichkeit ein Handtuch. Ideen hatte die!

»Es kommt doch gar nichts!« sagte der Arzt, den ich zwei Stunden vorher so provokant behandelt hatte, schadenfroh. Ich trat vor Schmerzen ganz taub von einem Bein aufs andere.

»Schrei ruhig«, sagte Klaus, ganz einfühlsamer Profi. »Laß den Schmerz doch zu!«

Ich war aber noch Frau's genug, um an meine Stimmbänder zu denken.

Nee, nee, dann bin ich wochenlang heiser. Das kann ich mir

nicht leisten! Tante Lilli sagte auch, Kind, schon deine Stimme, das nächste Requiem kommt bestimmt. Außerdem schreit man nicht so einfach, wenn man Wehen hat. Wenn das jede machen wollte.

Die Hebamme holte einen großen aufblasbaren Hüpfball. Es war einer von diesen Dingern mit Ohren, auf denen Kinder ihre Aggressionen austoben. Ich sollte mich an den Ohren festhalten und ganz entspannt meine Wehen verhüpfen, sagte die Müsli-Fee. Mir war irgendwie nicht danach, aber Tante Lilli sagte, Kind, tu, was man dir sagt. Wir meinen es hier alle nur gut mit dir. Nimm dich nicht so wichtig. Also hüpf schön bescheiden auf dem Ball rum und halt dich gut an den Ohren fest, damit du den netten Leuten hier keinen Ärger machst.

Klaus Klett fand diese Szene wohl putzig. Er baute sein Stativ auf und packte den Videokram aus.

Jeder Hopser bringt dich deinem Kind näher, sagte Frau Rheingarten-Schlotterkamp in mir.

»Ich will eine Rückenmarksspritze!« schrie ich den Doktor an, und Klaus Klett guckte suchend durch die Linse. »Wenn du das filmst, bringe ich dich um!« brüllte ich. Da kam auch schon die erste Preßwehe.

Allgemeine Panik brach aus, schließlich hing ich noch auf dem Ohrenball.

Man begleitete mich auf das Kreißbett, wo man mich festschnallte, weil ich hysterisch um mich schlug und mich an den teuren Geräten festkrallte.

Klaus reichte mir die Hand zur Beruhigung, aber ich riß bleibende Kerben in seinen Unterarm. Wenn er schon mal hier war, konnte er mir auch beim Sterben behilflich sein.

Die zweite Preßwehe überfraute mich. Ich hörte auf zu schreien und machte mich ein bißchen nützlich, indem ich mitpreßte.

»Na bitte!« jubelte die Hebamme. »Man sieht schon das Köpfchen! Es ist blond!«

Meine Unterseite spiegelte sich in des Doktors Brille. Es war frappierend. Da schob sich ein matschiges Köpfchen ans Tageslicht.

Gerade als ich verkünden wollte, daß ich nun in Ohnmacht fallen würde, machte es flutsch und ein verschmiertes Bündel krähendes Menschlein landete auf meinem Bauch, der sich augenblicklich in schrumpelige Falten zusammenzog. Ziemlich fassungslos streichelte ich auf dem Menschlein herum und stammelte wirres Zeug.

Klaus Klett schnappte sich seine Videokamera und legte auf uns an. Ich hatte keine Lust, ihm zu sagen, daß vorn an der Kamera noch die Klappe drauf war.

»Wollen Sie gar nicht wissen, was es ist?« fragte der Arzt an meinem Fußende.

»Ach ja«, sagte ich, »was ist es denn?«

»Ein Junge«, sagte der Arzt.

»Ach was!« sagte ich überrascht. Klaus lachte hinter seiner Kamera. Es war ein glückliches, stolzes Lachen. Wir nun wieder! Ein Junge! Wie haben wir das hingekriegt!

»Was hätten Sie denn gedacht, was es ist?« fragte der Arzt, der mit Nadel und Faden herumhantierte.

»Ein Gummibärchen«, sagte ich und kicherte. Das tat aber weh, und so ließ ich die Albernheiten. Tante Lilli sagte, mit so was spaßt man nicht.

»Wie soll er denn heißen?« fragte die naturverbundene Hebamme.

»Paul oder Willie oder so«, sagte ich.

Klaus lachte. »Ist das dein Ernst? Da hab ich wohl auch ein Wörtchen mitzureden! Schließlich bin ich der Vater!«

Der Doktor am Fußende grinste.

»Oder Ernst«, sinnierte ich. Obwohl ich im Grunde meines Herzens den Namen Ernst verabscheue. Er klingt so nach schmallippigem, humorlosem, struppigem Endsechziger in grauer Joppe mit Krawatte drunter. Der Onkel meiner Freundin Uschi heißt Onkel Ernschtle, also ich weiß, wovon ich spreche. Wenn er Onkel Späßle geheißen hätte, wäre er vielleicht eine Frohnatur, aber so... Die Hebamme fragte Klaus, ob sie mal stören dürfe und ob er, wo er doch schon der Vater sei, die Nabelschnur durchschneiden wolle.

Klaus hörte auf, die Klappe seiner Kamera von innen zu filmen und schnitt die Nabelschnur durch. Welch tiefer symbolischer Akt!

Das Menschlein wurde nun gebadet, gewogen und gemessen, und es hatte schon in allem Übergröße und Übergewicht, ein Fall für »Weingarten kleidet Vater und Sohn« am Friesenplatz. Die werben damit, daß sie selbst für die Übergroßen noch Übergrößen führen.

Der kleine, dicke, orangefarbene, schnaufende Kerl brachte fast zehn Pfund auf die Waage! Davon vierundzwanzig Gramm von entscheidender Bedeutung. Wenn das kein Grund zur Freude war!

»Jauchzet auf, es ist gelungen!« kam es mir Achte-Mahlermäßig in den Sinn.

Und weil ich so sensibel veranlagt bin, mußte ich ein bißchen weinen. Vor lauter Glück.

Die Diva saß im Wochenbett und war bereit, die ersten Besucher zu empfangen. Ich hatte mich ein wenig hübsch gemacht, Kind, man weiß nie, wer zur Tür reinkommt, und ein reizendes rosa Stillnachthemd angelegt. Das kaschiert.

Das schwitzende Schätzchen lag nachdenklichen Gesichts in seinem Glasbettchen und kniff die Äuglein zusammen. Ich war zu dem Entschluß gekommen, es Paul zu nennen. Erst mal, weil ich selbst Pauline heiße und man Abkömmlinge ja gern nach ihren Ahnen nennt, zweitens, um Onkel Paul eine Ehre zu erweisen, und drittens, weil es einfach aussah wie Paul. Nicht etwa wie Daniel oder Alexander oder Benjamin oder Patrick oder Dennis. So hießen die fünfzehn anderen Säuglinge auf der Station, und die waren alle vergleichsweise mager.

Man hatte mir übrigens ein Einzelzimmer gewährt. Wahrscheinlich, weil ich Klaus Kletts Kindsmutter war. Am Krankenhausessen konnten meine Beziehungen zum Personal jedoch nichts ändern. Als ich den Kantinenauflauf in Plastikfolie im Blechnapf sah, stellte sich augenblicklich meine alte Breisucht wieder ein. Während der Schwangerschaft war ich vorübergehend frei davon gewesen. Diesmal spezialisierte sich mein abnormer Eßtrieb ganz eindeutig auf Milchreis, und zwar den von Mühlmanns, aber ohne Rosinen. Klaus Klett mußte mir in seiner spärlichen Freizeit Unmengen davon besorgen.

Während ich auf Klaus und den Milchreis wartete, unterhielt ich mich ein wenig mit Tante Lilli.

Ist er nicht süß, mein kleiner Sohn? fragte ich sie, wie früher um Anerkennung buhlend.

Süß und unehelich! sagte Tante Lilli streng. Wie hast du dir denn sein weiteres Leben vorgestellt?!

Was soll ich denn machen mit diesem Gerechten, begehrte ich auf. Zum Heiraten fällt mir so recht niemand ein!

Stell dich nicht so an, Kind, sagte Tante Lilli streng. Du weißt genau, daß es nun deine Pflicht und Schuldigkeit ist, den Klaus Klett zu heiraten! Er ist schließlich der Vater deines Kindes! Du kannst ihn jetzt nicht einfach sitzenlassen! Und darüber hinaus ist er ein gediegener Mann. Ich habe einen Blick für Qualität! Den hatte Tante Lilli fürwahr. Ob es sich um »reine Schurwolle« beim Winterschlußverkauf handelte oder um »klassisch zeitlos« bei meinen Pubertätskostümen. Immer war ich ein wehrloses Opfer von Tante Lillis Blick für Qualität gewesen.

Diesmal nicht! sagte der Schweinehund in mir. Einen Mann sucht frau sich nicht nach zeitlosem klassischen Schurwolle-Modell aus. Den muß sie lieben oder so. Jedenfalls steht das immer in den Romanen.

Ich sagte schüchtern, daß ich Klaus Klett ja ausgesprochen nett fände, aber daß ich nicht vor Liebe jubeln würde.

Kind, sagte Tante Lilli genervt. Meinst du denn, ich hätte Onkel Paul von Anfang an geliebt? So was kommt mit der Zeit. Man muß es nur wollen!

Auf das tägliche Klavierüben mochte das ja zutreffen. Tante Lilli hatte mich jahrelang zum »Nur wollen« gezwungen, bis ich schließlich aus lauter Haßliebe Musik studierte. Ich hatte keine Lust, eine »Nur-wollen-Haßliebe« für Klaus Klett zu entwickeln. Der war mein Kindsvater und sonst nichts. Frau von heute hat sowieso verschiedene Männer: einen Kindsvater, einen Lebensgefährten fürs Grobe und einen Geliebten fürs Bett. Das hatte ich kürzlich am Wehenschreiber angekettet gelesen.

Ich machte Tante Lilli davon Mitteilung.

Tante Lilli, sagte ich vorsichtig. Paul ist zugegebenermaßen kein Kind der Liebe, sondern ein Kind der Triebe.

Hahaha, grunzte der Schweinehund begeistert Beifall und klatschte in die Vorderpfoten. Genau! Gib's ihr! Schock sie!

Jetzt sagt sie nichts mehr vom Band der Ehe und vom gediegenen Füreinander!

Doch Tante Lilli gab sich nicht geschlagen.

Kind, sagte sie. Wenn es denn schon passiert ist, dann halt dich doch vornehm zurück! Daß du auch immer alles ausplaudern mußt! Ein feines Mädchen schweigt über seine Schande!

Denk doch mal ein bißchen weiter! In zwanzig Jahren fragt kein Mensch mehr danach, ob Liebe im Spiel war oder nicht. Aber der Junge hat einen Vater, und das allein zählt! Und du, Kind, nimm's mir nicht übel, aber du solltest auch sehen, daß du einen Mann kriegst! Schließlich gehst du auf die dreißig zu!

Aha, sagte ich nachdenklich. Das war mal wieder ganz typisch Tante Lilli. Die mit ihrer geradezu umwerfend überzeugenden Argumentationsweise. Gegen ihre Lebenserfahrung konnte ich einfach nicht anstinken.

Eine Frau darf auch mit dreißig noch ein bißchen Spaß haben, kläffte der Schweinehund.

Aber nicht, wenn sie die Verantwortung für ein Kind hat, sagte Tante Lilli spitz.

Ich solle mir doch nur mal vorstellen, regte sie an, wie mein Leben in zwanzig Jahren sein würde: Die Diva hat ausgesungen, keine Fans säumen mehr die Kirchentür, Paulchen ist längst mit einer Freundin auf und davon, und ich, Diva a. D., sitze mit meinen vergilbten Zeitungskritiken und vermoderten Programmheftchen in meiner Sozialwohnung und schaue versonnen auf die verstaubten Plakate an der Wand, die von fernem Ruhm und Erfolg künden...

Und jetzt mal das ganze MIT Klaus Klett! rief Tante Lilli aufmunternd. Diva, die zweite!

Die Diva lehnt im geschickt kaschierenden Nerz, Größe 48, über dem Flügel und erteilt der akademisch vorbelasteten, wenn auch unmusikalischen Nachkommenschaft Unterricht!

Herr Professor Doktor sitzt entspannt im schweinsledernen Fernsehsessel und genießt erfreut die jugendlichen Damen, die artig glockenreine Tonleitern zwitschern! Jawohl, Frau Frohmuth-Klett! Meine Mutter läßt Sie und Ihren Herrn Gatten auch schön grüßen und läßt anfragen, ob Sie am nächsten Ersten zu einer Opernpremiere erscheinen werden? Man ist so gespannt auf Ihre fachkundige Meinung!

Der Herr Doktor lächelt jovial und sagt, liebes Fräulein von Sowieso, meine Gattin ist dermaßen beschäftigt, daß ich erst mal unseren Terminkalender befragen muß! Am nächsten Ersten sind wir auf dem Mittelmeerkreuzer »Europa«, wo meine Frau zur Mitternachtssuppe die Arien von Penelope singen wird!

Na? frohlockte Tante Lilli. Ist das nichts?

Kleinlaut versprach ich, darüber nachzudenken.

Am späteren Vormittag kam Helmut, mein Freund mit der Krötensammlung. Er brachte ein giftgrünes Lätzchen, einen Strauß Gladiolen und von seiner Mutter schlesischen Streuselkuchen, damit ich wieder zu Kräften käme. Milchreis wäre mir lieber gewesen.

Nachdem er Weihrauch, Myrrhe und Gold auf das Fußende meines Bettes gelegt hatte, blieb er verlegen stehen.

»Wo ist denn das ... Baby?« fragte er schließlich.

»Hier«, sagte ich und lüftete die Bettdecke. Helmut starrte verschreckt auf meinen überdimensionalen Busen, der sich soeben auf seine neue Funktion eingestellt und ein dreifaches Ausmaß angenommen hatte. Darunter verschwand fast völlig das Köpfchen meines nach wie vor schlafenden Söhnchens Paul.

»Ach«, sagte Helmut und schluckte. »Es trinkt gar nicht!«

»Zu schlapp, der Kerl«, sagte ich fachmännisch. »Die Hitze macht ihm zu schaffen!«

Dann ließ ich ihn wieder im Schatten meines Busens verschwinden.

Helmut holte sich einen Hocker, setzte sich in die hinterste Ecke des Raumes und schwieg mich erwartungsvoll an. Ich überlegte, ob ich ihm die ganze dramatische Geburt in allen unappetitlichen Einzelheiten schildern sollte, aber ich unterließ es in Anbetracht seines blassen Äußeren.

»Was wirst du jetzt machen?« fragte Helmut nach einer Weile.

»Du meinst, was ich mit meinem verpfuschten Leben jetzt anfangen werde?« half ich ihm auf die Sprünge.

Helmut sah verlegen auf den schlecht geputzten Linoleum-Fußboden.

So habe er das nicht gemeint, sagte er tonlos.

»Gehst du sofort wieder in deinen Beruf?« fragte er.

»Klar«, sagte ich. »Während ich in der Kirche singe, wird das Baby im Pfarrhaus zur Verwahrung abgegeben. Wenn es schreit, lege ich es in der Sakristei an den Busen und lasse die Leute in der Kirche so lange Choräle singen, bis es sein Bäuerchen gemacht hat. Steht doch schon in der Bibel: Lasset die Kindlein zu mir kommen, denn ihrer ist das Himmelreich!«

Helmut kicherte verlegen. Er war schon immer ein Fan meines eigentümlichen Humors.

»Aber irgendeiner muß doch auf das Kind aufpassen«, sinnierte er. Er schien sich wirklich tiefere Gedanken gemacht zu haben!

»Im Moment habe ich gar keine Konzerte«, sagte ich. »Jetzt im August spielt sich sowieso nichts ab. War doch nett von Paul, nicht gerade am Buß- und Bettag zu kommen oder am Palmsonntag!«

Helmut wußte Bescheid. Das waren die Tage, wo ich mit Sicherheit irgendein sensationelles Engagement im Bergischen oder Hinterschwäbischen haben würde.

»Also ich werde erst mal selbst mit Paul im Stadtwald die Enten füttern«, sagte ich.

Helmut machte mich darauf aufmerksam, daß es im Stadtwald auch ein Tiergehege gebe, wo jede Menge Geißböcke, Pfauen und Gänse der Patschhändchen ihrer kleinen Besucher harrten. Er kannte sich mit Tieren aus, der Helmut. Wie gesagt, er züchtete Kröten.

Wir verabredeten uns für nächste Woche bei den Geißböcken. Paulchen würde seine helle Freude daran haben. Helmut auch. Er freute sich ganz unbändig auf unser Treffen im Stadtwald. Er war wirklich sehr begeisterungsfähig, das mochte ich an ihm.

»Und sonst? So... privat?« wagte Helmut den indiskreten Vorstoß.

Wahrscheinlich wollte er wissen, ob ich Klaus Klett zu ehelichen gedächte. Ich beschloß, ihn in meine Gedankengänge einzuweihen. Schließlich war er mein Freund.

»Klaus Klett hat eine Vierzimmerwohnung für uns alle gemietet«, sagte ich. »Man könnte es ja mal damit versuchen.«

»Also du heiratest ihn?!« bedauerte Helmut.

»Aber nein!« rief ich. Der Dümmling! Ähnlich beschränkt im Denken wie Tante Lilli war der! Und dabei noch so jung!

»Helmut«, sagte ich, »in welchem Jahrhundert leben wir denn?«

»Also wilde Ehe«, sagte Helmut.

Ich lachte so laut, daß der Säugling unter meinem Busen fast ein Schleudertrauma erlitt.

»Klar!« brüllte ich begeistert. »Wild und hemmungslos! Wir wälzen uns lüstern und lärmend durch die Betten, tagein, tagaus! Was werden die Nachbarn von uns denken?! Und es ist nur eine Frage der Zeit, wann Klaus hier rausfliegt aus dieser erzkatholischen Klinik! Wenn das rauskommt! Der Skandal! Sängerin frommer Weisen lebt mit katholischem Klinikarzt in wilder Ehe! Und schiebt noch das Produkt der Schande öffentlich durch das Tiergehege! Armer Paul. Er ist dazu geboren und in die Welt gekommen, um schon von Anfang an zum Gespött der Leute zu werden. Überleg es dir, Helmut, ob du mit mir noch Umgang pflegen willst!«

Helmut beteuerte, er habe mir nicht zu nahe treten wollen.

Ich beteuerte, daß er mir ganz sicher noch nie zu nahe getreten sei, das mache auch einen wesentlichen Reiz unserer Freundschaft aus. In letzter Zeit waren mir nämlich verschiedentlich Männer zu nahe getreten, und irgendwie lassen sich solche Peinlichkeiten nicht immer ganz spurlos aus der Welt schaffen.

Die Tür wurde aufgestoßen, und die türkische Essensbringerin, die niemals anklopfte, knallte das Tablett mit den Köstlichkeiten aus der Krankenhausküche auf meinen Nachttisch.

»Wollentääoderkaffää!« stieß sie aus.

Helmut erhob sich hastig. Er wolle nun nicht länger stören.

Er solle seine Mutter grüßen, rief ich noch hinter ihm her, und vielen Dank für den Streuselkuchen!

Klaus würde seine helle Freude daran haben.

Am Nachmittag kam Klaus. Er brachte wieder pfundweise Milchreis, auf den ich seit dem strikt verweigerten Mittagessen sehnsüchtig gewartet hatte. Heißhungrig fiel ich darüber her.

»Was gab es denn heute mittag?« fragte Klaus schmunzelnd.

»Weiß ich nicht«, sagte ich zwischen zwei Löffeln Vanillegeschmack. »Auf dem Speiseplan stand ›Vollwertbratling mit Sojakeimen‹, aber es sah aus wie Brechdurchfall.«

»Ach, wieder diese alternative Küche«, sagte Klaus. »Die veranstalten gerade eine Biokostwoche.«

»Da wird sich unsere alternative Hebamme ja begeistert den Bauch vollschlagen«, sinnierte ich.

Klaus packte sich lüstern eine Riesenportion Gyros mit fettigen Fritten aus. Einträchtig saßen wir auf dem Bett und waulten triebhaft nährstoffarme Kalorien mit Plastikbesteck, ich im rosa Stillnachthemd, aus dem der Busen quoll, und er im zu engen Kittel, aus dem der Bauch quoll. Wir waren das Jubelpaar der Schwarzwaldklinik.

»Was macht unser Kleiner?« fragte Professor Brinkmann, nachdem er sich mit Helmuts giftgrünem Lätzchen das Fett aus dem Bart gewischt hatte.

»Mal nachsehen.« Ich lüftete erst die Bettdecke und dann den Busen. Der Säugling schlief erschöpft unter soviel Last. Die wenigen Härchen klebten ihm verschwitzt am Kopf. Es waren immer noch 36 Grad im Schatten; unter der Bettdecke wahrscheinlich 37 Grad.

»Süß«, sagte Klaus und kraulte ihn unbeholfen im Nacken.

»Ja, nicht wahr?« sagte ich stolz.

»Ganz die Mutter«, sagte Klaus und kraulte mich übergangslos genauso unbeholfen.

»Ach laß das doch jetzt«, sagte ich. Beim Waulen von Breichen jeder Art will ich weder angefaßt noch mit Komplimenten überhäuft werden. Daß er das einfach nicht lernte!

»Bist du glücklich?« fragte Klaus und hörte mit dem Kraulen vorübergehend auf.

»Klar«, sagte ich lässig. »Besonders, wenn du mir nächstens Milchreis OHNE Rosinen bringst.«

Rosinen sehen aus wie ertrunkene Stubenfliegen, und die mag ich nicht im Essen haben. Weiß auch nicht, warum. Da bin ich eigen.

»Und sonst? Könntest du dir vorstellen, mit mir zu leben?«

Klaus hatte schon immer einen Sinn für den richtigen Antrag am richtigen Ort zur richtigen Zeit gehabt. Ich mochte das an ihm.

»Wir werden es mal versuchen«, sagte ich großzügig.

Was blieb mir auch anderes übrig. In meine Zweizimmerwohnung unterm Dach konnte ich mit einem schreienden Säugling wohl nicht zurück. Mein Geschrei hatten die schwerhörigen Damen aus der Nachbarschaft ja ertragen, aber jetzt im Duett?! Und zusätzlich nachts?

Außerdem hatte ich Angst vor dem Alleinsein, ganz neuerdings.

So ein Baby ist ja nicht wie eine Wärmflasche, die man zum Knuddeln mit ins Bett nehmen und bei Bedarf einfach rausschmeißen kann! So ein Baby hält einen vierundzwanzig Stunden auf Trab, hatte Tante Lilli gesagt. Sie mußte es ja wissen. Schließlich hatte sie nie eins gehabt.

Klaus nahm dankbar meine Hand. Soviel Entgegenkommen war er von mir gar nicht gewöhnt.

»Nicht wahr, wir werden den Alltag schon zusammen meistern«, sagte er begeistert.

Vorsichtig richtete ich mich auf.

»Wie meinste'n das so konkret?«

»Darüber müßten wir mal zusammen sprechen«, sagte Klaus weise. »Ich denke da an so eine Art Ehevertrag... ohne Ehe natürlich!«

»Nee, ist klar. Ehevertrag ohne Ehe ist einfach nur Vertrag. Man könnte also unser Zusammenleben vertraglich regeln.«

»Hast du dir darüber schon Gedanken gemacht?«

Ich fand das Thema unangenehm, aber Tante Lilli stachelte mich an:

Los jetzt, Kind! Du bist am Zug! Er muß für dich und das Kind die Miete bezahlen, dazu zwei Drittel seines Einkommens an Unterhalt, und du könntest ihm dafür freundlicherweise dann und wann einen Knopf annähen.

Aber Tante Lilli, das ist ja das Letzte! Wer bin ich denn? Ich will singen und keine Knöpfe annähen! (Doch die Säumchen an dem Rocke mag sie NICHT annähen.)

Und wer sorgt für das Kind, du Schlunze? Tante Lilli

konnte, wenn auch in seltenen Fällen, in ihrer Wortwahl ausfallend werden.

Also dem Paul werde ich natürlich ab und zu mal ein Milupa-Breichen in den Mund schieben, sagte ich. Das ist Ehrensache.

Und wer bezahlt das Milupa-Breichen? ereiferte sich Tante Lilli. Kind, du mußt dich finanziell absichern! Los jetzt, der Mann bietet dir doch gerade seine ausgestreckten Hände an!

Und die Frau soll die Hände aufhalten? Wie das so ihrer Natur entspricht, was? Kommt mir nicht ins Haus!

Aber dein blödsinniger Stolz beschert dem Baby auch nichts zu essen! Denk mal an später! Der Junge will ordentlich gekleidet sein und studieren! Meinst du, das kannst du von deinen armseligen Konzerten finanzieren?

»O. K.«, sagte ich zu Klaus. »Du bezahlst den Unterhalt für Paul, und ich taue dir dafür dann und wann ein Fertiggericht auf. Sagen wir, zweimal in der Woche abends. Das können wir vertraglich so festhalten.«

Klaus war verdutzt. »Daß ich für meinen Sohn aufkomme, ist doch gar keine Frage«, sagte er. »Dafür mußt du mir doch kein Essen bereiten! Ich habe eine Haushälterin, die wird für uns alle sorgen.«

»Na prima«, sagte ich. »Und meinen Milchreis werde ich natürlich selbst bezahlen.«

»Darum geht es doch gar nicht«, sagte Klaus. »Wer redet denn hier vom Geld!«

Siehst du, Tante Lilli, sagte ich hämisch. Wer redet denn hier vom Geld! Tante Lilli schüttelte den Kopf. Das geht nicht gut, das ist absolut blauäugig von dir. Glaub mir, Kind.

»Also was möchtest du vertraglich regeln?« sagte ich aufmunternd zu Klaus.

»Die Form unseres Zusammenlebens«, sagte er.

Ich schwieg still. Bin ich eine Kurtisane oder wie diese Mädels heißen? Vielleicht nicht direkt, aber im speziell vorliegenden Fall vielleicht eine Klettomane? (Der Klaus lag schlafend... auf seiner Klettomane... aber seine Augen waren offen...)

»Na, ich denke da an das Modell der guten alten Wohngemeinschaft«, sagte ich munter. »Das ist zwar nicht mehr ganz zeitgemäß, aber ganz ohne Zweifel zweckgemäß. Wenn deine Frau... wie heißt die Haushälterin?«

»Pupke«, sagte Klaus.

»...Pupke mal einen freien Tag hat oder wegen ihrer Verdauungsprobleme zum Arzt muß, können wir ja vertraglich regeln, wer den Abfalleimer runterbringt oder mit dem Kleinen in die Grünanlagen geht. Außerdem möchte ich zweimal täglich zwei Stunden üben, aber ich richte mich da gerne nach den Gepflogenheiten des Herrn Doktors.«

»Das klingt aber alles furchtbar förmlich«, sagte Klaus traurig und nahm meine Hand. »Magst du denn gar nicht ein bißchen gern bei mir wohnen?«

Mir schauderte im rosa Nachthemd.

»Klaus!« sagte ich unter meiner Gänsehaut. »Bitte jetzt kein Präludium und Fuge in Sülz moll!« Mir fiel da das Märchen vom Froschkönig ein. Vielleicht sollte ich den Herrn Doktor mal mit Schmackes an die Wand schmeißen, und plötzlich stünde ein cooler Macker vor mir...?

Klaus erhob sich abrupt. Das tat er immer, wenn ich ihn gekränkt hatte.

»Du kannst ja mal drüber nachdenken«, sagte er beim Hinausgehen. »Zeit dazu hast du ja hier genug.«

»Jetzt sei doch nicht gleich beleidigt!« brüllte ich hinter ihm her. »Ich kann doch meine Gefühle nicht aus dem Boden stampfen!«

Das war das Stichwort für die Essenstürkin, die gerade auf gewohnt rüde Art eintrat. Sie rempelte Klaus an. »Wollentääoderkaffää!« stieß sie hervor.

Klaus war friedfertig. »Kaffee«, sagte er und setzte sich wieder.

Aus einer blechernen Kanne schüttete die einfühlsame ausländische Arbeitnehmerin dem müde blickenden Herrn Doktor dampfenden Sud in eine dickwandige, weiße ungespülte Tasse. Er konnte einem richtig leid tun. Kein weibliches Wesen weit und breit, das sich liebevoll um sein leibliches Wohl kümmern wollte! Nur so eine widerspenstige Emanzendiva im rosa Stillnachthemd, die herrisch einen phlegmatischen Säugling unter ihrem Busen begrub!

Ob er sich nach seiner gefühlskalten Frau Irene zurücksehnte?

Immerhin mußte der eheliche Schäferhund Corinna gewisse Anhänglichkeit gezeigt haben, mit dem er seinerzeit immer um den Decksteiner Weiher radelte, um dem bewegungshungrigen Tier den nötigen Auslauf zu verschaffen. Na ja, demnächst würde er mit Paul im Rucksack um den Weiher radeln können. Ich sah eigentlich nicht ein, warum es Corinna besser gehen sollte als Paul.

Klaus sah auf die Uhr und behauptete, daß jetzt mindestens fünf Notfallpatienten in der Poliklinik auf ihn warteten. Er überließ mir die halbausgetrunkene dickbauchige Tasse, pfefferte mir einen Kuß aus feuchtem Kaffeebart in mein fleckiges Antlitz und vergaß ganz, seinen schlafenden Sohn noch einmal im Nacken zu kraulen.

»Tschüs, Doc«, sagte ich nachdenklich hinter ihm her. Man sollte so einen doch verdammt noch mal lieben können.

Ich wollte es auch ganz fest versuchen, Ehrenwort.

Am nächsten Tag war das süße Wöchnerinnendasein mit einem Schlag zu Ende. Oberschwester Hildegard, die es an jeder Klinik gibt, war aus dem Urlaub zurück und machte ihre Runde.

»Wen haben wir denn hier!« begrüßte sie mich mit unmelodisch militärischer Lautstärke. »Frau Frohmuth! Wie geht's?«

»Und selbst!« brüllte ich zurück.

Schwester Feldwebel warf einen suchenden Blick in das leere Aquarium. »Wo isser denn? Was? Wo haben Sie Ihren Säugling gelassen?«

»Hier«, sagte ich und lüftete wie üblich die Bettdecke. Paul klemmte unter meinem Busen und röchelte leise. Er hatte nun fünfundneunzig Prozent seines bisherigen Lebens verschlafen, wenn man berücksichtigt, daß er während und unmittelbar nach seiner Geburt immerhin wach war.

»Ja sind Sie denn wahnsinnig!« schnauzte die Schwester und riß den kleinen Penner in die Höhe.

»Eigentlich nein«, sagte ich verunsichert. »Oder? Soll denn so'n Wurm nicht den hautnahen Mutterkontakt haben?« So stand es jedenfalls in »Leben und leben lassen«, dem katholischen Erziehungsheftchen, das Tante Lilli mir zur Geburt geschickt hatte.

Schwester Alternativa aus dem Kreißsaall hatte mir das Paulchen doch auch gleich auf den Bauch gelegt!

»So'n Kind braucht doch Nestwärme, oder?«

»Aber nicht bei sechsunddreißig Grad im Schatten!« herrschte die Schwester mich an.

Beschämt nahm ich vom Widerwortegeben Abstand. Die hier war mit Vorsicht zu genießen, so ähnlich wie Tante Lilli, wenn ihr irgend etwas quergekommen war. Dann ließ sie nicht mit sich spaßen. Und diese Oberwebelschwester schien überhaupt nie mit sich spaßen zu lassen.

»Wann hat er zuletzt getrunken?« bellte sie mich an.

»In diesem Leben jedenfalls noch nicht«, gab ich Auskunft. »Er schläft nämlich immer.«

Die Schwester klopfte energisch auf das schlafende Bündel ein.

»Aufwachen!« schrie sie ihn an. »Wir sind doch nicht zum Vergnügen hier!«

Paul wollte nicht aufwachen. Hätte ich an seiner Stelle auch nicht gewollt.

Die Schwester ergriff beherzt meinen rechten Busen, riß ihn aus dem Nachthemd und stopfte ihn dem unschuldigen Kind in den Mund.

»Da!« rief sie. »Trink!«

»Vielleicht will er nicht«, sagte ich schüchtern. Ich hoffte, sie möge von mir ablassen, denn der Busen war prall wie ein Luftballon kurz vorm Platzen.

»Der hat zu wollen!« sagte Schwester Feldwebel, und ihre Schnurrbarthaare zitterten empört.

»Vielleicht will er lieber was Handfestes«, sinnierte ich. Schließlich war er der Sohn von Klaus, und der hielt auch nichts von Milch und solchen faden Sachen. Die Schwester sandte mir einen strafenden Blick, der mir sofort das Wort im Munde erstarren ließ. Hier wird nicht gescherzt! Wöchnerinnen scherzen nicht! Die stillen ihre Säuglinge und wanken ansonsten mit ausgeleiertem Gang leidend durch die Flure. Wer hier übermütig werden will, kann ja gehen!

Jawoll, Schwester, salutierte ich und lag stramm.

»Es ist völlig klar, daß der Bengel sofort was trinken muß!« sagte die Schwester. »Der vertrocknet Ihnen ja!«

Der Bengel wollte anscheinend lieber vertrocknen, als den Kampf mit den Riesenbuletten aufnehmen. Irgendwie war der von Anfang an überfordert, der kleine Erdenbürger. Er tat mir richtig leid.

»Wie kriege ich den denn im Ernstfall wach?« fragte ich besorgt.

Die Schwester wirbelte das schlafende Baby ein paarmal durch die Luft und ohrfeigte es freundlich, aber bestimmt. Paulchen grunzte unwillig, war aber nicht bereit, sein grüblerisches Augenzukneifen für eine sich ereifernde Oberschwester zu beenden.

Die fachkundige Schwester demonstrierte mir allerhand Griffe, Püffe und Kniffe, mit denen sie normalerweise die Benjamins und Patricks auf der Station zu wecken pflegte. Diese mageren Bengels mochten sich ja davon beeinflussen lassen. Paulchen nicht. Der schlief.

»Der ist nicht guten Willens«, erboste sich die Schwester.

Selig, die guten Willens sind, dachte ich, vielleicht sollte man ihm mal einen Isoppen zum Munde reichen, damit er auf den Geschmack kommt.

»Der erste schwerwiegende Erziehungsfehler war schon mal, daß er einfach Tag und Nacht bei Ihnen im Bett rumgelungert hat«, sagte Oberwebel Hildegard. »Der gehört in sein Bett und nur, wenn er trinkt, zu Ihnen unter die Decke. Sonst gewöhnt er sich gleich daran, immer an ihrer Brust zu liegen.«

Genau, dachte ich, wenn das jeder machen wollte. Der verweichlicht völlig, bevor er noch bis drei zählen kann. Wie gut, daß Oberschwester Hildegard hier mal Zucht und Ordnung in die ungeregelten Verhältnisse bringt!

»Was schlagen Sie also vor?« fragte ich lernwillig.

»Pumpen!« befahl Schwester Hildegard, und das klang genauso bedrohlich wie »Tod durch den Strang«.

Kleinlaut sah ich dabei zu, wie so eine Art Melkmaschine auf Rädern neben meinem Bett aufgebaut wurde.

»Das tut jetzt ein bißchen weh«, sagte die Webelin gnadenlos.

Da ich in ihren ahnungslosen Augen aber eine Arztgattin war, verzichtete sie auf den Zusatz: »Also reißen Sie sich gefälligst zusammen!« oder auf ähnlich aufmunternde Worte.

Ein gläserner Trichter, der durch einen Schlauch mit der Melkmaschine verbunden war, wurde mir auf die Brustwarze gesetzt. Ich ahnte Unangenehmes.

Die Schwester betätigte nun den Schalter mit der Aufschrift »On/Off«, und mit lüsternem Sauggeräusch begann die Foltermaschine, meine Brustwarze bis zur Unkenntlichkeit zu deformieren. Ich schrie vor Panik und Busenweh, ohne an meine kostbaren Stimmbänder zu denken, die ich für das nächste Requiem noch brauchen würde. »Requiem für eine Brustwarze« hieß dieses wilde Lamento, und Herr Strohnagel hätte seine helle Freude an dem Geschrei gehabt.

Die Schwester stellte das Ding hastig wieder aus.

»Nanana!« sagte sie tadelnd. »Sie müssen jetzt tapfer sein!«

»Nein!« schrie ich. »Muß ich nicht! Kein Schwein hält das aus, kein einziges Schwein!«

»Schweine müssen so was ja auch nicht aushalten, nur Kühe«, sagte die Schwester rechthaberisch.

Wie feinsinnig sie war! So ein Schwein hat lauter drollige kleine Ferkelchen, die sich um der Mutter Zitzen balgen, und wenn tatsächlich mal ein phlegmatischer Penner unter den Ferkeln ist, dann kann das der Sau doch egal sein!

Mir aber nicht!

Warum ist eine Frau zum Dulden verdammt? Sehe ich gar nicht ein! Man sollte mal einem Mann so einen Trichter an die Weichteile halten und dann den On/Off-Schalter betätigen und dazu sagen, daß es durchaus eventuell ein bißchen weh tun könne, aber er möge doch tapfer sein. Schwester Hildegard unterbrach meine Gleichberechtigungsgedanken, stellte den saugenden Widerling wieder an und überhörte mein Schmerzgeheul. Unendlich langsam bildete sich ein weißer Milchrand auf dem Grund der Flasche. Die arme Warze wurde im Dreisekundenabstand zentimeterlang in den Trichter gesaugt, und im Stadium höchster Deformierung gab sie dann einen fadendünnen Milchstrahl ab.

Mühsam ernährt sich das Saughörnchen, dachte ich deprimiert.

Während ich an der Melkmaschine hing und nicht flüchten konnte, sagte Schwester Hildegard so nebenbei, daß mein Sohn anscheinend ein Brustverächter sei. So gar nicht der Vater, dachte ich erstaunt.

»Sie müssen zu Hause genauso vorgehen«, ordnete sie an.

»Da verbringe ich ja täglich sechs Stunden mit!« rief ich aufgeregt.

»Wahrscheinlich mehr«, sagte Schwester Hildegard zufrieden.

Dann ging sie mit Paul davon, um ihn kalt zu baden. Sie war ziemlich sicher, daß er dabei erwachen würde. Ich blieb einsam in meinem kargen Zimmer zurück. Die Saugmaschine seufzte lüstern. Ich war so verlassen und frustriert wie noch nie in meinem Leben. Die Minuten wollten nicht vergehen, die Brust wollte sich nicht leeren, die Flasche wollte sich nicht füllen, und der Säugling wollte nicht trinken. Das Leben wollte nicht funktionieren!!

Die Diva wollte weinen.

Kind, laß sofort das Heulen sein! herrschte Tante Lilli mich an.

Aber mein Schweinehund wälzte sich im schmuddeligen Pfuhl des Selbstmitleids. Wenn ich doch jetzt verheiratet wär! Dann könnte ich das alles mit meinem Gatten besprechen! Er würde mir liebend die Hand halten oder vielleicht sogar den Säugling wiegen oder mir den tragbaren Fernseher neben die Melkmaschine stellen oder mir ein schmackhaftes Nudelgericht bereiten. Aber so? Pauline, warum mußtest du heldenhaft die Einsamkeit wählen?

Nun siehst du, Kind, wohin das führt, frohlockte Tante Lilli. Da siehe du zu!

Warum muß uns Frauen das alles überlassen sein, heulte ich frustriert. Männer gäben sich mit so was gar nicht ab!

Tante Lilli sagte, daß es die schöne Pflicht der Frau sei, im Rahmen der Erhaltung des Menschenlebens solcherlei zu erdulden.

Tante Lilli und Schwester Hildegard hatten eines gemeinsam: Nie hatte ein Säugling ihren Busen deformiert, weder ein lebendiger noch ein elektrischer. Deshalb konnten sie auch so gut mitreden. Ich heulte, bis die Rotz-und-Wasser-

Menge die Milchmenge bei weitem übertraf. Ich glaube, so etwas nennt man Wochenbettdepression. So steht es jedenfalls in »Leben und leben lassen« aus der Reihe »Der kleine Besserwisser«.

Am nächsten Tag brachte Klaus außer Milchreis auch noch die freudige Nachricht, daß seine Eltern draußen auf dem Flur stünden, weil sie ihren Enkel kennenlernen wollten.

»Ich geh' dann solange raus«, sagte ich und krabbelte aus dem Bett.

»Aber nein!« rief Klaus. »Dich wollen sie natürlich an erster Stelle kennenlernen!«

»Wieso denn das?« wunderte ich mich. Und außerdem: Kind, wie siehst du aus!

»Auf Staatsbesuch oder ähnliches war ich gar nicht eingestellt«, sagte ich verwirrt.

»Deshalb warten meine Eltern ja auch draußen, damit du dich ein bißchen frisch machen kannst!« rief Klaus.

Verblüfft über soviel Einfühlungsvermögen latschte ich auf Badeschlappen ins Bad, um ein wenig bezauberndes Rouge auf meine fleckig geheulten Wangen zu schmieren und ein Nachthemd anzulegen, das noch viel reizender und geblümter war als das rosafarbene.

Ein fetziges T-Shirt, das meine braungebrannten, gestählten Beine freiließ und über dem Busen die Aufschrift hatte »Take it easy«, hielt ich für unangebracht. Tante Lilli fand auch das geblümte besser. Kind, die Leute sind gediegen, flüsterte sie mir zu, als ich ihnen gegenüberstand.

»Wir waren ja schon so gespannt darauf, Sie kennenzulernen!« sagte der Vater, ein pensionierter Steuerfahnder mit preußisch schneidigem Charme. Ich flüchtete in mein Bett und zog mir die Decke bis zum Kinn.

Die Mutter beugte sich bereits begeistert über das Baby, das seit Hildegards Eingreifen anständig in seinem Glasbettchen lag wie anderleuts Säuglinge auch.

»Ganz unser Jungele!« rief sie verzückt.

Das Jungele wand sich ein wenig in seinem weißen Kittel.

»Nun, Kinderle, wann werdet ihr denn heiraten?« fragte der Steuerfahnder a. D.

»Aber Vati!« sagte Klaus nervös und fummelte an seinem Stethoskop herum.

»Aber Vati!« sagte auch die Mutti, die ihren Blick nicht von dem schlafenden Enkel wenden konnte. »Laß doch die Kinderle das selbst entscheiden.«

Voll in Ordnung, die Frau!!

»Warum heißt'n der Paul?« fragte der Vater unwillig.

»Paul Klett, wie klingt'n das? Da wer'n se'n in der Schule ärgern: Klettenpaule, hahaha!«

»Er heißt nicht Paul Klett«, sagte ich beruhigend. »Er heißt Paul Frohmuth.«

Der Vater schwieg betroffen. Die Mutter versenkte ihren Blick angelegentlich in das Kinderbett.

»Bei uns früher hießen die Kinder so wie der Mann im Haus«, sagte der Vater betrübt. »Und die Frauen hießen auch so wie der Mann im Haus. Alle hießen so wie der Mann im Haus. Und damit sind die Deutschen jahrelang gut gefahren. Und jetzt der Quatsch mit den Doppelnamen! Lächerlich ist das! Adam-Schwaetzer und Bergmann-Pohl und wie die alle heißen! Die sollen mit dem Hintern zu Hause bleiben!«

»Vati, wir sollten jetzt nicht politisch werden«, sagte Klaus.

Die Mutter wollte auch nicht politisch werden. Ich mochte das an ihr.

Ich lehnte in meinem Bett und hörte mir das alles an. Na phantastisch. Kaum hatte ich ein Kind in die Welt gesetzt, da wurde es von allen Seiten vereinnahmt und Grundlage fundamentalster Familiendispute. Fürwahr, ich wollte es allein erziehen! Paul war mein Kind, und ich hatte nicht die geringste Lust, über seinen Namen Rechenschaft abzulegen oder darüber, was die Kinder in der Schule zu ihm sagen würden. Der Säugling gehörte mir! Jawohl! Und daran wollte ich, im Namen der Emanzipation der Frau, auch verdammt noch mal nichts ändern. So nett diese Schwiegerleute waren.

Aber sie sind gediegen! rief Tante Lilli ungehört, als sich die Herrschaften wieder verabschiedeten.

Ein gediegener Schwiegervater macht noch keinen Sommer, brummte ich beleidigt und drehte mich mit Schwung zur Wand.

Kaum war ich mit dem ewig schlafenden Säugling zu Hause, fingen die Probleme an. Paulchen wollte nicht trinken, und ich wollte nicht platzen. Klaus fuhr stehenden Fußes in die Kölner Innenstadt, um beim Sanitätshaus Forz eine Milchpumpe zu pumpen. Solche elektrischen Dinger werden nur verliehen, nicht verkauft, weil der Zustand des Stillens ein vorübergehender ist, glücklicherweise.

Ich lief verzweifelt in der Vierzimmerwohnung hin und her, soweit das meine schmerzenden Milchspender zuließen, und verspürte nicht das geringste Mutterglück. Was hatte ich nur wieder falsch gemacht?

Wenn ich täglich sechs Stunden damit beschäftigt war, den Säugling zu füttern, würde ich wohl kaum noch meine Stimmbänder hinter dem Ofen hervorlocken können, bei dem Streß!

Kind, dann laß es doch! Alles hat seine Zeit! Jetzt ist eben Familienleben angesagt, rumgetingelt bist du lange genug!

Aber Tante Lilli, ich will nicht tingeln, ich will meinem Beruf nachgehen!

Papperlapapp, dieses ewige Selbstverwirklichungsgewäsch! Das hat die Natur schon genauso eingerichtet, daß die Frau bei ihrem Kind zu sein hat! Der Mann gehe seinem Handwerk nach, und die Frau halte das Haus sauber und ansonsten den Mund. Steht doch schon irgendwo im Alten Testament! Die Frau schweige in der Kirche, steht da.

Ja, bei Ätzekiel, sagte ich muffig. Ist aber nicht mehr zeitgemäß! Da könnte ich ja einpacken!

Hör auf mich, sagte Tante Lilli. In zwanzig Jahren redet kein Mensch mehr von der Selbstverwirklichung der Frau. Da stehen die Frauen wieder hinter dem Kochtopf, denn das ist Selbstverwirklichung!

Ja, wenn man Knödelweitwurf studiert hat, nörgelte ich. Aber ich habe mein Jodeldiplom! Ich will weder den Kochlöffel halten noch die Schnauze!

Das nützt keinem, tadelte Tante Lilli streng. Hoffarth, Reichtum, Augenlust!

In dem Moment kam Klaus mit der Pumpe. Er richtete mir im sogenannten Kinderzimmer ein gemütliches Plätzchen ein, mit Blick auf die Bremer Stadtmusikanten, die Frau

Pupke auf ein grünes Tuch gebatikt hatte. Ich war dann so lange sozial, bis die Flasche voll und die Stimmung im Eimer war.

Frau zu sein machte absolut keinen Spaß.

Stunden später, als der schachmatte Paul endlich die Milchflasche geleert hatte, wankte ich vor Frust und Erschöpfung weinend ins Bett. Klaus wollte noch ein bißchen nett zu mir sein, um mich zu trösten, aber ich fuhr ihn dermaßen übellaunig an, daß er es für psychologisch geschickt hielt, mich einfach ein bißchen in Ruhe zu lassen.

Dann telefonierte er mit der alternativ angehauchten Hebamme. Einer Wöchnerin stehen nämlich Schutz und Rat einer Haushebamme zu, bis alle ihre Wehwehchen verheilt sind, das steht in irgendeinem Mutterschutzgesetz. Klaus hatte das gelesen, ich natürlich nicht.

Schwester Müsli erschien gleich am nächsten Morgen.

Sie brachte eine Packung Kleenex mit und saß milden Mundes auf meinem Bettrand, bis meine kampfmüde Seele fürs erste genug geheult hatte.

»Die Methoden der Schwester Hildegard sind sicherlich ein Weg«, sagte sie. »Aber es gibt inzwischen natürlichere Möglichkeiten, Stillprobleme zu lösen.«

Erwartungsvoll gaffte ich sie an. Letzte Tränen tropften auf meinen schlafenden Sprößling Paul, die Ursach' aller solcher Plagen.

»Haben Sie tiefgefrorene Erbsen im Haus?« fragte Schwester Alternativa.

Ich zuckte verblüfft die Achseln. »Weiß nicht. Ich wohne hier erst seit gestern!«

Die Schwester fragte den Doktor. Der Doktor fragte Frau Pupke.

Frau Pupke, eine wackere und sehr eifrige Arbeitnehmerin in den Sechzigern, sagte, daß nur tiefgefrorener Rosenkohl im Hause sei. Ob sie den auftauen solle. Sie wisse aber zuverlässig, daß Rosenkohl Blähungen verursache und darum nicht gut für stillende Mütter sei! Ihre Bekannte Ursula habe damals auch...

Sie solle ihn nicht auftauen, sagte die Öko-Schwester. Sie möge Erbsen besorgen, und zwar mindestens vier Kilo.

Frau Pupke lief unter weiteren hilfreichen Ratschlägen davon. Und zwar zum Wochenmarkt, weil es dort frische Erbsen gab. Frau Pupke machte immer alles hundertfünfzigprozentig, auch wenn der Schuß nach hinten losging.

Während wir warteten, kam der Hebamme die Idee, Paulchen doch einfach mal anzulegen. Mit sanfter Energie schob sie die Milchpumpe weg. Paulchen saugte sich an der Warze fest und schlief weiter. Immerhin: Er war kein Brustverächter, wie Hildegard so salopp gesagt hatte! Er fühlte sich rein lagemäßig dort sehr wohl, und das hielt auch Alternativa für einen guten Ansatz!

»Aber er soll nicht am Busen lungern«, sagte ich, »hat Hildegard gesagt. Dann verweichlicht der Kerl von Anfang an!«

»Hildegard sagt das nur, weil bei ihr noch nie jemand am Busen gelungert hat«, sagte die Hebamme. Wer hätte das gedacht. Solche Spitzfindigkeiten hätte ich Fräulein Birkenstock gar nicht zugetraut.

Frau Pupke brachte die Erbsen. Sie waren nicht tiefgefroren und deshalb für unser Vorhaben nicht zu gebrauchen. Frau Pupke war aus derselben Generation wie Schwester Hildegard und Tante Lilli, deshalb mangelte es ihr an Phantasie und Improvisationsgabe.

Die tiefgefrorenen Erbsen seien dazu da, den Milchfluß zu stoppen, sagte die nette Schwester. Ich solle sie tütenweise auf die Brust legen. Klaus Klett bestellte telefonisch bei der Firma »Frittenfrost« Erbsen im Zentnerpack. Frau Pupke war beleidigt, weil sie nun umsonst auf den Wochenmarkt gerannt war. Ich sagte, daß wir die nette Schwester ja zum Dank mal zum Essen einladen könnten. »Hülsenfrüchte, nichts als Hülsenfrüchte!« knödelte ich frei nach Alban Berg, und Klaus Klett sagte erfreut, daß ich meinen alten Humor ja schon wieder hätte. Frau Pupke wußte auch gleich ein schmackhaftes Rezept für eine Erbsensuppe, und Fräulein Birkenstock wollte dann nicht länger stören.

So kam es, daß die Diva am ersten Tag ihres Zusammenlebens mit Herrn Doktor Klett im trauten Tête-à-tête mit eisgekühltem Erbsenbusen auf dem Sofa saß.

Immerhin heulte sie nicht mehr, die Launische.

Und das war ja schon ein Anfang.

Die nette Schwester hatte mir nicht nur den Trick mit den Erbsen verraten, sie wußte auch zuverlässig von der Existenz einer sogenannten Stillgruppe im Alternativen Zentrum. Dort solle ich doch mal vorbeischauen, da gebe es lauter Frauen in meiner Situation, die Atmosphäre sei locker und ungezwungen, und selbstverständlich würden die Babys dort bei Stilltee und selbstgebackenen Schrotplätzchen im gemeinschaftlichen Kreise angelegt.

»Jede legt ihr eigenes an?« fragte ich. »Oder tauscht man die Säuglinge auch schon mal untereinander aus?«

»Jede ihrs natürlich!« sagte die Hebamme befremdet. Komisch, wo sie doch sonst so aufgeschlossen für hübsche Ideen war!

Ich dachte da zum Beispiel an dieses nette Gesellschaftsspiel: »Mein rechter, rechter Busen ist frei, ich wünsche mir den Daniel herbei« oder so. Aber die Hebamme hielt nichts davon. Tante Lilli auch nicht. Sie sagte, mir fehle die sittliche Reife.

Jedenfalls ging ich gleich am nächsten Tag hin, schließlich hatte ich unendlich viel Zeit!

Die Leiterin der Gruppe hätte eine Zwillingsschwester meiner Bio-Hebamme sein können, so ähnlich sah sie der! Auch sie trug die Haare hochgesteckt zum lockerstruppigen Haarkranz, ihr Rock war weit und geblümt, ihr selbstgestrickter Pulli schlabberte ihr um die mageren Hüften, und Busen hatte sie keinen. Genau die richtige Voraussetzung zur Leitung einer Stillgruppe! Ich war verblüfft.

Sie hieß Holweide-Backes und mit Vornamen Thekla. Die geblümte Thekla schenkte mir nur einen flüchtigen Blick, als ich mit meinem sperrigen Kinderwagen in den schmuddeliggemütlichen Sitzungsraum Einzug hielt. Niemand half mir, als ich mit dem Gefährt in einem selbstgehäkelten Sofakissen steckenblieb.

Die anwesenden Stillemanzen hatten sich und ihre Brut auf herumliegenden Matratzen ausgebreitet. Auf einem niedrigen, wackeligen Tisch in der Mitte des Raumes standen ein paar Tassen und Näpfe unterschiedlichen Designs. Verheißungsvoll lachten mich zwei große Kaffeekannen an, aber der Duft, der ihnen entströmte, war nicht Tchibos hinterletzte

Bohne, sondern eine Mischung aus Klosterfrau-Melissengeist und Kamillenblütenextrakt. Schade. Ich hatte richtig Lust auf einen Stimmungsanreger! Sekt hätte es auch getan! Wir Frauen müssen zusammenhalten und Spaß haben! Während unsere Männer im engen Hemdkragen an ihren Computern sitzen und trockene Zahlen auf den Bildschirm hacken, sollten wir uns einen antrinken, Mädels, und jubeln in glockenheller Weinseligkeit von alten Zeiten, während unsere Babys fröhlich brabbelnd über die selbstgeflickte Krabbeldecke robben! Wenn wir schon nicht berufstätig sein dürfen, dann lasset uns unser Leben auf andere Weise fröhlich gestalten! Stillen ist toll!

Ein Poster mit eben diesem Slogan und drei wonnevoll satten Wuchtbrummen hing übrigens an der Wand.

Doch meine Einstellung teilte niemand. Es herrschte eine ernste, arbeitsintensive Atmosphäre auf den niedrigen Schmuddelsofas, und Thekla die Geblümte war schweigend in ihrer Stillteetasse versunken. Wahrscheinlich meditierte sie und wollte nicht gestört werden. Vor ihr lag immerhin eine schwarze Mappe, die mich schmerzvoll an meine Notenmappe aus vergangenen Zeiten erinnerte. Sie enthielt aber keine eselsohrigen Noten, sondern die Liste der anwesenden Mütter. Da es erst eine halbe Stunde über den offiziellen Beginn der Veranstaltung war, hatte noch niemand mit der Eröffnung der Sitzung begonnen.

Ich ließ mich plump in eine Ecke fallen und gaffte auf die andern. Paulchen im Kinderwagen war wie immer im Tiefschlaf.

In der rechten Ecke des Raumes lümmelten zwei Mädels in praktisch zu öffnenden Latzhosen, die redeten mit sorgenzerfurchter Miene über die Schadstoffe in der Luft. Zwischen zwölf und sechzehn Uhr verließen sie niemals ihre Wohnung, die sie mit selbstgestrickten Würsten hermetisch gegen das Ozonloch abgesichert hatten. Die eine trank Stilltee, die andere rauchte.

Mir gegenüber saß ein blasses Mädel, das hatte Probleme, den etwa zweijährigen dicken Brummer auf ihrem hochschwangeren Bauch so zu lagern, daß er optimal an der Brustwarze zu liegen kam.

Links am fleckigen Vorhang tummelten sich einige Kleinkinder im Vorschulalter. Sie wickelten sich gegenseitig ein und rissen mit Begeisterung an der selbstgeflochtenen Kordel. Zu welchen Müttern sie gehörten, war nicht ersichtlich, da niemand ihnen Beachtung schenkte.

Nach mir kamen noch zwei, drei junge Frauen mit Kinderwagen an. Sie hockten sich mit ihren Säuglingen in die Runde, zogen die Nase hoch und schenkten sich Stilltee ein.

Gespannt wartete ich auf den Beginn der Veranstaltung. Doch es tat sich nichts. Es herrschte eine Atmosphäre wie im Wartezimmer: Man saß gelangweilt herum, einige redeten, die meisten schwiegen, die Babys quäkten. Dauernd wartete ich auf eine Stimme, die »Der nächste bitte!« rufen würde.

Ich versuchte, ein wenig Anschluß zu bekommen, indem ich interessiert nickend bei einem dieser Privatgespräche zuhörte.

Der Benjamin einer Stillgruppenteilnehmerin hatte interessanterweise immer morgens nach dem Stillen einen nicht enden wollenden Schluckauf, während die Ilka-Sabrina ihrer Gesprächspartnerin regelmäßig dreimal nachts fürchterliche Blähungen bekam, die nur nach stundenlangem Fußmarsch durchs Treppenhaus den erlösenden Kackanfall auslösen konnten. Fast immer sei der Windelinhalt hellgrün und dazu breiig dünn. Er röche jedoch frappierenderweise eher nach Zimt als nach Kacke, und das sei bei ihrem Sohn Jan-Patrick ganz ähnlich gewesen!

Sehr bereichert wendete ich meinen höflich nickenden Kopf einem anderen Gesprächskreis zu. Drei Frauen, deren wohlgenährte Säuglinge am Busen lungerten, tauschten sich über den verwahrlosten Zustand ihrer benachbarten Spielplätze aus. Bei der einen lagen Scherben unter dem Klettergerüst, die andere wußte von rostigen Nägeln an der Rutsche zu berichten, und die letzte erzählte von einer Protestaktion gegen Hundekot im Sandkasten, an der sie und ihr Lebensgefährte unlängst teilgenommen hatten. Die selbstentworfenen Demonstrationsfahnen seien noch zusammengerollt in ihrem Schlafzimmer, sie könne sie beim nächsten Mal gerne mitbringen, falls jemand anderes Verwendung dafür hätte.

Niemand hatte Verwendung für selbstgemalte Hundekotslogans auf anderleuts zusammengenähten Bettlaken, und so breitete sich wieder ödes Schweigen über der Stillgruppe aus.

Weil ich ein so kontaktfreudiger Mensch bin, fragte ich nach vierzig Minuten, ob die Veranstaltung eigentlich schon begonnen hätte.

»Was für eine Veranstaltung?« fragte die busenlose Leiterin und tauchte unverbindlich aus ihrer Tasse auf.

»Ich dachte, dies hier sei eine Stillgruppe?« fragte ich unsicher. »Oder heißt die so, weil man hier einfach nur still herumsitzt?« Niemand fand meinen Wortbeitrag gelungen, alle starrten mich übellaunig an. Jemand biß geräuschvoll in ein Hirseplätzchen, das auf dem Boden gelegen hatte.

»Wenn du dich nicht in die Gruppe einbringen willst, kannst du auch nichts von der Gruppe erwarten«, sagte die geblümte Thekla mit hochgezogener Augenbraue. Dann schlug sie erstmalig ihre Mappe auf und fragte: »Habe ich dich schon in meiner Kartei?«

»Nein«, sagte ich freundlich, »mein Name ist Frohmuth.«

Frau Holweide-Backes kramte umständlich in ihrem flikkenbesetzten Beutel nach einem Griffel und notierte mit dem Gerät, das nicht so recht schreiben wollte, meinen Namen. Dann klappte sie die Mappe wieder zu.

»Was hast du denn für Probleme?« fragte sie.

»Keine«, sagte ich und fühlte unbegreiflicherweise eine starke Abneigung gegen das Geduztwerden.

»Und warum bist du gekommen?« (Warum bist du kommen?)

»Weiß ich auch nicht«, sagte ich und rappelte mich mühsam aus der Sitzecke hoch. »Ich dachte, hier würde in fröhlicher Runde gestillt!«

»Keiner hindert dich daran!« sagte Thekla die Schmalbrüstige.

»Ach nein«, sagte ich, »das tu ich dann besser zu Hause. Dabei kann ich wenigstens noch fernsehen«, bemerkte ich provozierend unkreativ.

»Total zu ist die, total verklemmt«, sagte eine, als ich mit meinem sperrigen Kinderwagen über die Schrotplätzchenkrümel davonfuhr.

Das Leben zu Hause nahm so seinen Lauf. Paulchen war inzwischen aufgewacht und entwickelte – ganz der Vater – einen sehr gesunden und eigentlich niemals verebbenden Appetit. Ich fristete mein Dasein stets in seiner Nähe, weil er in Abständen von etwa zwanzig Minuten an die Brust gelegt zu werden begehrte, wo er dann nach anfänglichem gierigen Saugen in sein altes Phlegma verfiel und genüßlich grinsend einschlief. Kaum hatte ich mich seiner entledigt und den schnaufenden Kerl irgendwo abgelegt, fing er höchst unwillig an zu schreien und biß so hungrig in seinen Ärmel, daß ich mir wie eine ganz üble Rabenmutter vorkam. Armer kleiner Kerl! Die Mutter vertreibt sich mit sinnlosen Dingen die Zeit, und der hilflose Säugling stirbt vor Hunger!

So kam es, daß ich eigentlich den ganzen Tag irgendwo untätig herumsaß, während Paulchen an meinem Busen lungerte. Die alternative Hebamme, die noch dann und wann nach dem Rechten schaute, fand das ganz O. K. so. Sie konnte ja nicht ahnen, daß ich ganz versessen darauf war, mal wieder eine Tonleiter gegen die Wand zu schmettern!

Statt dessen fragte sie mich, ob ich denn wirklich bei den Plastikwindeln bleiben wolle, die dem Kind das unschöne Gefühl vermittelten, in Zellophan urinieren zu müssen. Es sei doch ein leichtes, die guten alten Stoffwindeln der Großmutter vom Dachboden zu holen und zu entstauben, damit das Kind in den Genuß des naturbelassenen Pinkelns käme. Sie verwies mich auch auf ein wollenes Alternativdessous, das es in jedem Bioladen neben ungespritzten, schrumpeligen Äpfeln und schaumloser Kernseife zu kaufen gebe. Das müsse man überhaupt nicht waschen, sondern vollgepinkeltermaßen zum Trocknen in die Sonne hängen, bis es die ihm eigene, mutterleibähnliche feuchtwarme Konsistenz angenommen habe, die der Säugling doch schließlich gewöhnt sei.

Ich bedankte mich für ihre freundlichen Ratschläge und dachte dabei »wehmutsvoll-nach-dir-mein-Lieb-das-Herzebrennt« an Johannes Brahms.

Kind, daß du aber auch nie zufrieden bist!

Mittags kam Klaus von der Arbeit nach Hause. Frau Pupke hatte stets liebevoll für ihn den Tisch gedeckt und ein schmackhaftes Kartoffel-Gemüse-Fleisch-Menü zubereitet, das auf der Warmhalteplatte stand.

Ich fraß im höchsten Stadium der Breisucht alle Pröbchen aus der Klinik auf, während er sich den rheinischen Sauerbraten oder die gebratene Rinderkeule schmecken ließ.

»Bist du glücklich?« fragte er mich dann und wann in seiner aufmerksamen und zuvorkommenden Art, während er an einem Hühnerbein knabberte.

»Klar«, sagte ich dann schnell, »wahnsinnig glücklich!« Und frönte gierig meiner Leidenschaft für Vollkorngrieß und Honigschleim.

Nachmittags mußte Klaus wieder in die Klinik. Ich sattelte meinen Kinderwagen, belud ihn mit ein paar Reservewindeln, einer Teeflasche im Flaschenwärmer, Strampelhosen und Hemdchen zum Wechseln und einigen anregenden Quietschentchen und zog meines Weges, immer um die spätsommerlich beleuchteten Häuserblocks herum. Paulchen pflegte ausgiebig zu schlafen, wenn er im Wagen gefahren wurde, und ich konnte bei meinen Spaziergängen wenigstens nachdenken.

Hast du dir so dein Leben vorgestellt, ja? stichelte der Schweinehund.

Natürlich nicht, sagte ich zerknirscht.

Warum läßt du dann nicht jemand anderes den Kinderwagen schieben? fragte der Schweinehund hämisch.

Weil ich kein Geld für einen Wagenschieber habe, sagte ich traurig.

Dann verdien es doch! kläffte der ruppige Köter in mir provokant. Geh wieder singen und bezahl davon ein Kindermädchen!

O nein, das wird sie nicht tun, schaltete sich Tante Lilli ein. Eine Mutter hat bei ihrem Kind zu sein, das hat die Natur so eingerichtet.

Aber das Kind schnallt doch noch gar nicht, wer mit ihm um die Häuserblocks latscht, stichelte der Schweinehund. Hauptsache, es wird geschoben! Das kann auch ein Lakai erledigen!

Obwohl Tante Lilli noch weiter von der Berufung der Frau zum Opferbringen redete, behielt der Schweinehund Oberwasser. Ich küßte ihn auf die feuchtkalte Schnauze. Jawoll, du geliebter Köter, ich werde endlich wieder das tun, wozu ich mich berufen fühle!!

Abends machte ich Klaus von meinem Selbstverwirklichungsentschluß Mitteilung.

»Du kannst natürlich tun, was du willst«, sagte er und schaute auf das Wirtschaftsmagazin im Fernsehen. »Du bist ein freier Mensch!«

Das war im Ansatz schon mal sehr großzügig von ihm.

»Ich möchte auch Miete bezahlen und die Hälfte aller Ausgaben für Paul bestreiten, und ich möchte mir ein Kindermädchen engagieren«, sagte ich in mir Widerworte verbittendem Ton.

»Guck mal, man kann seinen Zweitwagen auch von der Steuer absetzen«, antwortete Klaus, »man muß ihn eben nur erklärtermaßen gewerblich nutzen.« Interessiert starrte er auf den Bildschirm.

»Das Kindermädchen muß ja nur drei bis vier Stunden kommen«, sagte ich verunsichert. »Vielleicht finde ich eine Studentin!«

»Sogar das Radio im Zweitwagen kann man steuerlich absetzen«, antwortete Klaus, »vorausgesetzt natürlich, daß man es überhaupt angemeldet hat! Das muß ich alles mal mit meinem Steuerberater durchkalkulieren!«

Ich guckte ihn staunend von der Seite an. Sollte er mir überhaupt nicht zugehört haben?

»Du, Klaus?« sagte ich und zog ihn am Ärmel. »Ich würde gern wieder arbeiten gehen und mir ein Kindermädchen engagieren!«

»Das Kindermädchen kann man wahrscheinlich auch von der Steuer absetzen«, sagte Klaus, »vorausgesetzt, man läßt es mit Steuerkarte arbeiten. Da muß ich mal sehen, was finanziell günstiger kommt.«

»Ich will meinem Beruf nachgehen!« schrie ich aufgebracht, »interessiert dich das gar nicht?«

»Doch, natürlich«, sagte Klaus. »Du arbeitest ja auch nicht immer mit Steuerkarte, da müssen wir mal sehen, wie wir deine Auftritte beim Finanzamt deklarieren. Deine Abendkleider kannst du nämlich auch von der Steuer absetzen, vorausgesetzt natürlich, du meldest deine Konzerte beim Finanzamt an.« Dabei wendete er seinen Blick nicht von der Fernsehkiste.

»Ich will mich selbstverwirklichen!« brüllte ich. »Ich habe es satt, mit raushängendem Busen im Haus zu sitzen! Ich will in die weite Welt hinaus!«

»Konzerttourneen kann man natürlich hervorragend von der Steuer absetzen«, griff Klaus den Faden auf, »wenn man schön ordentlich alle Belege sammelt! Jede Taxifahrt, jedes Essen im Restaurant kann man von der Steuer absetzen, und es wäre auch geschickt von dir, ausschließlich auf Konzertreisen zum Friseur zu gehen, weil du das dann ebenfalls von der Steuer absetzen kannst. Selbst einen Lippenstift, den du auf einer Konzertreise kaufst, kannst du von der Steuer absetzen. Du mußt aber unbedingt den Beleg mit Ort und Datum aufheben, sonst erkennen sie dir den Lippenstift beim Finanzamt nicht an.«

»Ich will wieder SINGEN!« schrie ich in höchster Wut. »Weil es mir ein tiefes menschliches Bedürfnis ist, kapierst du das nicht?«

»Selbst ein tiefstes menschliches Bedürfnis kann man von der Steuer absetzen«, sagte Klaus, »vorausgesetzt, man läßt sich von der Klofrau eine Quittung geben!«

Wütend sprang ich auf und knallte die Tür hinter mir zu.

Kind, sei nicht gleich so gereizt, rief Tante Lilli hinter mir her, komm sofort zurück und mach die Tür noch einmal leise zu!

Aber ich dachte nicht daran. Sollte Klaus doch die kaputte Tür von der Steuer absetzen.

Wenige Tage später meldete sich das erste Kindermädchen auf meine Annonce hin. Ich hatte die Begriffe »liebevoll« und »flexibel« darin untergebracht, ersteres, weil ich mein schlechtes Gewissen beruhigen wollte, und letzteres, weil ich ja keine festen Arbeitszeiten haben würde.

Das Kindermädchen machte einen etwas verwahrlosten Eindruck und brachte seine Referenzen in Form zweier schlecht erzogener Abkömmlinge gleich mit.

Während des Vorstellungsgesprächs gestalteten die beiden meine Wohnzimmereinrichtung völlig neu und hinterließen überall klebrige Schmiere aus Kaugummi, Abziehbildchen und Rotz.

»Alexander und Vanessa, LASST es!« rief die Bewerberin ein übers andere Mal freudlos aus, und unsere Unterhaltung mußte völlig abgebrochen werden, als die beiden mein Klavier entdeckt hatten und nun des Tastendreschens in Klirr-Moll nicht müde wurden.

Ich fragte die Dame, ob sie nicht mit der Erziehung ihrer eigenen Kinder voll ausgelastet sei.

»Nä!« rief sie gegen den Lärm an. »Wat kann man an denen denn noch erziehen! Außerdem brauch isch dat Jelld!«

Ich dankte ihr für ihre Ehrlichkeit und sagte, sie werde von mir hören. Beim Abschied meinte sie noch, daß der Paul auch ihren alten Laufstall und verschiedene ausrangierte Latzhosen bekommen könne, die flögen bei ihr zu Hause sowieso nur rum. Ich wertete dies als ausgesprochenes Entgegenkommen und schob sie und ihre repräsentative Brut erleichtert zur Tür hinaus.

Das zweite Kindermädchen war eine Studentin der Medizin, sehr hübsch, sehr blond, sehr langbeinig und sehr knakkig. Sie erzählte mir zwischen zwei Zigaretten von ihrem anstrengenden Studium, ihren vielen sportlichen Tätigkeiten wie Tennis, Reiten, Golf und Surfen und ihrem gelegentlichen Job als Fotomodell. Warum sie sich denn bei mir bewerbe, fragte ich sie erstaunt.

»Weil ich gerne bei einem Arzt arbeiten würde«, sagte die Schöne offenherzig.

Wann sie denn zu babysitten gedenke, fragte ich sie und kam mir dabei entsetzlich häßlich und unförmig vor. Paul lag auch gerade wieder an meinem Busen, und der war nicht annähernd so knackig und bleistiftgetestet wie der ihre.

»Och, das wird sich schon irgendwie zwischendurch einrichten lassen«, sagte sie fröhlich, »ich denke, daß ich hauptsächlich nachts hier sein werde, wenn Sie irgendwo singen gehen!« Vielleicht dachte sie, daß ich in einer rauchigen Bar ins Mikro hauchen und die Nacht zum Tage machen würde? O nein, meine Liebe. So eine bin ich nicht. Auch wenn ich im Moment so aussehe.

Aus unerklärlichen Gründen hatte ich plötzlich etwas dagegen, daß diese langbeinige Intelligenzbestie hier des Nachts mit Klaus über das Nebennierenrindenhormon diskutieren könnte, und sagte hastig, daß ich wahrscheinlich fürs erste selbst auf Paul aufpassen würde.

Sie sei auch in Eile und müsse jetzt gehen, sagte die Blondmähnige und sprang leichtfüßig auf ihren Pfennigabsätzen davon.

Die dritte Bewerberin war eine ältere Frau, die einen dieser neonfarbenen Trainingsanzüge anhatte, mit denen Frau von Unterwelt in die Kaufhalle oder in den Massa-Markt zu gehen pflegt. Sie war in Begleitung eines großen seibernden Köters, der mir zur Begrüßung einen ausgelutschten Tennisball aufs Sofa legte.

»Harro, isch will dat nit!« sagte die sportliche Rentnerin mit heiserer Stimme. »Dun dat Bällsche fott, du hasses jehört, ich sarret nich noch mal!« Autokratischer bis autoritärer Erziehungsstil, diagnostizierte ich so für mich hin. Dabei kam eine alkoholschwangere Fahne bei mir an. Harro nahm »dat Bällsche« vom Sofa und seiberte es mir vor die Füße. »Der duht nix«, sagte die kölsche Dame, »der will nur spille!« Ich will aber nicht spille, dachte ich, ich will Tonleitern singen und meine Ruhe haben! Außerdem haben wir nicht genug Schnaps im Haus.

Die Dame war erledigt.

Dann meldete sich niemand mehr. Frustriert zog ich Tag für Tag mit Paul im Kinderwagen meine Runden durch unser biederes Wohnviertel. Jede Viertelstunde sah ich auf die nahe Kirchturmuhr und wunderte mich, wie langsam die Zeit verging. Wenn mir eine Frau mit Kinderwagen begegnete, lächelte ich sie mitleidig an. Manchmal wurde mitleidig zurückgelächelt, meistens nicht.

Kind, du versündigst dich. Andere gäben etwas darum, ein so süßes Kind zu haben!

Ich weiß, Tante Lilli, sagte ich und schämte mich abgrundtief.

Man muß auch mal Opfer bringen, sagte Tante Lilli. Das haben wir nach dem Krieg auch gemußt. Oder meinst du, da hätten wir tun können, was uns Spaß machte?

Nein, Tante Lilli. Du hast bestimmt nie getan, was dir Spaß gemacht hätte.

Das Leben macht nicht immer nur Spaß! Es wird Zeit, daß du jetzt mal den Ernst des Lebens kennenlernst!

Ja, Tante Lilli, sagte ich müde. Stimmt, den hatte ich noch gar nicht kennengelernt, den Ernst.

Mein Schweinehund lag schlafend auf seiner Ottomane, aber seine Augen waren offen.

Gibst du dich etwa geschlagen? fragte er. Dabei glomm es gefährlich in seinem einen Auge.

Hast du eine Idee? fragte ich gereizt. Ich hab' Paul in die Welt gesetzt, jetzt muß ich mich auch dazusetzen.

Andere Frauen schaffen das doch auch, stichelte der Schweinehund. Wenn du weiter so unzufrieden bist, ist es besser für Paul, du gibst ihn in einer Krippe ab! Die Milch wird ja sauer, wenn du den Busen weiter so hängen läßt!

Das konnte ich nicht machen, völlig klar.

Kommt NICHT in Frage! Wenn du Klaus nicht heiraten willst, mußt du die Suppe allein auslöffeln!

Ich will nur ein kleines bißchen Freiheit! Nur so viel, daß ich wieder singen kann!

Jetzt heul nicht gleich, Kind, sagte Tante Lilli streng. Daß du aber auch so egoistisch bist!

Abgesehen von meinem egoistischen Berufstätigkeitstrieb wuchs mir mein Paulchen aber immer mehr ans Herz. Ich drückte und knutschte ihn manchmal so fest, daß er sein Gesicht weinerlich verzog. Beim Stillen guckten wir uns unverwandt an, Paul und ich, und seine großen wasserblauen Augen ließen mich nicht mehr los. Manchmal ließ er von mir ab, um zu grinsen, aber dann schnappte er gleich wieder zu.

Wenn ich ihn gebadet hatte, schmuste ich in Anfällen von Zärtlichkeit so lange an ihm herum, bis er zu niesen begann. Seine kleinen weißen Beinchen waren so weich und griffig, sein Bäuchlein so zufrieden prall und sein Doppelkinn so entzückend beseibert! Mit seinen völlig knöchellosen Händchen umfaßte er immer gierig meine Zeigefinger, und als er zehn Wochen alt war, schenkte er mir gar sein erstes Lächeln! Ich jauchzte vor Entzücken und sang ihm stundenlang flötenhelle

Sopranarien vor, weil richtig satte Töne ihn vielleicht verschreckt hätten, kurz, ich verhielt mich absolut kindgerecht. Klaus freute sich an unser beider Anblick, wenn er nach Hause kam. Vom Heiraten sprach er nie wieder, so wie ich vom Berufstätigsein nie wieder sprach.

Unser Leben war einträchtig und friedlich. Man hätte sich daran gewöhnen können. Wenn nicht der Schweinehund gewesen wäre. Er wollte einfach nicht in seiner Hütte hocken bleiben!

Du, Pauline, knurrte er, jetzt kommt der Herbst! Freust du dich schon darauf, deine grauen verregneten Wochenenden auf der Krabbeldecke und vor dem Laufstall zu verbringen?

Ich versuchte, das Gestichel zu überhören.

In den Kirchen ist jetzt Hochsaison, sagte der Schweinehund schadenfroh. Deine Lieblingskollegin Walpurgis wird sich freuen, wenn sie deine Konzerte kriegt! Aber du kannst ja Paulchen dein Repertoire vorsingen!

Das war zuviel.

Walpurgis sollte kein einziges Requiem abstauben! Nur über meine Leiche!

Ich ging zum Telefon und rief meine frühere Agentur an.

Drei Wochen später fuhr ich zu meinem ersten Konzert. Ich war entsetzlich aufgeregt, hatte ich doch seit fast einem Jahr nicht mehr gesungen!

Paulchen klemmte in seinem Babysitz und knütterte. Mit der freien Hand steckte ich ihm alle drei Minuten den Schnuller wieder in den Mund, den er ungnädig ins Auto spuckte.

»Mih mih mih«, machte ich immer wieder, um zu überprüfen, ob meine Stimmbänder noch da waren, und »rabäh rabäh«, machte Paulchen, um zu beweisen, daß seine Stimmbänder auf jeden Fall noch da waren.

Um vierzehn Uhr war die Probe angesetzt, und zwar im norddeutschen Vlixta. Ich hatte telefonisch um ein Privatquartier gebeten, da ich einen Säugling mitbrächte. Der Dirigent fand das prima und hatte Paulchen und mich bei einem Landwirt in Vlixta-Dorf untergebracht.

Nach dreimal unterbrochener Fahrt mit Windelwechsel in der Autobahnraststätte und trotzig-selbstbewußtem Stillen in einer Ecke der Gaststätte – ja hätte ich mich denn aufs Klo verziehen sollen? – kam ich auf dem öden Kirchplatz von Vlixta an.

Mühsam kramte ich meine und des Babys Sachen zusammen, wuchtete den Kinderwagen aus dem Kofferraum, klappte ihn unbeholfen auf, wobei ich mir noch die Finger klemmte, hob das schlafende Bündel Paul aus seinem Kindersitz und hielt schließlich mit Koffer, Wickeltasche, Kinderwagen und zitternden Knien Einzug in die kalte Kirche.

Drinnen war ein Küster damit beschäftigt, Stühle zu rükken und Mikrophone zu installieren. Als er mich sah, schüttelte er den Kopf.

Ich setzte mich in eine Bank, stellte den Kinderwagen neben mich und begann zu vespern, indem ich drei Töpfe Milchreis mit Zimt in der Kirchenbank aufbaute.

Der Küster blickte zwar befremdet rüber, sagte aber nichts. Sein Geschraube und Gerücke hallte in der Kirche wider.

Mir war ziemlich schlecht vor Angst, aber ich mußte was im Magen haben und würgte tapfer an des Reises rauher Rinde. Maria Würgine vom Nebenaltar sah mir dabei zu. Sie konnte sich mit Sicherheit in mich hineinversetzen. Dann warf ich einen Blick auf den immer noch schlafenden Paul, ließ vorerst meine Abfälle liegen und ging ein Klo suchen. Ein Klo ist vor Konzerten das allerwichtigste, erstens wegen der bereits erwähnten Angstgeschäfte, zweitens, weil man dort relativ ungestört bei günstiger Akustik ein paar Tonleitern singen kann, und drittens wegen des Spieglein Spiegleins an der Wand: wer hat das schönste Stimmenband?

Frau Jammersängerin, ihr seid die Schönste hier, aber die Sopranistin hinter den Mauern des Aborts ist noch tausendmal schöner als ihr!

Als ich nach etwa zwanzig Minuten eingesungen und frisch geschminkt in die Kirche zurückkam, war der Kinderwagen weg.

Einsam lag die Wickeltasche in der Bank. Der Küster war auch weg. Entsetzen überfraute mich.

Mit klopfendem Herzen balancierte ich über Schnüre und Kabel, umrundete einen herumliegenden Kontrabaß und wand mich zwischen Notenpulten hindurch. In heller Panik durchforstete ich die Sakristei, den dunklen Keller der Kirche und den öden verlassenen Parkplatz. Weit und breit war kein Kinderwagen zu sehen und auch kein Küster!

Gerade als ich in hilfloses weibliches Weinen ausbrechen wollte, fuhr ein Polizeiwagen vor der Kirche vor, dem ein Jungpolizist und der Küster entstiegen.

Der Küster war mitsamt Kinderwagen zur Polizei gegangen.

Im nachhinein kann ich das sogar verstehen! Endlich tat sich einmal was im langweiligen Vlixta, und dann sogar noch in der öden, schmucklosen Kirche, die ihm seit über dreißig Jahren nichts anderes bot als Stühle rücken, Kerzen anzünden und Mikrophone schrauben!

Der Küster, der immer gern »Aktenzeichen: XY... ungelöst« schaute, war sich ganz sicher, in eine Art Entführungsdrama verwickelt worden zu sein. Da kam eine fremde Frau, brachte ein Baby in die Kirche und verschwand auf geheimnisvolle Weise. Zurück ließ sie nur eine Wickeltasche, die vermutlich Waffen oder Lösegeld enthielt, und einige leergefressene Näpfe Milchreis, die mit Sicherheit dazu dienten, Heroin darin zu verstecken. Der Küster hielt es für seine verdammte Pflicht und Schuldigkeit, als verantwortungsbewußter Bürger der Stadt Vlixta diesen verdächtigen Vorfall sofort bei der Polizei zu melden. Obwohl es Samstag nachmittag war, traf er einen diensthabenden Wachtmeister an und konnte ihm seine schlafende Beute offerieren. Der Polizist, der erst einundzwanzig Lenze zählte, hatte Angst vor dem schlafenden Knaben, an dem wahrscheinlich ein paar Wanzen angebracht waren, und ließ ihn vorsorglich auf der Wache zurück, um zuerst einmal den Tatort zu sichern.

»Da ist sie!« schrie der Küster, rannte auf mich zu und ergriff krampfhaft meine Handgelenke. Inzwischen tauchten die ersten Chorsänger mit ihren Noten unter dem Arm auf. Freudig überrascht blieben sie stehen, um an dieser nicht alltäglichen Begebenheit teilzuhaben.

Der Polizist kam ebenfalls herbeigesprungen und hielt mich fest. Er war wirklich noch sehr jung; nicht ein einziges Barthaar zierte seine kindlichen Wangen. Er roch nach Clearasil.

»Wo ist mein Kind?« fragte ich zittrig, weil ich ja noch nicht wußte, weshalb der Kinderwagen verschwunden und der Polizist aufgetaucht war.

»Haben Sä das Känd än der Kärche abgestellt?« fragte mich der Polizist in seiner unverwechselbaren Mundart, und der Küster schrie: »Hat sie, hat sie! Ich hab's genau gesehen!«

Aus lauter Panik schoß mir die Milch ein. Ein hilfloses Muttertier ohne sein Rehkitz! Sicher schrie es irgendwo nach mir und hatte Hunger! Ich fing an zu heulen!

»Da, sehen Sie! Sie ist ertappt!« brüllte der Küster in die staunende Runde. »Sagen Sie sofort, wer Ihre Hintermänner sind!«

Doch Pauline gab ihm keine Antwort.

Die Chorleute starrten. Immer mehr strömten zusammen und blieben in einem weiten Kreis stehen. Ich wollte zu Paul, und zwar sofort!

Während ich versuchte, mich aus des Küsters eisenhartem Klammergriff zu befreien, spürte ich meine roten Flecke kommen, die mein Gesicht stets dann verunzieren, wenn ich unfreiwillig im Interesse der Öffentlichkeit stehe.

»Kock ma, wie rot die werd«, sagte eine Bauersfrau zur anderen.

»Die hät bestämmt Dräck am Stäcken!«

»Aames Ludä«, sagte eine andere. »Die ist doch bestämmt eine ledige Moddä!«

Der Polizist rief »Weitergehen, hier gibt es nichts zu sehen!« in die Menge, aber das wollte ihm keiner glauben.

»Paul!« schrie ich, »was habt ihr mit ihm gemacht?!«

»Da siehe du zu!« grollte jemand.

»Trraibt doch däs Meedchen näch so en de Änge«, sagte ein anderer.

»Viellaich hät sä eine gänz vernönftege Erklärong för ähr Väholtn!«

Er schien der Dorfälteste zu sein, jedenfalls hörte man auf ihn und ließ von mir ab. Ich rieb mir die schmerzenden Handgelenke und zog die Nase hoch. Jemand reichte mir ein bäuerlich-buntes Schnupftuch.

»Ich bin hier engagiert«, schnaubte ich, »und ich habe mein Baby mitgebracht. Der Dirigent weiß Bescheid!«

»Äch do däcker Schwogä«, sagte der Dorfälteste, »Hoin, däs koß däch ne Rrondä!«

Der Küster wurde rot und sagte sauer: »Konnt ech doch näch wässen!«

»Kann ich jetzt vielleicht erfahren, wo mein Kind ist?« fragte ich.

»Auf'm Revier, inne Ausnöchterungszälle«, sagte der Polizist betreten. »Äch fohr Se hän!«

Es war nur einmal um den Kärchplatz, also zum Glück nicht weit.

Der dämliche Polizist hatte Paulchen sogar eingeschlossen, damit er nicht entwischen konnte! Bei Krämänällen weiß man ja nie, ob sie nicht schon von Kändsbainen an gefährläch und verschlogen sänd!

Ich stürzte mich auf den Kinderwagen und riß das Kind heraus. Dank seines angeborenen Phlegmas schlief Paulchen tief und fest. Von seiner kriminellen Vergangenheit hatte er gar nichts mitbekommen.

In einem ziemlich traurigen Triumphzug wanderten wir zur Kirche zurück, Paulchen, der Polizist und ich, begleitet von einigen Dutzend Schaulustigen.

Das also war mein erster öffentlicher Auftritt nach über neun Monaten Pause.

Kind, mußt du denn auch überall gleich unangenehm auffallen.

Nach der Probe, die leider zweimal unterbrochen werden mußte, weil die Altistin, die ohnehin recht brüchig bei Stimme war, das Baby nähren mußte, fuhr der Dorfälteste vor mir her zu jenem Bauernhof, auf dem wir untergebracht waren.

Die Kunde von unserem nachmittäglichen Drama war uns vorausgeeilt. Überall wurden wir begafft, als kämen wir von einem anderen Stern.

Die wackere Bauersfrau half mir beim Ausladen meines zum Bersten gefüllten Kofferraumes und wies mir mein Kämmerlein unter dem Dach zu. Weil ich kein Reisebett mitgebracht hatte, mußte der Stallknecht mir den Kinderwagen die engen Stiegen hinaufschleppen.

Ziemlich geschafft von des Tages Müh' und Plag' sank ich auf das durchgelegene Feldbett. Draußen war es bereits dunkel, und Nebelschwaden zogen vor dem Kammerfenster auf. Ich fröstelte und sehnte mich nach unserer gemütlichen Wohnung in Köln, nach meiner Wärmflasche und – wer hätte das gedacht! – nach Klaus.

Klaus hatte natürlich mitfahren wollen, weil er mein Fan war, wie er sagte, und zwar in jedweder Hinsicht. Außerdem wollte er mir in bezug auf Paulchen zur Hand gehen und dabei mit links noch ein paar Videoaufnahmen von der singenden Hausfrau machen, die er dann stolz seinen Eltern vorführen konnte. Aus unerklärlichen Gründen herrschte ich ihn an, daß er gefälligst zu Hause bleiben solle mitsamt seiner Videoausrüstung und daß ich Fraus genug sei, mit so einer lächerlichen Doppelbelastung allein fertig zu werden. Schließlich hatte ich monatelang nichts getan als gesäugt und den Kinderwagen geschoben, und JETZT kam meine große Stunde der Selbstverwirklichung!

Nun hätte ich den griffig-knuffigen Landbären natürlich doch gern dabei gehabt, schon um mich ein bißchen an seiner breiten Brust zu entspannen.

Das könnte dir so passen, Kind.

Ist ja schon gut, Tante Lilli, sagte ich und weinte ein bißchen vor Einsamkeit.

Was WILLST du denn nun!? höhnte der Schweinehund. Zu Hause willst du nicht um die Häuserblocks schieben, und in der Fremde fängst du an zu flennen.

Das muß an den Hormonen liegen, sagte Tante Lilli. Stillende Mütter haben so was schon mal.

Ich nahm Paulchen aus seinem naturbelassenen Lammfell und drückte ihn an mich. Paulchen knarzte unwillig und schlief an meiner Schulter weiter.

Von unten rief die Bauersfrau, ob ich einen Pfannkuchen mitessen wolle.

Eigentlich hätte ich ganz gern gewollt, aber sie sollten nicht wissen, daß die weltberühmte Diva, die unter ihrem Dache weilte, mit rotverheulter Nase auf der Matratze saß und vor lauter Kloß im Hals nicht antworten konnte.

Ich lauschte auf das geschäftige Klappern dort unten in der

Küche und auf die Schritte im Flur. Eine fette Spinne kroch von einer Zimmerdeckenecke in die andere. Ich kramte meine Noten aus dem Koffer und schlug sie damit zu Brei. Mit einem Requiem erschlug ich sie. Welche Spinne hat schon so einen würdigen Tod!

Später erwachte Paul. Sein treuer Blick aus großen, runden Augen, sein zufriedenes Schnaufen und seine Fäustchen, mit denen er meine Finger umfaßte, während ich ihn stillte, stimmten mich dermaßen weinselig, daß Paulchen ziemlich durchnäßt wurde.

Das arme Kind, sagte auch Tante Lilli. Kaum drei Monate alt, wird es schon in der Gegend herumgeschleift und muß in ungeheizten Kammern übernachten. Ganz zu schweigen von heute nachmittag, wo er als Findelkind auf dem Polizeirevier landete!

Ich schluchzte, daß es uns schüttelte. Paulchen machte ein Bäuerchen.

Wenn doch Klaus hier wäre! Selbstverständlich hätten wir eine Suite im »Gasthaus zur Wildsau« gemietet, mit Fernseher und Minibar. Unser Paulchen hätte natürlich ein Kinderbett mit Spieluhr, und wir würden jetzt feierlich in der Wirtsstube zu Abend essen. Und die Bauern und Knechte am Stammtisch würden schüchtern zu uns rübersehen und ihre Stimme beim Skatspiel dämpfen, damit das Kindlein nicht erwachte. Leise, leise, fromme Weise.

Siehst du, Kind, ich hab's gewußt. Ohne Mann kann eine Frau mit Kind eben einfach nicht durchs Leben gehen. Mit einem Blick auf mein Da-liegt-es-das-Kindlein-auf-Heu-und-auf-Stroh gab ich alles zu.

O ja, Tante Lilli, ich gäbe was drum, wenn er noch mal um meine Hand anhielte, schluchzte ich und sank dann vor Erschöpfung matt auf die spartanische Matte.

Karriere machen ist doof! Ich will eine Gattin sein!

Das Konzert habe ich in ziemlich unangenehmer Erinnerung.

Schon zwei Stunden vorher traf ich mich mit der Nichte der Bauersfrau, die man zum Kinderhüten engagiert hatte. Sie hieß Maike und sah auch so aus: rund und gepanzert wie ein Maikäfer.

Ich erklärte ihr die Handhabung des Kinderwagens, des Teeflaschenwärmers und der Penatencremedose. Sie beteuerte, sie habe fünf kleine Geschwister und könne sehr gut mit Säuglingen umgehen. Sie werde während des Konzertes ein wenig mit Paul spazierengehen, ich solle mir keine Sorgen machen.

Ich verschwand zum Einsingen im Gemeindehaus und überließ ihr das Kind. Da Paul schlief, war das nicht weiter problematisch. Maikäfer-flieg zog mit ihm über den Marktplatz ab. In einer Stunde solle sie wieder mal vorbeibrummen, rief ich ihr nach, weil ich Paul ja vor dem Konzert unbedingt noch abfüllen mußte.

Das Einsingen war den Umständen entsprechend miserabel. Weil ich die halbe Nacht geheult und die restliche halbe Nacht gesäugt hatte, sprang die Stimme nur höchst unwillig an. Ein mütterlich-ausladendes Vibrato hatte sich meiner Stimmbänder bemächtigt, aber ich versuchte das zu ignorieren. In solchen miserablen Momenten des Lebens hilft nur noch »Hintern zusammenkneifen und durch«, eine Weisheit, die mir schon in der allerersten Gesangstunde mit auf den Weg gegeben wurde.

Ein Sänger, der sich miserabel bei Stimme fühlt, der die halbe Nacht vor Angst auf dem Klo verbracht hat und sich am liebsten im Alkohol ersäufen würde, tut eigentlich ganz gut daran, sich einen Panzer der Borniertheit anzulegen, damit niemand merkt, wie sterblich er ist. Das nur nebenbei.

Maike kam jedenfalls nicht wieder. Der Uhrzeiger rückte unbarmherzig weiter, der Kirchenchor versammelte sich daselbst zum Einsingen, die Klos waren pausenlos besetzt, und ich wanderte ruhelos im Abendkleid vor dem Gemeindehaus hin und her, immer nach einem sperrigen Kinderwagen Ausschau haltend, der von einem brummenden Maikaifer geschoben wurde. Der schwarze Kirchturm ragte düster gen Himmel, und graue Nebel wallten um seine Zinnen.

Mir gefror der Angstschweiß im Still-BH.

Was, wenn Maike etwas passiert war? Was, wenn ein fröhlicher Landmann sie in einen Busch gezerrt und den Kinderwagen in einen Weiher gestoßen hatte? Was, wenn Maike in einer Disco herumsummte und mein Paulchen irgendwo an einer dunklen Straßenecke abgestellt hatte? Die Glocken begannen zu läuten, scheppernd und dräuend hallte ihr schauriger Klang zu mir herüber.

Ihr Gläubigen, kommt und erlebt des Dramas zweiten Teil!

Das Baby ist schon wieder weg!

Gerade als ich überlegte, ob ich mit gerafften Röcken zum Polizeirevier hinüberlaufen sollte, um Paul eventuell aus der Ausnüchterungszelle zu holen, kam Maike fröhlich des Weges geschoben.

Hastig riß ich mir das Kleid vom Busen und rannte mit Paul in die Sakristei, wo schon der Herr Pfarrer und einige Meßbuben erwartungsvoll den Weihrauchtopf schwenkten. Es war zehn Minuten vor acht. Die Kirche war bereits brechend voll. Überall wurden Geigen gestimmt und Fräcke angezogen. Es war ein heilloses Durcheinander. Ich wischte einfach ein paar Klamotten vom Stuhl, ließ mich darauf nieder und drückte Paul die Brustwarze in den Mund, ob er wollte oder nicht. Paul wollte übrigens nicht. Er war gerade erst vom Schlaf erwacht und fand nun die Geräuschkulisse und das Getümmel viel interessanter als die ewig gleich schmeckende Muttermilch.

»Kind, trink!« rief ich nervös.

»Können Sie das nicht woanders machen?« fragte der Pastor pikiert. »Schließlich sind hier Minderjährige!«

Die Meßbuben glotzten fasziniert zu mir herüber.

Paul glotzte fasziniert zu den Meßbuben hinüber.

Ich glotzte fasziniert auf die große Uhr an der Wand.

Noch acht Minuten!

Maike stand an der Tür und glotzte ebenfalls. Sie hatte ja keine Ahnung, was sie angerichtet hatte, die unschuldige Dorfmaid!

In dem Moment stolperte der Kirchenchor herein. Etwa sechzig rotwangige norddeutsche Bauersfrauen mit frischen Dauerwellen und zwanzig sangesfreudige Stallknechte im schwarzen Anzug defilierten an uns vorbei. Kein einziges Chormitglied enthielt sich eines kommentierenden Wortbeitrags, kein einziges. »Wäll es näch tränken?« fragte eine mitfühlend, und die zweite sagte: »So'n Känd brauch doch Rohe!« – »Här es kaine Kräbbelstobe«, strunzte jemand, und

»Hossu näch mal 'n Fotoäppärät dabai?« scherzte ein anderer.

»Konzert hät Verspeetung!« rief jemand dem Dirigenten zu, und »Lasset die Kändlain zu mer komm!« zitierte ein Frömmling.

Welch ein peinliches Spießrutensitzen.

Endlich fing Paul ein bißchen an zu saugen, aber nur ein bißchen, denn nun kam das Orchester an uns vorbei, auf daß ein viel größer Getümmel ward.

Zuletzt kam der Dirigent mit den drei anderen Solisten, die mich strafend anguckten. Hätte ich denn meine schlüpfrigen Privatangelegenheiten nicht vorher erledigen können?

»So, können wir jetzt?« fragte der Dirigent und rieb sich nervös die Hände.

Die Sopranistin jubelte einige Dissonanzen gegen die Wand, um den Sitz ihrer Stimme abzuchecken. Der Tenor spuckte einmal kräftig aus, und der Bassist biß hektisch auf einigen Kräuterbonbons herum. Du zerbrichst sie zu Scherben, dachte ich noch, bevor sich ein großes weißes Bäuerchen auf mein schwarzes Samtkleid ergoß. Es roch ziemlich säuerlich und konnte sogar noch gegen den Weihrauch anstinken.

»Ich müßte noch mal ganz schnell zur Toilette«, sagte ich in höchster Not.

»Ja, aber schnell!« sagte der Dirigent, und der Pastor meinte verbindlich, er könne ja schon mal die Begrüßungsworte sprechen gehen. Ich pflückte Paul von mir ab und drückte ihn der untätigen Maike in die Arme. In höchster Panik lief ich noch einmal ins Gemeindehaus. Draußen war es ungemütlich frisch. Ein herber Wind fegte um die Ecken.

Als ich fünf Minuten später keuchend in die Sakristei zurückkam, war Maike mit Paul und dem Kinderwagen weg. Auf dem Stuhl lagen Paulchens Mütze und sein kleiner gelber Anorak.

Nur eine Mutter kann ahnen, wie höllenmäßig schlecht ich mich in den nächsten zwei Stunden fühlte. Abgesehen von meiner panischen Angst vor meinem ersten brüchigen Solo-Einsatz und vor der langen, schwierigen Arie am Schluß der »Missa Bedrängnis«, wußte ich die ganze Zeit, daß mein zwölf Wochen altes Kind ohne Anorak und Mütze von einem unsensiblen Dorfkäfer durch den Sturm geschoben wurde.

Diese dämliche Maike gehörte doch in den Dorftümpel geschubst!

Ich überlegte die ganze Zeit verzweifelt, ob ich einfach das Podium verlassen und mit gerafften Röcken durch Vlixta laufen sollte, in der Hoffnung, mein geliebtes Paulchen zu finden. Doch der Himmel wußte, wo diese Maike sich mit ihm rumtrieb. Wahrscheinlich war sie zu ihrem Freund gegangen und ließ Paulchen irgendwo im Vorgarten stehen!

Außerdem würde der arme Kerl in Kürze schrecklichen Hunger kriegen, hatte er doch so gut wie nichts getrunken.

Mein erster Einsatz nahte, und ich versuchte, die düsteren Gedanken zu vertreiben. Mit zitternden Knien und noch viel stärker zitternder Stimme stand ich auf und atmete tief durch. »That's Fegefire«, raunte mein Schweinehund, der mit zitternden, dürren Gliedmaßen unter meinem Abendkleid lauerte. »Was braucht die Welt noch Gruselfilme!«

Während des Singens stellte ich mir ununterbrochen vor, daß mein geliebtes Würmlein vor Kälte zitternd irgendwo in einer dunklen Gegend verlassen vor sich hin schrie. Ich konnte es kaum aushalten. Aber es war doch völlig unmöglich, jetzt mitten im Konzert aus der Kirche zu rennen!

Im Duett mit dem Sopran vermochte ich mich fünf Minuten lang abzureagieren. »Miese Röhre nobis«, jammerten wir beide um die Wette, und ich habe diese Worte niemals wieder so brünstig nachempfunden.

Die Messe zog sich endlos hin, der Pastor befleißigte sich einer Open-end-Predigt, von der kein einziges Wort an meine Ohren drang.

Vor mir saßen Hunderte von Vlixtaer Bürgern, und da war keiner, aber auch nicht einer, zu trösten mich... Sollte ich die Predigt nutzen, um durch Vlixtas nächtliche Straßen zu hetzen? Wie lange würde der Pastor noch reden? Wenn er noch fünf Minuten brauchte, käme ich immerhin einmal um die Kirche. Brauchte er noch zehn, könnte ich es zum Polizeirevier schaffen... Das war ein Weg! In mir spannten sich alle Muskeln. Jetzt schnell aufstehen und rauslaufen!

Nein, jammerte der Schweinehund unter meinem Abendkleid, ich bin zu feige! Es ist so entsetzlich peinlich, vor mehreren hundert Menschen vom Solistenpodium zu flüchten!

Los, Pauline, das bist du dem Kleinen schuldig! Hab doch mal ein bißchen Zivilcourage!

Die Polizei soll ihn suchen und ihm seine Jacke anziehen! Wozu sind diese Burschen denn da!

Mach ich nicht, winselte der Schweinehund. Ich halte diese Nervenkiste einfach nicht aus!

Der Pastor predigte.

Pauline, heb deinen Hintern! Du sitzt noch!

Aber Paulchen hat ja immerhin das Federbett, sagte der elende Schweinehund, weil er einfach nicht die Kraft fand, unter meinem Rock hervorzukriechen.

Es weht ein eiskalter Wind!

Der Pastor räusperte sich. Wenn er jetzt nicht »amen« sagte, würde ich gehen. Er sagte nicht »amen«, er holte zu einem neuen, verschachtelten Nebensatzgeflecht aus.

»Mama kommt gleich wieder«, sagte ich halblaut zum verblüfften Dirigenten, weil ich das zu Paul auch immer sagte, und dann ging ich vor dreihundert Augenpaaren rechts vorne in die Sakristei, um kurz darauf mit einem winzigen Anorak und einer selbstgestrickten Pupke-Bommelmütze in Blö wieder herauszukommen. Hocherhobenen Hauptes wanderte ich durch das lange Kirchenschiff nach hinten, krampfhaft bemüht, keinem einzigen staunenden Bürger von Vlixta ins Gesicht zu sehen.

Draußen fing ich an zu rennen. Tante Lilli rannte neben mir her.

Deine verdammte, verfluchte Selbstverwirklichung treibt das wehrlose Kleinkind in Situationen, die un-ver-ant-wortlich sind! Wenn es NUR eine Lungenentzündung bekommt, kannst du von Glück reden! So jemandem wie dir gehört die Erziehungsberechtigung entzogen!

Auf dem gottverdammten Polizeirevier war alles dunkel. Der bartlose Jüngling von gestern saß wahrscheinlich zu Hause am Fleischtopf und guckte »Tatort«. Da konnte er noch was lernen. Vielleicht saß er sogar im Konzert und freute sich über meine kurzweiligen Soloeinlagen.

Ich rüttelte verzweifelt an der Tür. Nichts rührte sich. Alles war tot. Die Kriminalität in Vlixta konnte ungehindert Blüten treiben.

Das geschieht dir absolut recht, sagte Tante Lilli.

Völlig verzweifelt lief ich wieder zur Kirche. Ich unglücksel'ger Atlas.

Unverrichteterdinge kam ich mit meinem Anorak und der Mütze in Blö zurück. Wieder argwöhnten die toten Augen von Vlixta hinter mir her.

Der Pastor hörte soeben auf zu predigen. Seine Predigt endete mit den Worten: »Jetzt ist die Altistin wieder da, amen.« Einige wenige, die zugehört hatten, lachten anerkennend. »Amen«, brabbelte die restliche Gemeinde, und das Orchester begann die Instrumente zu stimmen.

Der Chor stand auf.

Ich setzte mich hochroten Kopfes auf meinen Stuhl und legte den kleinen gelben Anorak und die Bommelmütze neben mich auf die Erde.

Gerade als der Dirigent den Taktstock hob, klopfte mir jemand von hinten auf die Schulter.

»Ich weiß, wo die Maike ist!« sagte eine Frauenstimme an meinem Ohr. Ich fuhr herum und sah in ein warmherziges Chorsängerinnenantlitz. »Die Maike ist beim Bernd.«

Ich hätte sie gern umarmt und geküßt.

»Und ist es warm beim Bernd?« fragte ich, den Tränen nahe.

»Beim Bernd ist es warm, aber für den Rückweg braucht das Baby die Jacke«, sagte die Frau, und obwohl der Dirigent sie mit Blicken steinigte, bückte sie sich, nahm Anorak und Mütze und ging ganz selbstverständlich mit den Sachen zur Kirche hinaus, sehr zum freudigen Staunen des Publikums. Allmählich begann sich die Menge für die zwei winzigen Kleidungsstücke zu interessieren. Mal sehen, wie oft die noch raus und rein getragen würden!!

Das Credo ertönte, und ich konnte vor Tränen nicht die Noten erkennen. So was von Zivilcourage! Diese Frau wollte ich mein Lebtag nicht vergessen! Es war so unbeschreiblich erleichternd zu wissen, daß Paulchen nun nicht mehr frieren mußte! Wie ein Sack Steine fiel der Druck des schlechten Gewissens von mir ab.

Während die feierliche Messe ihren Lauf nahm, verfiel ich in unkontrollierte Juchzer, die kein Gesangslehrer geduldet hätte.

Kurz vor dem Benedictus kam die Frau zurück. Sie umrundete die weihrauchschwenkende klerikale Obrigkeit, schlängelte sich durch die Geigen und Bratschen, legte mir die Hand auf die Schulter und sagte: »Ihrem Kleinen geht es gut«, bevor sie sich wieder in den Chor einreihte. Im Publikum reckte man die Hälse. Wer von den Musikern mochte gleich aufstehen, um einen kleinen gelben Anorak und eine Bommelmütze in Blö aus der Kirche zu tragen?

Ach wie so menschlich und wie so rührend es doch war! Kaum daß das Muttertier in mir vom Kinde Kunde hatte, schoß hormonstoßartig die Milch ein, und zwei dunkle Kreise bildeten sich auf dem Abendkleid. Sehr apart.

In dieser Verfassung sang ich schließlich mein »Agnus Dei«, und keiner, aber auch nicht einer blieb blöden Blickes im Halbschlaf hocken. Wenn das nicht ergreifend war! Beim allerletzten »Dona nobis pacem« sah ich plötzlich den kleinen gelben Kapuzenanorak unter der bekannten Bommelmütze an der Kirchentür erscheinen. Mit Paulchen drin! Nie gekanntes Mutterglück überkam mich, und ich setzte mein letztes hohes E mit, wie der Vlixtaer Abendbote später schrieb, jubelndem Pathos an die Kirchendecke. Während der Ton noch verhallte, mischte sich ein ganz kleines, dünnes Stimmchen hinein: Paulchen hatte Hunger!

Dreihundert Köpfe drehten sich nach hinten, und alle sahen das kleine gelbe Menschlein, das gierig an seinen Fäustchen kaute.

»Do es jo däs Lötte«, sagte jemand, und dann brach der Beifall los.

Bleibt nur noch von der Rückfahrt zu berichten, die mein erstes Konzert nach der Mutterschaftskrise zu einem unvergleichlichen Erlebnis abrundete.

Ich hatte über eine Stunde gebraucht, um Paulchen satt zu bekommen und eine weitere, um ihn zu wärmen, zu waschen und zu wickeln. Außerdem mußte ich alle Sachen packen, mich umziehen und – last not least – Maike für ihre Dienste bezahlen. Sie versicherte mir, das Babysitten habe Spaß gemacht und sie würde es jederzeit gern wieder tun.

Gegen ein Uhr nachts winkte der Küster mich aus der unübersichtlichen Parklücke. Ich sah den Balken in meinem Auge nicht, so tief hingen die Nebelschwaden. Außerdem war es glatt.

Über die unbeleuchtete Landstraße fuhr ich wie auf faulen Eiern mit vierzig Sachen in unbekannte Richtung, in der Hoffnung, irgendwann ein Autobahnschild zu erspähen. Mein geliebtes Paulchen grunzte zufrieden vor sich hin und genoß zum Nachtisch das unvergleichliche Verwöhnaroma seines Schnullers.

Kein einziges Lebenszeichen war außerhalb der Windschutzscheibe zu erkennen. Angestrengt starrte ich auf die Seitenmarkierung der Straße. Dies versprach ja noch ein ungeahnter Höhepunkt zu werden!

Endlich, endlich gewahrte ich die Nebelschlußleuchte eines Lastwagens. Erleichtert hängte ich mich an ihn dran. Jetzt war es nicht mehr ganz so anstrengend, durch die Schwärze zu balancieren.

»So, Paulchen, das hätten wir!« sagte ich in die Stille hinein.

Klaus hätte so etwas Dummes niemals gemacht. Der ist besonnen! meldete sich Tante Lilli.

Besonnen und gediegen, sagte ich schnippisch.

Fahr sofort an den Straßenrand und halt an!

In dem Moment gewahrte ich das Autobahnschild mit der Aufschrift »Hamburg«.

Da! triumphierte ich, es war die richtige Richtung! Bei meinem Orientierungssinn hätte ich ebensogut die Fähre nach Schweden ansteuern können.

Vorsichtig fuhr ich hinter dem Laster her auf die menschenleere Autobahn. Kein Schwein fuhr außer uns nachts um halb zwei durch die norddeutsch-neblige Einöde!

Warum hast du nicht in Vlixta übernachtet, giftete Tante Lilli.

Weil eine Spinne im Zimmer war, sagte ich.

Weil ich mich an Klausens Brust schmeißen will, bemerkte mein Schweinehund ungefragt.

Und an das Kind denkst du nicht?

Natürlich! Nur an das Kind! Du hast selbst gesagt, daß eine feuchtkalte Dachkammer eine Zumutung für ihn ist!

Das Streitgespräch mit Tante Lilli hinderte mich zwar am Einschlafen, aber meine Augen begannen zu brennen.

Das Nebelschlußlicht des LKWs zerfloß zu einem roten Zerrbild.

Was der Lastwagenfahrer schafft, schaff' ich auch, sagte ich laut zum Lenkrad.

Vielleicht ist der Mann ausgeschlafen im Gegensatz zu dir, mischte sich Tante Lilli schon wieder ein. Vielleicht hat er das ganze Wochenende auf dem Sofa gelegen und nicht wie du Konzerte gegeben und Säuglinge gestillt!

Ein Konzert, Tante Lilli, nur eins, sagte ich. Und von Säuglingen im Plural kann auch nicht die Rede sein.

Tante Lilli neigte schrecklich zu theatralischen Übertreibungen. Eine Eigenschaft übrigens, die sie mir immer zum Vorwurf machte!

Meine Augen brannten inzwischen, als hätte ich in einen Pfeffertopf geniest. Ich klapperte ununterbrochen mit den Lidern, ganz so, wie die Sopranistin das während ihrer hohen Töne gemacht hatte. Echt professionell übrigens. Das ganze Publikum leidet bei so was mit.

Ich kurbelte die Scheibe runter und streckte mein Gesicht in den Sprühregen.

Mach das Fenster zu! Das Kind hat keine Mütze auf!

Die trockene Luft im Auto machte mir zu schaffen. Ich stellte die Heizung ab.

Bist du verrückt?! Das Kind kühlt völlig aus!

Ich könnte anhalten und Paulchen in eine Decke wickeln.

Dann verlierst du den LKW, dumme Pute!

Ich schaltete die Heizung wieder an.

Ein Autobahnschild schlich heran. »Hamburg 116 Kilometer.«

Kind, du schaffst es nicht! Fahr an den Rand und bleib stehen.

Das geht nicht! Wenn ich den Motor ausmache, kühlen wir genauso aus!

Dann laß den Motor an!

Was? Die ganze Nacht? Das ist Umweltverschmutzung!

Dann fahr zur nächsten Autobahnraststätte! Das ist mein letztes Wort!

Verbissen fuhr ich weiter. Der LKW und ich, wir hatten gerade mal sechzig Sachen drauf. Der Nebel wurde immer dichter.

Plötzlich blinkte der Laster nach rechts und verschwand auf einem dunklen Parkplatz. Blitzschnell überlegte ich, ob ich hinterherfahren sollte. Aber ein fremder LKW-Fahrer und ich, eine uneheliche Mutter mit einem unehelichen Kind, mitten in der Nacht auf einem neblig-gottverlassenen Parkplatz... Wenn das kein gefundenes Fressen für des Küsters Lieblingssendung war!

Ich fuhr geradeaus.

Nun war ich ganz allein. Allein mit mir und meinem Gram. Und natürlich mit Paul, für dessen junges Leben ich verantwortlich war.

So hatte ich mir die Rückkehr in den Beruf nicht vorgestellt. Daß das Schicksal mich aber auch so hart zurechtweisen mußte!

Endlos, schier endlos und qualvoll waren die gut hundert Kilometer bis Hamburg. Zweimal wurde ich von einem Auto überholt, sonst war ich der einsamste Mensch auf der Welt.

Als ich die Lichter der Großstadt sah, war ich mit aller Kraft am Ende. Es war kurz vor drei.

Paulchen regte sich, weil das seine übliche Zeit war.

»Warte noch ein kleines bißchen, bitte, brüll jetzt nicht los!« flehte ich ihn an.

Doch Paul fand nicht, daß heute nacht andere Regeln gelten sollten als sonst. Gerade als ich über eine vierspurige menschenleere Stadtautobahn Richtung Innenstadt fuhr, begann er gnadenlos zu schreien.

»Hier kann ich doch nicht anhalten, Kerl!« rief ich beschwörend.

Paul fand das aber wohl. Er brüllte.

Nervös fingerte ich nach seinem Schnuller, aber ich konnte ihn nicht finden, ohne den Blick von der Straße zu wenden.

»Halt's Maul, Paul!« entfuhr es mir. Paul schrie beleidigt weiter.

Natürlich schoß wieder die Milch ein, wie die von Tante Lilli so gern erwähnte Natur das so bei gestreßten Muttertieren eingerichtet hat.

Meine Nerven waren zum Zerreißen gespannt, als ich schließlich bei einer Tankstelle vorfuhr, die die ganze Nacht geöffnet hatte.

Ein verschlafen blickender Mensch hing hinter seinem Nachtschalter und löste Kreuzworträtsel.

Ich befreite Paulchen aus seinem Sitz und bugsierte das schreiende Bündel aus dem Auto. Völlig kaputt und mit viereckigen Augen klopfte ich an das Fenster.

»Hallo! Aufmachen! Dies ist ein Notfall!«

Der Mann hinter seinen Stadtplänen und Schokoriegeln sah das nicht so. Das war doch ganz klar ein Überfall! Struppig aussehende Frau, mit einem schreienden Säugling getarnt, verlangt nachts um drei irren Blickes Einlaß in Tankstelle!

Er rief irgendwas Verneinendes, das ich wegen Paulchens Gebrüll nicht verstand, das aber etwa soviel heißen sollte wie: Stecken Sie Ihren Geldschein in den dafür vorgesehenen Schlitz, und suchen Sie ansonsten das Weite! Ich schrie, daß ich bei der Kälte nicht im Freien stillen könne, aber der Mann zuckte die Schultern und faßte sich fragend an die Ohren.

»Arschloch! Reinlassen!« schrie ich und zeigte auf meinen überlaufenden Busen. Argwöhnisch erhob sich der Mann, schlurfte zur Tür und öffnete sie einen Spaltbreit. Wer klopfet an? Oh, zwei gar arme Leut'! Maria und Joseph dürften sich ähnlich vorgekommen sein, auch wenn ihr Tankwart ein Schankwirt war.

Ich drängelte mich hinein, steuerte auf den warmgesessenen Stuhl des Tankwartes zu, riß mir den Pullover hoch und stopfte Paulchen, der inzwischen bläuliche Verfärbungen zeigte, den Mund.

Doch der Tankwart blickte stumm auf dem ganzen Tisch herum.

Wahrscheinlich überlegte er, ob er die Polizei rufen sollte, aber das wäre für Paulchen und mich ja nichts Neues mehr gewesen.

Wenige Tage später engagierte ich spontan eine Kinderfrau. Sie hieß Frau Schmalz-Stange, also sie war eine geborene Schmalz und eine verheiratete Stange. Klar, daß sie sich von keinem der beiden Namen hatte trennen können. Frau Schmalz-Stange machte einen sehr gediegenen Eindruck. Sie redete kein überflüssiges Wort und war bescheiden, sittsam und rein, nicht wie die stolze Diva, die stets bewundert will sein! Ihre einzige Bedingung für sofortiges, flexibles Babysitten war, daß sie ihren fünfjährigen Sohn mitbringen dürfe. Ich war mit allem einverstanden. Sie hätte meinetwegen ihre beiden Großmütter mitbringen können oder ihren Zwerghasen, Hauptsache, sie erklärte sich bereit, mein kleines Paulchen für eine Weile zu beobachten.

Wie gesagt, sie war ein sehr williges Wesen. Sie war nur leider ein bißchen unselbständig, will sagen, ihr fehlte eine gewisse Eigendynamik, die für Führungspositionen ja eigentlich eine Grundvoraussetzung ist! Und der Job einer Kinderfrau ist ja wohl eine Führungsposition, meine ich.

Ab sofort wollte ich also täglich drei Stunden üben, meine Korrespondenz erledigen und sogar noch Gymnastik für aus der Form geratene Mütter machen! Das ließ ich mich was kosten. Mein gesamtes Vlixta-Honorar wanderte in die Schmalz-Stangesche Haushaltskasse.

Frau Schmalz-Stange war mitsamt fünfjährigem Sohn fortan schweigend in meiner Nähe, trug mir das Paulchen nach und wischte dem fünfjährigen Sohn Sascha auch schon mal aus Verlegenheit mit dem Staubtuch die Nase. Anfänglich genierte ich mich vor ihr und ihrem fünfjährigen Sohn Sascha, aber dann gewöhnte ich mich an die beiden. Wahrscheinlich langweilten sie sich einfach ohne mich!

Jeden Morgen, wenn sie kamen, begann ich mit meinen Tonleitern und Stimmübungen, und jeden Morgen trug Frau Schmalz-Stange das Paulchen zwei Meter neben mir auf und ab. Wenn ich sie fragte, ob sie mein unschöner Gesang nicht störe, sagte sie schlicht, nein, die Türken in ihrem Haus machten auch immer viel Krach.

Sie hatte also durchaus einen gewissen Charme!

Der fünfjährige Sohn, der, um den Zischlauten in der Namensliste noch die Krone aufzusetzen, den Namen Sascha hatte, hörte mit seinem Walkman Benjamin Blümchen. Ich mochte ihn, weil er weder auf meinem Klavier rumhackte noch mit dem Fußball auf mein Paulchen schoß, und schenkte ihm, damit er so bliebe, wie er war, im Laufe der Zeit ziemlich viele Benjamin-Blümchen-Kassetten.

Nachmittags war ich mit Paulchen allein. Da ich meine Pflichten erledigt hatte, war ich wieder halbwegs ausgeglichen und zufrieden.

Klaus war darüber sehr erfreut.

»Na, du glückliche junge Mutter?« pflegte er mich zu begrüßen, wenn er aus der Klinik kam. »Wie viele Stunden hast du heute geübt?«

»Drei«, sagte ich dann stolz, und er drückte mich an seine breite Brust und sagte: »Aus dir wird noch mal was!«

Wir vertrugen uns ganz prima, Klaus und ich, aber wir waren eben erklärtermaßen nur eine Zweckgemeinschaft. Ich mochte ihn sehr gern, und wenn des Nachts tote Spinnen oder bartlose Polizisten meine Träume bereicherten, dann kroch ich schon mal zu ihm in seine Bärenhöhle, um seinen Beistand zu genießen, aber mehr als BeiSTAND war einfach nicht drin.

Er akzeptierte das, was mich überraschte, und auch für Paul brachte er zwar freundliches Interesse auf, aber er stellte keinerlei Besitzansprüche. Irgendwie hatte er sich um 180 Grad geändert. Wenn ich nur damals schon begriffen hätte, daß das alles Taktik war!

Doch blind und egozentrisch wie ich war, versteifte ich mich weiterhin darauf, entweder als verbissene Emanze in einem Altersheim für lebenslängliche Fräuleins zu sterben oder, und das gefälligst bald, meiner großen Liebe noch über den Weg zu laufen.

Ein Musiker sollte es sein, einer, der meine Seele verstand und mein Talent erkannte, einer, der nicht gediegen und besonnen durchs Leben ging wie Klaus, sondern originell und witzig einhererschien, kurzum, ich wollte endlich mal einen kurzweiligen Chaoten kennenlernen. Einen, der mich in künstlerischer Hinsicht bereicherte! Wie das Schicksal so spielt, begegnete ich, kaum daß Paulchen ein halbes Jahr alt war, meinem Traummann, und zwar in After bei Bonn.

Es war in einem Weihnachtskonzert, und er war der Bassist.

Schon bei der Probe war mir aufgefallen, wie locker und souverän er war. Mit einer Thermoskanne wanderte er durch die Kirche und sang mit unglaublich sonorer Stimme vor sich hin. Dabei rauchte er Pfeife und aß Gummibärchen. Er hatte eine Pudelmütze auf dem Kopf und ziemlich ausgebeulte Hosen an. Ein Original! Fasziniert beobachtete ich ihn, während ich vorn meine Arien sang. Er ließ sich auf einer Bank nieder, leerte den Inhalt seines Rucksackes aus, schraubte eine Fertigsuppendose auf und bereitete sich erst mal in aller Ruhe ein belebendes Heißgetränk.

In der ganzen Kirche roch es nach Maggi. Vielleicht war das das Geheimnis seiner wirklich wunderschönen Stimme! Toback mit Gummibärchen und Hühnerbrühe statt Einsingen. Ich sollte es wirklich mal damit probieren, denn die ewigen Tonleitern waren fad und zeitraubend. Außerdem langweilten sie inzwischen Frau Schmalz-Stange und Sascha, die von den Türken in ihrem Haus sicherlich mehr Abwechslung gewöhnt waren.

Weil Frau Schmalz-Stange mit Sascha und Paulchen in der ersten Bank saß, wobei Sascha trotz der lauten Musik wieder Benjamin Blümchen hörte und seine Mutter mich wie immer scharf beobachtete, konnte ich natürlich nicht die nähere Bekanntschaft dieses außergewöhnlichen Herrn machen.

Einen Tag später jedoch kam die Gelegenheit.

Während des Konzertes nämlich war es Säugling, Kind und Kinderfrau nicht gestattet, in der ersten Reihe zu sitzen, weil die Kirche schon seit langem ausverkauft war. Frau Schmalz-Stange hätte sich wahrscheinlich mitsamt Paul und dem Benjamin Blümchen hörenden Sascha neben mich auf das Podium gesetzt, wenn man sie gelassen hätte, aber nun zogen sie allesamt ab. Selbstverständlich steckte das Baby in einem warmen Anorak. Auf Frau Schmalz-Stange war in jeder Hinsicht Verlaß. Wenn sie nur nicht ganz so anhänglich gewesen wäre!

Sehr viel ruhiger und gefaßter als bei meinem ersten Konzert betrat ich diesmal das Podium. Erstens war ich wieder sehr gut bei Stimme, zweitens wußte ich Paul in bester Obhut, und drittens faszinierte mich dieser Bassist.

Er trug heute keine ausgebeulten Hosen, sondern einen tadellos sitzenden schwarzen Anzug mit schwarzem Rolli, dazu sauber geputzte Schuhe. Tante Lilli hätte gejubelt. Sein Haupthaar war zwar schon ziemlich schütter, das hatte man gestern wegen der Pudelmütze nicht so sehen können, aber er hatte etwas ausgesprochen Männliches an sich, und die grauen Fäden an den Schläfen gaben ihm noch etwas Intellektuelles. Ich fand ihn großartig.

Beim Eingangschor fingerte ich nach dem Programmzettel, der in meinen Noten lag. Mich interessierte einfach die Vita dieses Mannes!

Statt mich also wie üblich durch Mitbrummen noch etwas einzusingen, blätterte ich im Programmheft, bis ich sein Bild und seinen Lebenslauf fand. Dies Bildnis ist bezaubernd schön!

Er hatte zwar keine Pudelmütze auf, aber noch sehr volle Locken. Es handelte sich ohne Zweifel um eine etwas ältere Aufnahme. Er mußte ein ausgesprochen gutaussehender Mann gewesen sein.

Vorsichtig sah ich ihn von der Seite an. Sopranistin und Tenor saßen auf der anderen Seite des Dirigenten, weil sie zusammen duettieren mußten. Ich hatte den Baß für mich allein.

Er mochte sicherlich schon über vierzig sein. Und er war immer noch schön, irgendwie!

Verstohlener Blick auf seine Hände: kein Ring!

Jauchzet, frohlocket, auf, preiset die Tage!

Kind, hör sofort auf, den Bassisten anzuhimmeln, und konzentriere dich auf die Musik!

Der Name! Caro nome! Der Jahrgang! Von wannen bist du? Unauffällig hielt ich das Programmheft in die Noten, damit mein sonor brummender Nachbar nicht sehen konnte, was ich über ihn las.

Simon Reich hieß er. Simon Reich, Baß.

Welch klangvoller Name für einen Mann seines Schlags!

Völlig hingerissen von ihm und seinem Bild stand ich auf, um mein erstes Solo zu singen.

»Nun wird mein liebster Bräutigam!«

Es gelang mir wirklich gut, und ich sang so locker und fröhlich wie schon lange nicht mehr. Als ich mich wieder setzte, sagte dieser unkonventionelle Simon, ohne die Stimme zu senken: »Ah ja, sehr begabt. Sie sollten mal Unterricht nehmen!« Damit bückte er sich und zauberte seinen Thermoskannenbecher mit der Hühnerbrühe hervor. Den hielt er mir unter die Nase.

Leider verbot es mir Tante Lilli durch einen ihrer unnachahmlichen Lilli-Blicke, Kreuz und Becher anzunehmen und vor aller Augen während eines Weihnachtsoratoriums heiße Suppe zu schlürfen.

Ich lehnte also errötend ab und senkte den Blick, wie sich das gehört.

Kurz darauf war dieser Simon dran, und er brillierte mit einer Trompete um die Wette. Es war wunderschön, und eine frohe, weihnachtliche Festtagsstimmung machte sich in mir breit.

Es war so einer der Momente, wo ich meinen Beruf mit keinem anderen tauschen wollte. Da saß ich mitten in einem herrlich funktionierenden musikalischen Apparat, rings um mich ertönten die festlichsten Wohlklänge, und ich durfte mein Scherflein zum Gelingen des Konzertes beitragen, ich durfte singen, weil mir das Herz überlief, und die Leute hörten mir freiwillig zu. Ganz abgesehen von der nicht unwesentlichen Gage, die man für so was bekam. Dafür mußte Frau Schmalz-Stange einen ganzen Monat neben mir stehen!

Mir war unendlich froh und feierlich zumute, und ich wünschte, dieses Konzert würde nie zu Ende gehen.

Nach meiner zweiten Arie mit dem bezeichnenden Text »Schlafe mein Liebster, genieße der Ruh« hatte Simon Reich die Augen zu.

Ob er tatsächlich eingeschlafen war?

Doch er relaxte nur ein bißchen. Ein richtiger Lebenskünstler schien er zu sein. Wie selbstverständlich hatte er die Beine ausgestreckt und seine Noten auf meinen freien Stuhl gelegt.

Der schien überhaupt keinen konventionellen Benimmzwängen zu unterliegen! Anscheinend hatte selbst in frühester Jugend nie eine Tante Lilli seinen freien Entfaltungsdrang gebremst.

Noch während des Konzertes begannen wir eine angeregte Unterhaltung. Simon Reich fragte mich, wo ich studiert hätte und warum ich ihm noch nie in einem Konzert begegnet sei. Ich freute mich wahnsinnig über sein Interesse und bekam wieder meine hysterischen Flecken, von denen einer aussieht wie Afrika.

»Die Schamesröte steht Ihnen ganz besonders gut zu Gesicht, Teuerste«, sagte Simon Reich mit sonorer Stimme. Wahrscheinlich zitierte er aus irgendeiner Operette, ich kenne mich damit nicht so gut aus. Auf mein Honorar kann sich seine Anrede nämlich nicht bezogen haben.

Jedenfalls versäumte Simon Reich über der ganzen Turtelei seinen Einsatz, und auch ich war viel zu verwirrt, um ihn rechtzeitig darauf hinzuweisen. Statt aber, wie andere das gemacht hätten, schamrot im Boden zu versinken oder in Panik loszusingen, schraubte er erst seine Thermoskanne zu, die er die ganze Zeit auf dem Schoß gehalten hatte, räusperte sich dann gründlich, suchte die entsprechende Stelle in seinen Noten, die er als Untertasse benutzt hatte, trat endlich drei Schritte vor, um optimal vor dem Mikrophon zu stehen, und sang schließlich in den seit einer Minute gehaltenen einsamen Celloton hinein: »So recht, ihr Engel, jauchzt und singet...«

Ich hielt die Luft an. Was für ein Mann! Welch ein Selbstbewußtsein! Ich fand ihn großartig.

Nach dem Konzert fragte er mich, ob ich noch ein Glas Wein mit ihm trinken wolle. Wie gerne, wie gerne blieb ich hier!

Statt dessen mußte ich zum Stillen mit Paul, Frau Schmalz-Stange und Sascha in einem stillen Winkel verschwinden. Frau Schmalz-Stange hatte mit den Kindern während des ganzen Konzertes vor der Kirchentür gestanden. Nun konnte ich sie doch nicht einfach abschieben! Andererseits fand ich es unangebracht, Frau Schmalz-Stange zu dem Date mit dem Baß hinzu zu bitten, ich weiß auch nicht, warum. Irgendwie hatte ich wohl Angst davor, meinem neuen Schwarm gleich ein uneheliches Kind mitsamt peploser Kinderfrau und deren noch peploserem Sohn Sascha zu offerieren. So unkonventionell dieser Mensch auch sein mochte: auf einen Haufen peploser Frauen und Kinder hatte er mit Sicherheit keine Lust. Deshalb spielte ich lieber die Kühle und sagte verheißungsvoll lächelnd: »Ein andermal!«

Kind, das putzt ungemein!

Simon Reich schenkte mir einen tiefen Blick aus sehr blauen Augen und sagte sonor: »Wenn ich darum bitten dürfte!«

Zwei Tage später rief er bei mir an.

Mir klopfte das Herz bis zum Halse, lag ich doch gerade im Anita-Schwangeren-Ensemble auf meiner Wolldecke und trainierte durch emsiges Auf und Nieder meiner Beine die ausgeleierte Bauchmuskulatur!

Ich winkte Frau Schmalz-Stange, die am Fußende der Decke stand, sie möge mit Sascha, der Benjamin Blümchen hörend neben ihr stand, aus dem Zimmer gehen.

Paulchen schlief im Kinderwagen auf dem Balkon.

Sascha mochte aber nicht aus dem Zimmer gehen, so sehr Frau Schmalz-Stange ihn auch darum bat. Ich saß keuchend auf meiner Wolldecke und hielt die Hand auf die Sprechmuschel.

»Bitte, Sascha! Ich möchte mal telefonieren!«

Sascha schüttelte stumm den Kopf.

Benjamin Blümchen alberte deutlich hörbar unter seinen Kopfhörern herum.

»Du kannst deinen Walkman doch mitnehmen!« zischte ich ärgerlich.

Sascha wollte aber überhaupt keine Störung hinnehmen. Frau Schmalz-Stange stand stumm und starr. Eigentlich hätte ich ja jetzt mit Simon Reich telefonieren können, weil sicherlich keiner von beiden auch nur einen Laut von sich gegeben hätte. Aber es ging mir ums Prinzip. Ich kann einfach nicht ungestört flirten, wenn eine durch und durch gediegene Kinderfrau und deren stures Kind mit im Raum sind, ob sie nun Benjamin Blümchen hören oder nicht.

Strenggenommen wäre es ja an Frau Schmalz-Stange gewesen, ihren unerzogenen Burschen bei den Ohren zu packen und aus dem Zimmer zu zerren. Da sie aber nichts dergleichen unternahm, blieb ich ratlos auf meiner Wolldecke sitzen.

»Hallo?« sagte ich in den Hörer. »Ich kann gerade nicht ungestört sprechen. In welcher Angelegenheit rufen Sie denn an?« Denn ich wollte nicht, daß Frau Schmalz-Stange merkte, was für ein privater Anruf es war, den mir ihr Sohn soeben vermasselte.

Simon Reich lachte sonor.

»Ist der Klavierstimmer da?«

»Genau«, sagte ich. »Das Klavier ist zur Zeit sehr verstimmt.«

Welch ein intelligentes Wortspiel bahnte sich da an!

»Wie kann man denn die Stimmung retten?« fragte Simon Reich am anderen Ende der Leitung.

»Wann hätten Sie denn mal Zeit?« fragte ich direkt, aber unverfänglich.

Simon Reich sagte, daß er heute abend Zeit hätte und dann zwei Wochen lang nicht mehr.

Das war natürlich schiere Erpressung. Andererseits mußte ich ihm das glauben: Sänger seiner Güte haben zwei Wochen vor Weihnachten wirklich keine Zeit.

»Ja wenn das so ist...«, sagte ich und rappelte mich mühsam von meiner Decke hoch, um sehr laut und demonstrativ in meinem Terminkalender zu blättern, »ich hätte zwar heute abend eine Probe« – Seitenblick auf Frau Schmalz-Stange, aber die verzog keine Miene, ein echter Profi auf ihrem Gebiet! –, »aber die Probe ist sicherlich gegen neun beendet!«

Ich hätte zwar einen Säugling, aber der Säugling sei sicherlich gegen neun im Bett, konnte ich doch nicht sagen. Was hätte Simon Reich von mir gedacht?!

Wir verabredeten uns um Punkt neun am Dom. Und zwar unter dem heiligen Petrus.

Ich wußte zwar nicht, welche von den steinernen Figuren am Dom Petrus heißt, aber Simon wußte es auch nicht, und so würden wir uns schon nicht verfehlen.

»Also dann um neun«, sagte ich möglichst sachlich, damit Frau Schmalz-Stange weiterhin den Eindruck haben möge, es handele sich um ein rein berufliches Telefonat.

»Punkt neun am Petrus«, sagte Simon Reich, »und ich hoffe auf bessere Stimmung heute abend!«

»Bis dahin ist das Klavier gestimmt«, sagte ich und legte auf.

Der Hörer war noch warm, da erhob sich Sascha gnädigst

vom Sofa und verließ mitsamt keifendem Benjamin Blümchen den Raum.

Auf der Domplatte wehte wie immer ein starker Wind. Die Touristen, die Richtung Bahnhof gingen, mußten sich regelrecht nach vorn werfen, um von der Stelle zu kommen. Der Dom ragte majestätisch und grünlich beleuchtet in den milchigen Winterhimmel. Ich stieg aus der U-Bahn und fürchtete mich sehr.

Was, wenn ich Simon Reich heute abend nicht mehr gefiel?

Was, wenn er die Bübchen-Creme an meinen Fingern roch? Um möglichst ganz natürlich und unverkrampft zu erscheinen, hatte ich mir keinerlei Mühe mit Make-up und solchen Äußerlichkeiten gemacht. Simon Reich sollte mich gefälligst so akzeptieren, wie ich war!

Aber vielleicht stand er auf knallroten Minirock und hochhackige Pumps? War ich denn überhaupt attraktiv genug für einen solchen Mann von Welt? Der konnte doch jede haben, jede! Und ich hatte noch lange nicht wieder die Idealfigur erreicht, wenn ich da nur an meinen stillfreudigen Busen dachte...

Siehst du, Kind, das hat die Natur schon so eingerich...

Ruhig, Tante Lilli! zischte ich. Ich will dieses Gefasel jetzt nicht hören! Siehst du nicht, daß ich furchtbar nervös bin!

Vorsichtig sah ich mich um. Die Uhr am Verkehrsamt zeigte haargenau auf neun.

Sollte ich wirklich superpünktlich sein? Welchen Eindruck würde das machen? So als hätte ich den ganzen Tag auf nichts anderes gewartet?

Also unpünktlich sein. Klar. Frau von Welt kommt ja von einer Probe, und die hat eben etwas länger gedauert. Wenn der Herr Kammersänger bereits seit zwanzig Minuten mit weißen Rosen unter der Statue wartet, kann die Diva das nur milde lächelnd bedauern.

Allerdings ist sie es natürlich nicht anders gewöhnt, als daß man stundenlang im Kalten auf sie wartet. Allein schon die vielen Autogrammjäger, die ihr durch ganz Europa folgen...

Ich lugte unauffällig Richtung Domportal. Da standen allerhand Gestalten; einer spielte Ziehharmonika, ein anderer rief den vorbeieilenden Gegenwindbekämpfern zu, daß die Welt in wenigen Tagen untergehen werde und daß man noch umkehren könne, wenn man sich jetzt vom Wind in die andere Richtung blasen lasse. Ein Simon Reich war nicht zu sehen, weder im schwarzen Anzug noch in sonst einer Verkleidung.

Vielleicht war der heilige Petrus an der Seitenfront? Ich änderte die Richtung und kämpfte mich gegen den Wind voran.

Am Seitenportal trainierten einige Skateboard-Fahrer. Zwar hatten sie alle eine Pudelmütze auf, aber niemand war so schön und reif und männlich wie Simon Reich.

Um Irrtümern aller Art vorzubeugen, umwanderte ich noch die ganze Dombauhütte und suchte unter den kaputten, einarmigen oder völlig verstümmelten Figuren der Steinmetzwerkstatt, ob denn nicht eine darunter sei, die Petrus hätte sein können.

Doch nein. Weder Simon noch Petrus war irgendwo zu entdecken.

Inzwischen war es Viertel nach neun.

Sollte Simon schon wieder gegangen sein? Bestimmt ließ er nicht lange mit sich fackeln. Es war ganz klar kein Typ Mann, der Frauen wie mir nachläuft. Deshalb war er ja so aufregend!

Ich beschloß, ihm noch eine Chance zu geben, und flanierte noch einmal am Hauptportal vorbei. Da gewahrte ich eine windgeschützte Nische.

Simon Petrus stund und wärmete sich.

Er hatte einen olivgrünen Parka an, eine Pudelmütze auf und seinen bereits bekannten Rucksack bei sich. Ein süßlich-markanter Duft nach Vanille entströmte der Pfeife, die er im Mundwinkel hatte, allerdings nur in Windrichtung, deshalb hatte ich ihn vorher nicht wahrgenommen.

»Hallo«, sagte ich mit gespielter Unverbindlichkeit, »warten Sie schon lange?«

»Da muß ich Sie leider enttäuschen«, sagte Simon Reich. »Als Sie das erste Mal um den Dom gingen, kam ich gerade aus der Bahnhofshalle.«

Da. Kalt erwischt. Den Mann konnte man nicht so leicht täuschen.

Wir gingen zu »Ernie's Nudelbrett«, weil wir ja beide als

beschäftigte Sänger heute den ganzen Tag noch nichts gegessen hatten, ist klar, versteht sich.

Hatte ich gedacht, durch meine lockere Aufmachung Lässigkeit demonstrieren zu können, so hatte ich die Rechnung ohne Herrn Reich gemacht. Gegen ihn war ich erbarmungslos durchgestylt.

Simon Reich hatte keinerlei Hemmungen, seinen Rucksack neben sich auf die Bank zu legen und die Beine so auszustrekken, daß er die Füße, die in schweren Stiefeln steckten, auf einen Stuhl der Nachbartischgruppe legen konnte.

Kind, der Mann ist aber reichlich dreist. Das hätte Klaus Klett nie gemacht! Hat der denn gar keine Kinderstube?

Simon Reich breitete erst mal die Pfeife, den Pfeifentabak, die Streichhölzer und allerhand andere Instrumente, die man zum Pfeiferauchen benötigt, auf dem Tisch aus. Dann entnahm er seinem Rucksack umständlich eine Glasdose mit Gummibärchen, eine weitere mit Suppenextrakt, einen Teelöffel, seine Thermoskanne und eine Papierserviette und stellte auch diese Dinge in sorgfältig gewählter Anordnung vor sich auf.

Kind, der Mann hat'n Knall. Noch kannst du unauffällig gehen!

»Was möchten die Herrschaften essen?« fragte das sehr beschäftigte Fräulein, und Simon Reich sagte zu ihr: »Darf ich Ihnen mal tief in die Augen schauen?«

Ich erstarrte. Das Fräulein erstarrte auch. Diesen Moment nutzte Simon Reich, um dem Fräulein tief in die Augen zu schauen.

»Dachte ich es mir doch«, sagte er. »Sie sind braun.«

»Na und?« fragte die Serviererin irritiert und guckte mit einem Seitenblick auf mich.

»Meine Großmutter hatte auch so braune Augen wie Sie«, sagte Simon Reich liebenswürdig.

Die Serviererin sagte, sie werde wieder vorbeikommen, wenn wir uns für ein Gericht entschieden hätten.

Ich war tief gekränkt.

Was erlaubte der sich?

War das das Imponiergehabe eines alternden Beaus? Oder hatte er Spaß daran, sich danebenzubenehmen?

Kind, ich sage es doch: Der Mann hat'n Knall!

»Meine Großmutter war Italienerin, müssen Sie wissen«, sagte Simon Reich zu mir. »Sie hatte die schönsten Augen im ganzen Dorf. Ganz braune Augen. Mein Großvater hat sie vom Fleck weg geheiratet.«

»Aha«, sagte ich, »sehr interessant.« In Wirklichkeit interessierte mich die Oma von Simon Reich nicht einen Pfifferling. Aber er interessierte mich! Er selbst! Obwohl eine warnende Stimme in mir sagte, ich solle die Finger von ihm lassen und lieber dem gediegenen Klaus meine Liebe schenken.

Ging aber nicht. Ich mußte mich ausgerechnet in diesen »Sonderlichen vor anderen« verknallen! In mir tobten die Gefühle, ich konnte meinen Blick nicht von ihm wenden, und jedes versuchte Wort blieb mir im Halse stecken. Als das Fräulein wiederkam, um die Bestellungen aufzunehmen, hatten wir beide die Speisekarte noch nicht einmal aufgeschlagen.

»Wir sind hier ein Restaurant«, sagte das Fräulein schnöde, »und kein Aufenthaltsraum! Wenn Sie sich also bitte entscheiden wollen!«

Simon Reich nahm mit unendlich langsamer Geste die Beine vom Stuhl und bequemte sich, die Speisekarte aufzuschlagen. Er studierte sie unter den genervten Blicken der Serviererin geschlagene drei Minuten lang, die mir noch viel länger vorkamen, und sagte dann mit profundem Baß, daß er gerne als Vorspeise Schinken und Melone haben würde.

»Und als Hauptgang?« fragte das Fräulein nervös.

»Das überlege ich mir dann«, sagte Simon Reich. Zu trinken bestellte er sich ein Glas Wein.

Ich sagte hastig, daß ich das gleiche wolle, damit sie wieder ging.

Ich habe keine Ahnung, wie die Melone und der Schinken geschmeckt haben und ob ich sie überhaupt gegessen habe oder ob das Fräulein sie überhaupt gebracht hat. Von diesem Abend weiß ich nur noch, daß ich Simon anstarren mußte und jedes Wort von ihm in mich aufsog, als wäre es die Anleitung zum »Singen für jedermann« oder »Wickeln ohne Angst«.

Er erzählte, daß er schon ein Medizin- und ein Jurastudium abgebrochen hatte, bevor er überhaupt seine erste Gesangstunde nahm. Zwischenzeitlich war er noch jahrelang als Journalist im Ausland. Ein vielseitig begabter Mensch also.

Seine unterschiedlichen Tätigkeiten erklärten auch, daß er sich so unkonventionell verhielt.

Er hatte zum Beispiel ein Jahr lang in Bangkok gelebt, wo er mit einer Thailänderin verheiratet gewesen war. Als er sie verließ, ließ sie sich die Haare scheren und ging in ein buddhistisches Kloster.

»War sie denn so gläubig?« fragte ich erstaunt.

Simon erklärte mir, daß verlassenen Frauen in Thailand eigentlich nichts anderes übrigbleibe, als ins Kloster zu gehen.

Ich schluckte.

Tante Lilli hob schon wieder den Zeigefinger, aber ich wischte ihn gleich vom Tisch. Ich würde niemals ins Kloster gehen, zischte ich sie an, und im übrigen seien wir hier in einem zivilisierten Land.

Der Mann ist aber nicht zivilisiert, sagte sie warnend.

Das macht ihn ja gerade so aufregend, triumphierte ich.

»Hat denn Ihre Frau keine Versorgungsansprüche geltend gemacht?« fragte ich neugierig.

»Nein«, sagte er und nahm sich ein Gummibärchen aus der Dose. »Das ist in Thailand nicht üblich.«

»Und warum haben Sie sie... verlassen?«

Kind, sei nicht immer gleich so plump vertraulich!

»Wir haben wahrscheinlich doch nicht zusammengepaßt.«

»Ach was«, sagte ich.

Ich versuchte dann, aus ihm rauszukriegen, zu wem er zwischenzeitlich noch nicht gepaßt hatte.

Er hüllte sich aber in geheimnisvolles Schweigen. Das machte ihn natürlich noch viel interessanter. Wenn ich da an Klaus dachte! Gleich am ersten Abend hatte er mir sein ganzes Leben erzählt, von seiner Kindheit im Hinterbayerischen bis hin zu seiner gescheiterten Ehe, von seiner Leidenschaft für das Tenorhornblasen bis hin zu seiner Abneigung, in einer geerbten Gemeinschaftspraxis ständig seine Frau umrunden zu müssen. Klaus war von Anfang an ein aufgeschlagenes Buch für mich gewesen, und das ist ja bekanntermaßen langweilig.

Simon Reich hingegen war das sprichwörtliche Buch mit

sieben Siegeln. Vom Kammersänger im Frack bis zum Clochard mit Rucksack beherrschte er alle Bühnenrollen, und seine Vergangenheit schien reich gespickt mit spannenden Absonderlichkeiten.

Außerdem fand ich ihn wahnsinnig erotisch. Auch wenn er fremden Servierfräuleins Komplimente bezüglich ihrer Augen machte. Oder gerade deshalb? Klaus wäre nie so ein Stilbruch passiert. Klaus wußte einfach, was sich gehörte, Klaus war aus gutem Hause, Klaus war gediegen und besonnen. Für Klaus hatten Servierfräuleins gar keine Augen, sondern nur volle Teller. Für Klaus hatte nur ich Augen. Und er hatte nur Augen für mich. Öde, was?

Simon Reich hingegen war wie ein Pokerspiel.

Kind, tu's nicht.

»Und was tun Sie, wenn Sie nicht singen?« fragte Simon Reich, während er sich die Pfeife stopfte.

Diese Frage hatte ich kommen sehen. Vendramin, was soll ich sagen?

Die Wahrheit, wenn du dich traust!

Natürlich traute ich mich nicht. Mein Schweinehund kläffte wütend, daß ich als Frau unter dreißig nicht gleich jedem unter die Nase reiben müsse, in was für ungeordneten Verhältnissen ich lebte.

Ich sollte auch mal wieder meinen Spaß haben dürfen, oder!?

Deshalb berichtete ich nur vage von meinen Konzerten und überlegte dabei, womit ich mich bei ihm denn interessant machen könnte.

Mir fiel nichts ein. Mein Privatleben war tabu; mit musikalischen Höhepunkten konnte ich auch nicht aufwarten, und meine absonderliche Breisucht würde er vermutlich auch nicht zum Verlieben finden. Obwohl... er hatte ja selbst einen merkwürdigen Bezug zu Genußmitteln!

»Warum eigentlich führen Sie immer Hühnerbrühe mit sich?«

Simon erzählte mir, daß er vor Jahren in Brasilien mal kurz vor dem Hinscheiden war und irgendwelche Missionare ihn durch das Einflößen sehr salzhaltiger Suppe wieder ins Leben zurückholen konnten. Seitdem muß er immer heiße salzige

Brühe bei sich haben, denn dieses Panikgefühl von damals läßt ihn nie wieder los.

Kind, der Mann hat'n Knall, sagte Tante Lilli nun schon zum dritten Mal und redete dieselbigen Worte: Nicht diesen, diesen nicht!

Doch der Funke war übergesprungen.

Simon und ich trafen uns nun fast täglich, machten lange Spaziergänge am Rhein oder hockten in einer gemütlichen Kneipe in der Altstadt.

Weil wir beide vielbeschäftigte Sänger waren oder den anderen dies zumindest glauben ließen, war es völlig natürlich, daß wir uns vormittags trafen. Das war praktisch, denn so konnte ich Frau Schmalz-Stange gegenüber so tun, als ginge ich zum Gesangsunterricht, und Klaus mußte ich überhaupt keine Erklärungen abgeben. Wenn die Zeit zum Stillen gekommen war, verabschiedete ich mich immer sehr plötzlich von Simon und fuhr mit der U-Bahn nach Hause.

Ich führte ein regelrechtes Doppelleben, und es machte ungemein Spaß! Die Liebe bewirkte so allerhand: Erstens war ich hervorragend bei Stimme, zweitens erreichte ich binnen kurzer Zeit mein Traumgewicht, und drittens war ich natürlich strahlender Laune. Nachmittags zog ich singend und Selbstgespräche haltend mit Paulchen um die Häuserblocks.

Mein Leben hatte wieder einen Sinn. Und was für einen!! Simon war eine Offenbarung. Jeden Tag erfuhr ich Neues von seinem spannungsreichen Tun und Denken, jeden Tag lernte ich wieder Anregendes über seine Lebensweise. Ich fühlte mich tatsächlich bereichert! Der langweilige Alltagstrott einer frustrierten Hausfrau lag weit hinter mir. Das schlechte Wetter und die frühe Dunkelheit machten mir nichts aus. In mir drin schien vierundzwanzig Stunden am Tag die Sonne. Klaus führte das darauf zurück, daß ich wieder sang.

Er freute sich über jedes Konzertangebot, das ich bekam.

Manchmal wollte er gerne mitkommen, um Tonaufnahmen für mich zu machen, aber ich lehnte immer dankend ab. Was, wenn Simon dabeisein würde? Ich hatte überhaupt nicht das Bedürfnis, die beiden miteinander bekannt zu machen. Einer wußte vom anderen nichts, und das war gut so.

Das einzige, was mir ein schlechtes Gewissen machte, war, daß der Knecht den Herrn verleugnet hatte: Ich hatte Paul noch mit keiner Silbe erwähnt. Er gehörte doch zu mir! Aber die Angst, Simon zu verlieren, war zu groß. Außerdem machte es ja gerade den Reiz unserer Beziehung aus, daß wir nicht alles voneinander wußten.

Mitten in dieser Hochphase bekam ich einen Einspringer für eine Tournee. Sie führte nach Frankreich, mit einem städtischen Chor und Orchester. Die Altistin, die ausgefallen war, war die berühmte Anna Blau. Ich war mehr als geschmeichelt, daß man gerade auf mich zurückgriff. Selbstverständlich sagte ich zu.

Ich sei allerdings gerade stillende Mutter, sagte ich der Dame von der Konzertagentur, also würde ich das Baby mitsamt Kinderfrau und deren Kind mitnehmen müssen. Ob das alles finanziell zu verantworten sei. Anscheinend war die Not so groß, daß man mich nach einer Stunde wieder anrief, ich solle ruhig meinen Hofstaat mitbringen, Hauptsache, ich spränge ein. Man werde uns ein Chalet zur Verfügung stellen, von dem aus alle Konzerte bequem zu erreichen seien. Anna Blau hätte auch das Chalet bekommen. Für alle Unkosten komme der Veranstalter auf.

Na großartig. Ich war in absoluter Hochstimmung. Liebe verleiht eben Flügel. Ich war felsenfest davon überzeugt, alle Bäume dieser Welt ausreißen zu können. Eine Auslandsreise mit Baby und sonstigem Anhang, was machte das schon? Eine Anhäufung von sechs Konzerten in sieben Tagen, das war doch ein Klacks! Ich war doch jung und dynamisch! Wie lächerlich mir jetzt mein verunglückter Ausflug nach Vlixta erschien!

Ich hatte ja Personal! Ich brauchte doch nur mit dem Finger zu schnippen, und schon lief alles wie geschmiert!

Der Abschied von Simon war das, was man leidenschaftlich nennt.

Als er erfuhr, daß wir uns zehn Tage nicht sehen würden, durchbohrte er mich mit seinen dunkelblauen Augen und sagte, daß er jetzt gerne mit mir allein sein würde.

Mir zitterten die Knie.

»Nimmst du mich mit zu dir?« fragte ich todesmutig.

»Nein, Kleines, das geht nicht«, sagte er. »Bei mir zu Hause ist nicht aufgeräumt.«

Wir blickten uns an und vergingen vor unerfüllter Leidenschaft. Zum Teufel! Warum konnten wir nicht zu einem von uns nach Hause gehen, wie andere Leute das auch tun, wenn sie Lust aufeinander haben!

»Bei mir zu Hause wären wir nicht allein«, sagte ich. »Die Putzfrau ist heute da!«

»Schmeiß sie raus«, sagte Simon und zog mich mit Blicken aus.

»Das geht nicht, Simon«, sagte ich mit brüchiger Stimme. »Warum gehen wir nicht zu dir?«

»Weil bei mir nicht aufgeräumt ist«, sagte er unwirsch.

Verdammte Tat! Ich will sie begehen, dachte ich, zum Teufel mit den üblichen Spielregeln! Entweder wir lieben uns zwischen herumfliegenden Socken bei ihm auf dem Fußboden, oder das Leben ist schon vorbei!

»Es macht mir nichts aus, wenn bei dir nicht aufgeräumt ist«, sagte ich, vor Sehnsucht brennend. »Ich mach' einfach die Augen zu!«

»Nein, es geht nicht«, sagte Simon ungeduldig. »Kann sein, daß bei mir zu Hause jemand ist.«

»Aha«, sagte ich, »deine Aufwartefrau vermutlich.«

»Wahrscheinlich liegen die Dinge bei mir so ähnlich wie bei dir«, sagte Simon. »Müssen wir uns den letzten Tag mit Geständnissen verderben?«

»Nein, natürlich nicht«, sagte ich erschrocken.

Was mochte dieser Simon von Zyrene für Geheimnisse haben? Womöglich lebten ein paar thailändische Klosterfrauen oder andere Melissengeister hinter seinem Gemäuer?

Das Auto war zum Bersten voll. Nicht eine Briefmarke hätte mehr hineingepaßt. Vorne neben mir hockte das dralle Paulchen in seinem Sitz und schlief. Fünf Monate Muttermilch rund um die Uhr hatten bewirkt, daß sich die Anschnallgurte kaum noch schließen ließen. Hinten hockten Frau Schmalz-Stange und Sascha, eingezwängt von Spielsachen, Fressalien und anderem Gepäck. Sascha klemmte in einem Kindersitz, der ziemlich sperrig war. Frau Schmalz-Stange hatte ihn extra mitgebracht. Im Kofferraum war das Gepäck für vier Personen und vier Jahreszeiten, konnte man doch nicht vorhersagen, wie das Wetter in Südfrankreich sein würde! Außer den üblichen Siebensachen hatte ich noch drei verschiedene Konzertkleider – für jede Temperatur nämlich eines! – mit und ohne Petticoat eingepackt, außerdem Noten, Schuhe, Kleid, Lutschpastillen, Krimis für die Proben, Stimmgabel, das Übliche. Auf dem Dach flatterte der Kinderwagen mit. Er war schon etwas marode, und das Futter winkte fröhlich allen Autofahrern hinterher. Klaus hatte mir noch in letzter Minute seine Tonbandausrüstung aufgedrängt. Ich solle unbedingt Aufnahmen machen lassen, wenn er selbst schon nicht mitfahren könne. Als unverheirateter Klinikarzt hatte er nämlich in der Weihnachtszeit pausenlos Nachtdienst. Mir war das mehr als recht.

Auch seine Fotoausrüstung und die Videokamera lagen also eingebettet zwischen Pampers und Paulchens Lammfell hinten auf der Ladefläche. Wir waren überladener als jeder Türkenopel auf der Fahrt zum Bosporus.

Als wir etwa achtzig Kilometer gefahren waren, hatte Sascha keine Lust mehr. Seine Benjamin-Blümchen-Kassetten langweilten ihn inzwischen.

Ich dachte mit Schrecken an die restlichen tausend Meilen, die der überfüllte Kasten noch würde zurücklegen müssen. Sascha fing an zu nörgeln, was ich zu überhören versuchte. Ich dachte mit selig verklärtem Blick an Simon Reich.

»Mama, ich hab' Dooorst!«

Sascha hatte beschlossen, ein bißchen renitent zu sein. Frau Schmalz-Stange kramte in ihrem Picknickkorb nach einem Getränk.

Sie fand Mineralwasser und öffnete zischend die Flasche.

Ich hörte das Wasser in einen Becher gluckern. Sascha wartete so lange, bis seine Mutter ihm den vollen Becher unter die Nase hielt, doch dann wollte er's nicht trinken.

»Nich das! Ich will Punica-Oase!«

Frau Schmalz-Stange hatte nun keine Hand mehr frei, um Sascha die Punica-Oase aus dem Korb zu kramen. Sie mußte erst das Wasser austrinken, die Flasche wieder verstauen und den Becher ebenfalls.

Ich hörte sie lange kramen.

»Mamaaa! Ich hab' Dooorst!«

Spätestens jetzt hätte ich dem renitenten Bengel eins auf die Rübe gehauen, aber Frau Schmalz-Stange entschuldigte sich, daß sie die Punica-Oase nicht finden könne.

Ich fragte, ob ich mal anhalten solle.

»Mamaaa! Ich will anhalten!« sagte Sascha in seinem Kindersitz.

»Wenn es möglich wäre«, sagte Frau Schmalz-Stange zu mir.

Ich versprach, auf den nächsten Rastplatz zu fahren. Wir waren immerhin schon bis Aachen gekommen. Wenn das kein Grund zum Saufen war!

»Mamaaa!« Sascha hatte ungeahnte Möglichkeiten, ins Fortissimo zu gehen. Das hätte ich dem stillen Benjamin-Blümchen-Bengel gar nicht zugetraut!

»Mamaaa, ich will SOFORT anhalten!«

»Ja, Sascha. Auf dem nächsten Rastplatz halten wir an.«

»Ich hab' Doooorst!!«

Frau Schmalz-Stange suchte nun in hektischer Betriebsamkeit die Punica-Oase. Schließlich fand sie die kleinen Trinkpäckchen irgendwo.

Na bitte, dachte ich, dann schaffen wir es ja noch bis zur Grenze.

Auf der Rückbank wurde heftig rumort.

»Mamaaa! Leg das woanders hin! Das ist mir zu eng!«

»Aber Sascha, ich muß doch nur kurz die Punica-Oase rausholen, dann räume ich die Malsachen gleich wieder weg!«

»NEEEIINN! Du sollst die Malsachen nicht wegräumen! Ich will malen! Ich will anhalten! Ich hab' DOOORRSST!«

»Mein Gott, Sascha«, sagte ich ungehalten. »Reiß dich doch mal ein bißchen zusammen! Wir halten ja gleich an, und dann kannst du malen und trinken, soviel du willst!«

Sascha ignorierte mich völlig. Mir fiel auf, daß er überhaupt noch nie mit mir gesprochen hatte, nicht nur auf dieser Fahrt nicht, sondern überhaupt noch nie! Selbst für die Benjamin-Blümchen-Kassetten hatte er sich noch nie bedankt. Genau. Das fiel mir jetzt auf. Keine Kinderstube, sagte Tante Lilli. Wo doch die Mutter Erzieherin ist!

»Mamaaa! Gib mir die Buntstifte!« Das kam in einem Tonfall, als hätte ihm jemand ans Bein gepinkelt. Um keine Langeweile aufkommen zu lassen, fügte er in dem gleichen Tonfall hinzu: »Ich hab Dooorrst!«

Ich hätte den Bengel schrecklich gern angebrüllt, aber meine gute Erziehung verbot es mir, Kind, das ist nicht deine Aufgabe, halt dich da raus.

Frau Schmalz-Stange hatte nun endlich alle Utensilien so geräumt, daß sie Saschas Wünschen nachkommen konnte. Er bekam Punica-Oase und Malstifte und Zeichenblock. Ich spitzte die Ohren so lang, daß ich einen Knoten hätte reinmachen können, um zu hören, ob der Kerl wohl jetzt danke sagen würde. Doch nein: Das Kind befleißigte sich einer weiteren Kritik.

»Nicht den roten Strohhalm! Ich will den grünen!«

»Den grünen Strohhalm habe ich gerade wieder in den Korb gepackt. Der liegt jetzt ganz unten drin«, sagte seine Mutter geduldig.

»Ich will den GRÜNEN Strohhalm! Lohos!«

Und gaben ihm Backenstreiche!!

Mein geräumiger Familienwagen machte vor lauter Schreck einen Schlenker auf die Standspur, als ich gewahr wurde, daß Frau Schmalz-Stange tatsächlich nach dem grünen Strohhalm grub. Ob ich ihr vielleicht mal einen erzieherischen Rat geben sollte? Besorgt dachte ich daran, daß mein Paulchen doch immerhin ihr Zögling war!

Kind, halt die Klappe. Das ist nicht dein Bier. Guck geradeaus und fahr vorsichtig.

Als Sascha endlich den grünen Strohhalm hatte, hörte ich ihn genau drei Sekunden penetrant schlürfen, dann brach er in panisches Gebrüll aus.

Eine Wespe, schoß es mir durch den Kopf, da muß eine Wespe drin gewesen sein, in der Punica-Oase! Ich blickte erschrocken in den Rückspiegel und machte die Warnblinkanlage an.

»Mach das WEG!!« schrie Sascha, und meine Wespentheorie erhärtete sich. Der arme Kerl hatte aber auch ein Pech! Vorsichtig lenkte ich die bepackte Kutsche auf die Standspur und sah mich um.

Sascha hatte ein paar Spritzer Saft auf dem Ärmel, das war alles.

»Mach das WEG!!« schrie er seine Mutter an, und die suchte in wilder Hast nach der Küchenrolle.

Und schlugen damit sein Haupt!!!

»Sascha, bist du noch ganz bei Trost?!« sagte ich, vor Schreck zitternd. »Wie kannst du uns alle so erschrecken?!«

»Mamaaaa! Mach das WEG!!!« brüllte Sascha, und die Mutter riß einen Fetzen von der Küchenrolle und putzte an seinem Ärmel rum.

Völlig verschreckt über soviel Geschrei wachte Paulchen aus tiefstem Schlaf auf und begann zu brüllen. Ich war genervt bis unters Kinn.

Dagegen war Vlixta ja noch die reinste Urlaubsreise gewesen!

Ich stauchte Sascha mit knappen Worten zusammen und sagte ihm, er solle seine arme Mutter nicht so schikanieren. Frau Schmalz-Stange entschuldigte sich, Sascha sei ein so besonders reinliches Kind, sei es schon immer gewesen, und er könne es einfach nicht ertragen, einen Saftspritzer auf dem Ärmel zu haben.

Ich schwieg.

Wir fuhren eine Weile durch die Gegend. Paulchen wollte sich nicht beruhigen.

An der Grenze lenkte ich den Wagen vor das Rasthaus.

Wir waren zwar erst eine Stunde unterwegs, aber ich war schweißgebadet.

»Pause«, sagte ich und krabbelte aus dem Auto.

Wer nicht ausstieg, war Sascha. Frau Schmalz-Stange stieg auch nicht aus, und Paulchen natürlich auch nicht. Ich reckte mich neben dem Auto und wartete. Schließlich sah ich durchs Fenster hinein:

»Ich denke, Sascha wollte aussteigen?«

»Sascha malt gerade so schön«, sagte seine Mutter, die, unter Saschas Spielutensilien begraben, nur noch mit der Nase herausschaute.

Paulchen brüllte.

Ich bugsierte ihn aus seinem Sitz und ging mit ihm in das Rasthaus.

Wenn wir schon angehalten hatten, konnte ich ihn auch gleich abfüllen. Ich bestellte mir einen Kaffee und legte Paulchen unauffällig an.

Nach genau einer halben Stunde, gerade als Paulchen zufrieden gerülpst hatte und wieder eingeschlafen war, erschien Frau Schmalz-Stange mit Sascha in der Tür.

»Wir fahren jetzt weiter!« sagte ich, um Mißverständnissen vorzubeugen.

»Mamaaa! Ich will einen Goofy-Teller!« sagte Sascha.

»Ja, Sascha!« sagte Frau Schmalz-Stange. Und zu mir: »Ich habe ihm einen Goofy-Teller versprochen, wenn er lieb ist.«

»Dann ist ja alles klar«, sagte ich. »Wir fahren also weiter.«

»Sascha war wirklich in der letzten halben Stunde im Auto sehr lieb«, sagte Frau Schmalz-Stange.

Mir fiel der Unterkiefer runter.

Kind, beschwöre keinen Ärger herauf, du brauchst die Frau noch.

Ich atmete ein paarmal tief durch, dann bestellte ich den verdammten Goofy-Teller und für mich einen Salat. Frau Schmalz-Stange wollte nichts essen. Paulchen auch nicht. Immerhin konnte Frau Schmalz-Stange dann ja Paulchen festhalten, während ich aß. Ich bildete mir ein, ich hätte sie irgendwann einmal als Kinderfrau eingestellt. Doch nein. Gerade als ich mir mit Lust eine halbe Gurke zum Munde führte, jammerte Sascha: »Mamaa! Schneid mir das DOOORCH!«

Frau Schmalz-Stange reichte mir Paulchen, um Sascha seine lappigen Frikadellen durchzuschneiden. Ich wartete geduldig, bis sie den ganzen Goofy-Teller in mikroskopisch kleine Einzelteile zerlegt hatte.

»Nich sooo!« befahl Sascha. »Größer sollst du sie schneiden!«

»Sascha!« sagte ich warnend. »Du fällst mir auf die Nerven!«

»Größer!« jammerte Sascha, ohne mich im geringsten zu beachten. »Du sollst mir die größer durchschneiden!«

Frau Schmalz-Stange bedauerte, daß sie nun leider an den Frikadellen-Schnipseln nichts mehr ändern könne, woraufhin Sascha sich weigerte, auch nur noch einen Krümel Goofy-Brei zu essen.

Während ich wutschnaubend meinen Salat weiteraß, befahl Sascha seiner Mutter, die Benjamin-Blümchen-Kassetten herzugeben. Mir hing vor Spannung das Blatt zum Munde raus, während ich beobachtete, wie Frau Schmalz-Stange in ihrem Utensilien-Korb kramte und ihrem Herrn Sohn fünf verschiedene Benjamin-Blümchen-Kassetten vor die Nase legte, damit er sich eine aussuchen könne.

Er wählte nach einigem Hin und Her eine Benjamin-Blümchen-Kassette, die noch im Auto war. Ich vergaß das Kauen.

Gerade als Frau Schmalz-Stange sich erheben wollte, um zum Auto zu gehen, befahl Sascha gnädig: »Bleib hier!« und legte bereitwillig eine von den vorrätigen Kassetten ein. Mit unbewegtem Gesicht saß er dann vor seinem Goofy-Teller, den er nicht angerührt hatte, und das übliche alberne Gekreisch des Benjamin-Blümchen quoll unter seinem Kopfhörer hervor.

»Ist Sascha immer so schwierig?« fragte ich seine Mutter besorgt.

»Er war ein Kaiserschnitt«, erklärte sie mir.

Ach so, dachte ich. Kaiserschnitte dürfen so was. Wie gut, daß Paulchen eine Sturzgeburt war!

»Meinen Sie nicht, daß Sie etwas zu nachsichtig sind?« fragte ich vorsichtig.

»Der Sascha ist sehr, sehr sensibel«, sagte Frau Schmalz-Stange. »Wenn mein Mann ihn mal etwas lauter anspricht, fängt er gleich an zu weinen. Der nimmt sich alles schrecklich zu Herzen.«

»Ach je, der Arme«, sagte ich und winkte dem Ober, um zu zahlen.

»Es tut mir ja auch leid, daß die Fahrt für ihn so langweilig ist«, sagte ich versöhnlich. »Konnten Sie Sascha denn nirgendwo anders unterbringen?«

»Doch, schon, aber er wollte unbedingt mit«, war die Antwort. »Wenn er sich mal was in den Kopf gesetzt hat, dann will er es auch unbedingt durchsetzen«, fügte Frau Schmalz-Stange stolz hinzu, »er hat eine ungeheure Willenskraft.«

Ich zahlte und nahm Paulchen auf den Arm.

»Also dann! Wir haben noch einiges vor!«

Am Ausgang bemerkte ich, daß mir niemand folgte. Erstaunt drehte ich mich um. Frau Schmalz-Stange versuchte gerade, ihrem Sohn eine Nachricht zukommen zu lassen, was nicht so einfach war, da er mit beiden Händen die Kopfhörer auf die Ohren drückte und dabei demonstrativ zum Fenster rausguckte. Sie bückte sich und redete auf den erreichbareren Kopfhörer ein, woraufhin sich Sascha zu ihr umdrehte und nach ihr schlug. Mir blieb die Spucke weg.

Ganz langsam regten sich in mir Zweifel daran, ob Frau Schmalz-Stange die geeignete Person war, um meinem Sohn eine angemessene Erziehung angedeihen zu lassen. Aber darüber hatte ich ja noch genügend Zeit nachzudenken. Schließlich waren wir gerade erst an der Grenze.

Die Kathedrale von Belves-en-Petitcoat war anheimelnd riesig, dunkel und feuchtkalt. Ich durchwanderte sie nervösen Schrittes und versuchte dabei, mich noch ein wenig einzusingen. In unserem Quartier oberhalb des Ortes war das leider wegen eines Schreikrampfes von Sascha nicht möglich gewesen.

Ein geschäftiges Treiben herrschte. Der Chor, der gerade mit zwei riesigen Reisebussen angekommen war, ergoß sich wie eine Lawine in den Altarraum.

Die Orchesterleute rückten Stühle, stimmten ihre Instrumente und räumten Geigenkästen, schwere Mäntel und Koffer aus dem Weg. Der Dirigent stand mit der Dolmetscherin im Gang und verhackstückte irgend etwas.

Ich war die Unbekannte, die Neue, die als einzige noch nicht geprobt hatte und die man noch nicht mal vom Sehen kannte.

Meine Singversuche hallten von den steinernen Wänden wider und mischten sich dann in den undefinierbaren Geräuschteppich. Nervös hielt ich mich an meiner Stimmgabel fest. Sie war wieder mal meine einzige Freundin, die mir in dieser schweren Stunde beistand.

Nach einer nicht enden wollenden Fahrt mit Dauer-Terror von Sascha und ausgiebigen Beschwichtigungs-Pausen war ich nervlich, körperlich und stimmlich nicht gerade in Hochform. Meine Hoffnung, Frau Schmalz-Stange würde einmal das Steuer übernehmen, hatte sich auch nicht erfüllt. Natürlich habe sie einen Führerschein, sagte sie, aber Sascha dulde nicht, daß ein Fremder neben ihm sitze, da nur sie genau wisse, in welchem Korb sich welche Bilderbücher und Kassetten und Punica-Oasen befänden. Das richte sich beileibe nicht gegen mich persönlich!

Um nichts auf ihren Sohn kommen zu lassen, fügte sie hinzu, daß sie sich auch gar nicht zutraue, ein so großes Auto zu fahren, und dann noch im Ausland! Auch als ich ihr versicherte, daß die Autobahn in Frankreich immer geradeaus ginge und daß die anderen Verkehrsteilnehmer das Rechtsfahren beherrschten, war sie nicht bereit, mich einmal am Steuer abzulösen. Das mußte ich akzeptieren. Schließlich war sie eine Erzieherin und keine Chauffeuse. Das war tarifvertraglich so festgelegt. Ganz klar.

Blöd nur, daß ich keine Sonderklausel für verzogene Einzelkinder miteingebaut hatte, zum Beispiel das Vorzugs- und Gewohnheitsrecht des Arbeitgebers, oben genannten Personen ab und zu mal eins auf die Rübe zu geben.

Nun aber zurück zur Kathedrale.

Obwohl alle Umstände gegen mich sprachen, fühlte ich mich seltsam befreit ohne meinen üblichen Anhang. Paulchen war satt und zufrieden, Sascha war doooorstig und unzufrieden, Frau Schmalz-Stange ging ihren erzieherischen Neigungen nach, und ich hatte meine Ruhe. Wenn man diesen Nervenkitzel hier so bezeichnen konnte. Ich sang mich ein und versuchte, mein Lampenfieber zu bekämpfen.

Das war nicht so einfach. Aus unerklärlichen Gründen war mein Nervenkostüm nicht so stabil wie sonst. Selbst die intensivsten Gedanken an Simon vermochten mich nur kurzzeitig abzulenken.

Auf der Suche nach einem abgeschiedenen Plätzchen, wo ich vielleicht mal drei Minuten unbeobachtet meine Tonleitern singen könnte, verzog ich mich einfach in einen Beichtstuhl, weil weit und breit kein anderes »Örtchen« der Einsamkeit zu finden war. Wahrscheinlich müssen Franzosen nie aufs Klo.

Ich hockte mich also auf das Armesünderbänkchen und dachte, wie praktisch es wäre, wenn da jetzt ein Loch drin wäre. Dabei überlegte ich, ob ich beim lieben Gott eine

Chance hätte, wenn ich ihn jetzt um Hilfe bäte – mein letztes Sündenbekenntnis lag etwa fünfzehn Jahre zurück.

Nein, Kind. Gerechtigkeit muß sein. Jetzt kannst du nicht erwarten, daß dein schmerzensreicher Rosenkranz irgendwas bewirken könnte. Da brauchst du gar nicht im Beichtstuhl zu hocken! Die Heuchler und Gelegenheitsbeter haben keinen Anspruch auf Hilfeleistung!

Das sah ich ein.

Betrübt fingerte ich im Dunkeln nach meiner Stimmgabel, die ich neben mich auf die Bank gelegt hatte, da stieß ich mit der Hand an einen feuchtwarmen, dunklen Klumpen. Hatte sich hier doch schon jemand mangels Loch im Sitz nicht nur seelisch, sondern auch körperlich entschlackt?

Doch der dunkle Klumpen erschrak genauso wie ich, begann zu flattern, breitete zwei riesige schwarze Flügel aus, hob sich in die Lüfte und umsauste in der engen Zelle meinen Kopf.

Es war der Teufel persönlich! Er hatte meine Seele schon gekauft! Ich stieß einen gellenden Schrei aus und stolperte in höchster Panik aus dem Beichtstuhl. Hinter mir flatterte dieses schwarze Etwas, ich schrie, was meine Lungen hergaben, und rannte in Panik zum nächstbesten Menschen, der gerade arglos seine Geige stimmte, um mich an ihm festzukrallen. Dabei zog ich den Kopf ein und verkroch mich an des fremden Geigers Brust.

Inzwischen nahm der Chor voll Freude an diesem kleinen Zwischenfall teil. Man johlte und lachte und feuerte die verschüchterte Fledermaus an, die in ebensolcher Panik wie ich einen stillen Winkel zum Verkriechen suchte.

Der Geiger tätschelte verlegen meinen Rücken.

»Ist ja gut, es war doch nur eine Fledermaus!«

»Ach so, dann ist's ja kein Grund zur Aufregung«, versuchte ich zu scherzen. »Haben Sie schon mal im Dunkeln in eine Fledermaus gefaßt?«

Der Geiger mußte zugeben, daß er das nicht habe, und ich schnaufte, daß er überhaupt keine Ahnung habe, wie ekelhaft sich eine schlafende Fledermaus anfühle.

»Vielleicht hat sie gar nicht geschlafen, sondern nur meditiert«, sagte der Geiger.

»Oder gebeichtet«, sagte ich.

Wir lachten herzlich. Dabei vergaß der Geiger ganz, mit dem Tätscheln aufzuhören.

Es war der Beginn einer wunderbaren Freundschaft.

Man sollte öfter mal schlafende Hunde wecken.

Obwohl wir so gut wie nicht geprobt hatten, und obwohl der Dirigent sich ja schon seelisch auf Frau Kammersängerin Anna Blau eingestellt hatte, konnte ich vor seinen Ohren bestehen. Dem südfranzösischen Publikum auf den kleinen, eng beieinander stehenden Strohstühlchen war es ohnehin egal, wes Rang und Namen die ausländischen Interpreten da vorne waren.

Der Tenor war der berühmte Baldur Aladin, ein kleiner, drahtiger Mann mit hellen Augen und einer wunderschönen Stimme, die scheinbar ohne jede Mühe die schroffen Klippen der Tenorpartie umschiffte. Johann Sebastian hat sich in einem offensichtlichen Anfall von Abneigung gegen Tenöre damals Übles einfallen lassen. Jedenfalls habe ich schon eine Menge Tenöre an der berüchtigten Klippenarie zerschellen sehen.

»Geht, die (Schaden-)Freude eilt so schön«, heißt es darin, und ich habe noch keine Aufführung erlebt, in der der Tenor nicht eines grausamen Todes durch den Strang gestorben wäre. Außer Baldur. Der sang das. Einfach so. Es gibt doch noch Profis unter den Sängern. Wer hätte das gedacht.

Der Baß war ein völlig aufgeblasener, eingebildeter Kerl, der beim Singen aussah wie ein ungezogener Frosch. Auch er war mit dem Privatwagen da, weil es für ihn eine Zumutung war, mit den Chorknüppeln in einem Bus sitzen zu müssen. Sein Wagen war irgendwas Schwarzes, Schnelles, Windschnittiges. Der Kerl brachte es fertig, mit seiner Kiste so dicht vor den Kircheneingang zu fahren, daß alle hundert Mitwirkenden den Bauch einziehen und ihre Instrumente über dem Kopf balancieren mußten, um überhaupt durch die Tür zu kommen. Während der Probe hatte er pausenlos den Autoschlüssel an einem albernen Maskottchen in der Hand und ließ ihn herumbaumeln. Jeder sollte sehen, daß er a) ein schnelles Auto besaß und b) nur mal eben auf einen Sprung vorbeigekommen war, um seine Töne abzulassen, wenn es denn schon nötig war. Ich nannte ihn Schweinebacke, weil er so feist war und sein Kinn bei den Koloraturen schlabberte. Welch ein himmelschreiender Kontrast zu meinem geliebten Simon! Ach, warum konnte der nicht hier sein und die Baßpartie singen! Dann wäre ich vor lauter Glück wahrscheinlich gestorben. Man soll es nicht übertreiben. Gib dich zufrieden und sei stille. Obwohl ich gerade dafür nicht bezahlt wurde.

Die Sopranistin hieß mit Nachnamen Zier. Das war sie auch, eine Zier. Eine absolut liebreizende Erscheinung, schlank, grazil und hübsch. Sie sang genauso, wie sie aussah. Wie man unter Sängern sagt: Leider gut.

Eine Theorie von mir, die übrigens auf fast alle Sänger zutrifft, ist, daß sie so singen wie sie aussehen.

Kind, was bist du arrogant.

Wieso, das gilt doch auch für mich!

Sag ich ja: Was bist du arrogant!

Bei meiner Violin-Solo-Arie nahm ich erfreut aus dem Augenwinkel zur Kenntnis, daß es sich bei dem Geiger um jenen Menschen handelte, der mich vor dem flatternden Luzifer gerettet hatte. Da wir uns von Anfang an mochten, verlief unser Zusammenspiel sehr stimmig.

Recht glücklich sank ich nach meinem letzten Rezitativ auf das Strohstühlchen zurück. Trotz aller Widrigkeiten war der liebe Gott auf meiner Seite gewesen und hatte mich noch einmal mit einem blauen Auge davonkommen lassen.

Seid froh dieweil! rief der Chor, und das war ich dann auch. Tiefbewegt und glücklich erschöpft jubilierte ich den Schlußchoral mit. Ach, ihr angefocht'nen französischen Seelen! Wenn ihr wüßtet, daß ich gar nicht Anna Blau bin, sondern Pauline Frohmuth! Was gehet uns das an, werdet ihr denken, natürlich auf französisch, und da habt ihr aber recht geredt'. Hauptsache, die Töne haben gestimmt.

Von der Nachfeier zog ich mich alsbald zurück, denn der Rotwein floß in Strömen, und ich wäre in Kürze beides gewesen, frohmuth UND blau, wenn ich mich nicht meiner Stillpflichten erinnert hätte und müde in unser Quartier gefahren wäre.

Dort harrte Frau Schmalz-Stange mein; ihr Sascha hatte für heute das Zepter aus der Hand gelegt und schlief in seiner Hälfte des französischen Bettes, als könnte er kein Wässerchen trüben.

Während ich das von Frau Schmalz-Stange liebevoll bereitete Stangenbrot mit Käse (nicht mit Schmalz!) heißhungrig verzehrte, lebte Paulchen eine Textstelle meiner Arie aus: »Labe die Brust, empfinde die Lust.« Er schmatzte so genußvoll, daß Tante Lilli ihn wahrscheinlich trotz seines jugendlichen Alters an die in unseren Kreisen herrschenden Tischmanieren erinnert hätte.

Ich blickte Frau Schmalz-Stange an und fand sie eigentlich furchtbar nett.

Am nächsten Tag waren die Teile 4–6 angesagt, das ist verdolmetscht: Die Altistin kann sich einen schönen Lenz machen. Ich schlief erst mal ausgiebig meinen Rausch aus, jedenfalls versuchte ich mein Bestes. Paulchen wollte ab und zu mal an meinem Busen nagen, was gestattet war, und Sascha wollte außerhalb des Schlafzimmers an meinen Nerven nagen, was nicht gestattet war!

Zweimal stand ich im Nachthemd auf und schlug Frau Schmalz-Stange vor, doch mal mit den Kindern ins Dorf zu gehen. Sie hatte aber die Einstellung: »Wußtest du nicht, daß ich bei dem sein muß, was meines Arbeitgebers ist?« und konnte gut noch ein paar Stunden mit mir wachen. Leider. Ein bißchen mehr Selbständigkeit wäre nicht schlecht gewesen. Wo sie doch so eine angenehme, gediegene Person war.

(Kind, die kann man gut um sich haben.)

Sie schon, allein, mich nervt der Sascha.

Sascha fuhr nämlich heute noch mal die gesamte Strecke der Hinreise nach, und zwar auf allen vieren direkt vor meiner Schlafzimmertür, und das Auto hatte wohl einen defekten Vergaser oder so was, jedenfalls machte es einen Höllenlärm. Außerdem fuhr es über eine kurvenreiche Strecke, denn zu dem Knattern kam alle fünf Sekunden ein ohrenbetäubendes Bremsenquietschen.

Was der Junge doch für eine schöpferische kreative Phantasie hatte! Die soll man auch nicht unterbinden, auch wenn sie vor der Kammertür einer gestreßten Kammersängerin ausgelebt wird. Kinder sind eben spontan.

Später am Nachmittag packte ich Paulchen in den Kinderwagen und machte einen ausführlichen Spaziergang durch das sonnenbeschienene Städtchen. Frau Schmalz-Stange hatte ich ausdrücklich gestattet, ihre Freizeit ohne mich zu verbringen.

In vorweihnachtlicher Betriebsamkeit zogen die Leute, französisch plaudernd, an den freundlich dekorierten Schaufenstern vorbei. Überall hingen Plakate, auf denen unser Weihnachtsoratorium angekündigt wurde.

»Lundi, 18. decembre, et mardi, 19. decembre, 21 h 30 précises. (Eglise chauffée.)

Histoire noël de Jésus Christe de J.-S. Bach.

Les choeurs de Cologne et un ensemble chambre-séparée-musique-orchestre.

90 exécutants!

Les solistes...

Direction...«

Und dann unsere Namen, außer meinem natürlich, weil ich ja für Anna Blau einsprang, deren Stimmbandentzündung ich als persönliches Geschenk des Himmels ansah.

Sehr glücklich und still vor mich hin verliebt in das Leben schob ich den Kinderwagen über das Kopfsteinpflaster des alten, gemütlichen Städtchens.

Wieder so ein Moment, in dem ich meinen Beruf über alles liebte!

Ich durfte reisen, ich durfte die Welt genießen, ich durfte auf der Sonnenseite des Lebens stehen!

Andere Frauen meines Alters und Intelligenzquotienten stehen vielleicht auf der Schattenseite des Bankschalters oder hocken acht Stunden lang vor dem wechselhaften Gewitter des Computers, um irgendwelche Listen einzutippen! Ihre einzigen Ausflüge führen ins Zimmer des Chefs, wo sie Kaffee servieren und Diktate aufnehmen müssen!

Wieder andere Frauen meines Schlages müssen sich mit anderer Leute unerzogener Brut herumschlagen und täglich sechs Stunden vor lärmenden Schulklassen um Gehör kämpfen! Das eine mußte ich ja zugeben: Ich mußte niemals vor lärmendem Publikum um Gehör kämpfen. Die Leute, die zu Kirchenkonzerten kamen, konnten sich alle irgendwie benehmen und taten zumindest höflichkeitshalber so, als ob sie mir zuhörten. Meistens jedenfalls. Natürlich, alle diese anderen Frauen erleben vermutlich nicht täglich den inneren Weltuntergang, wenn sie kurz vor einem Konzert kein Klo mehr finden oder das Kleid nicht zugeht oder die Töne im Halse stecken bleiben. Diese Frauen gehen natürlich abends nach getaner Arbeit nach Hause, legen die Beine hoch und eine Gurkenmaske auf das Gesicht und sehen sich anregende Fernsehserien an, um ihren Pulsschlag wenigstens dadurch noch ein bißchen zu erhöhen.

Ich selbst bin oft vor Konzerten so aufgeregt, daß ich nicht begreifen kann, wieso die Leute einfach so geradeaus gehen und Straßenbahn fahren oder im Supermarkt banale Dinge wie Brot und Käse kaufen.

Einmal hatte ich in Berlin ein Vorsingen im Theater des Westens. Es ging um ausgewählten Nachwuchs aus der ganzen Bundesrepublik, der sich nun vor sämtlichen Intendanten und deren Verwandten vorstellen sollte.

Ich empfand es als ungeheure Zumutung, über den brechend vollen Kurfürstendamm zum Theater des Westens gehen zu müssen. In meiner blinden Angst vor dem Vorsingen kam es mir absurd vor, daß die Menschenmassen auf dem Kudamm keine Gasse für mich bildeten, wo ich doch auf dem Weg zum Schafott war!

Selig sind, die Verfolgung leiden.

Gesegnet sei, der damit nichts zu schaffen hat!

Baldur Aladin zum Beispiel hatte nichts zu schaffen mit diesen Gefechten. Zudem war er nicht die Spur arrogant. Er behandelte mich von Anfang an als Kollegin, obwohl er im Leben noch nicht meinen Namen gehört oder meine Stimmbänder gegen das Licht gehalten hatte. Er hatte es nicht nötig, mir zu demonstrieren, daß er der weltberühmte Kammersänger und ich die kleine Vorstadt-Callas war.

Anders Schweinebacke. Er war auch ein verhältnismäßig kleines Licht am Sternenhimmel der tausend Stimmbandjongleure, und gerade deshalb wollte er sich ganz entschieden von mir abgrenzen. Damit das mal ganz klar war! Eine Pauline Frohmuth aus Köln war ihm, dem Bassisten Werner Wildebold aus Bad Rotzingen, noch nie begegnet!

Deshalb war es nicht an ihm, das Wort an mich zu richten! Wo kämen wir denn da hin, wenn Werner Wildebold mit jedem blassen Mädel aus dem Einspringermilieu reden wollte!

Die Sopranistin war auch nicht bekannt. Dafür aber sang sie zauberhaft und sah wie gesagt genauso aus! Ich war sicher, sämtliche 90 exécutants würden ihr rettungslos verfallen, inclusive Schweinebacke und dem Fledermausgeiger. Schade.

Kind, jetzt ist es aber genug! Kaum daß dein Simon Reich außer Reich-Weite ist, da denkst du schon wieder an irgendwelche Geiger!

Inzwischen war die südfranzösische Dezembersonne hinter den Giebeln der Altstadthäuser versunken. Die Laternen gingen an, und aus den Schaufenstern strahlte warmes, einladendes Licht.

Paulchen und ich, wir schlenderten in zufriedener Glückseligkeit durch die lauwarme Weihnachtsstimmung. Es duftete nach frischen Baguettes.

Ich überlegte, was ich Simon Reich zu Weihnachten schenken könnte. Und Klaus Klett natürlich. Meinem Kindsvater wollte ich auch eine Kleinigkeit zukommen lassen. Beiden kaufte ich schließlich eine überdimensionale Henkeltasse mit der Aufschrift »Petit déjeuner«. Eine von beiden Tassen würde ich wohl täglich in meiner Heimat wiedersehen, aber WELCHE? Und an welchem Frühstückstisch?

Et kütt wie et kütt, seufzte ich ergeben und schlenderte mit meinen beiden Henkelmännern weiter.

Wenn ich doch nur immer mein Paulchen bei mir haben könnte! Irgendwie ahnte ich, daß Frau Schmalz-Stange nicht mehr lange bleiben würde. Den Kampf gegen Sascha würde ich über kurz oder lang verlieren. Nicht zu fassen, dachte ich kopfschüttelnd, daß frau sich, um berufstätig sein zu können, dermaßen in die Abhängigkeit von Fremden stürzen muß. Männer müssen das nicht. Die sind berufstätig und haben auf jeden Fall eine Frau daheim, ob nun verwandt oder verschwägert. Und mit ihrer Brut haben sie nichts am Hut. Ungerecht ist das.

Heute abend hatte ich nicht viel zu tun.

Entspannt und fröhlich hockte ich auf meinem Strohstühlchen und beobachtete die anderen.

Wunderschön sang wieder mal diese bezaubernde Frau am Sopran. Sie hieß Antje, ich fand, der Name paßte gut zu ihr. Antje Zier. Ihre schlanke Gestalt steckte in einem nachtblauen Gewand, das mit irgendwelchem Glitzerzeug besetzt war. Immer wenn sie atmete oder sich bewegte, funkelte die ganze Antje. Sie war eine Zier.

Baldur Aladin war wieder bestens bei Stimme. Auch bei der Stelle »Da das der König Herodes hörte, erschrak er und mit ihm das ganze Jerusalem« passierte ihm kein Unglück.

Normalerweise hört sich die Stelle so an: »Da das der König Herodes hörte, er-kiekst er und mit ihm das ganze Jerusalem.«

Dann kichert die Altistin, und der Chor freuet sich.

Am nächsten Tag wurde es wieder ernst.

Der gesamte Chor, das Orchester und die Solisten wurden über achtzig Kilometer weit gefahren, um in der Kathedrale von Montcluton zu konzertieren. Da ich ja ein Baby und noch weiteren Anhang bei mir hatte, wurde mir nahegelegt, lieber meinen Privatwagen benutzen zu wollen.

Das wollte ich in der Tat, denn Sascha im Bus wäre das Ende meiner Konzertkarriere gewesen.

Ich verkündete also nach dem Frühstück meinen Leuten den Tagesplan:

Abfahrt gegen 16 Uhr, Ankunft in Montcluton wahrscheinlich gegen 17 Uhr 30, dann Stillen, Einsingen und das übliche Gedöns, Stellprobe, Stillen, Konzert, Stillen, Rückfahrt. Wenn das nicht ein ausgefüllter Tagesplan war!

Gegen Mitternacht würden wir wieder im Chalet sein. Sascha sollte schon mal vorschlafen und sich auch für das Auto eine warme Decke mitnehmen.

Frau Schmalz-Stange sollte bitte Spielsachen für Sascha einpacken, schlug ich vor, vielleicht auch die Benjamin-Blümchen-Kassetten und natürlich jede Menge Punica-Oasen.

Während ich das alles organisierte, wurde mir klar, daß

nicht sie für mein Kind, sondern ich für ihr Kind mitdachte. Ich ärgerte mich.

»Ansonsten wissen Sie ja Bescheid«, sagte ich. »Abfahrt bitte Punkt vier!«

Darauf zog ich mich zurück, um mich einzusingen. Heute gab es die Teile 1–3, 5 und 6. Das ist verdolmetscht: Die Altistin hat volles Programm.

Um halb vier machte ich Paulchen fertig. Zwar wäre das die Aufgabe von Frau Schmalz-Stange gewesen, aber ich wollte sie nicht stören. Sie war gerade mit Sascha in ihrem Zimmer. Also machte ich Paulchen schon mal den Popo sauber, zog ihn komplett um und legte seine warmen Sachen zurecht. Dabei versuchte ich, meine schwarze Seidenbluse nicht unnötig zu beschmutzen.

Um Viertel vor vier packte ich die Wickeltasche, kochte Tee ab, klappte den Kinderwagen zusammen, hob Paulchen in seinen Babysitz und schnallte ihn an.

Dann holte ich meinen Konzertkoffer und stieg ins Auto. Es war Punkt vier.

Von Familie Schmalz-Stange keine Spur.

Ob ich mich nicht deutlich genug ausgedrückt hatte? Es war doch von sechzehn Uhr die Rede gewesen! Frau Schmalz-Stange hatte doch den ganzen Tag Zeit für ihre Vorbereitungen gehabt! Ungeduldig und nervös zwang ich mich, genau fünf Minuten im Auto sitzen zu bleiben. Dann stieg ich aus und ging wieder ins Haus.

Nichts.

»Hallo?!? Frau Schmalz-Stange?!«

Die Schlafzimmertür ging auf, und Frau Schmalz-Stange erschien. Sie war noch nicht umgezogen, hatte Pantoffeln und einen Hausanzug an.

Mir blieb die Spucke weg. »Hatten wir nicht vier Uhr gesagt?«

»Ja, schon, aber...«

»Was, aber?« In mir machte sich Panik breit. Die Unternehmung, die wir noch vor uns hatten, war ja kein Klacks! Ich sollte in vier Stunden vor fünfhundert Leuten singen! Und diese Frau stand hier entgegen jeder Vereinbarung in Pantoffeln!

»Sascha mag nicht.«

»WAAAS?«

»Sascha hat keine Lust!«

Ich war völlig sprachlos. Sascha hatte keine Lust. Ich saß gestiefelt und gespornt und eingesungen und geschminkt im Auto, mitsamt Baby, das ich auch komplett angezogen hatte, und Sascha hatte keine Lust.

»Ich hab' auch schon versucht, mit ihm zu reden, aber er sagt, er hat Bauchweh!« sagte Frau Schmalz-Stange.

»So, hat er«, sagte ich und sank auf eine Kommode.

»Und was machen wir jetzt?« fragte ich. Blitzschnell gingen mir verschiedene Lösungsmöglichkeiten durch den Kopf:

Ins Schmalz-Stangesche Schlafzimmer einbrechen, Sascha vertrimmen, fesseln, knebeln und ins Auto schmeißen. Das hätte eventuell die Stimmung des weiteren Abends ein wenig getrübt.

Sascha hierlassen. Vielleicht gab es irgendwo eine französische Nachbarin, die gern mit verwöhnten kleinen Ausländerkindern spielte. Doch eine solche aufzutreiben und Sascha mitsamt Benjamin-Blümchen-Kassetten zu ihr hinüberzubringen, hätte vermutlich meinen Zeitplan unwesentlich durcheinandergebracht...

Herr, hilf, so laß mich Hülfe sehn!

»Ich glaube, wir müssen hierbleiben«, sagte Frau Schmalz-Stange kreativ.

»Wer, WIR?« fragte ich zurück. Wenn sie gesagt hätte: »Ich glaube, das Konzert muß ausfallen«, hätte mich das auch nicht mehr gewundert.

»Sascha und ich«, sagte sie.

»Und was ist mit Paulchen?« fragte ich entgeistert.

»Entweder Sie nehmen ihn mit, oder er bleibt hier«, schlug Frau Schmalz-Stange vor. Manchmal konnte sie richtig pfiffige Vorschläge machen. Wer kann das heute noch.

Ein Blick auf die Uhr: Es war zwanzig nach vier. Sofort stellte sich das Bedürfnis nach einer Klobrille ein. Ach, Herr, ich bin ein armer Wurm.

Ich rannte zum Auto, hob Paulchen raus und legte ihn Frau Schmalz-Stange in den Arm. Dann holte ich den Kinderwagen, die Wickeltasche, die Teeflasche und die warmen Sachen zum Anziehen. Das einzige, was ich Frau Schmalz-Stange nicht überreichen konnte, war mein Busen.

»Was werden Sie Paulchen zu essen geben?«

»Eine Banane oder so was«, sagte Frau Schmalz-Stange.

»Warum geben Sie ihm nicht gleich Salzstangen und Cola? Der Kerl hat noch nie was anderes zu sich genommen als Muttermilch! Darum habe ich ihn und Sie und Sascha doch schließlich mitgeschleppt!«

Frau Schmalz-Stange zuckte die Schultern. Hoffentlich würde sie nicht weinen.

Wie konnte ich aber auch so grob mit ihr umgehen, wo ihr Sohn doch ein Kaiserschnitt gewesen war!

Ich schaute erneut auf die Uhr. Fünf nach halb fünf. Im Ort gab es doch eine Apotheke! Die mußte noch geöffnet sein. Bei uns in Köln-Klettenberg waren die Apotheken um halb fünf noch geöffnet.

Ich flitzte zuerst aufs Klo und dann mit dem Auto in die Stadt. Was heißt »Milupa-Breichen« auf französisch?

»Bon soir. Avez-vous quelque chose pour manger pour un bébé?« Die freundliche Verkäuferin verstand mich. Die Gegenfrage, die sie an mich richtete, verstand ich hinwiederum nicht.

Vielleicht wollte sie wissen, ob das Baby schon Zähne habe, wie in einer ganz ähnlichen Filmszene?

Oder sie fragte nur, ob das Kind Schokolade- oder Sanddorn-Geschmack bevorzuge?

Eventuell fragte sie ja auch, welche Packungsgröße ich haben wolle...?

»Je suis Allemande«, begann ich zu stammeln, »je ne comprends pas très bien français.«

»O doch«, versicherte mir die freundliche Verkäuferin, und meine Aussprache erst, sie sei geradezu excellent, Madame! Dann wiederholte sie genau das, was sie vorher schon zum Thema Milupa-Breichen angemerkt hatte. Ich verstand sie nicht.

Leider reichten meine Französisch-Kenntnisse nicht dazu aus, ihr in Windeseile klarzumachen, daß ich soeben dazu verdonnert worden war, meinen Milchfluß zu drosseln, und daß mein argloses Kind heute zum ersten Mal in seinem Leben an etwas anderem nuckeln mußte als an mir. Außerdem, daß ich in größter Eile sei, da ich in nunmehr drei Stunden unwesentliche fünf Bach-Kantaten zu singen hätte, vor unwesentlichen fünfhundert Menschen, und daß ich nur noch unwesentliche 80 Kilometer auf unbekannter Strecke in der Dunkelheit fahren müsse, um in unwesentlichen 30 Minuten bei einer unwesentlichen Probe zu sein. Auch, daß ich für die völlig unwesentliche Anna Blau einspränge, konnte ich ihr in der erforderlichen Kürze und Prägnanz nicht klarmachen. Die Verkäuferin lächelte süß und verständnisvoll. Ja, ja, diese Ausländer! Nur Zeit, nur Zeit! Sie wird sich schon von den Lippen ringen, was sie will!

»Je suis en prison«, sagte ich und trippelte nervös von einem Bein aufs andere.

Die Verkäuferin legte den Kopf schief wie ein Hund, der darauf wartet, daß man ein Stöckchen wirft. »Bien sur?«

Hatte ich gesagt: »Ich bin im Gefängnis«, statt »Ich bin in Eile«?

»Je n'ai pas de temps!«

»Ich habe kein Wetter(?).«

Verzweifelt tippte ich auf meine Uhr. Dabei hätte ich mir schon wieder in die Hose machen können.

Die freundliche Verkäuferin wollte gerade »Hülfe« aus dem Hinterzimmer holen, da hörte ich ein mir vertrautes Schlüsselklirren und das bekannte Rotz-durch-die-Atemwege-Ziehen, verbunden mit dem derb-bayrisch hervorgebrachten Auswurf:

»Hom's Lokrritzn?«

Schweinebacke! Den schickte der liebe Himmel! Vielleicht konnte der Französisch!

Die Dame hinter der Theke war nun doch aufs höchste verwirrt und flüchtete ins Hinterzimmer.

»Aah die Frromuth Paalinne«, sagte der Kollege erfreut. Er KANNTE mich! Er wußte meinen Namen!! Wer hätte das gedacht! In der Wüste ist der Einäugige König.

Ich erklärte ihm in Windeseile mein Problem.

»Jo, und ii brraach Lokritzn, mey, mey Stimm ist heut völlick im Orsch«, antwortete er.

Ich fand ihn zum Kotzen egozentrisch.

Die Dame kam mit einer Schachtel Milchpulver und einem Herrn wieder. Der Herr hörte sich die bayerischen Urviech-Geräusche meines Landmannes an und zeigte ihm dann sein Lutschpastillen-Sortiment.

Die Dame sagte sehr wortreich etwas zum Thema: »In dieser Schachtel ist Milchpulver von der Marke Milupa, Sie müssen abgekochtes Wasser draufschütten und warten, bis es abgekühlt ist. Am besten, Sie halten die Flasche an die Backe oder tropfen sich was aufs Handgelenk.«

Ich war begeistert. »J'ai encore besoin d'une bouteille...« und spitzte die Lippen, um anschaulicher zu saugen.

Sie reichte mir eine aus dem Regal.

Dann wollte ich eigentlich gehen, da fiel mir siedend heiß ein, daß ich noch eine Milchpumpe brauchte!

Den Busen interessierten Saschas Launen nämlich wenig, und er würde spätestens beim »Labe die Brust, empfinde die Lust« zu tropfen anfangen.

»Woll'ns mitfohrn?« raunzte mich Schweinebacke an, der inzwischen irgendwelche grünlichen Drops in selbiger hin und her schob. Ich dankte dem gütigen Himmel für diese überirdische Erscheinung und sagte zu.

Werner Wildebold roch penetrant nach Eukalyptus und Zahnarzt, als ich neben ihm auf dem Beifahrersitz hockte.

Ich hatte noch in Windeseile die Sachen ins Chalet gebracht und meinen Koffer umgeladen.

Paulchen schrie wie am Spieß, als ich kurz dort war. Sofort schoß die Milch ein. Ich konnte mir und Paulchen nicht mehr helfen.

Nun rasten wir über dunkle, unübersichtliche Landstraßen durch den Nebel.

Ich verkrampfte meine Hände auf dem Schoß.

Das war ja wieder mal eine originelle Situation!!

Ich hatte das Bedürfnis, mit einem Menschen darüber zu reden, was in mir vorging. Klaus würde sagen, ich solle mich einfach mitteilen, einfach alles aus mir rauslassen. Und überhaupt, mit Klaus wäre das alles nicht passiert.

»Wegen eines fünfjährigen Tyrannen muß jetzt mein Baby verhungern«, begann ich einfach alles rauszulassen.

»Wos sogens?« Schweinebacke legte sich mit quietschenden Bremsen in die Kurve.

Ich erzählte ihm von Paulchen und Frau Schmalz-Stange und Sascha. Dabei hielt ich mich krampfhaft an meiner soeben erworbenen Milchpumpe fest. Mein Leben hing an einem seidenen Faden. Und Paulchen würde vielleicht heute abend Hungers sterben. Oder zumindest Brechdurchfall kriegen von diesem Milchpulverzeug. Mir ging es wirklich schlecht. Ich war kurz vor dem Sterben.

Schweinebacke fuhr wie ein Henkersknecht.

»Ssie, wos mocht diese Sopranistin, Ssie?« war seine Antwort auf meine soeben geschilderte Not. »Wissens, wozu die zwäi Stimmbänder im Hols hot? Zum Ssingen jedenfolls net, Ssie! Die verkrrompft ja völlick! Ssie, wos sogen jetzt Ssie dazua?«

»Ich finde, daß sie sehr schön singt«, sagte ich. »Da ich nichts vom Singen verstehe, halte ich mich aus sängerischen Beurteilungen meiner Kollegen stets raus.«

»Naa, grraaslich, Ssie! Die konn doch net ssingen!« fuhr er mich an und legte den fünften Gang ein. »Und wie's aasschaat! Wie a Babagää! Ist dös Iana noch net aafgfolln, Ssie?!«

Ich wandte schüchtern ein, daß ich sie sehr hübsch fände. Dabei unterdrückte ich ein Übelkeitsbäuerchen.

»Wiesso singt die bäi uns? Hot die än rrächen Monn, der'n Dirrigentn bstochn hot?«

Ich fand ihn ungeheuer dreist.

Als wenn die Karriere einer Frau nur durch die Protektion ihres Mannes zustande kommen könnte! Typische Einstellung für diesen aufgeblasenen bayerischen Bölker.

»Na und SSie! Äängschprung sind's! Für die Onna! Do homs a grroße Schonx, Ssie! Villäächt können's Karriere mochn, wenn's Glück hom!«

»Zumal ich keinen reichen Mann habe und die Dirigenten immer selbst bestechen muß!«

So, dachte ich. Dem habe ich's gegeben.

»Naa, ham's kann Monn nicht? Do hot SSie ääner ssitznlossn, wos! Paalinne, Paalinne! Und jetzt müssens ssinga, um dös Kind zu ernährn! Ssie, dös is aa net äänfach, dös sogi Ianna!«

Wenn ich nur noch solchen groben Gernegroßen begegnen muß wie dir, geh' ich lieber Treppen putzen, dachte ich erbost. Klar, daß er felsenfest davon überzeugt war, MICH hätte einer »sitzenlassen«. Ich hatte aber nicht die geringste Lust, mit dem Typen über seine verkorkste Einstellung zur geschlechterspezifischen Rollenverteilung zu diskutieren. Mit dem nicht. Der würde es nie lernen. Da schonte ich lieber meine angefocht'nen Nerven.

Wieso mußte der Idiot so brettern?! Die neblig-beschienenen Bäume rasten an uns vorbei. Manchmal war ich sicher, daß der nächste mein Tod sein würde.

Armes Paulchen. Er hatte es nicht verdient.

Nächstens würde ich ihn zu Hause lassen. Nur, bei wem? Klaus Klett würde nicht seinen Beruf aufgeben, um Kindergärtner zu werden. Da war er leider eigen. Und mit Frau Schmalz-Stange konnte ich nicht mehr rechnen. Zumal sie mir schon angekündigt hatte, daß sie wegen Saschas sechstem Geburtstag demnächst eine Woche freinehmen müßte.

Falls ich jemals wieder zu einem Konzert fahren würde, müßte ich vorher eine völlig unabhängige Vierundzwanzig-Stunden-Frau gefunden haben. Am besten eine, die nicht mehr als fünfzig Pfennig pro Stunde kostete. Vielleicht sollte sie mal nachts um drei im Hauptbahnhof nach potentiellen Bewerberinnen Ausschau halten! Ich war schon wieder fix und fertig. So ein elender Beruf! Welche Strapazen, welche Umstände, welche Not, Gefahr und Ungemach!! Und das alles nur, um ein paar Töne abzuliefern, die genausogut irgendeine französische Land-Callas aus dem näheren Umkreis von Montcluton von sich geben konnte!

Ob ich nun in Montcluton singe oder in China fällt ein Sack Reis um, dachte ich, das ist völlig egal. Aber ob Paulchen in Gefahr ist und bei minderbemittelten Fremden verwahrlost, das ist nicht egal!!

Kind, wie konntest du auch wieder. Bleib nächstens mit dem Hintern zu Hause, wie es deine Mutterpflicht ist.

Als wir in Montcluton ankamen, war ich schweißgebadet und zitterte am ganzen Leibe. Schweinebacke nahm seinen Autoschlüssel, nachdem er den schwarzen Flitzer fast in einem Beichtstuhl eingeparkt hatte (und stand er immerhin in Greifweite vom Taufbecken), wedelte mit dem Schlüsselbund wie ein Schläger und schlenderte, Eukalyptus-Wolken verströmend, zur Stellprobe.

Ich wankte mit wackeligen Waden davon, auf der Suche nach einer Toilette. Erstens war mir schrecklich schlecht, und zweitens tropfte mein Busen vor lauter Streß und hormonellem Chaos.

Da hockte die Diva auf einem südfranzösischen Donnerbalken, pumpte ab und goß die kostbare Milch ins Klo. Ich haßte Sascha, ich haßte Schweinebacke, ich haßte meinen Schweinehund, der mich immer zur Karriere anstachelte. Warum konnte ich nicht, wie andere Mütter auch, auf dem städtischen Sandkastenrand sitzen und gedankenverloren sandige Förmchen ausklopfen?

Ach, ihr angefocht'nen Seelen von Montcluton! Wenn ihr es wüßtet, was die Solistin im Abendkleid mit der üppigen Oberweite unterm lila Dekolleté alles durchlitten hat!

»Was gehet uns das an«, werdet ihr denken, »da siehe du zu!« Hauptsache, die Töne haben gestimmt.

Am nächsten Morgen verkündete mir Frau Schmalz-Stange, daß Sascha entschieden habe, überhaupt nicht mehr zu irgendeinem Konzert mitzufahren. Er gedenke, bis zum Ende der Tournee in diesem Chalet sitzen zu bleiben und Benjamin-Blümchen-Kassetten zu hören. Ich holte tief Luft und schwieg still.

Im übrigen, sagte Frau Schmalz-Stange, habe es mit der Milupa-Milch hervorragend geklappt. Sie sagte zwar nicht: Also, was bilden Sie sich eigentlich ein, aber ihr Tonfall war genauso. Im Grunde hätten wir Sascha doch eine Menge zu verdanken. Zumal ich sicherlich viel entspannter wäre, wenn ich allein zu den Konzerten führe.

»Und meine Milch ins Klo schütte«, sagte ich düster.

Frau Schmalz-Stange hob die Schultern und sagte weise: »Tja...!« Warum stillst du auch, Frau. Karrierefrauen stillen nicht. Du kannst nicht alles haben!

Kind, du willst wieder alles hundertfünfzigprozentig machen, und so schaffst du wieder nichts Halbes und nichts Ganzes.

Sascha warf sich auf die Erde und machte sehr laut und sehr provokant: »Brrrm, brrrm, brrrmmm!!!«

»Nun denn«, sagte ich, »dann muß ich mich also dreinschicken.« Und ging hinaus und weinete bitterlich.

Nachmittags rief Schweinebacke an. Ob ich wieder mitfahren wolle. Er schien Gefallen an mir gefunden zu haben. Vielleicht war er aber auch nur zu sozialen Handlungen aufgelegt. Sitzengelassene Kollegin mit unehelichem Kind im Auto mitnehmen: Das gilt bei den Pfadfindern von Bad Rotzingen bestimmt als gute Tat. Da es diesmal über hundert Kilometer waren und ich keine Lust auf eine lange Fahrt allein hatte, stimmte ich zu.

Er sagte, daß es »broktischer« sei, dort zu übernachten, da die nächsten beiden Konzerte noch weiter südlich stattfinden würden. Wenn ich nicht neben Schweinebacke schlafen mußte, war mir alles recht. Ich packte also meinen Koffer und ließ mein Paulchen bei Familie Schmalz-Stange zurück.

Mit einem sehr dicken Kloß im Hals saß ich neben dem bayrischen Froschgesicht, das abermals Eukalyptus-Bonbons wiederkäute. Der vertraute Kinderwagen im Rückfenster wurde kleiner und immer kleiner. Das letzte, was ich sah, war Sascha, der in fröhlichen Sprüngen vor der Auffahrt herumtollte. Er hatte den Kampf mit mir mit allen Mitteln durchgefochten. Und gewonnen. Da soll noch einer sagen, daß Kinder arme, kleine, machtlose Würmchen sind.

Nach dem Konzert konnte ich zum ersten Mal mit zur Nachfeier. Sie fand im historischen Rathaus statt. Mein alter Schweinehund kroch mit morschen Knochen aus seiner Hütte und rieb sich die Pfoten:

Auf, ins Gewühl! Und dem Rotwein gefrönt! Wenn du schon deines Kindes und auch sonst allen nervenaufreibenden Anhangs ledig bist, kannst du auch mal wieder so richtig auf den Putz hauen!!

Nur meines Busens war ich nicht ledig. Zuerst mußte ich mich mal irgendwohin verziehen. Da es mit den Sozialeinrichtungen im alten Rathaus knapp bestellt war, konnte ich die wenigen natürlich nicht dauerbesetzen.

Also schlich ich in dem alten Gemäuer herum, nach einer stillen Ecke suchend, in der ich unbeobachtet pumpen konnte.

Da dergleichen nicht zu finden war, stahl ich mich einfach in das Empfangszimmer des Bürgermeisters, setzte mich hinter seinen Schreibtisch und machte mich ans Werk. Dabei hoffte ich inständig, daß niemand plötzlich hereinkommen und die Diva bei ihrem absonderlichen Tun ertappen würde!

Auf dem Schreibtisch stand eine angebrochene Flasche Champagner. Wahrscheinlich hatte der Bürgermeister sich vor dem Empfang bereits etwas Mut angetrunken, denn so eine Horde deutscher Musiker im vollendeten Stadium ihres Konzertschaffens – merke: Das Beste an einem Konzert ist immer das erste Glas danach! – sind ja keine Kleinigkeit!

Da Monsieur leider kein Glas für mich dort hatte stehen lassen, blieb mir nichts anderes übrig, als den guten, teuren Champagner aus der Flasche zu trinken!

Kind, was habe ich dir immer gepredigt! NICHT aus der Flasche trinken! Könnte 'ne Wespe drin sein!

Nun kam alles viel besser in Fluß. Verbunden mit dem starken Gefühl von Mutterfrust, Selbstmitleid und Trotz, lief alles wie von selbst!

Endlich durfte ich mal meine Muttermilch alkoholisieren, hurra!

Mein Schweinehund hatte nach kürzester Zeit einen herrlichen Schwips und torkelte vergnügt vor seiner Hütte auf und ab.

Heute abend reißt du den Geiger auf, hicks!

Nei-en! Ledig sei der Mensch, nüchtern und ernst!!

Und du reißt wohl den Geiger auf, das Leben ist kurz genug!

Aber Simon im fernen Morgenland! Was wird er sagen?

Besser ein Geiger in der Hand als ein Sänger auf dem Dach!

Als die Milchflasche voll und die Champagnerflasche leer war, suchte ich ziemlich intensiv nach einem Ausguß. Doch das einzige Gefäß außer der leeren Champagnerflasche war eine Bodenvase in der Ecke des Zimmers. Es steckten ein paar ältliche Astern darin.

Ich sah mir also dabei zu, wie ich meine gute, mit Champagner angereicherte Muttermilch in die Blumenvase kippte, und beobachtete dann mit halb zusammengekniffenen Augen die Astern. (Und der Kapaun ließ die Flügel hängen!) Ich stellte mich wie einst Scarlett O'Hara in Positur, hob meine Faust gen Decke und schwor dazu: Wenn ich jemals über die zweifelhafte Karriere einer Frau einen Roman schreibe, dann kommt diese Stelle darin vor.

Dann packte ich mein Zeug zusammen und torkelte vergnügt zum Sektempfang.

Prost, liebe Freunde und Förderer deutscher Sangeslust! Hier kommt die beschwipste Diva, zu allen Schandtaten bereit!

Ich muß ehrlich zugeben, daß ich den Abend genoß wie ein Häftling seinen Ausgang. Endlich war ich mal wieder ganz allein unterwegs, endlich mußte ich nicht auf die Uhr sehen, ob das Baby wohl Hunger haben könnte, endlich sah ich nicht an jedem Türrahmen Frau Schmalz-Stange lehnen, von dem renitenten Sascha ganz zu schweigen. Ich war frank und frei und angenehm beschwipst wie anno dazumal und von einer nicht zu bremsenden Unternehmungslust. Zuerst gestalteten der Geiger und ich den steifen Stehempfang zu einem echten Happening um, indem wir alle Anwesenden, inklusive Bürgermeister, Kultusminister und des Herrn Bischof mit lila Käppi, zum mehrstimmigen Gesang von altbekanntem deutsch-französischen Liedgut anstifteten.

Dann lieferten wir mit Hilfe einiger eingeschworener Impro-Freaks allerhand Jazziges aus dem Schatzkästlein der internationalen Ohrwürmer. Dabei floß der Rotwein in Strömen. Irgendwelche Förmlichkeiten wie Festreden, Händegeschüttel und steifkragiges Herumstehen wurden im Keim erstickt. Es war großartig.

Antje Zier, die nette Sopranistin, sang strahlend mit, auch Baldur Aladin lieferte brillante Gesangseinlagen und Anekdoten aus dem Milieu. Einzig Schweinebacke fand das alles unter seiner Würde und stand kopfschüttelnd in der Ecke. So was Profanes wie wir aber auch! Da gab man sich zwei Stunden lang Mühe, unantastbar und überirdisch einherzuerscheinen, und dann kam diese Pauline Frohmuth daher, verbündete sich mit einem Wald-und-Wiesen-Geiger, einem namenlosen Mitwirkenden aus der grauen Masse Orchester, und ließ den Honoratioren gegenüber schamlos durchblikken, daß wir alle nur Menschen seien! Ge-schmack-los!!! Jedenfalls verdrückte sich Werner Wildebold, der Kavalier, irgendwann unauffällig. Mitsamt meinem Übernachtungsgepäck im Kofferraum. Ein feiner Mann, ein wahrer Freund, ein hochsensibler Künstler durch und durch. Ich traf ihn später immer wieder gern.

Als der Morgen graute, war nur noch der harte Kern im Saal. Dazu gehörten der Geiger, die nette Antje Zier, ein schlaksiger Kontrabassist aus Wien, ein bärtiger Flötist und drei Chorsänger. Da wir fanden, daß jetzt ein bißchen frische Luft not täte, zogen wir Arm in Arm fröhlich singend durch die Stadt. Es war wie früher auf Klassenfahrt: Uns kann keiner, wir lieben uns alle, wir machen die Nacht zum Tage, und die Luft knistert vor Übermut.

O sel'ge Jugendtage, o du selige, fröhliche Zeit! Endlich übermannte uns die Müdigkeit. Man wankte fröhlich in die Privatquartiere. In dem Moment fiel mir ein, daß ich überhaupt kein Quartier hatte! Schweinebacke hatte sich ja längst verdrückt! Ein Mann wie er pflegt es sich nämlich nicht bieten zu lassen, daß Frauen, die er aus purer Freundlichkeit in seinem schwarzen Aufreißerschlitten mitnimmt, dann hinterher mit Tuttigeigern herumalbern. Wenn das jede machen wollte.

Los, Pauline, jetzt! Sag es dem Geiger ins Ohr! Das ist eine deiner letzten Chancen, bevor du endgültig im Hausfrauenmorast versunken bist!

Mein Schweinehund war plötzlich wieder hellwach. Er wollte unbedingt mit dem Schweinehund des Geigers zusammen in dessen Hütte krabbeln und dort Spaß haben.

Kind, der Mann ist ein anständiger Geiger. Bestimmt hat der gar keinen Schweinehund. Und wenn doch, dann sollst du keine schlafenden Schweinehunde wecken! Laß ihn gefälligst in Ruhe!

Paulinchen war allein zu Haus, die Kinderfrauen beide aus! Die Zündhölzlein lagen griffbereit, kein Moralapostel weit und breit! Los! Jetzt oder nie! In fünf Jahren guckt dich keiner mehr an! Kein Geiger und kein Sänger nicht!!

So ging das Gerangel um mein bißchen Moral noch eine Weile hin und her.

Plötzlich sagte Antje Zier: »Hast du eigentlich Quartier?«

»Nein«, sagte ich, »hab' ich ganz vergessen!«

»Dann komm doch mit zu mir!« sagte Antje.

»Oder zu mir!« sagte der Geiger.

Die anderen standen im Halbkreis um uns herum.

Geh mit der netten Sopranistin, sagte Tante Lilli.

Geh mit dem netten Geiger, sagte der Schweinehund.

Ich blickte von einem zum andern. Sündjen oder nischt sündjen, das ist hier die Frage.

Die anderen folgten interessiert meinen inneren Regungen.

Kind, du weißt ja, du hast zu Hause deine Verpflichtungen.

Plötzlich dachte ich an mein pausbackiges Paulchen. Das lag jetzt im fernen Chalet von Belves-en-Petitcoat, träumte einen Milupa-Traum und hatte Sehnsucht nach seiner Mama.

Ganz klar. Paulchen mußte ich treu sein. Der würde mir den Geiger nie verzeihen, nie. Das kapierte sogar der Schweinehund. Errötend zog er den Schwanz ein, zwinkerte dem Schweinehund des Geigers auf Verdacht noch einmal unauffällig zu und verschwand anstandslos in seiner Hütte. Und damit er im Laufe dieser Tournee nicht wieder rauskommen konnte, zog Tante Lilli eigenhändig den Schlüssel ab.

Antje und ich verplauderten den Rest der Nacht. Jede von uns bemühte sich mit Hilfe der gut trainierten Bauchmuskeln, nicht in die Mitte des Bettes zu rollen, wie das ja von den Franzosen für gängigere Benutzer-Konstellationen beabsichtigt ist.

Natürlich konnte ich überhaupt nicht an mich halten und erzählte ihr innerhalb von zwanzig Minuten mein ganzes Leben, insbesondere mein momentanes, außergewöhnliches, egoschweinmäßiges Dasein auf Kosten meines Kindes und meines Kindsvaters.

»Alles nur um der verdammten Karriere willen!« beendete ich meine Beichte.

Antje Zier wunderte sich: »Warum hast du denn so ein schlechtes Gewissen? Ich habe sogar zwei Kinder und mache trotzdem Karriere!«

»Und einen Kindsvater?« fragte ich staunend.

Antje lachte. »Das nennt man in unserer Gesellschaft Ehemann.«

»Im allgemeinen ja. Aber im besonderen eben nicht!« Ich starrte an die dunkle Decke des fremden französischen Schlafzimmers und seufzte. »Du hast es gut!«

»Wieso habe ich es gut? Um was beneidest du mich? Ich singe, du singst, ich habe eine Familie, du hast eine Familie, ich führe ein freies Leben, du führst ein freies Leben... Wo also liegt dein Problem?«

»Ich bin nicht verheiratet«, sagte ich trübe.

»Aber dein Klaus will dich doch heiraten! Oder habe ich das falsch verstanden?«

Ich räumte ein, daß die Sachlage genauso sei.

»Also, warum HEIRATEST du ihn nicht, diesen Ausbund an Güte und Toleranz, diesen gediegenen Kindsvater?!« Antje setzte sich angriffslustig im Bett auf. Ich stemmte mich gegen die entstandene Kuhle, um nicht doch in die Mitte zu rollen.

»Ich hab' mal irgendwo gelesen«, sagte ich, »daß es Menschen gibt, die sich aus Liebe heiraten und nicht aus Versorgungsängsten. Blöd, nicht?«

»Ja, blöd. Saublöd sogar. Total albern und naiv ist das. Da kannst du lange warten, bis du deine große Liebe findest. Und wenn du sie gefunden hast, ist sie entweder verheiratet oder vierzig Jahre älter oder in einem geistlichen Stande oder sonstwas Unpassendes.«

Wir kicherten begeistert. Ich robbte wieder in meine Betthälfte zurück.

»Mit anderen Worten, du liebst deinen Rolf auch nicht?«

»Genau«, sagte Antje und ließ ihre goldene Rolex leise klirrend auf den Nachttisch gleiten. »Ich liebe ihn nicht.«

»Du hast ihn NICHT aus Liebe geheiratet? Aus Berechnung etwa?«

»Nenne es Berechnung, ich nenne es Vernunft.«

»Eine VERNUNFTehe bist du eingegangen?« fragte ich staunend. Wer kann das heute noch!

Antje erzählte mir nun ihre Geschichte. Sie jobbte nach dem Abitur ein bißchen in einer ortsansässigen Schraubenfabrik herum, und ausgerechnet der Juniorchef mit Namen Rolf schwängerte sie, bevor sie überhaupt mit dem Dreimonatsjob fertig war. So ein Pech aber auch. Rolf heiratete sie daraufhin auf der Stelle. Klar, als Ehrenmann. Rolf war ein angesehener und gediegener Schraubenfabrikantensohn mit mehr als fünfhundert Angestellten. Da schwängerte man nicht ungestraft neunzehnjährige Dorfmaiden! Er wäre ja ganz übel ins Gerede gekommen in seiner Kleinstadt! Antje wurde also von Beruf Gattin, und das war für sie damals nicht das schlechteste Los. Mit einundzwanzig bekam sie ihr zweites Kind. Dann hatte sie ihre Pflicht getan. Nun war Selbstverwirklichung angesagt, was Rolf ihr ohne weiteres zubilligte. Er war ja gar nicht einer von diesen selbstgerechten Muftis, die ihren Frauen nichts gönnen, so war es ja nicht! Sie hielten aber einen Rat. Daraufhin begann sie in aller Ruhe mit einem Privatstudium in Sachen Jodeldiplom, nach dem Motto, dann habe ich etwas Eigenes.

»Und wer ist bei den Kindern geblieben?« fragte ich.

»Eine Kinderfrau natürlich«, sagte Antje, als wäre es das Einfachste von der Welt.

»Und... wie ist die so?« fragte ich, an meinem Daumennagel nagend.

»Prima«, sagte Antje. »Die macht keinen Ärger.«

»Erzähl mal«, sagte ich und knabberte am Nagelhäutchen vor Spannung.

»Also, sie kommt morgens um halb acht, wenn Rolf in die Firma geht. Das ist ganz praktisch, weil ich dann weiterschlafen kann.«

»Nee, ist klar«, sagte ich.

»Ja, dann macht sie Frühstück, wäscht und füttert die Kinder, räumt auf, wäscht, bügelt, kauft ein, geht mit den Kindern zum Arzt und so...«

Ich fraß fast meinen Daumen auf. »Und was machst DU?« unterbrach ich ihr gelangweiltes Geplauder.

»Was so anliegt«, sagte Antje. »Meistens schlafe ich aus.«

»Wie... lange denn?« fragte ich, vor Spannung zitternd.

»Och, halb zehn oder zehn Uhr reicht mir meistens«, räumte Antje ein. »Dann frühstücke ich in aller Ruhe, lese Zeitung, mach' mir die Nägel...«

Ich biß heimlich in das Kopfkissen, damit sie mein neidisches Zähneknirschen nicht hörte.

»Um elf fange ich meistens an zu üben«, fuhr Antje ungerührt mit ihrer Litanei fort. »So um eins rum, wenn die Kinder im Bett sind und die Kinderfrau die Bügelwäsche macht, kommt dann mein Begleiter.«

»Nein!« entfuhr es mir. »Einen Begleiter hast du auch?«

»Du etwa nicht?« fragte Antje erstaunt zurück. »Ich kann meine Sachen nicht alleine lernen, weißt du, da brauche ich einen Korrepetitor. Na ja, der bleibt jedenfalls bis drei, manchmal auch bis vier... Dann trinken wir schön zusammen Kaffee, unsere Britta kann auch sehr gut backen, weißt du, ja, dann kommt irgendwann Rolf, und dann haben wir Feierabend.«

»So«, sagte ich, »habt ihr.«

»Ja, dann unternehmen wir meistens was zusammen, fahren in den Zoo oder sonstwie ins Grüne... wir bringen die Zeit schon rum.«

»Nee, ist klar«, sagte ich. »Bei so vielen Angestellten!«

Ich wand mich vor Neid. Irgendwie war Frau Schmalz-Stange mit ihrem renitenten Sascha doch nicht das Gelbe vom Ei!

»Wohnt diese Britta bei euch?« fragte ich neugierig. Ich stellte mir so eine Kammerzofe vor, die mit gestärktem Häubchen und blütenweißer Rüschenschürze vierundzwanzig Stunden am Tag unauffällig staubwedelte.

»O nein«, sagte Antje. »Sie hat einen ganz normalen Acht-Stunden-Tag. Was Rolf ihr bezahlt, weiß ich gar nicht...«

»Hör auf!« stöhnte ich.

»Auch der Korrepetitor wird von Rolf bezahlt, er kriegt, glaube ich, monatlich...«

»Schweig!« schrie ich. Wenn ich daran dachte, wie ich mir oft in Windeseile irgendwelche neuen Sachen einpaukte, während ich mit der freien Hand den Laufstall schüttelte! Zugegeben: Meistens ging ich mit dem Walkman auf den Ohren hinter dem Kinderwagen her und zog mir meine Bruckner-Messen und Bach-Kantaten im Supermarkt an der Fleischtheke rein! Das sagte ich aber Antje nicht, weil das nämlich unprofessionell ist. Alle tun's, aber keiner gibt's zu. Das ist so ähnlich wie in der Nase bohren. Alle tun's, aber keiner gibt's zu.

Kind, mach du deine schlechten Erfahrungen ruhig alle selbst. Wer nicht heiraten will, muß fühlen!

Nun wollte ich aber endlich mal eine Schwäche an meiner Bettgenossin und Kollegin entdecken. Es konnte doch nicht ALLES bei dieser Frau so makellos vonstatten gehen!

»Hast du denn gar kein schlechtes Gewissen, wenn du die Kinder einfach jemand Fremdem überläßt?« fragte ich.

»Nein«, sagte Antje erstaunt. »Wie kommst du darauf?«

»Ich habe ein schrecklich schlechtes Gewissen...«

»Wem gegenüber?«

»Na, Paulchen zum Beispiel.«

»Paulchen geht es besser, wenn er eine ausgefüllte Mutter hat. Glaub es mir.«

»Ich trau' mich nicht, eine ausgefüllte Mutter zu sein«, gestand ich. »Ich glaube, daß ich vor Platzangst sterben würde!«

»Du traust dich ja auch nicht, deinen Klaus zu heiraten«, sagte Antje. »Machst es dir immer unnötig schwer. Heirate ihn doch einfach!«

»Nein.«

»Warum nicht?«

»Darum nicht. Ich liebe ihn nicht. Punktum.«

»Mein Gott, bist du altmodisch! So kannst du nie Karriere machen, wenn du dir ganz bewußt Steine in den Weg legst!«

Um mir nicht weiter ihre unerträglichen Beschimpfungen anzuhören, ließ ich die Bombe platzen: »Ich liebe einen anderen!«

»Aha«, sagte Antje ungerührt. »Ist der tauglicher für deine Zwecke?«

»Ja«, sagte ich, »Simon ist Opernsänger.«

»Simon von Zyrene!« spöttelte sie. »Hilft der dir wenigstens dein Kreuz tragen?«

»Wie meinst'n das?«

»Na, Protektion und so!«

»Nicht, daß ich wüßte«, sagte ich verwundert.

»Ach, Pauline, wie biste naiv!«

Da gedachte ich der Worte Wildebolds, der von den Bestechungen ihres reichen Mannes gesprochen hatte. Ich wollt's nicht fassen, nicht glauben. Sollte denn wirklich an dieser lächerlichen Männer-an-die-Macht-Theorie etwas dransein?

»Ist er Tenor oder Baß?« durchkreuzte Antje meine finstere Gesellschaftsanalyse.

»Baß natürlich. Tenöre sind im Bett immer so theatralisch!« Ich fand es an der Zeit, Antje gegenüber ein bißchen zu strunzen.

Antje kicherte aufgekratzt.

»Ihr liebt den Sex, ich lieb' ihn auch! Ist das nicht Sympathie?« zitierte sie aus »Die lustigen Weiber von Windsor«. Ich fühlte für Antje jene wunderbare Verbundenheit, die Männer nie füreinander empfinden können, weil sie verbal und emotional so verspannt sind.

»Gegen ein bis fünf Liebhaber ist doch gar nichts einzuwenden. Wichtig ist nur der passende Ehemann. Schon vom Prestige her«, sagte sie sachlich.

»Ja aber du liebst deinen Rolf nicht! Das ist nicht fein«, beckmesserte ich.

»Das halte ich für das kleinste Übel«, sagte Antje fröhlich. In ihrem cremefarbenen Seidenpyjama von Guckhin oder Laßcosten sah sie hinreißend aus. »Es ist ja nicht so, daß wir uns nicht leiden könnten! Er ist der Vater meiner Kinder, wir lassen uns alle Freiheiten, beruflich und privat, und das doppelt verdiente Geld ermöglicht uns unter anderem eben die Britta. Solltest du auch mal drüber nachdenken! Mit deiner Stimme könntest du doch ein Schweinegeld verdienen!«

»Och was«, wehrte ich bescheiden ab. »Solche Stimmen wie mich gibt es viele.«

»Was dir fehlt, ist die richtige protection«, sagte Antje. »Sonst nichts. Stimme haste, musikalisch biste, aussehen tuste...«

Ich staunte. »Bist du cool!«

»Ich bin nicht cooler als andere auch«, sagte Antje. »Ich bin nur ehrlich zu mir selbst. Was kann mir das Leben wirklich bringen? Das Geschwafel von der großen Liebe ist doch blanker Selbstbetrug!«

»Stimmt nicht!« geiferte ich erbost. »Große Liebe gibt es wohl!«

»Du meinst diesen unkonventionellen Chauvi, diesen Simon? Nie im Leben!« Sie lachte Hohn, daß das gemeinsame Bett wackelte. »Der ist was für gewisse Stunden, den würde ich mir als kurzweiliges Verhältnis nebenbei halten... aber für den Alltag ist der doch völlig untauglich!«

»Wie meinst du das?«

»Es gibt Alltagstaugliche und Alltagsuntaugliche. Mit den Alltagstauglichen kann man meistens leben, mit den Alltagsuntauglichen macht es im allgemeinen im Bett mehr Spaß.«

Ich war erschlagen über soviel Abgebrühtheit.

»Du mußt das von der lockeren Seite sehen«, sagte Antje.

»Nee, ist klar«, sagte ich schnell. »Ich werde mich bemühen.«

Hör nicht auf sie, schrie Tante Lilli, die am Fußende des Bettes stand und wild mit den Armen fuchtelte. Ich versuchte, sie zu übersehen.

Von dieser Antje konnte ich ja noch eine ganze Menge lernen!

Antje begann nun, ein bißchen über unsere Rolle als Frau in der Gesellschaft rumzuphilosophieren.

»Männer sind doch irgendwie ganz arme Schweine«, sagte sie mitleidig. »Die Rolle, die sie spielen müssen, ist doch im Grunde genau wie bei den Tieren. Dieses ganze Werben um ein Weibchen, der Nestbautrieb, die Nahrungsbeschaffung für die Brut, der ständige Konkurrenzkampf mit den Artgenossen...«

»Genau«, sagte ich begeistert. »Echt stressig ist das!«

»Die Gesellschaft erwartet das alles von einem Mann! Wenn er die Erwartungen nicht erfüllt, ist er ein Softie.«

»Klar«, sagte ich, »Frauen haben es da viel leichter! Ein bißchen nett aussehen, ein bißchen genügsam sein, nicht gleich einen Beruf ausüben wollen, das Männchen umsorgen, damit es mit dem Balzverhalten nicht aufhört...«

»Ein geschicktes Weibchen schafft es mit etwas gutem Willen, das Männchen jahrelang an sich zu binden!«

»Natürlich, spielend! Hauptsache, es paßt sich in allem an. Das ist natürlich die Grundvoraussetzung.«

»Aber Verhältnisse dürfen nur Männer haben. Wer was auf sich hält, hat mindestens eins!« fing Antje wieder an zu stänkern.

»Genau«, hetzte ich aufgeladen, »das ist völlig normal! Bei uns Frauen ist das gleich der große Skandal! Wir haben gefälligst im Nest zu bleiben, unseren Kindern die Schnäbel zu stopfen und unseren Gatten die Socken!«

»Also«, sagte Antje. »Warum amüsierst du dich nicht etwas mehr?«

»Weisiaunich«, sagte ich.

»Aber du findest es edel von dir, deinen Kindsvater nicht zu heiraten! Mensch, du stellst dich ja gesellschaftlich ins Abseits! Paß bloß auf, daß dein Klaus nicht plötzlich eine andere heiratet, weil er keine Lust zum Balzen mehr hat und weil die andere besser Socken stopfen kann!«

(Wie recht sie behalten sollte, die Antje, WIE recht! »Wenn so blind dein Auge mir!«)

»Quatsch!« rief ich entrüstet. »Ich heirate Klaus nicht aus irgendwelchen Vernunftgründen gesellschaftlicher Art!«

»Denk mal an dein Paulchen!«

»Paulchen gehört allein mir!«

»Stell dir mal vor, Klaus heiratet und kriegt das Paulchen zugesprochen. Das Jugendamt legt Wert auf geordnete Verhältnisse.«

»Nimmer wird wie ich so treu ihn ein andrer lieben!« So versprochen und geschworen in einer Hälfte des Bettes in Montcluton, nachts um vier.

Wie anders doch noch alles kommen sollte!

»Mensch, du bringst dich um so viele Annehmlichkeiten! Überleg doch mal! Der Typ ist Arzt! Und hat Manieren! Mit dem kannst du dich überall sehen lassen!«

»Mein Gott, du faselst ja genauso daher wie Tante Lilli! Total ätzend ist das!«

»Deine Tante Lilli hat den Überblick! Was du in unserem Job brauchst, ist Sicherheit! Und nicht noch Streß nebenbei!«

Antje und ich mußten ein paarmal tief durchatmen. (Es bebet das Gesträu-che...)

»Nee, ist klar«, sagte ich ratlos.

»Na siehst du.« Antje zupfte sich die Diamantengehänge aus den Ohren. »Ich will dich ja nicht beeinflussen, aber denk mal über alles nach! Dein Klaus ist der richtige Mann für dich und nicht dieser Simon!«

»Ja aber Simon hat einen Draht zur Musik, und Klaus hat keine Ahnung, was ein Quintsextakkord ist!«

»Ein Grund mehr, ihn auf jeden Fall zu heiraten.« Antje wickelte sich genüßlich in die Decke. »Redet er dir wenigstens nicht drein.«

Von der Warte hatte ich das noch gar nicht gesehen.

»Ich muß mich noch ein bißchen ausruhen«, sagte Antje schläfrig. Ich starrte auf den zufrieden atmenden Deckenhügel neben mir. Sollte diese Frau etwa recht haben? Gab es denn keine andere Lösung, als eine Sicherheitsehe einzugehen, wenn frau Karriere machen UND Kinder haben wollte?

»Übrigens, wie sieht dieser Simon denn aus?« fragte der Deckenhügel nach einiger Zeit.

»Intellektuell«, sagte ich. »Finde ich jedenfalls.«

»Dann ist er es«, murmelte Antje müde.

»Was?«

»Was du gesagt hast. Intellektuell. Intellektuelle heiraten sowieso nicht. Schlaf gut.« Antje war nicht mehr zu sprechen.

Pauline aber gedachte aller dieser Worte und bewegte sie in ihrem Herzen.

Am Tag vor Heiligabend waren wir wieder in Köln. Ich lieferte Familie Schmalz-Stange vor ihrem Reihenhaus mit Südbalkon ab und wünschte ein frohes Fest.

»Wann sollen wir denn wieder arbeiten kommen?« fragte Frau Schmalz-Stange. Arbeiten! WIR!!

»Sie hören von mir«, sagte ich, und das war natürlich gelogen. Wenn ein Sänger nach einem Vorsingen gesagt gekommt: »Sie hören von mir« (Don't call us, we call you!), dann kann er seine Noten nehmen und einpacken. Dann wird er mit Sicherheit niemals etwas hören. Ich war eben durch und durch ein Profi, in meiner ganzen Wortwahl.

Das Thema Schmalz-Stange war jedenfalls endgültig erledigt. Meine Karriere vermutlich auch.

Ohne Kinderfrau keine Karriere. Und solche Brittas liefen auch nicht in Scharen herum.

Zu Hause ging ich als erstes in den Flur und hämmerte einen Nagel in die Wand. Ein rein symbolischer Akt. Da hing vorläufig meine Karriere dran.

Im Wohnzimmer stand ein Weihnachtsbaum mit echten Kerzen und ziemlich viel kitschigen Kugeln dran. Frau Pupke, die während unserer Abwesenheit unseren Haushalt und erst recht unseren armen vereinsamten Haushaltsvorstand ein wenig aufgepäppelt hatte, war offensichtlich auf einem Selbstverwirklichungstrip. Alles glänzte und roch nach Meister Proper, und im Backofen wälzte sich ein fettiger Vogel im eigenen Sud. Ich durchforstete heimlich den Kühlschrank in wilder Sucht nach Milchreis. Klaus hatte eigenhändig welchen besorgt. Er schien mich immer noch zu mögen, nach allem, was ich ihm angetan hatte. Wenn ich ihn doch nur umständehalber hätte lieben können! Es wäre so praktisch gewesen!

Es duftete nach Zimtsternen und Adventskranz. Wir saßen auf dem roten Sofa, unser Kind im Arm, blickten in den Flammenschein und knabberten an den rosafarbenen Pupke-Plätzchen. Mir wollten die Tränen kommen. Kinder, nein, wie ISSES nur schön!

Aus dem Radio ertönte ein heiteres Potpourri zum Thema »O du ölige, o du mehlige, fade schmeckende Weihnachtsgans.« In F-Dur.

Ich selbst hatte vor einem Jahr an der Produktion teilhaben dürfen.

War das erst ein Jahr her?

Wo ich noch nichts von Paulchen wußte? Wo ich noch mir nichts, ihm nichts im Leben herumschlitterte, völlig vogelfrei und ohne Verantwortung für ein anderes Wesen? Wo ich noch Männer haben konnte, soviel ich wollte, ohne über das leidige Heiraten nachdenken zu müssen? Und Konzerte singen, wann und wo ich Lust dazu hatte? Und allein in meiner geliebten Bude hocken, sooft ich wollte? Und keine Kinderfrau haben mußte, um ein kleines bißchen Freiheit zu erkaufen?

Gerade als ich mich so richtig in eine Verherrlichung meiner Junggesellinnenzeit hineingesteigert hatte, sagte Klaus: »Weißt du noch, wie trostlos und einsam es letztes Jahr Weihnachten war? Jeder hockte allein in seiner Wohnung, und man wußte gar nicht, wofür man auf der Welt war!«

Ich löste mich aus seinem weihnachtlich-feierlichen Bärengriff.

»Und jetzt weißt du, wozu du auf der Welt bist?«

»Natürlich«, sagte Klaus und hob feierlich sein Glas. »Für dich und Paul.«

»Ja aber... Du tust ja gerade so, als wären wir liiert!«

»Sind wir das nicht?«

»Sind mitnichten!« rief ich aufgeregt. Der arme Klaus hatte ja noch keine Ahnung von Simon! Womöglich machte er sich schon wieder völlig falsche Hoffnungen!

Klaus sank in das rote Sofa zurück.

»Klaus«, sagte ich, genauso, wie das die Christa aus der Schwarzwaldklinik zu Professor Brinkmann auch immer sagt. Also freundlich, aber bestimmt.

»Klaus, wir haben vereinbart, daß wir wegen Paul zusammen wohnen. Gemeinsame Haushaltsführung, nennt man das beim Jugendamt. Unser Paul lebt in sogenannten geordneten Verhältnissen. Das ist alles. Was faselst du da jetzt wieder vom Sinn des Lebens und so! Verdirb uns nicht den Abend!«

Klaus sah sehr betroffen auf sein Glas.

»Und du empfindest nicht mehr für mich?«

»Doch, klar, ich mag dich unheimlich, aber...«

»Aber was? Hab' ich dich nicht total in Ruhe gelassen? Hast du nicht genug Zeit gehabt, um dich selbst zu verwirklichen? Fühlst du dich immer noch vereinnahmt? Ich tu' dir doch nichts!«

Mein Schweinehund fletschte die Zähne und knurrte angriffslustig.

»Du meinst, jetzt nach einem halben Jahr Selbstverwirklichung wäre es aber Zeit, mit dem Firlefanz aufzuhören und endlich wie eine vernünftige Hausfrau Hemden zu bügeln? Wie großzügig von dir, daß du mir überhaupt solange Zeit gegeben hast, meinem Furz im Gehirn zu frönen!«

Sehr gereizt und übellaunig zermalmte ich einen Keks mit Kokosglasur.

So hatte er sich das also gedacht! Am trauten Weihnachtsabend einen neuen Antrag in Richtung »Nun-sind-alle-eine-glückliche-Familie« stellen!

Nicht mit mir, mein Lieber, nicht mit mir!!

Ich bin eine unabhängige Frau mit Kind, jawoll!

Meine Liebhaber suche ich mir immer noch selbst aus,

klar?! Und so scheinemanzipiert wie Antje Zier bin ich nicht, daß das mal klar ist!

Ich fand, daß der Zeitpunkt sehr geeignet war, Klaus seine Illusionen mit der Brechstange zu zerschmettern. Rauh, aber herzlich. Was soll man auch sonst mit so einem langweiligen Heiligabend anfangen, wo noch nicht mal fernsehen gestattet ist und alle Kneipen geschlossen haben!

»Klaus«, begann ich, uns den Abend zu verderben, »du bist mein Kindsvater und mein Zweckwohngemeinschaftspartner. Wir verstehen uns doch großartig oder was!? Mit dir kann ich's echt aushalten, nee wirklich, ganz ehrlich, du. Aber mehr ist nicht drin, das weißt du doch. Ich bin halt nicht in heißer Lieb' entbrannt irgendwie...« DAS hätte Antje Zier hören müssen! Der hätten die goldenen Ohrringe gescheppert! Ich war eine Frau mit Zivilcourage!

Ich hatte plötzlich total den lässigen WG-Slang drauf irgendwie, und das mußte doch rüberkommen oder so! Der Typ mußte doch total schnallen, was da gebacken war oder was! Warum stellte der sich denn so dämlich? Total zu machte der, ja, was kann man denn da noch anstellen, damit der uncoole Macker endlich rafft, daß da horizontalmäßig voll nichts abgeht oder so!

Und nur weil heute Heiligabend oder was ist, kann man auch nicht dauernd drumrumreden und Händchen halten und so tun, als liefe da friede-freude-eierkuchenmäßig was ab, ey.

Genau! sagte mein Schweinehund, der gerade zur Feier des WG-Trips einen selbstgestrickten groben Pullover aus naturbelassenen Schweineborsten anhatte. Sag dem Typen endlich, was Sache ist!

Klaus sann lange über meine so sorgfältig gewählten Worte nach.

»Deine große Liebe bin ich also nicht?!«

»Genau, ey!« sagte ich total easy. Mein Gott, jetzt hat er's! »Das isses, Mann. You got it.« Puh, war das heavy!

Und dann, um den Abend restlos zu ruinieren, erzählte ich ihm von Simon.

»Ich hab' da wen kennengelernt«, begann ich meine Enthüllungen und bemühte mich um Spannungsreichtum.

»Jetzt, auf der Frankreichtournee?«

Ich holte aus zum Elfmeter. »Nö. Ist schon länger her.«

Kind wie gemein!

»Und das sagst du mir erst jetzt?« fragte Klaus gekränkt.

Da gedachte ich der Worte Frau Schmalz-Stanges, hob genau wie sie die Schultern und sagte: »Tja...«

Ich war mir der Wirkung dieses Wörtchens genau bewußt. Das haut rein. Mehr Gleichgültigkeit und Häme kann man mit drei Buchstaben nicht mehr demonstrieren.

O wie gemein! Was hat er denn Übels getan?

Du verstehst das nicht, Tante Lilli. Frauen von heute müssen sich gegen Softies einfach zur Wehr setzen! Einer, der immer zu lieb ist, ist erstens langweilig, und zweitens reizt er meinen Schweinehund.

»Erzähl mir von diesem anderen«, sagte Klaus.

»Also er ist ein Künstler«, sagte ich, um schon mal von vornherein klarzustellen, daß Klaus nicht an ihn heranreichen konnte. »Er ist ein phantastischer Sänger und trotzdem sehr intellektuell.«

»Was ja höchst selten zusammentrifft.«

»Ach, hör doch auf, meinen Berufsstand zu verunglimpfen! Du bist eben völlig unmusisch und hast mir auf dem Gebiet der Kunst nichts entgegenzusetzen!«

Klaus schwieg betroffen. Er tat mir schon wieder leid. Mitleid ist schon oft mit Liebe verwechselt worden, das sollte mir jetzt nicht passieren.

Also steh jetzt die Wahrheit durch, sei ein Mannweib!

»Simon ist durch und durch ein Lebenskünstler, er lebt nur für den Moment, er hat schon unheimlich viele Berufe gehabt und unheimlich viele Reisen gemacht und unheimlich tolle Sachen erlebt und ist überhaupt unheimlich autark...«

»Der ist mir unheimlich«, sagte Klaus in mein Gefasel hinein.

»Ja, und er ist unheimlich unkonventionell!« triumphierte ich. »Der trinkt mitten im Konzert Hühnersuppe, weil er in Südamerika mal fast draufgegangen wäre, und der hat immer einen Rucksack bei sich, weil er autark und unabhängig ist, der kennt unheimlich viele Leute und lebt so in den Tag hinein...«

»Also eine Art Diogenes in der Tonne.«

»Ach Quatsch, laß doch deine gesunde Halbbildung jetzt nicht noch einfließen!«

»Weiß dieser Simon von...«

»Nein!«

»Warum nicht?« stichelte Klaus. »Meinst du, dann würde er dich sitzenlassen?«

Allein diese Ausdrucksweise! Sitzenlassen! Eine Frau von heute wird nicht mehr sitzengelassen, die LÄSST sitzen!!

»Quatsch«, schnaufte ich. »Wir haben eine Beziehung, das heißt noch lange nicht, daß wir uns gegenseitig allen Alltagskram unter die Nase reiben müssen!«

»Paulchen ist also Alltagskram«, sagte Klaus.

Ich schämte mich. »Quatsch!« sagte ich wieder, weil mir nichts anderes einfiel. »Paulchen ist mein kleines Geheimnis! Jede Frau hat ein kleines Geheimnis!«

Der Schweinehund rieb sich die Hände. Gut, Pauline! Immer das letzte Wort haben!

»Und was wird jetzt aus euch?« fragte Klaus. »Ziehst du zu ihm? Was wird aus Paulchen?«

Da ich keine Antwort wußte, bediente ich mich der miesen Gegenfragen-Taktik: »Was schlägst du denn vor?«

»Ich würde die volle Verantwortung für Paulchen übernehmen, damit du dich in aller Ruhe entscheiden kannst«, sagte Klaus.

Ich staunte ihn an. »WAS willst du?« Dieser Mann war eindeutig zu lieb für diese Welt. Und für mich schon erst recht. Und außerdem: Paulchen war MEIN Kind, und er als unehelicher Vater war zwar zahlungspflichtig, aber sonst nichts!

»Ich denke an folgendes«, sagte Klaus, und da war er wieder der stets besonnene, alles im Griff habende Denker und Handler, wie Tante Lilli ihn so schätzte. »Du bist völlig frei...«

»Das bin ich auch so!« hetzte ich dazwischen.

»Höre mit Sinn, was ich dir sage!« zitierte Klaus aus einer meiner Arien. Genau. Das war nämlich der Hauptgrund gegen Klaus. Der verstand nichts, aber auch nichts von der holden Kunst. Auch wenn er gerade mal ein Zitat landen konnte. Blindes Huhn findet ja auch mal ein Korn.

»Du sollst dich fühlen wie früher«, fuhr Klaus fort. »Keine Verpflichtungen, kein Kind, kein Mann, kein Alltag. Leb deine Bedürfnisse aus. Genieß dein Leben, du bist ein freier Mensch.«

»Und die Bedingung?« fragte ich argwöhnisch. »Glaub ja nicht, daß ich Paulchen zur Adoption freigebe oder so was! Das könnte dir so passen!«

»Keine Bedingungen«, sagte Klaus. »Du kannst hier ein- und ausgehen wie bisher. Was nützt es dem Paulchen, wenn du hier nur unfreiwillig bist.«

»Soviel Edelmut haut mich schier aus den Socken.«

»Es ist die einzige Lösung für uns alle«, sagte Klaus. »Ich kann nicht mit dem Gefühl leben, dich im goldenen Käfig einzusperren. Wenn du hier bist, sollst du es freiwillig sein. Wir kommen schon allein zurecht!«

Das klang zwar wieder etwas wehleidig, aber im Kern war die Idee nicht schlecht.

»Wer ist denn WIR?« fragte ich.

»Ich denke da an Frau Pupke«, sagte Klaus. »Die hat schon damals für uns den Haushalt geführt und gehörte quasi zur Familie. Sie würde gern für Paul sorgen, aber sie wollte sich nicht aufdrängen, weil du ja schon Frau Schmitz-Backes engagiert hattest.«

»Schmalz-Stange.«

»Wie auch immer, Kratzbürste. Leb dich mal aus. Du weißt ja, wo ich wohne.«

Ob er das alles ernst meinte? Kind, der Mann ist zu gut für dich. Du hast ihn nicht verdient.

Es lebe die Unabhängigkeit! Mein Ego-Schwein badete in Champagner.

Da saßen wir zusammen unter dem Weihnachtsbaum, in holdem, trauten Familienfrieden und hatten soeben beschlossen, uns in aller Freundschaft zu trennen.

Frei zu sein bedarf es wenig!

Siehst du, liebe Antje. SO und nicht anders löse ich meine Probleme. Da staunst du, was?

Wir packten das Paulchen in den Kinderwagen und machten noch einen langen, mitternächtlichen Spaziergang. Die Glocken läuteten weihnachtlich, und Klaus legte den Arm um mich. Unter seinem Edelmut wollte ich fast zusammenbrechen. Irgendwie mußte ich mich noch ein bißchen rechtfertigen.

»Du hast ja auch mal eine längere Aus-Zeit genommen«, sagte ich. »Als ich schwanger war.«

»Und nicht wußtest, von wem.«

»Na gut. Jetzt wissen wir's. Jetzt nehm' ich mal 'ne Aus-Zeit.«

»Steht dir dienstgradmäßig zu, ganz klar.«

»Nimm mich gefälligst ernst, du Halbintellektueller!«

»Fröhliche Weihnachten«, sagte er und lachte mich an. Er hatte Schnee im Bart.

»Fröhliche Weihnachten«, sagte ich, stellte mich auf die Zehen und küßte ihm die Kratzbacke.

»Eigentlich ist es ab und zu ganz nett mit dir!«

»Ich weiß«, sagte Klaus, und dann gingen wir weiter.

Das neue Jahr brachte einige Veränderungen. Frau Pupke zog bei uns ein, mit Sack und Pack und allerlei altjüngferlicher Habe. Hier und da lag nun ein selbstgehäkeltes Spitzendeckchen oder Sofakissen in ihrer Lieblingsfarbe Rosé und verlieh unserer Wohnung ein völlig neues Outfit, knapp an meinem Geschmack vorbei, leider. Auf dem Klo hatten die Ersatzrollen fliederfarbene Häubchen auf, und über der Tür hing ein gestickter Spruch: »Komm herein, bring Glück herein.« Ich mußte mich schütteln, sooft ich ihn sah, aber Frau Pupke hatte sich diesen Spruch zur Aufgabe gemacht: uns Glück zu bringen, und zwar mit aller Gewalt!

Sie habe nie eine Familie besessen, erzählte sie am ersten Abend, und nun habe sie auf einen Schlag zwei erwachsene Kinder UND einen Enkel! Wenn das kein Grund zur Begeisterung war!

Wir guckten uns bedeutungsvoll an, Klaus und ich. Frau Pupke wußte nichts von der Beschaffenheit unserer Beziehung. Frau Pupke nannte mich Frau Doktor! Antje Zier hätte gejubelt! Meinetwegen sollte Frau Pupke mich Frau Professor nennen oder Frau Kammersängerin oder Frau Kommerzienrat! Hauptsache, ich konnte nun endlich meiner nicht zu unterdrückenden Berufung nachgehen. Meiner Selbstverwirklichung stand nichts mehr im Wege! Meine unregelmäßigen Arbeitszeiten machten ihr anscheinend nichts aus, im Gegenteil. Hauptsache, sie konnte sich mitsamt ihrem Sorgetrieb bei uns hemmungslos entfalten. Endlich schien ich die Richtige gefunden zu haben.

Am ersten Abend unserer Dreisamkeit saßen wir alle in trauter Runde zusammen. Frau Pupke strickte an einem reizenden Ensemble »in blö«, trank ihren selbstgebrauten Beerenmost und sagte selig: »Sie passen viel besser zum Herrn Doktor als die Irene!« Ich nickte erfreut. So was hört man doch immer wieder gern. Ach Antje, wenn du das erleben könntest!

Klaus hustete verlegen und sagte, daß er jetzt gerne die Tagesschau sehen würde.

Also machten wir es uns zwischen den spitzenbesetzten Kissen bequem und guckten erwartungsvoll in die Röhre, Urahne, Großmutter, Mutter und Kind.

Frau Pupke, die sich aus verständlichen Gründen nicht für Politik und Wirtschaft interessierte, redete anfangs ein bißchen dazwischen. Seit sie bei uns wohnte, nämlich seit acht Stunden, redete sie überhaupt ein bißchen viel. Wie nicht zu überhören war, stammte sie aus dem Kohlenpott. Während Klaus mit größtem Interesse die Entwicklung der politischen Wende verfolgte, sagte sie in dem ihr eigenen kindlichen Tonfall:

»Die Irene war irgendwie nie lieb zu dem Klaus, ich weiß aunich, wie ich dat erklären soll, wissen Se, wie soll ich sagen, also ich meine, äm, so wie Mann und Frau normalerweise sind, so'n bißchen nett zueinander, dat war die nie, die Irene!«

Da ich schwieg und Klaus angestrengt versuchte, den Nachrichtensprecher zu verstehen, fühlte sie sich bemüßigt, ihre Aussage noch ein wenig zu verdeutlichen.

»Wissen Se, wie ich dat meine, Frau Doktor? Wissen Se!?«

»Jaja«, sagte ich, und dann machte ich schnell eine Bemerkung, die das Nachrichtenprogramm betraf. Klaus nickte und machte auch schnell eine Bemerkung, die das Nachrichtenprogramm betraf. Der Nachrichtensprecher hielt zu uns. Er machte auch eine Bemerkung, die das Nachrichtenprogramm betraf.

Frau Pupke jedoch war mit ihrer Abhandlung noch nicht

ganz fertig, erst recht nicht, da niemand ihre Aussage bestätigte.

»Wissen Se, man kann sich ja mal ein bißchen an den Mann anschmiegen, dat haben die geane! Woll, Klaus?! Woll?! Dat haben die geane, die Männa, wenn die Frauen en bißken, wie soll ich dat getz sagen, ich sage mal, äm, also en bißken anschmiechsam...« Sie lachte kindlich begeistert über ihre eigene Formulierungskunst... »Sarich dat getz richtich, Klaus? Ja? Klaus?«

»Jaja«, sagte Klaus und guckte in die Röhre.

Ich wollte ein bißchen höflich sein zu Frau Pupke und schmiegte mich anstandshalber ein bißchen an Klaus, auf daß sie gläubte.

Inzwischen wurde von einer dramatischen Terroraktion berichtet. Klaus starrte auf die Mattscheibe.

»Frau Doktor«, sagte Frau Pupke und nahm meine Hand. »Wenn Sie nich nett sind zum Klaus, dann kriegen Sie es mit mir zu tun, dat sarich Ihnen! Wiaklich! Woll?! Ich gehör' ja getz mit zur Familie! Woll!? Woll, Klaus?« Da Klaus nicht reagierte, wiederholte sie noch vier- oder fünfmal das schöne Wörtchen woll, zuerst mit Fragezeichen, dann mit Ausrufezeichen.

Ich nickte immer heftiger, aber sie wollte von Klaus eine Reaktion, WOLL!?!!

»Klaus«, sagte ich und stupste ihn an die Backe, »Frau Pupke hat ›woll‹ gefragt!«

»Ja, Frau Pupke«, sagte Klaus. »Sie haben recht.«

»Sarich doch!« freute sich Frau Pupke und griff wieder nach meiner Hand, die ich ihr unauffällig entzogen hatte. »Sarich doch immer!! Schon zu der Irene hab' ich immer gesagt, woll, Klaus, WAT HAB ICH IMMA GESACHT?!? Klaus?! Woll?! Ich habe immer zu der Irene gesacht, sie soll ein bißchen nett sein zu dem Hea Dokta. Hap ich immer gesagt! Woll, Klaus!! HAP ich das nich gesacht?!«

»Ja«, sagte Klaus, der inzwischen einen Flugzeugabsturz anschaute, »haben Sie immer gesagt.«

»Irene, hap ich gesacht, ich sach, Irene, sarich, gucken Se mal, so ein Mann braucht auch ma ein bißken Zäatlichkeit! Happich das nich immer zu der Irene gesagt? Woll?! Happich doch gesagt!! Können Se den Klaus fragen! Fragen Se! Da sitzt er ja! Können Se fragen!! Woll, Klaus!«

»Ja«, sagte Klaus, ohne den Kopf zu wenden.

»Und?« fragte ich, um die verzweifelt um Anerkennung buhlende Frau Pupke nicht so in ihrem Frust braten zu lassen. »War sie denn nicht nett zu ihm?«

Das war mein Fehler!

Frau Pupke war absolut begeistert, daß ich Interesse an dem Thema zeigte. Innerhalb der nächsten vier Stunden erzählte sie uns, Klaus und mir, ausführlichst und mit höchst detaillierten Einzelbeispielen, in welchen Fällen und zu welchen Gelegenheiten Irene NICHT nett zu Klaus gewesen war. Ich war beeindruckt, was Klaus mir alles bisher verschwiegen hatte! So viele Unnettigkeiten hatte er mir einfach noch nicht erzählt! Ein echter Gentleman, der Klaus. Aber wie gut, daß wir Frau Pupke hatten. So konnte doch die ganze schmutzige Wäsche der vergangenen Ehe noch einmal gründlich vor unser aller Augen gewaschen werden, und zwar mit Vorwaschgang, Hauptwaschgang, Lenor-Windel-Weich-Waschgang und noch mit einer Extra-Portion Hand-Wasch-Gang der Marke Spei in die Tube.

Als sie fertig war, waren wir fix und fertig, hatte sie doch ungelogen etwa dreihundertmal »woll« gesagt! Sämtliche Nachrichtenmagazine waren ungesehen an Klaus vorbeigeflimmert. Ich bewunderte Frau Pupke, weil sie doch ein gewisses Durchsetzungsvermögen besaß. MIR war es nämlich noch nicht gelungen, Klaus durch irgendeine Bemerkung von seinem Nachrichtenwahn abzulenken. Damals, als ich beschlossen hatte, mich selbst zu verwirklichen, hatte Klaus gerade eine Sendung über Steuern und Finanzen gesehen. Ich hatte es trotz Türenknallens nicht geschafft, seine Aufmerksamkeit auf mich zu lenken. Vielleicht sollte ich öfter mal »woll« sagen!

Simon und ich gingen durch die Hohe Straße. Er schritt mit seinen derben Stiefeln so beherzt durch die Menge, als wäre er bei einem Militärmarsch. Ich hatte Mühe, mit ihm Schritt zu halten. Eigentlich wollte ich ihm heute sagen, daß ich nun für ihn frei war, aber solche Geständnisse rufe ich ungern in überfüllten Einkaufszonen hinter jemandem her.

Zuerst versuchte ich ihn etwas über seine letzten Wochen ohne mich auszufragen. Auch er hatte ein paar ausgesprochen nette Konzerte gehabt, wie er sagte, und war viel »aushäusig« gewesen. Ich fragte, welche Agentur denn eigentlich für ihn arbeiten würde. Dabei erwog ich heimlich, meine eigene Agentur über den Jordan zu jagen und mich unauffällig an Simon anzuhängen. Wo er doch in jeder Beziehung ein Mann von Welt war.

Simon war doch immer wieder für Überraschungen gut. Seine Konzerte hatte er nämlich völlig allein organisiert! Auf meine Frage nach dem Veranstalter sagte er fröhlich: »Ich bin mein eigener Veranstalter!«

Das glaubte ich ihm aufs Wort.

»Ich bin ganz autark, das ist mir am liebsten so«, sagte Simon und schritt freudestrahlend mit seinem Rucksack vor mir her.

»Das dachte ich mir«, sagte ich vorsichtig und blickte ihn verliebt von hinten an. »Du läßt dich einfach nicht von irgend jemandem organisieren.«

»Genau, Kleines«, sagte Simon beschwingt.

Mich störte zwar das »Kleines«, denn ich bin eigentlich gar nicht so klein. Aber wenn frau verliebt ist, realisiert frau nicht sofort, was sie stört.

»Also, wer arbeitet mit dir?« fragte ich in meiner penetranten Neugier.

Irgendwie platzte ich innerlich vor Eifersucht. Welcher Agent oder Manager hatte mit Simon regelmäßig zu tun? Womöglich noch eine Frau? WER??!

»Keiner«, sagte Simon und blieb vor einem Schaufenster stehen, um einige Taschenmesser und Schrotflinten anzusehen. Ein Jägerhut mit Gamsbart hatte es ihm angetan. »Ob der mir steht?«

Ich hielt das für einen seiner üblichen originellen Scherze und lachte.

Simon aber ging hinein und kaufte den Jägerhut. Ich fand das ein bißchen ärgerlich, besonders, weil er ihn gleich aufbehielt und sich seine Pudelmütze einpacken ließ.

Trotzdem versuchte ich, den Faden unseres Gespräches wieder aufzunehmen.

»Du sagtest eben«, begann ich und versuchte, mit ihm Schritt zu halten, »kein Mensch organisiert deine Termine?«

»Ich bin vollkommen autark«, sagte Simon und blieb wieder abrupt stehen, so abrupt, daß ich erst drei Schritte zurücklaufen mußte, um mit ihm wieder auf gleicher Höhe zu sein.

»Aber die Hotels, in denen du übernachten mußt«, sagte ich atemlos und guckte desinteressiert auf die Landschaft aus Legosteinen, vor der er stehengeblieben war. »Buchst du die alle selbst?«

»Ich übernachte nie in Hotels. Ich habe in jeder Stadt Bekannte, bei denen ich schlafen kann«, sagte Simon und ging in das Spielwarengeschäft.

Drinnen stand eine unförmige Frau mit dicken Waden auf einer Leiter und räumte Spielpackungen ins Regal. Ihre wollenen Strümpfe paßten modisch genau zu dem Haardutt, der blaue Faltenrock mit der übergroßen Sicherheitsnadel als keckes Accessoire rundete ihr apartes Erscheinungsbild ab. Ich war schon wieder eifersüchtig auf sie, nur weil Simon mit ihr sprechen würde.

»Sie wünschen!« sagte die Dame von ihrer Leiter herab, ohne sich umzudrehen.

»Sagen Sie, schöne Frau, haben Sie das Bauernhaus im Schaufenster selbst gebaut? Ich würde es gerne näher ansehen!«

Die schöne Frau mit den dicken Waden schenkte uns einen Blick aus schönen, dicken Brillengläsern. »Was wollen Sie daran ansehen?« fragte sie eiskalt.

»Meine Großmutter väterlicherseits wohnte in einem ganz ähnlichen Bauernhof, ich habe Fotos davon gesehen«, sagte Simon äußerst liebenswürdig zu der Verkäuferin, die inzwischen im Begriff war, von der Leiter herabzusteigen.

»Darf ich Sie um die Hüfte fassen?« fragte Simon und ging hinter den Ladentisch, wo er hilfreich die Hände nach ihr ausstreckte.

Ich fand das der Liebenswürdigkeit ein bißchen zu viel, zumal die dickwadige Dame in Strick weder schön noch freundlich war!

Sie wollte auch nicht um die Hüfte gefaßt werden, sondern war, wie sie ärgerlich demonstrierte, durchaus in der Lage, allein von der Leiter zu steigen. Sie ging mit uns nach draußen vor das Schaufenster und sagte: »Hier können Sie sich das Bauernhaus ansehen, solange Sie wollen. Wenn Sie an einem Kauf interessiert sind, kommen Sie wieder rein. Ich bin im Laden.« Damit ließ sie die Tür zufallen und verschwand.

»Simon«, sagte ich. »Interessierst du dich wirklich für das Bauernhaus?«

»Och ja, warum nicht!« sagte Simon und ging weiter. Ich hoppelte hinter ihm her.

»Sagtest du nicht eben, daß du überall Bekannte hast, bei denen du übernachten kannst?« versuchte ich, den Faden wieder aufzunehmen. Womöglich waren das alles solche Weibsbilder in Strick, denen er irgendwann mal um die Hüfte gefaßt hatte!

»Kleines, ich bin eben schon ein paar Jährchen älter als du«, erklärte Simon. »Da entsteht mit der Zeit eben ein gewisser Bekanntenkreis.«

Natürlich. Er war eben ein Mann von Welt. Man KANNTE ihn einfach.

»Aber die Leute wohnen doch nicht alle auch bei dir?« fragte ich ahnungsvoll.

»Gott bewahre!« sagte Simon. »Meine Bude ist viel zu klein. Darf niemand drin wohnen als Simon allein! Und ab und zu mal so ein Spätzchen wie du, Kleines!«

»Aha«, sagte ich irritiert. Diese Verniedlichungen! Spätzchen! Kleines! Und dann wildfremde dickwadige Verkäuferinnen um die Hüfte fassen wollen!

Im Grunde war ich schrecklich eifersüchtig auf die Kellnerin, die Verkäuferin und die unzähligen Bekannten.

Dieses Gefühl war mir neu.

Es mußte Liebe sein.

Nachdem wir uns nun drei Monate lang nacheinander verzehrten, war es endlich an der Zeit, daß ich seine Wohnung kennenlernte. Simon hatte es zwar immer wieder zu verhindern gewußt, aber darin stand ich ihm ja in nichts nach; hatte ich doch auch jede Menge vor ihm zu verbergen: ein Kind, einen Kindsvater UND, was das Allerverbergenswerteste war: Frau Pupke. Soviel konnte Simon vor mir gar nicht zu verbergen haben! Nach stundenlangen Diskussionen und Erwägungen, ob es denn nicht endlich mal an der Zeit wäre, ein wenig von der geheimnisvollen Anonymität aufzugeben, war er bereit, mich in seinen heiligen Hallen zu empfangen. Ich platzte vor Spannung. War seine Behausung genauso außergewöhnlich wie sein Benehmen?

Seine Wohnung stammte noch aus Zeiten des abgebrochenen Studiums. Sie war ziemlich klein und lag im Souterrain. »Ich habe tagelang aufgeräumt«, sagte Simon über die Schulter, als wir die Treppen zu der schweren grauen Eisentür hinabstiegen. Er war sehr stolz.

Ich war auch sehr stolz. Was er doch für einen Aufwand betrieb, nur um es mir gemütlich zu machen! Sehr gespannt harrte ich des Momentes, wo ich seine Wohnung betreten würde. Welch originelle Einrichtung würde ich schauen dürfen?

Vielleicht lagen ein paar tote Panther auf der Erde, oder es waren Jagdtrophäen anderer Art über dem Klavier angebracht? Vielleicht hingen Hunderte von Konzertplakaten aus aller Welt an den Wänden? Vielleicht schlief er in einem Allwetter-Schlafsack auf dem Fußboden? Zuzutrauen war ihm alles!

Doch die Wohnung erwies sich als typisch verwahrloste Junggesellenbude. Ich war ein bißchen enttäuscht. Zwar hingen wirklich Hunderte von Konzertplakaten an der Wohnzimmertür, aber leider alle übereinander. Es war also nur das oberste zu sehen. Und das war eine Spatzenmesse in Pützchen. Die Schlafstätte befand sich tatsächlich auf dem Fußboden, wo eine normale Matratze lag. Diese war frisch bezogen, was ich als eine Geste des Entgegenkommens wertete. Auf der Fensterbank standen viele verschiedene kleine Staubfänger wie Kaktustöpfchen, kaputte Krüglein und Näpfchen, einige Hirschhornknöpfe, Aschenbecher und Kronkorken, ein Elfenbein-Stoßzahn neben einer Reisezahnbürste, ein sehr verstaubtes Kofferradio auf einem Stapel alter Zeitungen. Der Schreibtisch, den ich erst nach mühsamem Suchen ausmachen konnte, war so überladen mit unnützen Dingen, daß kein einziger Zentimeter mehr von ihm zu sehen war. Ich hielt Ausschau nach einem Klavier. Da stand es, mit zugeklapptem Deckel, und auf dem Deckel lagen etwa zweihundert Telefonbücher. Auf dem obersten standen Scharen von kleinen blauen Schlümpfen herum. Keiner von ihnen sah so aus, als hätte er seinen Standort mal irgendwann verlassen, um Simon den Zugriff zu seinem Klavier zu erleichtern. Alle Gegenstände und Möbelstücke seiner Wohnung dienten anscheinend ausschließlich als Ablagefläche für Staubfänger.

Sehr originell soweit.

Ich ging neugierig in der Wohnung umher. In der Badewanne stand ein Kübel mit Schmutzwäsche, die gerade in einer schwärzlichen Brühe vor sich hin moderte. Autark, wie er war, hatte Simon natürlich keine Waschmaschine. Wo hätte er die auch hinstellen sollen. Die Toilette war der einzige Gegenstand, der nicht zweckentfremdet war. Der Dekkel war nicht nur nicht zugestellt, sondern ständig geöffnet! Ganz offensichtlich war die Toilette häufig in Gebrauch.

In der Küche standen zwei Stühle vor einem wackeligen Tisch. Beide brachen fast unter der Last von Sachen zusammen, die ganz wahrscheinlich für eine Altkleidersammlung bestimmt waren. Vermutlich war Simon nicht dazu gekommen, sie noch in die dafür vorgesehenen Säcke zu räumen! Es stellte sich aber heraus, daß die beiden Küchenstühle seinen Kleiderschrank ersetzten, der sich wiederum wegen der vielen Gegenstände, die davor auf dem Boden lagen, nicht öffnen ließ.

Auf dem Tisch standen ebenfalls nur Utensilien, die erstens unnütz und zweitens augenscheinlich nicht im Gebrauch waren: ein vorsintflutlicher Toaster, der unter Zeitungen zusammenbrach, eine Espresso-Maschine, die als Sparschwein für Kupfermünzen diente, eine versiffte Plastikkanne mit Umweltschutzaufklebern, dann die mir bekannte Thermoskanne, aus der Hühnersuppendüfte strömten, die dazugehörige Suppenextraktdose von Maggi, sein ganzes Pfeifenzubehör, viele hundert Tabakkrümel, das Gummibärchenglas und eine einzige, ungespülte, henkellose Tasse. Meinen französischen Kaffeepott hatte er noch nicht ausgepackt. Er stand mit vielen anderen eingepackten Geschenken im Flur.

»Wozu dienet dieser Unrat?« fragte ich verständnislos.

»Alles hier hat seinen Erinnerungswert, jedes einzelne Ding ist mir lieb und teuer«, sagte Simon mit ernstem Blick.

»Entschuldigung. Ich wollte dir nicht zu nahe treten!«

»Oh, wie schade!« sagte Simon sonor. »Das hätte ich aber ausgesprochen nett gefunden!«

Dann gingen wir dazu über, uns zu nahe zu treten. Leider war auch eine solche Handlung bei Simon nicht besonders spontan. Zur Entspannung verschwand er zuerst einmal für eine gute halbe Stunde im Badezimmer. Damit es mir nicht zu langweilig würde, ließ er die Tür offen.

»Mach es dir bequem, Mäuschen!« rief Simon von der Klobrille herab.

Verlegen setzte ich mich auf die Matratze.

»Du, Simon?«

»Ja, Spätzchen?«

»Würdest du eigentlich gerne Kinder haben?« Herzklopfend wartete ich auf eine Antwort.

»Da hätte ich im Prinzip eigentlich nichts gegen«, kam es nach einer Weile von der Brille.

Na großartig! Vielleicht konnte ich es ihm jetzt sagen! Er auf dem Klo und ich auf der Matratze! Die richtige Voraussetzung für ein Geständnis dieses Schweregrades!

»Warum fragst du, Mäuschen? Möchtest du eins von mir?«

»Nein, nein!«

Der Bettbezug war braungraumeliert, aus pflegeleichtem Frotteestoff. Ich zupfte ein bißchen daran herum.

»Aber Kinder magst du grundsätzlich, ja?«

»Meistens finde ich sie ausgesprochen nett«, sagte Simon gepreßt.

»Würdest du gerne bald eines haben?«

Herzklopfen bis zum Halse.

Pause.

Simon mußte sich konzentrieren.

Auf meine Frage vermutlich weniger als auf das, was er gerade tat.

»Simon?«

»Ja?«

»Möchtest du eventuell schon bald ein Kind?«

Ich konnte die Spannung unserer Konversation nicht mehr ertragen.

»Nein«, sagte Simon und raschelte mit Papier.

»Warum nicht?« fragte ich und fand mich entsetzlich penetrant.

»Weil ich mich noch nicht reif für ein Kind fühle«, sagte Simon und erhob sich.

»Nicht... reif?«

»Genau«, sagte Simon. »Nicht reif. Also sei doch bitte so liebenswürdig und vergiß dies hier nicht.«

Damit erschien er im Matratzenzimmer. Was er mir unter die Nase hielt, war eine Packung Antibabypillen.

»Tut die Mama jetzt singen?«

Frau Pupke stand mit dem drallen Paulchen im Arm zwei Meter neben dem Klavier. Ich war gerade bei einer schwierigen Stelle aus der Alt-Rhapsodie und versuchte mich an Dezim-Sprüngen, was keine einfache Sache ist.

»Lalala! macht die Mama! Woll? Die Mama tut lala machen, Paulchen! Woll?!«

Ich hörte auf, lala zu machen, und wartete, daß Frau Pupke mit Paulchen spazierengehen würde, wie sie das wohl gerade im Begriff war zu tun. Draußen schien die Sonne. Alle Deckchen und Untersetzer strahlten im Meister-Proper-Schein des Frühjahrsputzes, den Frau Pupke seit Wochen zelebrierte.

Paulchen seiberte vergnügt auf Frau Pupkes selbstgehäkelten Pullover. Er war zum Fressen süß. Ich hätte ihn schrecklich gern selbst in den Kinderwagen gepackt, um spazierenzugehen, aber ich mußte üben. Wichtige Konzerte standen bevor.

»Tust du sabbern? Auf Tante Pupkes schönen Pullofer? Was? Du bist ein kleines Ferkel, woll? Sachma! Ein Ferkel bist du, woll? Wollnich? Tust du einfach auf Tante Pupkes Pullofer sabbern! Was? Woll!« jubelte Frau Pupke und entfernte sich, um ein Tuch zu holen.

Ich stellte mich wieder in Positur, atmete vorschriftsmäßig ins Zwerchfell und dramatisierte vor mich hin: »Die Öde verschlingt ihn...«

Das Gejuchze und Gejubel des Kontrastprogramms verebbte indes nicht. Im Gegenteil: In meinen todernsten Gesang mischte sich erneut das Flötengetön von Frau Pupke, die den unschuldigen Paul mit neuen Varianten zum Thema »Tust du sabbern« überschüttete.

Mein Gott, dachte ich, kann sie denn nicht mit ihm ins Kinderzimmer gehen und dort weitersabbern?

Frau Pupke kam jedoch wieder, stellte sich neben das Klavier und wartete, bis ich einmal Luft holen mußte. »Kucken Se mal, Frau Dokta, ich bin hier was am stricken«, sagte sie und hielt mir einen angefangenen Kinderpullover »in blö« unter die Nase.

»Schön«, sagte ich, »ist das für Paul?«

»Ich weiß nich, wat meinen Sie? Was? Sollich den für Paul machen?« Und ohne von mir eine Antwort abzuwarten, fragte sie Paulchen, der spuckefadenziehend in seine Rassel biß: »Was? Willze den Pullover haben? Was? Sollich den Pullover für dich stricken?? Ja? Die Tante tut den Pullover für dich stricken, woll? Das tut die Tante! Willze den Pullover denn haben, Paulchen? Sachma! Was? Woll! Sachma!«

Da ich ziemlich sicher war, daß sie von Paulchen keine eindeutige Antwort bekommen würde, sagte ich: »Paulchen will den Pullover bestimmt gerne haben! Wo er so viel mit Ihnen DRAUSSEN ist, Frau Pupke!«

»Was?« antwortete Frau Pupke. »Woll? Sind wir viel draußen, Paulchen? Was? Tut die Tante viel mit dir spazierengehen? Sachma! Was? Woll?«

Ich unterbrach sie. »NOCH ist es hell, Frau Pupke! Nutzen Sie doch die schöne Sonne!«

»Die Mama muß arbeiten, Paulchen«, sagte Frau Pupke mit unerwartet plötzlicher Feinfühligkeit. »Komm, wir tun die Mama nicht länger stören. Mama muß lala machen, woll?« Mit markerschütternd jungfräulicher Stimme sang sie Paulchen schauerliche Töne ins Gesicht. Damit schleppte sie das dick eingepackte Bündel von dannen.

Ich atmete tief ein und begann noch mal bei der Stelle mit der Öde. »Die Öde verschlingt ihn...«

Da hörte ich bereits wieder die wackeren Beinchen von Frau Pupke nahen, die unter der Last meines Sohnes schier zusammenbrechen wollten.

Sorgenzerfurchten Gesichtes hielt sie mir zwei Wollknäuel unter die Nase. Das eine war dunkelblau, und das andere war dunkelblau.

»Kucken Se ma eben«, sagte sie, während mein schauerlicher Gesang noch im Wohnzimmer verhallte.

»Soll ich getz den Saum mit diser Wolle machen oder mit diser?«

»Mit diser!« sagte ich und zeigte auf eines der Knäuel.

»Is dat nich wat dunkel? Was? Is wat dunkel, woll?« fragte Frau Pupke zurück. Schnaufend vor Anstrengung setzte sie Paulchen auf den Boden.

Ich fühlte diesen unerträglichen Druck in mir, den man Streß nennt und wovon andere Leute Magengeschwüre und geschwollene Halsadern bekommen.

»Nein, das ist nicht zu dunkel«, sagte ich, nachdem ich vorschriftsmäßig tief eingeatmet hatte. »Aber draußen wird es bald dunkel!«

»Ich weiß nich...«, sagte Frau Pupke skeptisch und wiegte bedenklich das Haupt. »Für'n Jungen... was?... Is dat nich wat dunkel?« Sie hielt Paulchen die Wolle vors Gesicht. »Paulchen! Sachma! Is dat nich was dunkel für dich? Was? Hm? Sachma! Is was dunkel, woll? Hm? Im Winta? Sachma!«

Paulchen sagte nichts Eindeutiges.

»Dann nehmen Sie doch die andere Wolle!« schlug ich freundlich vor und blätterte demonstrativ in meinen Noten.

»Tja, weiß aunich«, sagte Frau Pupke. »Vonne andere Wolle is vielleich nich mehr genuch da! Was meinen Se? Reicht das?« Sie hielt mir das kleinere Wollknäuel hin. »Kukken Se ma. Reicht das? Für'n Bündchen? Was? Is wat knapp für'n Bündchen, woll? Was? Die Ärmel müssen ja aunoch 'n Bündchen haben, woll? Was? Paul hat ja kräftige Ärmchen, was, Paul? Sachma! Hm? Woll?«

Ich hatte keine Ahnung, was ein Bündchen ist und schon gar nicht, wie groß so ein Wollknäuel dafür sein muß. Ich hatte aber wohl Ahnung von der Schwierigkeit eines Dezimsprungs und dem damit verbundenen Dünnschiß.

»Es ist mir ziemlich egal, Frau Pupke«, sagte ich. Dabei erschrak ich über meine Unhöflichkeit.

Kind, reiß dich zusammen!

»Frau Pupke«, sagte ich. »Vielleicht können wir heute abend noch mal in Ruhe darüber nachdenken. Ich müßte jetzt dringend üben!«

»Ich waa auchma in ’nem Chor«, sagte Frau Pupke. »Das waa damals neunzehnhundat... ja wann war das getz genau, wattemaa, das muß gewesen sein... das war jedenfalls, als die Ursela dat Kleine noch nich hatte, da warn wa zusammen in dem Chor, wattemaa, wie alt ist getz der Ronald, Moment, ich muß ma eben rechnen, also der Große is getz inne Schule gekommen, dann is der Ronald, ja...« Sie rechnete mit größter Konzentration, »... der müßte vier sein! Woll? Der müßte getz auch schon widder vier sein! Sachma! Vier is der schon, der Ronald! ’n großer Junge is dat! Auch so’n großer Junge, wie der Paul! Ich sachte immer für die Ursela, Ursela, sarich, ich sach, Ursela, die Kinda von heute werd’n imma größa! Stimmtdoch, woll, Frau Dokta? Is doch was dran, was ich sach, woll? WOLL? Die Kinder von heute sind viel größa als die Kinder von früher! Dat licht an de Hormone, sarich imma. Ich sach für den Walta, Walta, sarich, ich sach, die Kinda von heute...«

»Frau PUPKE!« rief ich, nachdem ich all meinen Mut zusammengenommen hatte.

»Ich sach, Walta!« antwortete Frau Pupke und guckte mich fragend an. Jetzt hatte sie den Faden verloren!

»Es ist so schön draußen, wollen Sie nicht erst ein bißchen mit Paulchen an die frische Luft gehen?« fragte ich und hob Paulchen von der Erde auf. »Ich setze ihn Ihnen in den Wagen!«

»Nein, lassenSema, das brauchen Se nich!« rief Frau Pupke und zerrte an Paulchens Ärmel. »Setzen Se den Paul wieder hin! Ich mach dat schon! SIE müssen ja arbeiten! Wir können dat schon allein, woll, Paul! Was? Wir können das alleine, alleine können wir das, woll!!« Letzteres kam unter demonstrativem Ächzen. Sie hob Paulchen auf und ließ dabei die Wolle fallen. Ich hoffte, sie würde das nicht bemerken.

»Wo war ich stehengeblieben!« sagte Frau Pupke. »Was? Ach so, von wegen Walta, woll, Walta is mein Bekannta. Ich tu dem schomma die Hemde waschen, woll? Ich sach für den Walta, Walta, sarich, ich sach, Walta...«

Ihr Redeschwall war nicht zu bremsen. Ich lugte unauffällig auf die Uhr. In einer Stunde wollte ich im Konzertsaal sein! Vorher mußte ich mich noch umziehen und mindestens fünfmal aufs Klo, des war ich gewiß. Während Frau Pupke weiterredete, überlegte ich, welche Strecke ich fahren sollte und wo es die meisten Toilettenhäuschen am Wegesrand gab.

»Was sagen Sie denn dazu, daß die Kinder heutzutage viel größer sind als früher? Was? Is doch so, oder? Woll? Happich nich recht? Fragen Sema den HERR Dokta, Frau Dokta! Der weiß dat bestimmt! Woll? Ich hab doch recht, woll? Sind doch heute einfach größa, die Kinda, als früha, woll? Wollnich? WOLL? Sagen Se mal! Woll?«

Beim Thema »WOLL« dachte ich wieder an die Wolle, die ja der Ausgangspunkt unserer Unterhaltung gewesen war. Um sie bloß nicht wieder darauf zu bringen, sagte ich versöhnlich: »Wir unterhalten uns nachher weiter, ja?«

»Muß ma kucken, ob ich nachher Zeit für zum Unterhalten habe«, sagte Frau Pupke, »ich hab wiaklich noch viel, viel Aabeit!«

Ich entschuldigte mich, sie so lange aufgehalten zu haben, und versprach ihr, daß das nicht mehr vorkäme. Frau Pupke ging mit Paulchen weg. Ihre »Wolls« und »Sachmas« verebbten allmählich im Treppenhaus.

Ich holte tief Luft, schlug mir auf dem Klavier die Dezime an und sang in dreifachem Fortissimo: »Die Öde verschlingt sie.« Dann nahm ich das Wollknäuel, guckte es lange an und warf es im Zeitlupentempo hinter das Klavier.

Wie Singen doch seelisch entschlacken kann.

Das Konzert war ein voller Lacherfolg. Simon und ich waren die Solisten, und hinter uns stand ein riesiger Männerchor, alle im grünen Wams und mit schwarzen Fliegen. Bä-renstark. Es handelte sich um den Werks-Chor einer Kölner Metzgerinnung, und sehr viel altes deutsches Liedgut entströmte den sangesfrohen Schlachterkehlen. Der Programmgestalter hatte wohl gedacht, daß sich zwischen all den harmlosen Potpourris auch etwas Seriöses gut machen würde, zum Beispiel eine Ode an die Öde von Johannes Brahms.

Mein Auftritt kam also direkt nach »Schwesterlein, wann geh'n wir nach Haus«.

Die Alt-Rhapsodie.

Nach einem langen, schröcklichen Orchestervorspiel – es spielte die C-Besetzung des Pensionärorchesters oben genannter Innung – begann ich mein klagendes Geröhr: »Aber abseits, wer ist's... Ins Gebüsch verliert sich sein Pfad... hinter ihm... schlagen die Sträucher zusammen.«

Simon, der neben mir auf der Bühne saß und wieder ohne Hemmungen sein Hühnergebräu schlürfte, murmelte ziemlich laut: »Was der Kerl da wohl treibt!«

Ich fing völlig unprofessionell zu kichern an. Die Metzgersgattinnen im Publikum reckten die Hälse. Krampfhaft versuchte ich, der würdevollen Weihestunde den ihr zustehenden Ernst zu vermitteln.

Bei »Das Gras steht wieder auf« konnte ich mich halbwegs wieder beherrschen, obwohl Simon irgendeine lästerliche Bemerkung über die Männlichkeit machte, aber bei der berühmten Stelle mit der Öde mußte ich an Frau Pupke denken und wie heiter doch das Leben ist, wollnich? und ich sah Paulchen auf ihren Pullover seibern und sie selbst mit sorgenzerfurchtem Gesicht mit zwei völlig gleichen Wollknäueln vor mir stehen und über den Farbkontrast grübeln. Da begann ich erneut, hilflos zu kichern. Wie lächerlich doch alles war, wie belanglos und wie nichtig! Was wußten denn diese Metzgermeister von der Schwierigkeit einer Duodezime? Genauso viel oder wenig wie ich von dem Zerhacken eines Nackenkoteletts! Und was wußte Frau Pupke von meinen Auftrittsängsten? Genauso viel oder wenig wie ich von der Problematik, aus einem dunkelblauen Wollknäuel ein Bündchen zu stricken, wollnich? Und was wußte Simon Reich schon von meinen Schwierigkeiten, Kind, Kindsvater, Kinderfrau und Karriere mit ihm zu vereinbaren? Genauso viel oder wenig wie ich von seinen Schwierigkeiten, ohne Hühnersuppe durchs Leben zu gehen. Ach, wie einseitig und egozentrisch ist doch der Mensch!

»Erst verachtet, nun ein Verächter, zehrt er heimlich auf seinen eig'nen Wert in ung'nügender Selbstsucht.«

Hatte ich bisher immer nur auf die unzumutbar schwierigen Intervallsprünge geachtet, so begriff ich an diesem Abend erstmalig den Text. Das soll ja selten vorkommen, daß Sänger begreifen, was sie singen!

Die Metzgermeister und deren Gesellen im Publikum begriffen es übrigens nicht. Aber das hatte wohl auch niemand beabsichtigt.

In der ersten Reihe saß eine Frau, die hatte ganz offensichtlich einen kleinen Defekt. Sie schien jedenfalls keine Metzgermeistersgattin zu sein, so wie sie aussah! Breitbeinig, in Wollstrümpfen und Pantoffeln, die kurzen Ärmchen über ihrem dicken Bauch gerade noch mühsam verschränkt, neben sich einen Einkaufsbeutel, saß sie dort und guckte sich die Alt-Rhapsodie an. Wahrscheinlich kam in ihrem heimischen Fernsehgerät nichts Rechtes.

Wenn man auf der Bühne steht, hat man immer einen bestimmten Menschen im Publikum, auf dem das Auge ruht. Mir geht es jedenfalls so. Hier nun war es diese dralle Frau mit dem Einkaufsbüggel. Die Plätze rechts und links von ihr waren frei.

Ich hatte gerade wieder mühsam meine sittliche Reife errungen und mit dem Kichern aufgehört, da vernahm ich aus dem Einkaufsbüggel ein Ticken. Sollte dieses Mädchen oder Weibchen eine Bombe in den Saal geschmuggelt haben?

Bei der Modulation von c-Moll nach C-Dur kurz vor dem Männerchoreinsatz flüsterte ich Simon zu: »Die Dicke hat 'ne Bombe im Gepäck!«

Simon brummte zurück: »Das ist die Cilly aus dem Altersheim von Witterschlick. Die kommt in alle meine Konzerte. Damit sie den letzten Bus nicht verpaßt, hat sie immer einen Wecker dabei.«

Und richtig: Bei »Ein Ton seinem Ohre vernehmlich« schepperte das Ding in ihrem Einkaufsbüggel los. Sämtliche Gattinnen in den vorderen Reihen zuckten erschreckt zusammen, aber Cilly begann geschäftig mit dem Aufbruch, packte ihre Siebensachen zusammen, knöpfte sich den Mantel sorgfältig bis zum Hals zu, zog sich die Wollstrümpfe hoch, band sich dann, wegen des gemischten Wetters im Saal, eine Plastikhaube gegen den Regen um den Kopf, stellte den

Wecker ab, stopfte ihn in den Büggel zurück, winkte allen Mitwirkenden noch mal freundlich zu und bedachte Simon mit einer geräuschvollen Kußhand. Dann schlurfte sie durch den Mittelgang davon.

Die begeisterten Männerchorkehlen brüllten dazu passend »erquicke sein Herz«, und der Dirigent wischte sich den Angstschweiß von der Stirn.

Vom weiteren Verlauf des Konzertes habe ich überhaupt nichts mehr in Erinnerung, außer daß ich vor mehreren hundert Metzgern fast in die Hose gemacht hatte – diesmal vor Lachen und nicht vor Angst.

Ein völliger Rückfall in die Unprofessionalität.

Kind, aus dir wird nie eine Dame.

Und eine Kammersängerin schon gar nicht.

Tante Lilli hat recht behalten. Die Metzger haben mich nie wieder engagiert.

»Simon, entschuldige, daß ich wieder davon anfange, aber magst du Kinder?«

»Och, im Prinzip schon«, sagte Simon. »Da habe ich theoretisch nix gegen.« Wir stapften im üblichen Marschtempo durch den Kölner Straßenkarneval.

»Du jubelst ja nicht gerade!«

»Och«, sagte Simon, »et kütt wie et kütt!«

»Wie meinst du das? Könntest du dir vorstellen, ein Kind zu haben, ja oder nein?«

Simon blieb stehen. »Was willst du eigentlich sagen, Kleines? Möchtest du unbedingt ein Kind von mir? Ist es das, was dich zu solchen Fragen treibt?«

Typisch männliche Eitelkeit. Daß ich vielleicht schon von einem anderen Mann ein Kind haben könnte, kam ihm nicht in den hehren Sinn.

»Nein«, sagte ich. »Beruhige dich. Ich will im Moment kein Kind.« Fast hätte ich gesagt »kein Kind mehr«, aber womöglich wäre er hellhörig geworden und hätte nachgefragt! Obwohl ich mit mir selbst hätte wetten mögen, daß er nicht hellhörig geworden wäre!

»Na, dann sind wir uns ja einig. Da sind Kollegen aus der Oper.«

Damit war das ausgesprochen nette Thema wieder mal erledigt. Die Kollegen hatten noch ein paar andere Kollegen dabei, und so standen wir als fröhliche Sängerclique am Straßenrand und harrten des Festumzuges. Einer hatte ein Fäßchen Bier auf einem alten Kinderwagen dabei, so daß überhaupt keine Langeweile aufkommen konnte. Nachdem man eine ganze Weile über andere Sänger, Dirigenten, Intendanten und deren Verwandte gelästert hatte, fragte mich eine sehr angemalte Dame älteren Datums im nicht gerade schlank machenden Nerz: »MUSS ich Sie kennen?«

»Nein, aber du darfst«, sagte Simon.

»Habe ich Sie schon mal irgendwo gesehen?«

Hoffentlich nicht in der Still- und Krabbelgruppe oder am Sandkasten im Stadtwald, dachte ich so für mich hin. »Nein, ich singe zur Zeit nur Konzerte«, sagte ich bescheiden.

»Aber gar nicht so schlecht«, sagte Simon und stellte uns gegenseitig vor: »Pauline Frohmuth, vielversprechende Konzertsängerin, vor kurzem sensationelles Debüt mit der Alt-Rhapsodie, zur Zeit noch freischaffend, und Theresa Horn, hervorragender Mezzosopran an sämtlichen Opernhäusern Europas.«

»UND an der Met«, sagte Theresa Horn.

»Was hast du da noch mal abgelassen?« fragte Simon lässig. »Das Sandmännchen oder das Taumännchen oder das Glühwürmchen...?«

»Die dritte Dame«, sagte Theresa Horn. »In der Zauberflöte.«

»Boh«, sagte ich, vor Ehrfurcht zitternd.

Mochte Simon auch in seiner üblichen Weise übertrieben haben, so mußte diese Theresa jedenfalls sehr gut im Geschäft sein. Ich versuchte, mir meinen Respekt nicht anmerken zu lassen.

»Ach, dann bist du die Neue von Simon«, sagte Theresa.

»Nein, ich bin die Alte von Simon«, sagte ich lässig.

»Freut mich, deine Bekanntschaft zu machen.« Theresa reichte mir ihren Wildlederhandschuh, auf daß ich ihn beherzt griffe und schüttelte. (Und küssete ihn...?)

»Ganz meinerseits«, sagte ich und trank aus lauter Verlegenheit mein Glas leer.

»Und welche Agentur arbeitet für dich?« fragte Theresa im Nerz.

»Och, mal der, mal der«, sagte ich und nahm dabei schon Simons »Im Prinzip-nix-gegen«-Tonfall an. Hätte ich der weltberühmten Diva etwa meine lächerliche Agentur preisgeben sollen? Ich kam mir entsetzlich klein und provinziell vor. Um uns herum standen dickbäuchig und schalumschlungen die Baßkollegen und dröhnten mit ihren phänomenalen Röhren irgendwelche Anekdoten aus dem Opernmilieu in die Gegend. Simon aber stund auch bei ihnen. Wahrlich, du bist auch einer von denen, ging es mir durch den Kopf.

Theresa wollte mich einordnen und löcherte mich mit Fragen. Wer, wo, was, wie teuer, bei welchem Dirigenten, welche Festspiele, welche Partien.

Ich heuchelte ein bißchen rum und wand mich unter ihren bohrenden Augen. Ganz offensichtlich konnte sie mich noch nicht als Freund oder Feind einschätzen. Ich ließ sie zappeln. Wer nichts zu melden hat, hat auch nichts zu verbergen.

Eigentlich hätte ich schrecklich gern mit Simon den Tag verbracht. Und zwar außerhalb seiner staubigen Dunkelzelle.

Hatte es mich doch Mühe genug gekostet, mich von meinem kleinen Paul zu trennen! Klaus und Frau Pupke waren bei ihm. Ich wäre mir nur störend vorgekommen! Frau Pupke hatte meinem kleinen Fuzzi ein Clownskostüm genäht und mich tagelang damit genervt, welche Flicken sie auf welches Knie und welche Troddeln sie an welchen Ärmel nähen sollte. Heute hatte ich Pupke-frei.

Ein ganzer, langer Simon-Tag! Und nun das.

Zu blöd, daß diese arrogante Sängerclique aufgetaucht war! Jetzt hatte ich Simon gar nicht mehr für mich allein, und wie ich den in seiner Unverbindlichkeit kannte, würde er den Rest des Tages mit diesen Bornies verbringen und hinterher sagen, daß es ausgesprochen nett war!

Theresa redete auf mich ein. Der Herr Kammersänger Stemmbauch habe ihr unlängst mitten im Liebesduett in den Hintern gekniffen, und der Dirigent Stabwedel am Londoner Covent Garden habe sie für weitere drei Bornhilden engagieren wollen, obwohl ihre Honorarforderungen dreimal so hoch seien wie die der anderen Rheinfregatten, und bei der

Lufthansa sei sie schon bekannt wie ein singender Staubsauger und werde stets mit Frau Kammersängerin begrüßt...

»Der Hausmeister der Musikhochschule begrüßt mich auch immer mit Frau Kammersängerin«, sagte ich, um endlich auch einmal meinen Bekanntheitsgrad kundzutun. Sie lachte glockenschrill.

Die jovial bölkenden Baßkollegen hatten einen alternativen Männergesprächskreis aufgemacht. Mit Simon war wohl nicht mehr zu rechnen.

Weißt du eigentlich, wie viele Falten unter deiner Schminke sind, dachte ich, während Theresa gestenreich einen ihrer letzten Stürze in den Orchestergraben schilderte. Wenn die Sonne auf dein Gesicht scheint, sieht man die Falten noch viel deutlicher. Hat dir schon mal jemand gesagt, daß dieser dunkelblaue Lidschatten fürchterlich ordinär aussieht? Übrigens hast du Lippenstift auf den Zähnen.

Außerdem hast du viel zuviel süßliches Parfum über dich gegossen, meine liebe, hochverehrte Jammersängerin Theresa! Da soll dein Duettpartner wohl mies bei draufkommen! Und noch was, teuerbezahlte Prallgunde: WENN du dir schon soviel braune Paste ins Gesicht schmierst, dann mußt du das Doppelkinn auch beschmieren, hat dir das noch nie ein Maskenbildner gesagt?

Gerade als ich überlegte, ob ich wohl in fünfzehn oder zwanzig Jahren auch so aussehen, riechen und klingen würde wie die Fregatte Theresa und ob ich dann auch so ein armes, einsames, schrilles Monster sein würde, machte mein Herz einen ganz dumpfen Aussetzer. Auf der anderen Straßenseite, mitten im bunten, sonnenbeschienenen Gewühl, standen Papa, Paulchen und Pupke.

Ich starrte hinüber und schluckte ein paarmal.

Theresa, gerade in einen interessanten Abschnitt ihrer Künstlerlaufbahn verstrickt, zupfte mich am Ärmel, damit ich den Höhepunkt und die Pointe ihrer Schilderung nicht verpassen möge.

Klaus hier. Paulchen hier. Mein geliebtes, kleines, unschuldig in die Menschenmenge staunendes Paulchen!! Mit einem hastigen Seitenblick auf Simon überlegte ich, was ich tun sollte.

Hinrennen natürlich, dein Kind in die Arme nehmen, abküssen und Simon zeigen, daß du eine glückliche junge Mutter bist.

Simon aber stund und wärmete sich.

War er jetzt in der Stimmung, das uneheliche Kind seiner momentanen, ausgesprochen netten Beziehungskiste kennenlernen zu wollen?

Wegdrehen, verstecken, in der Menge verschwinden, sagte die feige und berechnende Hälfte in mir.

Der Schweinehund, der auch mitfeiern wollte, swingte mit einer Pappnase aus seiner Hütte und riet mir, mich doch jetzt ganz laut lachend Arm in Arm mit der Fregatte Theresa unter die Herrenriege zu mischen, auf daß Klaus endlich sehe, in welchen Künstlerkreisen ich verkehre! Dann könne er auch raten, welcher der schalbehangenen, bollerig röhrenden Herren der Auserwählte war, hurra! Dreimal Kölle alaaf!

Ich lugte herzklopfend über die Straße. Der Umzug hatte begonnen. Meine Familie wurde ab und zu von größeren Wagen verdeckt, aber tauchte immer wieder auf. Die Nachmittagssonne beschien die drei. Mein kleiner Paul sah zum Anbeißen aus in seinem bunten Clownskostüm. Klaus hatte ihn auf die Schultern gesetzt, damit er besser in die große, bunte Welt gucken konnte. Frau Pupke, exakt halb so groß wie der lange Turm neben ihr, redete pausenlos gegen den Lärm auf Klaus ein. Ich bemerkte, daß Klaus zwar artig den Kopf senkte, mit seinen Augen aber ganz woanders war. Der beherrschte die Technik, Frau Pupke auf höfliche Weise zu überhören. Mir gelang das nie. Entweder ich überhörte sie unhöflich, was sie mir übelnahm und mit sechsfach gesteigertem »Woll?« auszutreiben wußte, oder ich überhörte sie eben nicht und ärgerte mir Löcher in den Bauch. Klaus war eben Profi im freundlichen Weghören. Klar, als Arzt!

Theresa hatte allerdings im Moment auch keinen Zuhörer mehr. Ich starrte wie ein Honigkuchenpferd auf die andere Straßenseite, in mildes Entzücken versunken. Mein Paulchen! Wie groß es doch schon war und wie wach! Da! Jetzt kam die decke Tromm zu nah an ihm vorbei; er verzog weinerlich das Gesichtchen. Mensch, Pupke!! Hör auf zu quatschen und tröste das Paulchen! Wozu haben wir dich angestellt! Klaus!! Merkst du denn nicht, daß unser Sohn erschreckt zusammengezuckt ist? HALLOO! Wo bist du denn mit deinen Gedanken? Wahrscheinlich wieder bei irgendeinem Wirtschaftsmagazin! Nein, du kannst deine Pappnase NICHT von der Steuer absetzen! Paulchen weint!!

Ich konnte kaum noch an mich halten.

Die nächste Musikgruppe nahte, diesmal mit klirrenden Triangeln und anderen blechernen Trommelfellzerfetzern. Die Menge johlte und schrie. Man verstand sein eigenes Wort nicht mehr. Außer Theresa, die sich einer durchdringenden Vordersitz-Nasenklang-Technik befleißigte, und Frau Pupke, die noch nicht mal die Posaunen des Jüngsten Gerichts vorübergehend zum Schweigen gebracht hätten.

Mein Paulchen saß zusammengesunken auf Rabenvaters Schultern und heulte. Ich konnte seine Rotznase bis hierhin sehen. Stillet die Wipfel, es flennet mein Kind!

Keinerlei Berechnung oder Überlegung konnte mich mehr zurückhalten. Ich rannte einfach los, mitten durch den Zug, schlängelte mich zwischen Pferdehintern und bunten Kutschen hindurch, drängelte mich an entsetzlich lauten Pikkoloflöten vorbei und sprang todesmutig vor den Trichter einer Baßposaune, um endlich das rettende andere Ufer zu erreichen.

»Hier können Se ever nit stonblivve!« verteidigten sofort einige freundliche Kölner ihre zwei Quadratmeter, die sie seit vier Stunden anwärmten.

Wütend drängelte ich mich an ihnen vorbei. Da standen sie. Klaus mit dem heulenden Paulchen und die quatschende Pupke.

Ich rempelte Klaus einfach an und riß ihm mein Kind von den Schultern.

»Merkst du nicht, daß er heult, Mann?!«

Klaus war regelrecht aus tiefster Trance erwacht.

»Was? Wer heult? Doch, hab' ich gemerkt. Ich wollte ihn gerade trösten.«

»Da sieht man mal, wohin das Gequatsche von Frau Pupke führt«, giftete ich ihn wütend an. »Du stellst dich einfach taub. Merkst du nicht, daß der Lärm das Paulchen erschreckt?« Zitternd vor Wut fuhrwerkte ich mit einem Tempotuch in meines Kindes Gesicht herum. Die ganzen roten Herzchen verwischten.

»Was für ein Lärm?« fragte Klaus und streckte pflichtschuldigst die Hände nach Paul aus. »Gib ihn mir, du hast doch heute deinen freien Tag!«

»Ich pfeife auf meinen freien Tag, wenn du so schlampig mit meinem Sohn umgehst!« schrie ich gegen ein neues Musikkorps an. Um uns herum wurde in höchster Glückseligkeit mitgesungen und geschunkelt: »Mer losse der DOM in Kölle!«

»Nun laß aber mal die Kirche im Dorf!« sagte Klaus. »Ich hab' ihn nur auf die Schultern gesetzt, damit er was sehen kann.«

»Aber der Lärm, Mensch! Das kann so eine kleine Kinderseele noch gar nicht verkraften! Der Karneval ist überhaupt noch nichts für ihn!« brüllte ich und wickelte schützend die Jacke um mein Kind.

Frau Pupke hatte tatsächlich aufgehört zu reden und versuchte, in dem Krach den Inhalt unserer Auseinandersetzung mitzukriegen.

Ich drehte mich einfach um und verließ im Laufschritt mit Paulchen die Szene.

»Nach Hause geht die Mama mit dir, mein Süßer, und da machen wir deine Spieluhr an, ganz leise, damit sich deine Öhrchen wieder erholen«, sagte ich zu dem Inhalt meiner Jacke. »Die haben ja alle keine Ahnung, wie man mit Kleinkindern umgeht!«

Paulchen guckte mich gläubig aus der Jackenöffnung an. Das zahnlose Mündchen verzog sich zu einem Grinsen. Das war ein so erhebender, wunderschöner Moment! Die Löwenmutter hatte ihr Junges gerettet, vor Not, Gefahr und Ungemach, und nun trug sie es im Maul als Beute davon, in die Höhle zurück, wo es warm und trocken war und wo keine Trommel an das Trommelfell des Jungtieres drang. Diese Begebenheit werde ich dir erzählen, wenn du groß bist, sagte ich zu ihm, während ich unter seinem Gewicht zu schwitzen begann.

Da hörte ich eilige Schritte hinter mir. Typisch Klaus. Mußte er mir wieder mal nachlaufen. Wahrscheinlich rannte die Pupke auf ihren drallen Beinchen auch noch hinterher! Paulchen und seine Mutter wollen allein sein, habt ihr das nicht gemerkt, ihr lästigen Fremdlinge?

»Pauline, bleib sofort stehen!«

Ich denke nicht daran, mein Lieber. Wenn du nicht in der Lage bist, einen kindgerechten Freizeitausgleich für deinen Sohn zu inszenieren, dann mußt du eben tatenlos zusehen, wie man dir die Vormundschaft entzieht, Rabenvater!

»Pauline! Wo willst du mit dem Kind hin! Bleib stehen!«

Wo ich mit dem Kind hin will?! Nach Hause, wo es seine Ruhe hat, Unfähiger!

»Bleib stehen, verdammt noch mal!«

Das war gar nicht Klaus! Der sagte nie »verdammt noch mal«! Ich guckte mich im Laufen um. Es war wirklich nicht Klaus, der da durch die Menge hinter mir herrannte.

Es war Simon.

»Bist du wahnsinnig?« giftete er mich wütend an. Beim Laufen hatte er seinen Schal verloren. Sein kostbarer Kehlkopf lag frei. »Haut plötzlich ab, die Diva, nur weil der böse, unaufmerksame Simon mal ein paar Takte mit seinen Kollegen spricht. Mensch, warum mache ich das wohl alles? Meinst du, ich hätte Lust auf die Säcke?« schnauzte er mich an. Diese Tonart war mir noch ganz fremd an ihm. »Verdammt« und »Säcke«! Das waren aber keine ausgesprochen netten Wörter!

Eigensinnig drückte ich mein Löwenjunges fester an mich. Es war unter meiner Jacke überhaupt nicht mehr zu sehen.

»Da versuche ich, dich in meine Kreise einzuführen, und quatsche mit den übelsten Typen, damit sie dich kennenlernen, und du rennst einfach weg! Ich dachte, du wärst nicht so eine Zimperliese!« keuchte Simon und fingerte auf seinen Schultern nach dem vom Winde verwehten Schal. »Menschenskind, ich mach' dich mit der Theresa Horn bekannt, ich krieche diesem Nebelhorn in den Hintern! Von der könntest du Einspringer erben noch und nöcher, die weiß gar nicht wohin vor lauter Angeboten! Wenn du nur ein bißchen Geschick gehabt hättest, dann wäre dein Terminkalender heute abend voll! Aber nein, du mußt türmen wie eine beleidigte Leberwurst.«

Simon fand den Schal nicht, dafür aber sein verrutschtes Halstuch und schneuzte sich damit kräftig die Nase. Ich hielt schützend die Jacke über mein Paulchen, wegen der Tröpfcheninfektion. Wann würde er endlich sagen »Der ist aber ausgesprochen nett!«?

Doch Simon war viel zu beschäftigt mit der Ausarbeitung der dramatischen Szene. Daß er nicht anfing, seinen Monolog zu musikalischen Ergüssen aufzubauschen, ist im nachhinein sehr verwunderlich.

In dem Moment nahte Klaus. Mit Speer und Schild, dem Feinde fest ins Auge blickend. Frau Pupke kämpfte sich mitsamt Kinderwagen und anderem Gepäck auf der anderen Straßenseite durch die Menge.

Klaus blieb neben mir stehen und sagte zu Simon: »Klett!« Es wäre ein leichtes für Simon gewesen, darauf mit einem hübschen Reim zu antworten, zum Beispiel: »Nett!« Doch Simon war nicht in Form.

Er guckte mich fragend an. »Na und?« schnaufte er. Nun war es an mir, schöpferisch und mit der berüchtigten weiblichen Intuition zu reagieren. Wie sag ich's meinem Kindsvater?

»Herr Reich, Herr Klett«, sagte ich in meinem unendlichen Ideenreichtum und zeigte mit der kurzzeitig freien Rechten auf den jeweilig zuständigen Menschen.

Paulchen auf meinem Arm wurde zur süßen Last. Still und aufmerksam lugte er aus seiner Öffnung.

»Gib mir das Paulchen, dann kannst du mit Herrn Reich weiterfeiern«, sagte Klaus und streckte die Hand aus. Pfoten weg! Mein Kind! Pauline ist autark!

»Ich habe den anderen gesagt, du kämst sofort wieder«, sagte Simon beschwörend. »Die wollen jetzt ganz groß essen gehen, Mensch, das ist die Chance für dich! Der schwule Freund vom Chef ist auch dabei! Und die Horn findet dich nett! Andere Anfänger würden sich die Finger lecken nach so einer Gelegenheit!«

Klaus griff in meine Jackenöffnung. »Du kannst ihn mir ruhig geben, Pauline. Geh mit Herrn Reich! Das ist doch die Chance für dich!«

Simon guckte zum ersten, aber auch zum allerersten Mal

auf das kleine Paulchen, das aus meiner Jacke lugte. »Gib ihm schon das Kind und komm mit!« sagte er. »Ich hab' mir den Mund fusselig geredet, wie toll du bist!«

Ich stand starr und fassungslos und guckte von einem zum anderen. Das war doch wohl eine besonders mißglückte Szene in einem besonders minderwertigen Film! Hallo wach! Der Traum macht keinen Spaß!

Doch das Leben hatte wieder mal einen Spielverderber am Regiepult.

»Also, was ist?!« sagte Simon ziemlich humorlos.

»Pauline, das ist in Ordnung.« Klaus griff nach Paulchen.

Ganz langsam, im Zeitlupentempo, öffnete ich meine Jacke und hob vorsichtig das Paulchen heraus. Seine Händchen waren warm und weich, als er sich an mir festhielt.

Süßer, laß mich doch los, verdammt! Mama muß jetzt Karriere machen!

Kind, tu's nicht! Dein Platz ist bei Klaus und bei deinem Sohn!

Gerade als ich losheulen und mich an Klausens Brust schmeißen wollte, hatte uns Frau Pupke erreicht. »Sisste, ich sarret doch, dat war die Pauline! Happich es nich gesacht? Woll? Happich doch schon vor einer halben Stunde gesacht, da drüben steht die Pauline!« Sie zerrte aufgeregt an meinem Arm. »Können Se den Klaus fragen, dat happich gesacht! WOLL!? Ich hap Se gleich erkannt! Wat die Welt abba auch klein is, woll? WOLLNICH??« Jetzt wurde Klaus am Ärmel gezerrt. Hach, daß ihr aber auch wieder keiner Beifall klatschte! »So klein is die Welt, was, sachma Paulchen! Ich sach noch, kuckma, da vorne steht die Mama, abba keiner wolltet mir glauben! Dabei HAPPICH et gleich gesacht! Sachma! So wat! Paulchen!« Wenigstens das Baby sollte ihr Bestätigung vermitteln. »Geehße getz nach'n Papa hin?! Was? Woll?! Sachma! Geehße getz nach'n Papa hin? Sachma! Tante Pupke kommt auch mit!«

Simon wollte weitere Dakapos und Variationen des Pupke-Solos verhindern.

»Also was ist?!« Fordernd sah er mich an.

»Mama muß aabeiten!« erklärte Frau Pupke und nahm Klaus den Paul weg. Sie hatte mal wieder alles in der Hand.

Was machten wir nur ohne Frau Pupke! Richtig orientierungslos und armselig wären wir, dachte ich.

»Ja dann…« sagte Klaus.

»Also dann!« sagte Simon.

»Nun denn«, sagte ich.

»Tu schön winke, winke machen«, sagte Frau Pupke.

Das gab mir die Kraft zu gehen.

Ich würde Simon alles erklären. Ein Mißverständnis, eine Verwechslung. Mach dir nichts draus.

Ich würde Klaus alles erklären. Die Pupke ist schuld. Einzig und allein die Pupke! Nicht daß du meinst, ich liebe mein Kind nicht! Ich hätte auch schrecklich gern mit dir und Paulchen den weiteren Tag verbracht. Man hätte mal wieder so richtig ausgiebig spazierengehen können, im Stadtwald und ohne Pappnase.

Simon zog mich weg. Klaus stand neben Frau Pupke, die Paul umklammert hielt. Das Kerlchen sandte mir einen leeren, traurigen Blick nach. Wie unfair von ihm! Wo doch heute ganz klar mein freier Tag war!

»Es war doch ausgesprochen nett soweit! Warum bist du denn plötzlich weggelaufen?« schimpfte Simon, während wir uns durch die Menschenmassen zurückdrängelten. »Hoffentlich sind die jetzt nicht schon weg! Ich hab' mich extra für dich eingesetzt!«

Ich schwieg beleidigt, als ich hinter ihm hertrippelte. Sollte Simon überhaupt nicht nachfragen wollen? Wofür mochte er Paulchen und Klaus halten? Und Frau Pupke gar? Es schien ihn jedenfalls nicht im geringsten zu interessieren.

Ein großer Festwagen hinderte uns am Weitergehen.

»Paß mal auf!« sagte Simon und würdigte mich endlich wieder eines Blickes. »Die brauchen für die nächste Zauberflöte noch ein paar nette Mädels, die singen können und nicht ganz unförmig sind. Ich kann mich durchaus mal für dich stark machen, bei passender Gelegenheit. Weil ich dich im Prinzip ausgesprochen gern habe.«

»Danke, Simon!« hauchte ich. Ich Trampel aber auch. Einfach aus der Reihe zu tanzen, wo er mir den Weg zur Weltkarriere ebnen wollte! »Es tut mir schrecklich leid, ich konnte ja nicht ahnen…«

»Wenn du ein bißchen nachdenken würdest mit deinem hübschen Köpfchen, dann würdest du es aber wohl ahnen!!« sagte Simon und stupste mich versöhnlich an die Backe. »Und jetzt guck mal ein bißchen freundlicher. Der dicke Wotan fährt sogar voll auf dich ab.«

»Danke, Simon, ich weiß das alles wirklich zu schätzen«, sagte ich und wußte nicht, ob ich lachen, weinen, schreien oder vor einen Festwagen springen sollte. Was Simon weiter sagte, ging in dem Geschrei der Massen unter.

»Da seid ihr ja, wir wollten gerade gehen!« näselte Theresa mit Hilfe ihrer stimmbandschonenden Vordersitz-Technik, als wir so dicht vor ihr standen, daß ihre überschminkten Falten wieder sichtbar waren.

»Tut mir leid, ich hatte Bekannte getroffen«, sagte ich und kam mir entsetzlich mies vor. Bekannte! Mein Sohn und mein Kindsvater!

»Können wir jetzt endlich gehen?« fragte einer der dickbäuchigen, jovialen Selbstdarsteller. »Ich kann gegen diesen Lärm nicht mehr anschreien! Morgen abend hab' ich Vorstellung!«

»Nicht nur du, mein Lieber, nicht nur du!« höhnte Theresa mit gestütztem Obertonklang und schlang sich den Schal um den Hals.

Simon Reich aber folgete ihnen nach und ein anderer Jünger.

Kurz darauf saßen wir bei Salvatore. Die Sänger waren alle hungrig vom vielen Strunzen und waulten gierig die Pizza. Theresa wühlte in einer zähflüssigen Masse aus Nudeln und Sahnesauce. Dabei hatte sie erheblich mit den fadenziehenden Käsemassen zu kämpfen. Irgendwoher müssen die gestützten Töne ja kommen! Weil ich selber kein hohes C von mir zu geben vermag und auch sonst ein kleines, namenloses Mäuschen bin, knabberte ich nur in der mir anerzogenen Bescheidenheit an einem Salatblatt herum. Außerdem suchten die ja Sänger, die noch nicht aus der Form geraten waren. Simon, vollkommen autark, rauchte erst mal eine Pfeife mit Gummibärchengeschmack und ließ sich seine Thermoskanne mit Hühnersuppe auffüllen. Es herrschte gefräßige Stille. Niemand hatte im Moment das Bedürfnis, gut über sich und schlecht über andere zu sprechen, geschweige denn, mir die Rolle der formlosen dritten Dame anzubieten.

Wotan fuhr im Moment auch mehr auf seine Pizza al funghi ab denn auf meine Wenigkeit.

Ich tunkte versonnen ein Blatt in die Marinade.

Nun saß ich hier, mitten unter ihnen, den oft bewunderten und beneideten Stars von der Oper. Sie waren auch alle soweit ganz nett, besonders, wenn sie die Klappe hielten, weil sie den Mund voll hatten.

NA UND???

Mit Schaudern stellte ich fest, daß gar keine Glückseligkeit sich in mir ausbreiten wollte.

Mensch, Pauline! Wotan Weich und Theresa Horn! Du sitzt mit ihnen an einem Tisch! Gleich werden sie womöglich Notiz von dir nehmen! Wenn das nicht die Chance deines Lebens ist! Womöglich springt ein Vorsingen beim Intendanten raus oder ein Einspringer in Hagen-Knispel! So FREU dich doch endlich! Kannst du nicht etwas anzüglicher lächeln und Heuchelbereitschaft signalisieren?! Mein Schweinehund stand geifernd vor seiner Hütte, die Kette zum Zerreißen gespannt, und die Vorfreude tropfte ihm von den Lefzen.

Doch meine unberechenbaren, einfältigen und gefühlsduseligen Gedanken wanderten nach Klettenberg, in unsere Wohnung mit den Pupke-Kissen. Klaus saß bestimmt mit Frau Pupke am Küchentisch und mampfte ihr gutbürgerliches Klettenberger Einerlei, mit viel Senf und noch viel mehr »Wolls« und »Sachmas«. Mußte köstlich schmecken. Vielleicht erzählte sie ihm zur Abwechslung wieder mal von seiner gefühlsarmen Ehe, die er doch schon so erfolgreich verdrängt hatte. Besonders gern schilderte Frau Pupke beim Essen eine Begebenheit, die mit dem unausgefüllten Doktorsfrauchen und mit erbrochenem Rotwein im Ehebett zu tun hatte, und von einer bis heute noch nicht gereinigten samtenen Schlafanzughose, die seitdem in einer Regentonne neben der Garage in Dunkelhaft vor sich hin modert, von Magensäure und Ehefrust zerfressen. Ich hörte diese Geschichte immer wieder gern, und Frau Pupke wußte sie auch jedesmal nuancenreicher und farbiger zu gestalten. Das I-Tüpfelchen bildete die hübsche Pointe, daß Corinna, der anschmiegsame Schäferhund, dem erbrochenen Rotwein nicht widerstehen konnte und am Abend dieses kleinen Zwischenfalls einen richtigen Schwips hatte. WOLL!!! SACHMA!!!

Angewidert legte ich mein Salatblatt in die Tunke zurück.

»Du ißt ja gar nichts!« sagte Simon, der sich gerade genüßlich die Pfeife stopfte.

»Mußt du gerade sagen, du hast ja noch nicht mal die Speisekarte angeguckt!«

»Eile mit Weile«, sagte Simon mit einer Gelassenheit, die mir das Wutpipi in die Blase trieb. »Nur keine hektische Hast.«

Die anderen waren längst fertig mit Essen, rauchten ihre Verdauungs- und Stimmbandanreger und kippten sich die kleinen Schnäpschen über die Cassata con molte calorie, da entschied sich Simon mit lässiger Geste zum Vertilgen einer gemischten Fischplatte. Ich kannte das schon an ihm; er wartete immer mit dem Bestellen des Essens so lange, bis das Lokal sich anschickte zu schließen. Da ich, liebestrunken in seiner Anwesenheit, sowieso nichts essen konnte, war das bisher nicht weiter schlimm gewesen. Heute fand ich es milde ausgedrückt absonderlich.

Simon also zelebrierte mit großer Geste seine üblichen Essensvorbereitungen, als die Fischplatte dampfend und köstlich riechend vor ihm stand: Beseitigen jedweden Aschenbechers in seiner Reichweite, notfalls sogar auf dem Nachbartisch. Verrücken und Verschieben von Messer und Gabel, so lange, bis eine geeignete Position dafür gefunden wurde. Meistens übrigens genau da, wo sie vorher lagen. Hin- und Herrücken auf dem Stuhl durch Heben und Senken des Hinterteils. Kritisches Prüfen des Sauberkeitsgrades der Gabel durch angestrengtes Gegen-das-Licht-Halten. Daraufhin intensives Putzen und Wienern der Eßbestecke mit Hilfe der Serviette. Erneutes Falten der Serviette. Wegstellen des Glases und der Karaffe mitsamt den dazugehörigen Untersetzern. Glattstreichen der Tischdecke. Fortknipsen eventuell vorhandener Krümel und Fusseln. Suchen des Taschentuches in verschiedenen Gesäßtaschen, dazu jeweils halbseitiges Aufstehen vom Stuhl. Behauchen und Putzen der zuvor mit rechts abgenommenen Brille, mehrmaliges Wiederaufsetzen derselben. Durchblicktest ins Helle und ins Dunkle. Forträumen und Beseitigen der Hühnerbrühendose, des Gummibärchenglases und der Pfeifengerätschaften, notfalls Deponieren derselben auf dem Nachbartisch. Erneutes Verschieben und Verrücken des Glases, der Karaffe und des Bestecks.

Danach erstmaliges Berühren des inzwischen abgekühlten Tellers. Peinlichst genaues Prüfen, welcher Standort für den Teller der geeignetste sei.

Erneutes Nase-, Brillen- und Besteck-Putzen.

Griff zum Kulturwerkzeug!

In besonders günstigen Fällen nun erstmaliges Bissen-zum-Munde-Führen.

Ich starrte immer wieder fasziniert auf Simon, der in der Lage war, die Vorfreude auf alles, was mit Genuß zu tun hatte, in solch extensiver Weise zu steigern. Ich selbst pflegte mich nämlich gierig und unbeherrscht auf mein Essen und andere Genußmittel zu stürzen, sobald sie vor mir standen!

Ich dachte an Klaus. Der waulte auch mit Genuß augenblicklich auf, was man ihm vor die Nase setzte. In diesem Punkt waren wir uns ähnlich, Klaus und ich. »Ihr aber seid nicht geistlich, sondern fleischlich«, wie es bei Johann Sebastian so schön heißt. Klaus überhaupt. Warum liebte ich den eigentlich nicht? Wo er doch aus dem gleichen Holz war wie ich!

Plötzlich hatte ich viel Sehnsucht nach dem fleischlichen Klaus. Meine Gedanken kehrten zurück zum gutbürgerlichen Mittagstisch. Der gemeine Wald- und Wiesenbär hatte sicher jetzt drei Portionen Pupkes Allerlei verdrückt und trotzdem durch höfliches Weghören keinerlei Appetit eingebüßt.

Eines Tages hatte Frau Pupke, die immer um Kurzweil bemüht war, den originellen Einfall, uns beim Essen ihr neues Gebiß unter die Nase zu halten, damit wir es begutachteten. Als wir ihrem künstlichen Beißwerk nicht genügend Beachtung zu schenken gewillt waren, weil wir gerade auf einem Hackfleischbällchen herumkauten, ereiferte sie sich immer mehr, zeigte uns echauffiert die verbliebenen Zahnstummel in ihrem Mund und forderte uns auf, sie zu befühlen. Seitdem esse ich keine Hackfleischbällchen mehr.

Inzwischen hatte die satte Sängerriege zwar wieder zu reden begonnen, aber das Gespräch hatte an Pep eingebüßt. Man war träge und in Alkohol getaucht, man war reif für einen Mittagsschlaf. Eine kleine formlose Ansprache an eine kleine formlose Altistin war anscheinend nicht mehr vorgesehen.

Simon, der gerade einem Tintenfisch die Arme abknabberte, sagte lässig: »Meine kleine Freundin ist heute so schweigsam! Das merkt man erst, wenn ihr alle mal die Klappe haltet. Hast du eigentlich die dritte Dame drauf, Pauline? Oder wenigstens den dritten Knaben?«

»Nein«, sagte ich provokant. »Die Partien müßte ich mir erst draufschaffen.« Ich verdrängte Pupkes Unterkiefer aus meinen Gedanken.

»Na, bei deinen Formen wäre die dritte Dame angebrachter«, sagte Simon und zog sich eine Gräte aus dem Mund, die er auf dem Nachbartisch deponierte. »Oder hat jemand schon mal einen dritten Knaben mit so'm Busen gesehen?«

Die anderen fläzten sich faul und nicht bühnenreif herum, zahnstocherten und gähnten. Niemand gab ein Stichwort für mein sensationelles Engagement. Ich fühlte mich einfach elend.

Plötzlich wußte ich, daß meines Bleibens hier nicht länger war. Nicht eine Sekunde mehr wollte ich warten, ob vielleicht jemand das Wort an mich richten und sich für meine Belange interessieren könnte. Nach Hause, in unsere angewärmte Bärenhöhle wollte ich und dann mit Bärenmann und Bärenkind in die freie Wildbahn hinaus! Ich sehnte mich nach frischer, kalter Luft in der spärlichen Nachmittagssonne und einem kilometerlangen Marsch durch den Stadtwald. Mit Mann und Kind. Und meine Hand wollte ich in seine Pelzpranke stecken, nur so, weil sie so schön weich und warm war. Und ein bißchen reden wollte ich. Einfach so, ohne Gedanken an Karriere.

Kind, hast du dir das auch gut überlegt?

Nein. Habe ich nicht.

Mit einer fadenscheinigen Floskel stand ich auf, murmelte was von frischer Luft und komme gleich wieder, schlängelte mich an den anderen vorbei und rannte aus dem Lokal, als wäre ein vielarmiger Tintenfisch hinter mir her.

Draußen schlug mir die Kälte und die Helligkeit entgegen.

Ich hatte gar keine Geduld mehr, auf eine Straßenbahn zu warten. In wilder Entschlossenheit stürmte ich ein Taxi.

Zehn Minuten später keuchte ich durch das Treppenhaus, meiner kleinen Familie entgegen. Hallo, hier kommt eure Mama!! Ich will bei euch sein! Frau Pupke hat frahai! Mit zitternden Fingern schloß ich die Wohnungstür auf. Mittägliche Stille.

Sie schlafen alle noch, dachte ich gerührt, dann werde ich mal damit beginnen, einen Überraschungskaffee zu kochen! Klaus wird schon noch merken, daß ich auch hausfrauliche Qualitäten habe, wenn ich will!

Ich schlich an Paulchens Zimmer vorbei, da bemerkte ich, daß die Tür einen Spalt offenstand. Vorsichtig schob ich sie noch weiter auf. Einmal das kleine Köpfchen anschauen! Einmal über das Bäckchen streicheln! Doch Paulchens Bett war leer. Die Kuhle auf seinem Kopfkissen war noch warm.

»Klaus?!?«

Stille.

»Hallo? Frau Pupke?!«

STILLE!!

»Seid ihr da?!« SACHMA!

Ich stand im Flur und hörte meiner Stimme nach.

Keiner da!

Diese plötzliche Leere haute mich um.

Kein Klaus. Kein Kind und kein Kegel nicht.

Mensch, Pauline, ein geschenkter Nachmittag!

Endlich hast du die Wohnung ganz für dich allein!

Du kannst üben, bis du umfällst! Keiner stellt sich neben das Klavier und singt Ringel, Ringelreihen in deine Arien hinein!

Kein Woll und kein Sachma!

Ist das denn nicht toll, woll, sachma?!

Es war nicht toll. Ich verstand die Welt nicht mehr.

Was WILLST du denn nun?

Willst du nun Karriere machen oder eine zufriedene Mutter sein? Hm? Was? WOLL? SACHMA!

Ich stand in der leeren, sonnendurchfluteten Wohnung, lehnte meinen Kopf an die Fensterscheibe und starrte auf die Schlieren, die Paulchens kleine Patschhändchen auf ihr hinterlassen hatten.

Entweder du übst jetzt, oder du putzt dieses Fenster. Los, Kind. Was willst du denn jetzt!

Keine Ahnung, was ich wollte.

Heulen wollte ich. Und das tat ich dann auch.

Ich Versager! Ich Niemand! Ich elende, egozentrische Vorstadt-Callas! Ich Rabenmutter! Ich gefühlskaltes Weib! Nicht mal dritte Dame! Nicht mal Hausfrau! Guck mal, wie schlampig die Betten gemacht sind! In den Kopfkissen ist noch nicht mal ein Knick! Und das Brot im Kasten ist noch nicht mal handgeschrotet und selbstgebacken!

Wie lieblos die Mandarinen im Körbchen drapiert sind! Wie unordentlich die Alete-Gläschen im Schrank stehen! Wie elend dein unmündiger unehelicher Sohn verwahrlost! Wie einsam dein Kindsvater in seiner Betthälfte übernachten muß! Im ungebügelten Pyjama! Auf knicklosem Kopfkissen! Schlampe! Als was taugst du überhaupt irgend etwas?

Wie mies und nichtig deine lächerlichen Auftritte sind! Vor Metzgern und weckerklingenden Einkaufsbeuteln! Wie wenig stimmtechnischen Vordersitz du doch unterm Nasenbein erzeugen kannst! Ist doch klar, daß du es nicht halb so weit wie Theresa Horn bringen wirst; nicht mal die dritte Dame wirst du stimmlich und darstellerisch ausfüllen können. Für den dritten Knaben bist du zu dick! Dein schauspielerisches Talent ist gleich Null, wenn man an deinen bejammernswerten Auftritt beziehungsweise Abtritt in der Pizzeria denkt! ABSOLUT UNPROFESSIONELL!!

Du bist ein Nichts.

Nichts Halbes und nichts Ganzes vom Nichts.

Noch nicht mal dein heimliches Verhältnis zu einem ausgesprochen netten Kammersänger kannst du spannend genug gestalten!

Bahnlos und pfadlos!

Saftlos und ratlos!

Und wie du aussiehst, du Reizlose!

Wer BIST du denn?

Eine gute Sängerin bist du nicht, eine gute Mutter bist du nicht, eine gute Geliebte bist du nicht, eine gute Doktorsgattin bist du schon erst recht nicht...

Ach, könnt' ich doch, ach könnt' ich doch nur so ein Doktorsfrauchen sein!

Meine Jammer-Ode wollte ins Grenzenlose ausufern, und mein Schweinehund gurgelte schon in den Fluten der Zähren, da klingelte das Telefon.

Klaus, bitte, ja, wenn's denn recht sein dürfte!!

Simon, wenn's denn bitteschön sein müßte!

Die Opernintendanz, wenn's denn schon nötig wäre!

Theresa Horn und Wotan Weich, wenn's denn keine Umstände machen würde!

Mit unendlicher Gelassenheit zog ich den Schweinehund an den Ohren aus seinem Sumpf, klopfte ihm das tränennasse Fell aus und rückte ihm die Narrenkappe zurecht. Haltung bewahren, schlapper Junge!

Rückgrat durchstählen, räuspern, lächeln, STÜTZEN, vorderer Nasenmaskensitz und jetzt... Hörer ab!

»Hallo?«

»Hallo!« sagte der Hörer fröhlich.

»Ja bitte?«

Keiner der eben vermuteten Kandidaten war's, der da mein karnevalistisch-besinnliches Selbstbespiegelungs-Stündchen durchkreuzte!

»Ist das die Pauline?« fragte der Hörer.

»Ich fürchte, ja«, sagte ich. »Wer dort?«

»Robby.«

Ich staunte fragend in die Muschel. »Wer?«

»Robert Harkort«, sagte der Hörer.

»Ich kenne des Menschen nicht«, antwortete ich phantasielos.

Der Hörer lachte. »Immer noch die schlagfertige Pauline!«

Plötzlich wußte ich, wen ich da an mein Ohr drückte: den Geiger! Den aus der feuchtkalten Kathedrale mit der Fledermaus! Der mich vor dem flatternden Ungetüm gerettet hatte!

»Hallo!« sagte ich erfreut.

»Wie geht es dir, Pauline?«

»Blendend.«

»Was machst du gerade?«

»Ich heule.« (Ich heule, aber meine Hilfe ist fern. Felix Mendelmeier)

»Pauline?« fragte Robert bestürzt. »Weinst du etwa?«

»Ach was«, heulte ich, »ich halte mir den Bauch vor Lachen!«

»Du bist traurig, nicht wahr?«

»Gut, O. K., ich geb' es zu. Ich bin traurig.«

»Dann störe ich dich gerade beim Traurigsein? Ich kann auch später wieder anrufen!«

Ich überlegte, ob ich sein Angebot annehmen sollte.

»Nein«, sagte ich. »Wenn du jetzt auflegst, bin ich vermutlich noch trauriger als vorher.«

»Das kann ich nicht verantworten. Pauline Frohmuth traurig! Das können wir auf keinen Fall durchgehen lassen!«

»Nee, ne?« sagte ich mit schwankender Stimme. Den Geiger schickte mir der Himmel. Traurigsein macht mir nämlich immer nur sehr kurzzeitig Spaß.

»Am besten, ich komme jetzt vorbei«, sagte Robert. Ich hörte ihn im Stadtplan blättern. »Ist gar nicht weit von hier, wo du da wohnst.«

»Nee, ne?« sagte ich wieder, obwohl ich gar nicht wissen konnte, von wo er anrief. Im Hintergrund waren Paukenschläge und karnevalistische Gesänge zu hören.

»Hier ist irgendwie nichts los«, sagte der Geiger. »Ich komme zu dir. Schmeiß mal die Kaffeemaschine an!«

»Mach' ich doch, Alter!« schrie ich erfreut und knallte den Hörer auf die Gabel.

»Siehst du«, sagte ich zu meinem Schweinehund, der mir aus dem staubigen Flurspiegel tränenverquollen entgegenblinzelte, »das Leben hält doch ab und zu noch mal ein kleines Präsent für besonders engagierte Mitarbeiter bereit. Wasch dich, kämm dich, zieh dir was Anständiges an und deck adrett den Tisch.«

Der Mann ist ein anständiger Mann, und den läßt du in Ruhe, sagte Tante Lilli, während ich mir eine kalte Dusche verabreichte. Abhärtung muß sein. Das stählt.

Klar, laß ich den in Ruhe, sagte ich. Der ist gar nicht mein Typ.

Das heißt bei dir überhaupt nichts, sagte Tante Lilli. Du bist jetzt in einer labilen Phase. Hauptsache, die Diva tröstet einer! Da bist du nicht besonders wählerisch!

War ich doch noch nie, Tante Lilli, sagte ich versöhnlich.

Nein, Kind, wirklich nicht, sagte Tante Lilli kopfschüttelnd. Dein Geschmack bezüglich Männern ist zum Weinen.

Das haben wir doch gerade hinter uns, sagte ich. Jetzt fangen wir nicht wieder damit an!

Nein, Kind, aber faß dich kurz und sei nett und höflich zu dem Mann und mach ihm keine falschen Hoffnungen!

Denk bitte bei allem was du tust und sagst daran, daß du VERANTWORTUNG hast!

Wieso denn Hoffnungen, Tante Lilli, sagte ich spitzfindig. Der kommt doch nur mal auf einen Sprung vorbei, ein guter alter Kumpel!

Du weißt genau, daß er NICHT auf einen Sprung vorbeikommt. Der will was von dir, Kind, das hast du doch schon in Frankreich gemerkt!

Quatsch, Tante Lilli, sagte ich, während ich mir sehr sorgfältig die verheulten Augen schminkte.

Mein Schweinehund stand neben mir, auf einem Höckerchen vor dem Badezimmerspiegel, und hantierte etwas ungeschickt mit einem grellen Lippenstift herum.

Kind, MUSS das sein!

Wieso denn, Tante Lilli, ich mach mich nur ein bißchen nett. Hast du selbst angeordnet.

Nett ja, aber nicht aufreizend!

Ich kicherte.

Mein Schweinehund griff zum Lockenstab.

Diese wirre Löwenmähne von letztens mußte doch wieder hinzukriegen sein! Die Haare gerauft hatte ich mir lange genug!

Kind, übertreib es doch nicht gleich wieder! rief Tante Lilli noch, bevor sie sich in Luft auflöste, weil es an der Haustür schellte.

Robert der Geiger hatte drei fettige Reibekuchen dabei. Die hatte er am Bahnhofsvorplatz an einer Bude erstanden.

»Wie ich dich kenne, hast du noch nichts gegessen«, sagte Robert zur Begrüßung und reichte mir das ölige lauwarme Päckchen, dem ein appetitanregender Duft entströmte.

Ich umarmte den Geiger eine Spur zu herzlich, was zur

Folge hatte, daß unser beider Outfit durch nie mehr zu beseitigende Fettflecken verunziert war.

»Du siehst gut aus, Pauline«, sagte der Geiger.

Tja, nicht wahr? antwortete mein Schweinehund selbstgefällig, und Tante Lilli wendete sich ab, um sich für mich zu schämen.

»Du aber auch!« sagte ich zu dem Geiger, obwohl das eine eher subjektive Beurteilung war. »Komm doch rein und leg ab, und was willst du essen, trinken, rauchen, lesen, schlafen, fernsehen, telefonieren, Pipi machen...«

Ich nun wieder. Originell wie eh und je.

Robert sah sich neugierig in der Wohnung um.

»So wohnst du also... wer hätte das gedacht!«

»Tja, nicht wahr?« sagte ich beschämt. »Ich wohne hier leider nicht alleine.«

»Nein, da draußen am Türschild stehen allerhand Namen«, sagte Robby.

»Wir sind hier so eine Art... Zweckgemeinschaft«, sagte ich und friemelte verlegen die Reibekuchen aus dem Ölpapier.

»Alles Künstler?« fragte Robert der Geiger und deutete auf ein selbstgehäkeltes Sofakissen.

»Von der allerbegnadetsten Sorte«, sagte ich.

Dann aßen wir gemeinsam die lauwarmen Reibeklumpen auf. Zum Nachtisch gab es Kaffee aus Klausens bisher nie benutzter Frankreich-Tasse mit der Aufschrift »Petit déjeuner«. Unser Zusammengehörigkeitsgefühl steigerte sich ins Unermeßliche, als wir gemeinsam aus dieser Tasse tranken.

»Pauline«, sagte Robby der Geiger und sah mich sehr eindringlich an. »Daß ich dich wiedersehe. Wer hätte das gedacht.«

»Tja, wer wohl«, antwortete ich. Kind, laß sofort die Flirterei sein! Nimm dir gefälligst eine eigene Tasse aus dem Schrank! Eine gespülte! MIT Henkel!

Robby schwieg mich bedeutungsvoll an.

»Frankreich war doch irgendwie ganz toll«, sagte ich, um irgendwas zu sagen.

»Sagenhaft war das, ganz sagenhaft«, antwortete Robby.

Klar, Mann, weil du MICH kennengelernt hast, sagte mein

Schweinehund und schlug die mageren struppigen Beine lasziv übereinander.

Ich beschloß, mich ein wenig anhimmeln zu lassen.

Schließlich hatte ich bis eben stundenlang der Selbstgeißelung gefrönt und mich gehaßt. Jetzt waren ein paar Streicheleinheiten nicht unangebracht. Natürlich rein verbaler Art. Ich dachte da zum Beispiel an: Du bist die Rosie vom Wörthersee, oder: Du hast die betörendste Stimme seit der Erfindung der Schallplatte, oder: Du bist der Inhalt meiner schlaflosen Orchesterproben. Nur los, mein Freund, laß dir was Originelles einfallen! Ich strich mir mit einer weiblich-künstlerischen Geste durch die Haare und wippte mit dem hochhackigen Bein.

»Wo ist eigentlich dein Baby?« fragte Robby unvermittelt.

»Mein… was?« fragte ich heuchlerisch zurück. Wußte der Mensch etwa, daß ich in Schande lebte?

»Du hast doch so'n kleines Gerät, oder? Heißt doch Paulchen, der Knabe, und dürfte jetzt ein halbes Jahr alt sein?«

»Ja, genau«, antwortete ich verblüfft. »Paulchen. Sieben Monate. Er ist gerade mit seinem Vater und seiner Kinderfrau spazieren.«

Wie einfach es war, wie kinderleicht, diesen Satz von den Lippen zu lassen!

Na ja, Kind, es wurde ja auch mal Zeit, daß du dich zu deinem Sohn bekennst!

»Da habe ich aber Glück gehabt, dich anzutreffen«, sagte Robby fröhlich und guckte mich wieder so nervenzerfetzend offen an.

Was WOLLTE dieser Geiger denn von mir?! Wo er doch von meinem ganzen Anhang Kenntnis hatte?!

»Ich habe aber auch Glück gehabt, DICH anzutreffen«, sagte ich und guckte hilfesuchend in die dickbauchige Tasse. »Mir war nämlich eben so suizidal zumut'!«

Der Geiger nahm seine Brille ab und legte sie neben die Tasse. Dann nahm er meine Hand. Ich zuckte ein wenig zurück, aus Furcht, der Nagellack könne noch nicht ganz trokken sein. Nicht etwa, weil mir das Handgreifen unangenehm gewesen wäre, mitnichten.

»Kann ich dich irgendwie trösten?«

Au ja!

Laß dich zu, laß es raus, steh zu deinem Frust, selbstverwirkliche deinen Tränenfluß...

Schmeiß dich ruhig mal an eines Geigers Brust.

Robby jedoch sagte nichts weiter. Er guckte mich an, und ohne Brille gelang ihm das noch viel eindrucksvoller.

Obwohl ich mich so sorgfältig gestylt und geschminkt hatte, und obwohl mein Schweinehund schon wieder relativ gefestigt auf seinen blickdichten Lurexstrumpfbeinen stand, hatte ich plötzlich wieder Freude am Frust. Eingedenk der friedvollen Stimmung, die dieser Geigermensch mir schon in der Kathedrale von Montcluton hatte vermitteln können, lehnte ich mich mit fettverschmiertem Mund an sein weißes Geigerhemd und flennte die zweite Strophe meiner Herzeleidhymne.

Der Geiger übte sich im Tätscheln.

Ganz lieb und ganz vorsichtig und ganz unbeholfen.

»Nicht weinen, Paulinchen, nicht weinen«, sagte er.

»Doch weinen!« begehrte ich auf.

Schließlich lehrte mich Klaus seit Jahr und Tag, zu meinen miesen, unedlen Gefühlen zu stehen und sie hemmungslos rauszulassen!

Was im Endeffekt überhaupt keinen Spaß machte, weshalb ich es bei Klaus immer sein ließ. Total unromantisch war es, bei Klaus zu heulen. Zumal der immer gleich mitheulte.

Aber dieser Robby! Er flehte mich an, nicht zu weinen! Wie männlich! Wie hochpoetisch und zart!

Nachkriegssprüche aus Fünfzigerjahrefilmen! Dieter Porsche sagt auch zu Maria Schnell, daß sie nicht weinen soll, obwohl er es sich heimlich wünscht. Und richtig, sie tut ihm den Gefallen. Und dabei sieht sie unglaublich entzückend aus. DAS ist es, was die Weiblichkeit so reizvoll macht, dieses Hilflose, Rehleinhafte, Verwundbare. Und Dieter Porsche im weißen Hemd tätschelt ihr verlegen den Oberarm und findet sie zum Verlieben. Genau. Konnte er haben, die Nummer, der Geiger, wenn er wollte, konnte er haben.

»Ich arme Maid!« heulte ich in seinen Hemdsärmel hinein. »Mit einem unehelichen Kind lebt es sich eben sehr schwer in einer Welt, die nur von Ehrgeiz und Erfolgsstreben besessen ist! Erst heute habe ich die Chance meines Lebens vertan, weil ich da sein mußte, wo meines Kindes ist! Und dann war es noch nicht mal zu Hause!! Die Pupke hat es mir entrissen! Mehr und mehr entfremdet sie mir das Kind!«

Ich schluchzte, daß der Kaffee überschwappte.

Mag sein, daß Maria Schnell nicht ganz so verquollen aussieht, wenn sie heult. Mag auch sein, daß ihr der Maskenbildner wasserfeste Wimperntusche verpaßt hat. Mag auch sein, daß das Hemd von Dieter Porsche gegen Rotz und Tränen imprägniert ist. Außerdem haben die Herrschaften aus Film, Funk und Fernsehen vorher keine Reibekuchen gegessen.

Trotzdem.

Dafür, daß wir keine Proben gehabt und die Szene freiweg improvisiert hatten, war sie gut.

Find' ich.

Dieter Porsche alias Robby Harkort warf einen Blick ins Drehbuch und fragte dann: »Wer ist die Pupke?«

»Unsere Kinderfrau«, schluchzte ich.

»Und sie entreißt dir dein Kind?« fragte Robby bestürzt.

»Ja, tut sie«, heulte ich. »Sie strickt ihm ständig modische Ensembles ›in blö‹ und zerrt an ihm herum und betuddelt und betatscht ihn und redet auf ihn ein und kocht ihm jeden Tag Gemüse und läßt mich davon kosten und badet ihn jeden Morgen und zeigt mir beim Frühstück die Stäbchen mit dem Ohrenschmalz und fährt ständig mit ihm spazieren und breitet seine Rötzchen vor mir aus und will immerfort von mir gelobt werden.«

»Die ist wohl ziemlich gewissenhaft«, sagte Robby.

»Sie entfremdet mir das Kind!«

»Verstehe«, sagte Robby. »Du willst zwar eine Kinderfrau, aber die soll das Kind gefälligst in Ruhe lassen.«

»Genau«, sagte ich erfreut und zog die Nase hoch. »Und mich auch.«

»Hast du ihr das schon mal gesagt?« fragte Robby sachlich.

»Trau ich mich nicht«, sagte ich. »Klaus hat es mir strikt verboten!«

»Und da hältst du dich dran? Ich dachte, das ist heutzutage nicht mehr üblich.«

»Doch!« schluchzte ich auf. »Frauen sind IMMER von

Männern abhängig, wie sie sich auch drehen und wenden! Wenn Klaus die Pupke entläßt, ist meine Karriere im Eimer!«

»Und eine andere Kinderfrau...? Vielleicht findet sich noch die eine oder andere...«

»Nein. Klaus besteht auf Pupke. Die hat so das gewisse Etwas.«

»Aha. Und ihr lebt hier alle so zusammen? Mehr oder weniger spannungsreich?«

»Ja«, sagte ich einsilbig. Sollte ich ihm jetzt auch noch von Simon Reich erzählen, dem spannungsreichen Verhältnis, das ich nebenbei pflegte?

Nein, Kind, das geht zu weit. Du kennst diesen Robby doch gar nicht näher. Es imponiert ihm bestimmt nicht, wenn du dich noch weiter bei ihm ausheulst. Bestimmt will der Mann jetzt gehen, er hat sicher noch was anderes vor.

Außerdem wollte ich ihm ja gefallen, dem Geiger, und wenn ich weiter so herumschniefte, würde sich dieser Plan ins absolute Gegenteil verkehren.

Kind, nun sei höflich und frag auch mal nach ihm. Kein gebildeter Mensch redet nur immer über sich!!

Ich fragte also nach ihm.

Wie geht's denn so und was machen Sie beruflich und lebt Ihre Großmutter noch und haben Sie ein Gästezimmer und wo stammen Sie her und kennen Sie zufällig den und den, der dürfte in Ihrem Alter sein. Simon Reich würde das jetzt fragen. Und dabei die Beine hochlegen und in seinem Rucksack wühlen.

Robby erzählte tatsächlich etwas über sich.

Er war Geiger im Opernorchester, und er kannte tatsächlich den und den, das bleibt ja in der weitläufigen Musikszene nicht aus. Robby hatte nämlich einen sehr drahtigen Chefdirigenten namens Imposanti, unter dessen Leitung ich seinerzeit auch schon mal gesungen hatte, im Chor natürlich, in der zweiten Reihe. Das nur nebenbei. Auch sonst kannte er natürlich diesen und jenen Sänger, auch von Simon Reich hatte er schon viel gehört. Theresa Horn hatte er erst gestern wieder über seinem Kopf herumlaufen hören, als er im Orchestergraben Dienst gehabt hatte. Robby hatte jedenfalls genug Stil, um sich in keiner Weise negativ über irgend jemanden auszulassen. Das findet man unter Musikern auch relativ selten.

Kind, der Mann hat Charakter.

Robby sagte, daß er mich herzlich von Antje Zier grüßen solle. Sie sänge seit kurzem in der Zauberflöte die erste Dame.

Da! Die hat es geschafft!

Neid!

Die ist ja auch verheiratet und hat eine Britta.

Klar. Den Seinen gibt's der Herr im Schlaf.

Und ich hatte meinen banalen Alltagskram zu bewältigen, mit unbefriedigender Beziehungskiste, lächerlichen Kleckerkonzerten vor Schlachtergesellen und mit absolut unerträglichen Boulevard-Komödien innerhalb der häuslichen vier Wände.

»Und? Hat sie gut gesungen?«

»Leider ja.«

»Wieso leider?«

In diesem Moment drehte sich der Schlüssel im Schloß. »Sooo!« flötete eine altvertraute Stimme in kindlichem Singsang. »Jetzt macht dir die Tante Pupke ein lecker, lecker Happen-Pappen-Breichen! Woll? Sachma! Ein Breichen macht dir die Tante jetzt! Was? Hast du Hunger? Sachma? Was? Hast du Hunger? Hunger hast du jetzt, woll? So ein großer Junge bist du! Sachma! Soo groß, woll? Happen-Pappen-Breichen wollen wir jetzt essen, was, sachma!«

Paulchen wurde geräuschvoll aus seiner Kluft geschält und dann keuchend hereingeschleppt.

Frau Pupke sah derangiert aus. Wirre Haarsträhnen hingen ihr ins Gesicht. Sie versuchte sie wegzublasen, weil sie keine Hand frei hatte. Schweißperlen glitzerten ihr auf der Stirn.

Ich streckte die Hände nach Paulchen aus.

»Lassense ma, es geht schon. Woll, Paulchen, das schaffen wir zwei schon, du und ich, was, sachma. Pauline, er hat wieder den dicken grünen Eita inne Nase. Kuckense ma. Dicka grüna Eita. Sachma.« Sie zerrte ein zusammengeknülltes Tempotuch aus ihrer Manteltasche, friemelte es auseinander und hielt es mir vor die Nase. »Ein lecker Breichen tut die Tante Pupke dir jetzt machen, woll? Dicka Eita. Sachma!«

Ich stand da, angewidert mit ausgestreckten Händen, und

drehte den Kopf weg. Ich wollte mein Paulchen einmal halten. Aber sie ließ mich nicht.

»Paulchen, die Mama hat Besuch, da dürfen wir jetzt nicht stören, woll? Schön leise müssen wir sein, was, sachma, Paulchen. Die Mama hat einen Onkel zu Besuch, mit dem muß sie was besprechen, woll? Da müssen wir ganz artig sein und nicht stören! Komm, Paulchen, wir gehen ins Kinderzimmer!«

Indem sie weiter auf den unschuldigen Säugling einredete, verließ sie mit ihm die Küche.

Ihr Gerede verhallte im Flur.

Ich warf das Tempotuch in den Mülleimer.

»Wann geht die nach Hause?« fragte Robby leise.

»Gar nicht«, sagte ich. »Die wohnt hier.«

»Komm, wir gehen was trinken.«

Wahrscheinlich mochte Robby keine weiteren Exkremente mehr besichtigen.

»Warte«, sagte ich schnell. »Ich möchte Paulchen noch gute Nacht sagen.«

Die Sehnsucht nach meinem Kind war schrecklich groß. Schließlich hatte ich mich den ganzen Nachmittag nach ihm verzehrt. Und seinetwegen Simon versetzt und meine Weltkarriere in den Wind geblasen.

Ich klopfte an die Kinderzimmertür.

Drinnen sang Frau Pupke mit heller Stimme: »Die Mutter hütet Schäfchen, der Vater schüttelt's Bäumelein...«

Ich trat ein.

Der Gesang verebbte mitnichten. Dafür bot sich mir ein erstaunliches Bild: Mein sieben Monate altes Baby, das noch nicht mal sitzen konnte, hing windschief mit nacktem Popo auf dem Topf. Frau Pupke hielt es mit der einen Hand am Oberarm fest und sortierte mit der anderen Hand die Windeln in den Schrank. Mit dem Mund sang sie zusätzlich, wie gesagt. Eine ausgesprochen vielseitige Frau!

»Frau Pupke, was machen Sie denn da?« fragte ich entgeistert.

»Der macht nicht mehr in die Hose, woll, Paulchen, der is getz sauber!« triumphierte Frau Pupke und hielt mir eine Windel unter die Nase. »Hier! Riechen Se mal! Trocken!

Völlig trocken! Sachma! Paulchen! Woll!! Du machs nich mehr inne Hose! Biss ein großer Junge, wollnich!«

Paulchen grinste mich zahnlos an. Offensichtlich schien er sich noch an mich zu erinnern.

Ich beugte mich zu ihm erdenwärts und wollte ihm ein Küßchen auf das rosige Bäckchen geben.

»Lassense mal, dat stört den Kleinen jetzt beim Konzentrieren«, sagte Frau Pupke und stellte sich zwischen uns. »Woll, Paul. Du bist ein großer Junge, und du machs getz schön ins Töpfchen. Zeich mal der Tante Pupke, wie schön du ins Töpfchen machen kannz.«

Paulchen zeigte es der Tante Pupke, indem er ins Töpfchen pupste.

»Da! Sehense!« frohlockte Frau Pupke und fiel vor Paulchen auf die Knie. »Er tut es ganz vonne Institution her! Das is so bei kleinen Kindern! Wenn man se nur rechtzeitig zur Sauberkeit erzieht! Dann tun die dat auch! Werden Se sehen, Pauline. In drei Wochen is der Junge sauber, was, Paulchen. Und getz tu schön Pipi machen, biss ein großer Junge! WOLL!?«

Ich rappelte mich mühsam hoch und küßte meinen Sohn flüchtig auf die Glatze.

»Also denn, Paulchen. Schlaf schön.«

Weitere Zärtlichkeiten wollte ich lieber nicht riskieren. Jetzt, wo Frau Pupke die Erziehung von Mutter und Kind übernommen hatte.

Ich ging Arm in Arm mit Robby in eine urige Kölsch-Kneipe und beschloß, mich ganz fürchterlich zu besaufen.

Bei meinem vierten Bier fragte Robby teilnahmsvoll: »Habt ihr diese Frau Pups...«

»Pupke«, sagte ich gläsern und begann haltlos zu kichern.

»... habt ihr die schon lange?«

Ich erzählte ihm, daß sie sozusagen zum Inventar gehörte und nicht wegzudenken war. Besonders nicht von Klaus, den sie liebte wie eine Glucke ihr unter Schmerzen gelegtes Frühstücksei...

»Das wäre was für Herrn Professor Grzimek, das Phänomen: Ein gackerndes Huhn liebt einen gefräßigen Bären, und beide haben zusammen ein Kind«, lallte ich frustriert.

»Wird die eigentlich übertariflich bezahlt?«

»Keine Ahnung. Geschäfte sind Männersache.«

»Ach, das habt ihr ganz präzise so geregelt, du und dein Klaus?« Robby bezweifelte anscheinend meine lautstark propagierte Emanzipation.

»Er ist nicht mein Klaus«, sagte ich. »Er ist nur mein Kindsvater, weiter nichts.«

Kind, laß doch diese unreifen Sprüche.

»Kindsvater?«

»Erwiesenermaßen«, sagte ich selbstzufrieden. »Er zahlt selbstverständlich alle anfallenden Kosten.«

»Für eine ledige Mutter geht es dir dann ja sehr gut«, sagte Robby. »Du bist frei, du bist unabhängig...«

KIND! Sag ihm sofort, daß du NICHT frei und NICHT unabhängig bist!

»Wie meinst du das, frei und unabhängig?«

Los, Alter, sag mir, wie toll du mich findest!

Hast du im Garten auch eine Schweinehundehütte für meinen kleinen gehörnten Vierbeiner?

»Für deine Karriere natürlich«, sagte Robby. »Was ist denn zum Beispiel mit der Oper? Was Antje kann, kannst du doch auch!«

»Möcht schon sein«, sagte ich. »Aber gerade heute ist mir ein Riesenfisch durch die Lappen gegangen...«

Kind, das ist ja schon wieder maßlos übertrieben. Eine dritte Dame ist kein Riesenfisch. Gib doch nicht immer so an.

Ich überlegte, ob ich Robby nun von Simon Reich und seinen Kreisen erzählen sollte. Doch womöglich stürzte ich Robby dann nur in die Verlegenheit, sich über diese Brüder auslassen zu müssen. Er war keiner, von dem gesaget wurde, er habe übel geredt. Das mochte ich so an ihm. Außerdem ging meine Bekanntschaft zu Simon diesen Geiger gar nichts an.

»Ich würde ja schrecklich gerne was für dich tun, Pauline«, sagte Robby mit diesem intensiven Blick knapp über die Brille. »Aber ich bin im Orchestergraben nur ein kleines Licht. Zweitletztes Pult links, weißt du.«

Kind, der Mann ist kein Aufschneider.

Robby sagte: »Sänger werden wegen ihres Könnens engagiert und nicht durch Beziehungen.«

»Nee, ist klar«, sagte ich. »Was anderes hatte ich auch gar nicht gedacht.« Und versank hastig in meinem Glas. In diesem Moment hatte ich richtig warme Gefühle für die südfranzösische Fledermaus, die mich an dieses Geigers Brust getrieben hatte.

Die Tage gingen ins Land. Ich war so unzufrieden und schlecht gelaunt wie eine, die plötzlich zwanzig Kilo Übergewicht hat und nicht mehr in ihre gnädigste Gummizughose paßt.

Meine Sängerkarriere schleppte sich so dahin, meine Beziehung zu Simon schleppte sich so dahin, und mein Zuhause war alles andere als einladend: Ich schleppte mich ab und zu dahin, weil ich hoffte, die Pupke würde mich ab und zu mal an meinen Sohn heranlassen. Es hätte mich gar nicht gewundert, wenn ihr nächstes selbstgehäkeltes Sprüchlein über der Klotür ein Verbot diesbezüglich enthalten hätte, zum Beispiel: »Nich am Sohn packen!«

Die Glucke begann, sich weit über ihre arbeitsvertraglich geregelten Pflichten hinaus zu engagieren. Sie witterte mit dem ihr angeborenen feinen Scharfsinn durchaus eine gewisse Unüblichkeit in dem Verhältnis zwischen Klaus und mir. Zwar gingen wir immer sehr nett miteinander um – besonders Klaus mit mir –, aber ihr weiblicher Instinkt, der ja durch sieben Jahre Ehepanne mit Irene durchaus geschult war, sagte ihr, daß ihr Herr Doktor schon wieder nicht genügend Nestwärme vorfand. Obwohl sie mir doch Ärger angedroht hatte, wenn ich nicht meinen gottverdammten Ehepflichten nachgehen würde! Mußte sie denn alles selbst machen!

Mit gesträubten Federn begann sie also als Lektion zwei ihrer kleinen übertariflichen Sonderleistungen damit, den armen, gutmütigen und überarbeiteten Herrn Doktor ein bißchen unter ihre Fittiche zu nehmen. Ein bißchen provokanter und frauenrollenspezifischer, als das arbeitgeberrechtlich vorgesehen war.

Ich bin ja ein Mensch, der schrecklich schwer von Begriff ist, und außerdem friedfertig und gutmütig wie ein stoßzahnamputierter, halbblinder und überfressener Elefant. Aber eines Morgens wurde ich doch hellhörig.

Es war ein schöner Frühlingsmorgen kurz vor Ostern, und ich saß schon wieder nur auf einer halben Pobacke vor Aufregung, weil ich auf dem Sprung zu einem Konzert im Niederrheinischen war. Robby, mein Geiger, wollte mich abholen, zwecks gemeinsamer Passions-Mucke in Emmerich. Paulchen thronte auf dem wackeligen Hochstühlchen der Marke »Kinderglück / Eiche natur« und freute sich vergnügt krähend auf sein erstes Frühstücksei. Ich konnte meines sowieso nicht essen, weil Tante Pupke wieder so unappetitlich »Brumm-Brumm« machte, mit viel Krümeln im Mund, während sie die vorgekauten Bissen für Paulchen auf einem Trekker von Blechmobil über den Tisch schweben ließ. Abartig irgendwie.

Ich hoffte nur inständig, daß die Frühstücksrunde sich bald auflösen möge und man mich endlich auf der freien Wildbahn zwischen Klavier und Klo ungehindert hin und her rennen lassen würde.

Frau Pupke aber war zu einer Grundsatzdebatte bezüglich der Geschlechterrollen aufgelegt.

»Wat soll ich auf dein Brot schmieren, Klaus? Lebawuast oda Mammelade?«

Ich stutzte. Seit wann duzten die sich? Seit wann schmierte sie ihm die Brote?

»Leberwurst, bitte«, sagte Klaus und griff zu seiner Zeitung.

Das war mir neu, daß der Herr Doktor sich die Brote schmieren ließ. Als sie sich noch gesiezt hatten, hatte er sich die Brote meines Wissens selbst geschmiert. Ich rührte wütend in meinem Hirsebrei.

Klaus ahnte nichts von meinen erregten Wallungen, er las Zeitung.

Frau Pupke schob ihm mit ausladender Geste das Brot unter die Schlagzeilen. (»Kuckma, Klaus, so? Is dat getz dick genuch? Was? Sachma?«), füllte ihm dann Kaffee ein und goß Milch hinterher.

Verdammt, dachte ich, jetzt verzieht sie mir den auch noch!

Ganz langsam regte sich in mir der Verdacht, daß die gefühlsarme Irene sich vielleicht gar nicht von Klaus, sondern von Frau Pupke hatte scheiden lassen.

Wegen Zerrüttung der Dreierkiste.

Ich köpfte das Ei mit ziemlicher Schadenfreude.

»Na, is mir dat gelungen, dat Ei? Was? Sachma!« fragte Frau Pupke, aber weder Klaus noch ich hatten gerade Lust auf die Analyse des Eidotters unter Berücksichtigung von Zähflüssigkeitsgrad und Tropfintensität. Ich nahm mein Herzenskind auf den Schoß und fütterte es mit Eigelb. Frau Pupke bemerkte das mit Mißfallen.

»Klaus, is dat denn gut für'n Junge, so'n Ei?« fragte sie meinen zeitungslesenden Kindsvater.

»Klar, warum nicht«, sagte die Rückseite der Zeitung.

»Sachma.«

Schweigen.

»Du muss dat doch wissen, du biss doch en Doktor!« hakte Frau Pupke nach.

Gebannt starrte ich auf die Zeitung, gebannt starrte Paulchen auf den Eierlöffel.

»Nein, nein, das geht schon in Ordnung«, sagte Klaus. »Der kann jetzt alles essen, was er nicht kauen muß.«

»Woll!« sagte ich triumphierend und fütterte Paulchen weiter.

»Dat is aber ganz schädlich für so'n Junge«, beharrte Frau Pupke. »Dat hab ich getz noch gelesen. Da kriegen die Pickel von.«

Pause, Schweigen. Ich kratzte beharrlich das Ei aus, um ja nicht mit dem Füttern aufzuhören, gerade in diesem Moment. Paulchen schmatzte. Er hielt zu mir.

»Sachma. Klaus. Du biss doch en Doktor. Du muss dat doch wissen, woll? Sachma.«

»Jaja«, sagte Klaus, ohne die Zeitung zu senken. »Der kann alles essen, glaub mir, Agnes.«

AGNES!!!

»Sachma.«

Ratlose Pause.

Paulchen kaute noch am Ei, und ich kaute noch an der Agnes.

»Sachma, woll? Was, Klaus! WOLL!! Dat gibt Pickel für so'n Junge, wenn der inne Pupertät is! Sacht Walta auch. Achnes, sacht der Walta, Achnes, sachta, tu mir nich immer ein Frühstücksei kochen, da krich ich Pickel von. Sachma. Klaus.«

»Walter ist doch Mitte Sechzig und nicht mehr in der Pubertät«, sagte Klaus hinter seiner Zeitung. »Bei dem ist das was anderes. Der soll keine Eier essen, weil sein Cholesterinspiegel zu hoch ist.«

»Nee«, beharrte Frau Pupke. »Der kricht da Pickel von, sachta. Ich sach noch, Walta, willzte ein Frühstücksei, getz vor Ostern, ganz frisch, woll, vier Minuten, mach ich immer ganz genau mitte Eieruhr, nein, sacht Walta, Achnes, sachta, ich krich da Pickel von. Sachma. Und sein Junge, der Kalleinz, der getz mit der Ursella verheiratet ist, woll, der wo getz die Kinda auch schon wieder so groß sind, woll... HAPPICH Ihnen dat nich erzählt, Pauline?! HAPPICH doch erzählt! Dat liecht anne Hormone. HAPPICH doch gesagt, woll? WOLL!? Klaus! HAPPICH doch gesagt! Jungens kriegen von Eier Pickel, und das liecht anne Hormone.«

»Können wir jetzt abräumen?« fragte ich, weil meine Hormone und mein Cholesterinspiegel sich langsam zu einer klumpigen Masse hilfloser Wut vereinigten, von der ich immer rote Flecken bekomme, besonders den einen auf der Stirn, der aussieht wie Afrika. Dazu brauche ich gar kein Ei zu essen.

»Ich hätt' gern noch 'n Kaffee«, sagte Klaus hinter seiner Zeitung.

Das war mein Untergang in diesem unseren Frauenüberschuß-Gemeinschaftshaushalt. Ohne es zu ahnen, hatte Klaus der kleinen unterirdischen Rangelei um Macht und Recht und Kind und Ei die entscheidende Wende gegeben. Jetzt durfte Achnes der Welt zeigen: Die rechte Braut ist noch daheim!

Wieselflink sprang sie auf, rannte zur Kaffeemaschine und holte die Kanne. Herr Lehrer, ich bin eine ganz Flinke. Bevor die faule Paula überhaupt ihren Hintern vom Stuhl gehoben hat, bin ich schon an der Kaffeemaschine angekommen! Gewonnen! Da guckt der Hase dumm aus der Wäsche, und der Igel freuet sich!

Klaus streckte ahnungslos die Tasse unter seiner Zeitung

hervor. Jacobs allerbeste Krönung mit dem feinen Röstaroma verbreitete einen heimeligen, festlichen Palmsonntagsduft. Welch ein Friede!

»Danke«, sagte Klaus und las weiter.

Frau Pupke und ich, wir guckten uns an.

»Können wir trotzdem schon mal abräumen«, sagte ich übellaunig, »ich will mich einsingen.«

»Moment noch«, sagte Klaus hinter seiner Zeitung. »Ich brauche Milch.«

Sein Arm erschien und schwebte suchend über dem Tisch. ZACK! Das war die neue Chance für Achnes! Sieh, ich bin die Magd des Herrn! Dir geschehe, wie du gesagt hast! Tarantelmäßig sprang sie auf, wieselte um den Tisch und reichte dem Herrn Doktor das Milschkännschen dar.

Gewonnen! Der Hase hatte schon wieder das Nachsehen, der Igel war schon da!!

Um Jacobs Krönung noch die Krone aufzusetzen, schenkte sie dem Herrn Doktor sogar noch ein und erhaschte durch mehrmaliges Fragen »Genuch? Iss genuch?« sogar einen Blick von ihm, unserem gemeinsamen Chef und Gatten! Völlig frustriert schlich ich, durch und durch Verliererin, mit dem Rest der Zeitung aufs Klo.

Dort heulte ich leise und zerknirscht vor mich hin, bar jedweden Trostes von seiten meines Kindsvaters, der nicht ahnte, wie aufgewühlt meine verletzliche Seele war.

Ich blieb so lange auf der barmherzigen Brille hocken, bis der Triumphgesang von Frau Pupke mit dem bezeichnenden Lied »Wie das Fähnchen auf dem Turme« unter Gekeuch und Geächz im Treppenhaus verhallt war.

Dann wankte ich ins Wohnzimmer und warf mich heulend gegen das Klavier. Ich war richtig gut in Stimmung für eine Passion.

»Schläfst du jetzt öfter hier?« Simon fiel in seinen einzig freigebliebenen Sessel und sah mir dabei zu, wie ich das Mattenlager auf dem Fußboden vergrößerte.

»Wenn es dir nichts ausmacht?« antwortete ich bescheiden, indem ich meine selbst mitgebrachte rote Wolldecke ausbreitete.

»Aber nein, Liebes, ich fände es sogar ausgesprochen nett«, sagte Simon gütig.

Dabei piekste er mich mit der großen Zehe seiner Wollsocke in den Hintern.

»Da bin ich aber froh«, sagte ich erleichtert. »Ich dachte schon, du fühltest dich belästigt.«

»Du kannst dich ja ab und zu ein bißchen im Haushalt nützlich machen.« Simon sog an seiner Pfeife. Ein süßliches Aroma schwebte in Wolken auf mich herab.

Ich krabbelte zum Fußende der Matratze, um einige vor sich hin gammelnde Schlafanzughosen aus der Ritze zu zerren. »So? Meinst du so?«

»Nein, laß die drin, die brauch' ich als Abdichtung«, sagte Simon und winkte die Schlafanzughosen mit dem Stiel seiner Pfeife wieder in ihre Ritze. »Alles hier in der Wohnung hat seinen Sinn. Alles«, sagte Simon. »Du magst das im einzelnen nicht immer erkennen, aber es ist so. Deswegen ist es auch jedesmal ein Drama, wenn dieser unsensible Putzdrachen zum Saubermachen kommt. Die ist in der Lage und schmeißt meine halbe Wohnung weg.«

»Nee, ist klar«, sagte ich betroffen. »Und wie soll ich mich, deiner Meinung nach, in deinem Haushalt nützlich machen?«

»War nur ein Scherz, Kleines. Hauptsache, du läßt alles an seinem Platz.«

»Ich hätte nur eine Riesenbitte. Könnte ich bei dir ab und zu etwas üben?« Vielleicht würde er mir erlauben, wenigstens das Klavier freizulegen.

Simons Socke wußte das zu verhindern. »Das Klavier bleibt zu. Du siehst ausgesprochen nett aus auf der Matratze«, sagte Simon. »Man könnte ja mal gemeinsam probeliegen!«

Gemächlich klopfte er seine Pfeife aus und nahm das Gummibärchen aus dem Mund, um es sorgfältig auf dem Rand seines übervollen Aschenbechers zu deponieren. Mir klopfte das Herz.

Simon! Jetzt! Wo ich doch gar nicht darauf vorbereitet war!

»Bleib so, Kleines. Genau so. Rühr dich nicht vom Fleck. Ich komme gleich. Nur keine hektische Hast.« Damit stand er umständlich auf und ging gemächlich ins Badezimmer. Die

Tür ließ er wie immer offen, und so konnte ich miterleben, wie er sich mit einem vorfreudevollen Tusch in D-Dur auf der Brille niederließ.

Später gingen wir einkaufen.

Simon hatte den Rucksack geschultert und marschierte in seinen Militärstiefeln zügig vor mir her.

Ich hatte Mühe, mit ihm Schritt zu halten.

»Simon, warte doch! Wieso läufst du überhaupt so weit, wo doch hier an jeder Ecke ein Supermarkt ist!«

Abrupt blieb Simon stehen und ließ mich wieder mal aufprallen.

»Kleines«, sagte er mild, »da kennst du mich aber schlecht.« Simon nahm seinen Militärmarsch wieder auf. »Im Supermarkt spielen sie Musik, das kann ich nicht ertragen. Außerdem brauche ich persönliche Bedienung. Ich habe meine ganz speziellen Läden. Wo man mich kennt und meinen Wünschen entgegenkommt.«

»Ach so«, sagte ich irritiert. Der autarke Simon ließ sich anscheinend durch nichts beirren, auch nicht durch die Sonderangebote beim Aldi um die Ecke.

Der erste Laden, den wir ansteuerten, war ein Tante-Emma-Laden aus den frühen Nachkriegsjahren. Unter lautem Gebimmel betraten wir die sechs Quadratmeter große Bude, in der die Tomaten neben den »Nur-Die-Da«-Strumpfhosen in einer Gemeinschaftskiste lagen.

»Hollarria, Meister, sind Sie zugegen?!« schmetterte Simon mit solcher Opernfülle, daß die Milchkannen auf dem Kühlschrank schepperten.

Ein uralter Zwerg im schmuddelig-angegrauten Kittel erschien durch einen Vorhang.

»Aah, der Herr Kammersänger«, krähte er vergnügt, kam in Filzpantoffeln vor den Tresen und reichte Simon und mir die eisesstarre Knochenhand.

»Das Fräulein kenne ich noch gar nicht!« stellte er erfreut fest, nachdem er mich von nahem betrachtet hatte.

»Frau Kammersängerin Frohmuth, freischaffende Lied- und Oratoriensängerin, zur Zeit bei mir zu Gast«, stellte Simon mich vor.

Das schwerhörige Männlein verstand Simons Spitzfindigkeiten sowieso nicht. Emsig schlurfte es hinter den Tresen.

»Wie immer, Herr Kammersänger, oder dürft's heute ein Achtel mehr sein?«

Schelmischer Seitenblick auf mich.

»Wie immer, Meister!« dröhnte Simon, und die Milchkannen erzitterten wieder. »Meine kleine Freundin ißt nur Milchreis, und den haben Sie sowieso nicht.«

Das Männlein stutzte. »Wir haben ALLES, Herr Kammersänger, ALLES, sage ich Ihnen. WAS will das Fräulein?«

»MILCHREIS!« röhrte Simon.

Das Männlein lachte triumphierend und kletterte eine wakkelige Leiter rauf, um aus dem obersten Regal eine uralte verstaubte Packung Reis zu angeln.

Ihn wollte Simon übrigens nicht um die Hüfte fassen.

»ALLES haben wir, Herr Kammersänger!« jubelte der Ladenhüter entzückt. Ich schaute angewidert auf die mehligen zerfallenen Körner in der staubigen Packung. Da waren bestimmt Maden drin.

»So doch nicht!« Mein nörgeliger Unterton traf exakt den von Sascha.

»Wie denn?« fragte Simon erstaunt.

»Mühlmanns Mühle«, sagte ich trotzig.

»MÜHLMANNS MÜHLE!« brüllte Simon das Männlein an, aber das Männlein stellte sich taub.

Es hackte zwei Scheiben Käse und zwei Scheiben Wurst von einem Ballen ab, packte alles in Zeitungspapier und strahlte: »Und noch ein Ei? Oder zwei?« Wieder lugte es gönnerhaft in meine Richtung.

»Willst du ein Eichen, Liebes?«

»Nein«, sagte ich, »kriegt man Pickel von.«

»Anschreiben, wie immer?« freute sich das Männchen.

»Wie immer, Meister!«

Wir verabschiedeten uns mit Handschlag. Dann gingen wir weiter. Die verstimmte Türglocke hallte uns nach.

»Ein ausgesprochen netter Mann«, sagte Simon, während er sein Ei sorgsam im Rucksack verstaute. »Bei dem kaufe ich schon seit fünfundzwanzig Jahren. Sein Großneffe macht bei uns Statisterie.«

Der nächste Laden, gute zwei Kilometer entfernt vom ersten, war ein Reformhaus. Es gab dort jene hautfarbenen, wollenen langen Unterhosen, die ich an Simon schon oft hatte schauen dürfen, und schrumpelige ungespritzte Äpfel neben mühsam selbstgelegten Bio-Eiern, an denen als Beweis für ihre Naturbelassenheit und den intakten Seelenzustand ihrer Legehennen noch die Hühnerkacke klebte. Außerdem gab es dort Sojabällchen und Tofuburger im Kühlregal und sehr ballaststoffreiches verdauungsförderndes Brot nebst völlig fleischlosem graugrünblauem Brotaufstrich in Recycling-Dosen.

Simon erstand nach sehr langem, umständlichen Prüfen der Ware aber nur einen Riegel Sanddorn-Maracuja-Schnitten für zwei Mark vierzig, die er bar bezahlen mußte. Der bärtige Müsli-Freak, der die selbstgelegten Eier bewachte, sagte auch nicht Herr Kammersänger zu ihm und machte auch sonst kein Bohei.

Wir gingen weiter.

An einem ganz bestimmten Kiosk gab es dann die mir so vertrauten Gummibärchen, das Stück zwei Pfennig, aus dem Glas. Hier erwarb Simon auch seinen Pfeifentabak. Mit der dicken frierenden Frau, die einen Tropfen an der Nase hängen hatte, hielt er ein ausführliches sonores Schwätzchen. Wie es ihrem Gatten gehe und ob die Tochter immer noch interessiert daran sei, in der Oper als Klofrau zu debütieren. Es dämmerte bereits. Mir taten die Beine weh.

»Sind wir bald fertig?« nörgelte ich saschamäßig. »Ich hab' Dooorst!«

»Moment noch, Kleines«, sagte Simon und verstaute die Gummibärchen sorgsam in seinem Rucksack. »Das Schwerste steht uns noch bevor!«

»Und das wäre?« fragte ich bang. Mußte ich jetzt einen Sack Kartoffeln schleppen?

»Die Hühnerbrühe«, sagte Simon. »Die gibt es nämlich leider nur im Supermarkt.«

»Der Tante-Emma-Laden hat sie nicht?«

»Doch, hat er. Aber die schmeckt nach Fisch.«

Wir wanderten also noch zum Supermarkt.

Es war zwei Minuten vor Feierabend, als wir eintraten. Ein

wildgewordener Arbeitnehmer in Grau schob bereits in höchster Wut alle Einkaufswagen auf dem Parkplatz zusammen und rammte mit der Karawane ahnungslose Kunden, die auf dem Heimweg waren.

Ich sprang in Panik zur Seite.

Simon betrat forsch den Supermarkt, ging schnurstracks von hinten auf ein Kassenfräulein zu, vor deren Fließband sich eine Schlange von etwa zwanzig Leuten gebildet hatte, und flüsterte ihr etwas in die abenteuerlichen Ohrgehänge.

Das Fräulein schaute ihn glasig an, ließ ihre Kunden stehen und ging die Hühnerbrühe im Glas holen.

Simon bezahlte sehr sorgfältig mit Münzgeld, faltete auch gewissenhaft den Kassenbon in seine Brieftasche und wünschte noch allseits einen schönen Abend.

Draußen stopfte er seine Beute in den Rucksack.

»Wieso geht die für dich Suppe holen?« fragte ich beeindruckt.

»Weil ich die Musik im Supermarkt nicht ertrage«, sagte Simon.

»Und die MACHT das?« fragte ich entgeistert.

»Natürlich macht die das«, sagte Simon. »Dafür kriegt sie immer eine Freikarte fürs Ballett. Sie und ihre kleine Freundin sind nämlich im Rock'n'Roll-Club. Komm, setz dich hin, Spätzchen, wir essen ein Sanddorn-Schnittchen.«

Wir ließen uns auf der Parkplatz-Mauer nieder. Meine Füße brannten, und ich hatte schrecklichen Hunger. Immerhin waren wir seit zwei Stunden unterwegs.

Simon kramte lange und umständlich in seinem Rucksack. Dann entnahm er ihm die Thermoskanne, schraubte sie auf und mischte sich mit Hilfe eines Pfadfinderbesteckes im Handumdrehen ein belebendes Heißgetränk.

Es schmeckte köstlich und trieb einem das Kondenswasser in die Nase. Frau Pupke hätte gejubelt. Dazu gab es Sanddornschnittchen, für jeden eins.

Lange, nachdem die Putzfrauen den Laden verlassen und das schmiedeeiserne Gitter hinter sich abgeschlossen hatten, verließen wir den Parkplatz.

Es war fünf Minuten nach halb acht.

»Jetzt muß ich aber gehen, Kleines«, sagte Simon und

schraubte seine Thermoskanne zu. »Ich habe heute abend Vorstellung.«

»Darf ich hinter der Bühne sitzen?« bettelte ich und hüpfte wie ein Schulkind neben ihm her.

Erstens hatte ich keine Lust, alleine in der Kellerwohnung auf der Matratze zu hocken und zu grübeln, ob ich wohl das Klavier öffnen dürfte, und zweitens wollte ich mir Opernwind um die Nase wehen lassen. Wo ich doch selbst bald eine Opernsängerin sein würde! Es konnte sich nur noch um Jahre handeln!

»Da habe ich im Prinzip nix gegen«, sagte Simon und nahm mich an die Hand.

Das Schulkind schmiß die Beinchen, um Schritt halten zu können. O Freude über Freude! Endlich durfte ich die Bühnenwelt von nahem schauen!

Simon redete unterwegs nicht mehr soviel. Nur ab und zu rief er »JAA!« und »SOOO!« in den abgasverseuchten, kaltgrauen Feierabendverkehr. Das war seine Art, sich einzusingen. Mehr brauchte er für die Erwärmung seiner Stimmbänder nicht zu tun. Deswegen blieb bei ihm auch das Klavier geschlossen. Wie unkompliziert im Vergleich zu meinen stundenlangen quälenden Tonleitern!

Am Bühneneingang hieß er mich warten.

»Setzet Euch hier!« brummte der stets geistreiche Charmeur und verschwand in dem Gewirr von Gängen und Fluren, in denen hektisch einzelne verkleidete Gestalten herumhuschten.

Ich hockte ehrfürchtig auf der Holzbank am zugigen Pförtnerhäuschen und ließ alle musengeküßten Gestalten, die das unsagbare Glück hatten, bereits freien Eintritt in dieses Opernhaus errungen zu haben, an mir vorbeiflanieren. Von draußen kamen die sterblichen Gestalten in Mantel und Hut, von drinnen die Unsterblichen, mit Puderperücke und güldenem Gewand.

Ehrfurchtsvoll starrte ich sie an. Eines Tages würde auch ich in Kostüm und Maske hier vorbeischweben, um an der Pförtnerloge meine Fanpost abzuholen und kleinen verschüchterten Mäusen auf der hölzernen Wartebank keinerlei Beachtung zu schenken...

Von hinten nahte eine nerzumschlungene schwarze Wolke. Fregatte Theresa! Ich erkannte sie am Duft nach faulenden Orchideen.

Mit ihr wehte ein Schwall kalter Zugluft herein. Ohne mich zu beachten, warf sie ihre krokodillederne Tasche neben mich und rief dem Pförtner durch die Glaswand zu: »Wenn meine Garderobe heute wieder so überheizt ist, singe ich nicht! Ist dir das klar, Heinz?«

Heinz senkte seine Bildzeitung und rief etwas Unverständliches in seiner kölschen Muttersprache zurück. Fregatte Theresa intonierte noch ein paar Todesdrohungen gegen die Pförtnerloge, riß dann ihr Krokodil an sich und rauschte Richtung Garderoben davon.

Oh, wie beeindruckend! Welch ein Auftritt! Was für eine Persönlichkeit sie doch war!

Und ich kannte sie! Privat! Ich hatte sie schon beim Kampf gegen den fadenziehenden Käseauflauf beobachtet! Heute abend würde ich endlich ihre große, voluminöse Dramatik erleben dürfen. Wenn sie schon privat so eindrucksvoll auftrat, wie würde sie erst auf der Bühne sein?!

Die große Uhr über der Eingangstür tickte.

Es war zwei Minuten vor acht.

Der Pförtner las. Neben der Zeitung lagen eine Butterstulle und ein gekochtes Ei.

Is dat denn gut für so'n Pförtner? dachte ich hämisch. Da kricht der Pickel von!

Oh, wie gut, daß ich dieser spießigen Bürgerlichkeit entronnen war! Hier gehörte ich hin, in diese aufregende Umgebung von Bühnenstaub, zugigen Fluren und hallenden Geräuschen! Hier, wo jeden Moment Simon auftauchen und mich mit hinter die Bühne nehmen würde!

Durch den Lautsprecher ertönte der Gong.

Es ging los!

Simon! Warum er mich hier nicht abholte! Ich wollte doch die Ouvertüre hören! Na ja. Simon war nicht besonders flink veranlagt. Seine Maske brauchte sicher Zeit. Vielleicht saß er wieder auf der Brille und sang einen Tusch in D-Dur, zur Vorfreude und Entspannung.

Der Pförtner las ungerührt. Nichts von der Dramatik des

Augenblicks schien hinter seine Glaswand zu gelangen. Durch den Lautsprecher ertönte Beifall. Dann begann das Orchester mit dem Vorspiel. Wie aufregend! Wie prickelnd! Wie spannend! Ich rutschte nervös auf meiner Holzbank hin und her. Mir war, als müßte ich jeden Moment selbst zum Auftritt auf die Bühne. Wie üblich reagierten meine Innereien postwendend mit Panik. Unauffällig schaute ich mich nach einer Tür mit der Aufschrift »Damen« um.

Ob ich mal ganz schnell die Holzbank verlassen konnte? Ich sagte dem Pförtner durch Glaswand und Zeitung, daß ich in zwei Minuten wieder hier sein würde, falls Herr Reich mich suchen würde.

Der Pförtner reagierte nicht. Ich war ja auch nicht Theresa Horn. Ich war ein namenloses Mädchen auf der zugigen Wartebank.

Nur kein Neid! Eines Jahres!

Auf hölzern-harter Wartebank sitzt einsam die Neidlose. Aber warte nur, du pickliger Pförtnergeselle! Eines Jahres werde ich dich anfauchen, daß du meine Garderobe zu heizen hast, mein Lieber, unter Androhung von Schlimmstem werde ich dich dazu zwingen! Du wirst dich noch an mich erinnern!

Als ich zwei Minuten später wieder auf dem Holzbänkchen Platz nahm, war immer noch nichts von Simon zu sehen. Die Ouvertüre war vorbei, der Beifall verebbt. Die Lautsprecherstimme rief einige Herrschaften aus der Kantine: »Bitte bereithalten, noch fünf Minuten bis zum Auftritt!«

Oh, wie aufregend! Es raubte mir den letzten Nerv. Simon! Wo er nur steckte! Warum holte er mich nicht endlich von diesem Bänkchen ab!

Die Uhr zeigte halb neun. Der Pförtner las.

Mit einem kalten Luftschwall ergoß sich ein verkleideter gemischter Chor ins Innere. Unter sehr viel Lärm wanderte die Schar durch den langen Gang davon.

Selbst diese Gernegroße durften da rein! Und ich, die vielversprechende Solistin, hockte auf der zugigen Bank!

Ich nahm meinen ganzen Mut zusammen und klopfte an des Pförtners Scheibe. Die Zeitung sank. Der Mann hatte keine Pickel.

»Ja?«

»Ich warte auf Herrn Reich!« rief ich durch die Scheibe.

»Herr Räisch hat Vorstellung«, sagte der Pförtner. »Dat dauert noch!«

»Ich weiß, daß er Vorstellung hat«, rief ich genervt. »Er wollte mich ja mitnehmen hinter die Bühne!«

»Da wäis isch nix von!«

»Jetzt wissen Sie's!« rief ich. »Können Sie Herrn Reich nicht ausrufen lassen?«

»Nä«, gab der Pförtner freundlich Auskunft. »Der singt jerade.«

»Das kann nicht sein«, brüllte ich frustriert. Diese blöde Glasscheibe verhinderte jedwede gezügelte Kommunikation.

Der Pförtner erhob sich und öffnete mir seinen Verschlag. »Komma kucken, Frolleinsche!«

Auf einem kleinen Fernsehschirm tummelten sich die Bühnengestalten. Den Ton hatte der Pförtner abgedreht, damit er in Ruhe Zeitung lesen konnte.

»Na, isser dat?« fragte er und tippte mit dem Zeigefinger auf den Bildschirm.

Tatsächlich. Das war Simon. Er hatte eine Puderperücke auf und das Kostüm eines Haushofmeisters an. Mit einem geschnörkelten Stab wedelte er der verkleideten Fregatte Theresa unter der Nase herum. Eine Thermoskanne schien er nicht dabei zu haben.

Aber er war es eindeutig. Simon.

Und er hatte mich vergessen.

»Na, isset juht?« fragte der Pförtner und setzte sich wieder hinter seine Zeitung.

»Aber ich bin seine Freundin!« sagte ich, während ich seinen Glaskasten verließ.

»Dat saren se alle«, grinste der Pförtner und ließ die Tür hinter mir ins Schloß schnappen, »da hätt der 'ne janze Menge von!«

Ich sank auf die Holzbank zurück.

Simon.

Er hatte mich vergessen.

Er durfte da drinnen sein, in der Welt der Begnadeten, und sich auf der Bühne selbstverwirklichen, mit dem Stab wedeln und in der Pause mit den Chormädels flirten.

Und ich? Ich saß hier draußen auf der Holzbank. Einsam und lächerlich. Zum Gespött des gesamten Personals einschließlich Pförtner und gemischtem Chor!

Als die Stimme aus dem Lautsprecher das Ende der Pause verkündete, zeigte die Uhr über der Tür fast zehn. Ich erhob mich leise und heimlich von meinem Bänkchen und schlich in die kalte Nacht davon.

Aus der gegenüberliegenden Künstlerkneipe hörte ich Gelächter und Stimmengewirr. Jetzt bloß keinem Bekannten von Simon begegnen! Alle hatten mich gesehen, wie ich blaß und blöde von dem Bänkchen blickte!

Was vermeid' ich denn die Wege, wo die anderen Wandrer geh'n? Suche mir versteckte Stege durch verschneite Felsenhöh'n?

Weil ich weder Wotan Weich noch anderen Chargen um den König Herodes begegnen wollte, ging ich auf einem anderen Weg wieder in mein Land.

Ich weiß nicht, woran es lag, aber als Klaus mich bald darauf fragte, ob ich mit ihm am Wochenende zu einem Kongreß nach München fahren wolle, sagte ich spontan zu.

»Du müßtest dich allerdings etwas feiner anziehen«, sagte Klaus, indem er mein lässiges Outfit musterte.

»Aha«, sagte ich und schluckte.

Wie du kommst gegangen, so wirst du empfangen.

Ich trollte mich beschämt an meinen Kleiderschrank und durchforstete ihn. Paulchen hatte ich zur Beratung hinzugezogen: Er lag auf dem Bett, grunzte freudig und kaute auf seinem Beißring.

Ärztekongreß. Knigge würde seiner Gattin zu dem Kleinen Schwarzen raten.

Besaß ich aber nicht. Schon aus Prinzip. Auch das brustfreie Graumelierte hatte die schlampige Arztgattin sich immer noch nicht angeschafft, und das figurbetonte Zeitlose kannte er schon. Von meinem Auf- beziehungsweise Abtritt in der Singakademie. Damals. Als Paulchen sich anmeldete.

Versonnen durchwühlte ich meine Abendkleider.

Das bodenlange in Lila mit dem Samtkragen eignete sich wahrscheinlich ebensowenig für die Münchner Schickeria wie das weiße Liederabendkleid mit den Spaghettiträgern. Außerdem klebte eine geschmolzene Salmiak-Pastille am Hinterteil. Kind, wo hast du dich da in Panik wieder reingesetzt.

Während ich noch so stand und sann, näherte sich Achnes geräuschvoll meinem Privatgemache.

»Paulchen, bist du da? Paulchen! Tante Pupke will dich aufs Töpfchen setzen, woll! Nicht daß du wieder in die Hosen machst, was, sachma!«

Ich schluckte. Wenn sie uns doch EINMAL in Ruhe ließe, nur EINMAL!! Warum hatten wir das tarifvertraglich nicht geregelt?!

»Wat machste da, Pauline?«

Aus Paritätsgründen waren auch wir inzwischen per du. Sie als die Ältere hatte es mir angeboten – »Pauline, ich sach getz ma einfach du, woll!« –, und ich als die Jüngere hatte mich nicht getraut zu sagen, nein danke. Kind, sei immer höflich und bescheiden. Besonders, wenn Erwachsene mit dir reden. Außerdem hatte Klaus zu ihr gesagt, sie solle ein bißchen nett zu mir sein, ich stecke gerade in einer beruflichen und privaten Krise. Zu mir hatte er gesagt, ich solle ein bißchen nett zu ihr sein, sie sei so ein herzensguter Mensch.

»Happich mir doch gedacht, daß du getz überleechs, watte anziehen sollz. Happich mir schon gedacht. Ich denk, wat zieht die Pauline wohl an, wenn sie mit'n Klaus nach München fährt, denk ich. Ich denk, Achnes, denk ich, geh mal in dat Schlafzimmer und tu se beraten. Sachma.«

Ich guckte sie ratlos an. »Was SOLL ich denn anziehen?«

»Sachma.« Achnes begann in meinem Schrank zu wühlen. »Dat kleine Schwatte, sarich imma. Dat paßt für jede Gelegenheit, ob de zur Beerdigung geeß oder zum Schützenfest oder zum Poltaahmt. Paßt imma. Sarich. Woll, Paulchen? Mußt du mal Pipi? Was? Sachma!«

Paulchen knabberte an seinem Beißring und folgte der Beratung aus fachlich versiertem Munde mit großen Augen.

Ich hatte kein kleines Schwattes. Das liegt daran, daß ich so selten auf Polterabende und Beerdigungen und Schützenfeste gehe. Ich habe nur jede Menge große Schwatte, von wegen Requiem und so.

Frau Pupke zeigte sich wie immer von der praktischen und hausfraulichen Seite: »Ich tu dir ein Abendkleid küazen. Kuckma hier, dat lilane. Dat sieht todschick aus, wennde dat knielang trächst. Bei deine Beine. Sachma. Woll, Paulchen. Die Mama, die hat Beine, woll? Mußt du mal Pipi? Knielang, sarich, dat is getz schick. Bei deine Beine. Sachma.«

»Ja«, sagte ich.

»Sachma«, sagte Frau Pupke und holte ihren Nähkasten hervor.

»Ja«, sagte ich wieder. Was sollte ich denn sonst antworten auf die Aussage, ich hätte Beine. Die meisten Menschen haben Beine, in der Regel zwei Stück. Den Arztgattinnen in München wird es da nicht anders gehen.

»Beine hat die Mama«, sagte Frau Pupke und kniete sich vor mich hin, um den Abstand meiner Kniescheiben zum Fußboden abzuschätzen, »woll Paulchen? Sachma. Mußt du mal Pipi, was? Sachma.«

Ich stand da wie eine Salzsäule und blickte ratlos an mir herab.

»Tu ma die ollen Hosen ausziehen«, sagte Frau Pupke von unten. »Diese ollen, speckigen Nietenhosen. Wenn der Paul ma groß is, dann zieht der so was nich an. Vorher schmeiß ich die Nietenhosen in den Ofen.«

»Nietenhosen?« fragte ich ratlos. »In welchen Ofen?«

»Na, diese Dschiens oda wie ihr dat nennt«, sagte Frau Pupke und steckte sich einige Nadeln in den Mund.

Ich überlegte, während ich mich umzog, wie ich es verhindern könnte, daß Frau Pupke später mein armes Paulchen zum Gespött der Schule machen würde.

Wenn es nach ihr ginge, würde Paulchen im weißen Hemd mit Fliege und dunkelblauen Hosen mit Bügelfalten und Hosenträgern und in Lackschuhen zur Schule gehen. Und alle zwei Minuten Pipi machen, woll.

In dem Abendkleid sah ich wirklich allerliebst aus. Richtig entzückend. Diese Puffärmelchen und der liebreizende Halsausschnitt! Da mußte unbedingt eine zweireihige Perlenkette von Eduscho rein, in Blaßrosa. Ich fand es an der Zeit, dieses Kleid zu zerstückeln. So erlaubte ich Achnes, mit der großen, scharfen Schere eine Handbreit überm Knie ans Werk zu gehen. Sie tat es unter unendlich vielen Wolls und Sachmas, was nicht so einfach war, weil sie so viele Nadeln im Mund hatte.

»Sachma, wie sollich sagen«, begann sie ein sehr persönliches Interview, »du biss doch so ein hübsches Meedchen. Wie kannze denn imma in diesen Nietenhosen und schlabberigen Pullovern rumlaufen? Du muss dich doch ein bißchen hübsch machen für deinen Klaus. Sachma. Findet das der Klaus denn schick? Was? Sachma? ... Also ich fänd das nicht schick. Woll, Paulchen. Mach getz nich Pipi, Tante Pupke tut getz nähen. Also ich find das nich schick. Sachma.«

Letzteres beruhigte mich. Was Achnes schick fand, waren selbstgestrickte Pullöverchen in Rosa und Blö, je nachdem, ob Männlein oder Weiblein darin steckte, und Faltenröcke von der wadenlangen Sorte. Dazu Mäntel in Grobgraugerastert mit einem peppigen Kopftuch in Flanell.

Echt schrill, die Achnes!

Das Kleiderkürzen dauerte fünfeinhalb Stunden, in denen ich vermutlich sämtliche Kaufhäuser Kölns nach runtergesetzten Reine-Schurwolle-Fummeln hätte durchforsten können und in denen Paulchen mindestens achtmal Pipi in die Hose machte, obwohl er zwischendurch schlief. Aber diesen groben Erziehungsfehler war es Achnes wert, daß ich ihr fünfeinhalb Stunden lang zuhören mußte. Ich kannte nun ihr ganzes Leben. Alle dreihundertfünfundsechzig Tage ihrer einundsechzig Jahre hatte sie mir erzählt. Und sie hatte keinen Tag ausgelassen. Nur ein paar Stunden vielleicht. Aber einzelne. Und die konnte sie ja bei passender Gelegenheit nachholen.

Woll!

Simon war nicht besonders enttäuscht, als ich ihm zur Auffrischung unserer unverbindlichen Matratzen-Beziehung unterbreitete, daß ich am Wochenende zu einem Ärztekongreß fahren würde. Mit einem Arzt, versteht sich.

»Wie schön für dich, Spätzchen. Viel Spaß!«

Ich wartete auf ein paar leidenschaftlich inszenierte Eifersuchtsszenen, aber die blieben aus. Das waren wir unserer unverbindlichen Beziehung schuldig, daß wir einander keine Szenen machten!

Simon genoß wieder mal die exotische Mischung aus Pfeifentabak und Gummibärchen und sah sich dabei einen Western an. Sein Schwarzweißfernseher hatte die Größe einer Postkarte und paßte deshalb auf die rechte hintere Tischkante.

In den Rocky Mountains schneite es heftig, und die ameisengroßen Pferde galoppierten durch das Schneegestöber.

Das Spätzchen flatterte in die Kochnische und holte sich ein paar Brosamen aus der Aldi-Kiste, wobei es sich bemühte, keinen Gegenstand von seinem angestaubten Platz zu entfernen, und trollte sich auf die ihm zugewiesenen zwei Quadratmeter auf der Matratze. Der Western interessierte es nicht, also grübelte es in seinem Spatzenhirn herum.

Irgendwie war das mit Simon möglicherweise doch nicht das große Liebesglück.

Die Unverbindlichkeit dieses Mannes war zwar einerseits recht amüsant, andererseits entdeckte ich zu meinem eigenen Erstaunen den Wunsch, einmal so richtig vereinnahmt zu werden.

Kind, was soll denn das nun wieder. Ich denke, wir sollen dich alle in Ruhe lassen!

Ja, aber jetzt nicht mehr, raunzte mein elender Schweinehund beleidigt. Jetzt sollt ihr euch alle um mich kümmern. Ich bin einsam!

Aber du WOLLTEST doch immer so gern einsam sein. Dich am liebsten nur mit Wärmflasche und deinem unvermeidlichen Quark aufs Sofa verkriechen und keinem die Tür aufmachen. Was ist denn jetzt schon wieder los, du launische Diva?

Jetzt will die Diva einen Mann, sagte ich trotzig. Einen, der mich eifersüchtig bewacht und mich mindestens zehnmal am Tag fragt, wie es mir geht.

Aber Kind! Solche hast du doch früher mit Leidenschaft gegen die Wand geschmissen!

Jaja, sagte ich gereizt. Ist ja auch noch kein Prinz vom Himmel gefallen!

Da muß man was für tun, Kind. Denk mal an Schneewittchen. Die hat gleich sieben Zwergen den Haushalt geführt, und du tust das noch nicht mal für einen! Apropos: Was ist mit deinem Kind? fragte Tante Lilli scharf. Das läßt du von einer bösen Stiefmutter großziehen. Ist das zu verantworten? Um einer fragwürdigen Karriere willen? Glaub mir, Simon Reich ist nicht der richtige Umgang für dich! Er beeinflußt dich ganz negativ. Du lebst so ziellos in den Tag hinein, genau wie er!

Mein liebes, armes, unschuldiges Paulchen! Ich wollte doch meine gesamte Freizeit mit ihm verbringen und mehr als das! Aber Tante Pupke ließ mich nicht. Die ich rief, die Geister, werd' ich nun nicht los! Die ganze Selbstverwirklichungsidee schrumpfte zu einem jämmerlichen Häufchen Selbstmitleid zusammen.

Betrübt schlich mein Schweinehund in seine Hütte zurück und zog die Tür hinter sich zu. Nur noch ein Stückchen von seinem ruppigen, borstigen Stummelschwanz guckte raus.

Sollte eine Änderung deines egoistischen Lebens angebracht sein?

Ach was, sagte ich ärgerlich. Ich bin eine Karrierefrau mit der nicht zu unterdrückenden Berufung, meine Stimmbänder im Winde der Öffentlichkeit flattern zu lassen, und wo gehobelt wird, fallen Späne. So.

Denk noch mal drüber nach, Pauline, beendete Tante Lilli unser Gespräch und knipste das Licht aus. Und damit ich nicht noch ungezogene Widerworte geben konnte, sagte sie freundlich, aber bestimmt: »Schlaf gut, Pauline. Wir haben dich alle lieb.«

Glaub' ich nicht, heulte mein Schweinehund in sein Kopfkissen hinein. Keiner hat mich richtig lieb. Keiner. Höchstens Paulchen.

Dann fing ich ausgiebig an zu heulen. Morgen würde ich meinen Sohn befreien und mit ihm ins Frauenhaus ziehen.

Gerade als ich in den ersten barmherzigen Dämmerschlaf gefallen war, hörte ich Simon umständlich aufstehen und das Schneegestöber abstellen.

Sollte er in der nächsten Dreiviertelstunde zu mir aufs Mattenlager herabsteigen wollen?

Nicht mit mir, mein Lieber, nicht mit mir! Mich erst in der Oper vergessen und dann auf der Matratze Spaß haben wollen! Die Diva hat Migräne!

Ich kniepte unauffällig ein Auge auf und lugte unter meiner Wolldecke hervor. Was machte er da? Seine Verrichtungen waren zwar genauso umständlich wie sonst, aber eindeutig nicht identisch mit der Ins-Bett-Geh-Zeremonie, die er sonst um diese Nachtzeit zelebrierte. Nach etwas mehr als zwanzig Minuten erkannte ich den Sinn und Zweck seines Tuns: Er packte Koffer!

Wie von der Tarantel gestochen setzte ich mich senkrecht auf: »Simon, was tust du?«

»Ach, Liebes, habe ich dich gestört? Das tut mir leid. Ich dachte, du schläfst fest.«

»Packst du etwa?«

»Ja, Kleines, es sieht ganz so aus.« Simon trug einen Tauchsieder und ein Zimmerthermometer auf den Haufen der Utensilien, die er einzupacken gedachte.

Sprachlos starrte ich ihn an. Er zog aus! Eindeutig! Er löste seinen Hausstand auf! Es folgten einige schwere Bildbände und mehrere Garnituren Geschirr, vier Paar Stiefel, sämtliche hautfarbenen Öko-Slips aus dem Reformhaus und drei Dosen Suppenextrakt. Dann montierte Simon das Radio aus seiner Halterung, bastelte den Ventilator auseinander und verstaute die Reserve-Thermoskanne zwischen dem Hakle-Feucht-Toilettenpapier und den grobgestrickten Naturfasersocken.

Das alles dauerte seine Zeit, und so hatte ich Gelegenheit, seinen Auszug gedanklich zu verdauen. Ich war ihm zu eng auf die Bude gerückt! Er flüchtete vor mir! Diogenes suchte sich eine andere Tonne! Sicher hatte ihn doch gekränkt, daß ich einfach aus dem Theater abgehauen war! Dabei hatten wir einander keine Vorwürfe gemacht! Schließlich waren wir doch reife Menschen, besonders er.

Dann aber transportierte Simon seine Blockflöte auf den Kofferberg. Die Blockflöte im Gepäck war ein markantes Erkennungszeichen für ein Konzert. Simon war nämlich der Bedienung einer Stimmgabel nicht mächtig, eine seiner vielen netten kleinen Eigenheiten, und er suchte sich die Töne während der Proben und Konzerte von der Blockflöte.

Ich wußte schon, daß Simon immer ziemlich viel Gepäck mit sich herumschleppte, damit er vollkommen autark war und sich niemals unnötigerweise in ein Gasthaus setzen oder in einen Supermarkt gehen mußte.

Aber daß er so viele Dinge zu einem Konzert mitnehmen mußte, war mir neu.

»Ziehst du aus oder hast du zu singen?« fragte ich schließlich.

»Letzteres, Schätzchen«, sagte Simon lässig und klaubte seine Pfeifen zusammen. »Wenn ich auszöge, würde ich mir ein halbes Jahr Urlaub nehmen, um den Umzug zu bewältigen. Nein, ich habe nur ein Konzert. Schlaf doch, Mäuschen.«

»Ist das weit von hier?«

»Im Süddeutschen.«

»Und wann?« Kind, sei doch nicht so neugierig!

»Och, so in den nächsten Tagen«, gab Simon detailliert Auskunft.

Aha. Deswegen kein Protest, als ich den Ärztekongreß erwähnte.

Er hatte eine andere. Ganz klar.

»Und du fährst jetzt schon los?« löcherte ich ihn mit einer mir uneigenen Penetranz.

»Nein, übermorgen«, sagte Simon. »Aber das Packen braucht seine Zeit. Ich mache so was immer mit viel Bedacht. Nur keine hektische Hast.«

Kind, der Mann hat'n Knall. Wann begreifst du das endlich!

Ich dachte daran, wie ich mich auf Konzerte vorzubereiten pflegte, bevor ich Paul und den restlichen Familienzuwachs am Hals hatte: Ich pfefferte Noten, Schuhe, Kleid, Lutschpastillen, Stadtplan und Krimi in eine Plastiktüte, setzte mich in meine rollende Übezelle, den rostigen Herbert, und brauste ab. Zeitaufwand: fünf Minuten.

»Du kannst übrigens gerne in der Zeit hier wohnen, Mäuschen«, sagte Simon liebevoll, »und meine Blumen gießen.«

Ich guckte auf den phallusförmigen Kaktus, der auf dem Zeitungsstapel auf dem Toaster stand und dessen Stacheln kaum noch unter der Staubschicht hervorkamen.

»Wird gemacht«, sagte ich cool.

»Aber sonst bitte nichts anrühren«, sagte Simon. »Alles hier hat seinen Sinn und Zweck.«

»Nee, ist klar.«

»Auch nicht das Klavier aufmachen!«

»Ich weiß.«

»Dann schlaf mal gut, Häschen«, sagte Simon, kniete sich zu mir herab und drückte mir einen gütigen Kuß zwischen die Löffel.

»Du auch«, sagte ich, während meine Schnurrbarthaare vor Erotik zitterten.

Robby der Geiger schrieb mir einige glühende Briefe. Was für eine Frau von Welt ich doch sei, und wie ich doch alles geregelt kriegte mit Kind und Karriere, und wie blind doch alle Männer meines Umkreises seien, so was Seltenes von Weib und Mensch wie mich noch frei rumlaufen zu lassen.

Ich klopfte mir mit seinen Briefen immer wieder auf die Schulter und fand mich bärenstark.

Leider kam Robby für mich als Mann nicht in Betracht. Er war zu gut für mich.

Und ein bißchen zu alt.

Fünfundzwanzig Jahre oder so.

Was mich noch mehr freute, war ein lieber Brief von Antje. Sie habe zur Zeit noch einige Konzerte, schrieb sie, aber sie freue sich sehr darauf, mich unmittelbar danach wiederzusehen. Die Oper brauche noch eine dritte Dame! Ich müsse unbedingt vorsingen!

Das fand ich auch. Nur war ich im Moment nicht besonders gut in Form. Das lag daran, daß ich so selten übte. Eigentlich nie. Wozu auch? Und wo?

Ich hatte richtig Sehnsucht nach Antje. Wie sicher sie doch im Leben stand, und wie unkompliziert sie sich verhielt! Von ihr konnte ich einiges lernen.

Den Gedanken an das Frauenhaus hatte ich bereits wieder verworfen, als ich am Wochenende mit Klaus im Flugzeug saß, dem Flair von Luxus und Intellektualität entgegenflog.

Ärztekongreß in München!

Ich nun wieder! So vielseitig und flexibel! Antje hätte ihre helle Freude an mir gehabt. Und Robby erst! Ob es nun eine ungeheizte Kirche im Sauerland war oder das pipiwarme Babyschwimmbecken im Hallenbad von Bickendorf oder das vollklimatisierte Hilton-Hotel in München-City: ich war überall zu Hause. So was schaffte außer Antje nur noch Patrizia von Tut-und-Taugt-Nix.

Es war Frühling, unter uns zog sich die blühende Pracht dahin, und in uns gluckerte zufrieden ein kleiner Pikkolo. Irgendwo da unten wanderte jetzt auf wackeren Beinchen Tante Pupke und schob Paulchen im Buggy spazieren. Ihre Wolls und Sachmas verhallten ungehört im Luftkorridor.

Klaus war locker und gelöst: Weder versteckte er sich hinter dem Fachblatt »Der unpraktische Arzthelfer«, auf dem immer so appetitliche Hautausschläge und Pilzerkrankungen in Großaufnahme prangten, noch unterlag er dem Zwang, mit seiner Videokamera jede meiner Hervorbringungen für die Nachwelt festzuhalten. Wir waren einfach wir selbst. Ohne Zwang und ohne Streß.

Laßt euch zu, seid wie ihr seid, jeder selbstverwirklicht jetzt den andern.

Ich sah Klaus von der Seite an.

Er sah wirklich gut aus: ein gelöster, entspannter Freizeitbär. In Jeans und Pulli. So wie die Jungs im Prospekt für Übergrößen immer aussehen. Irgendwie hatte meine unwesentliche Präsenz ihn doch schon beeinflußt. Früher, als ich ihn kennenlernte, war er mehr so ein zugeknöpfter Oberhemdentyp mit Krawatte gewesen. Und heute: bärenstark.

Vielleicht hatten wir uns nur zum völlig falschen Zeitpunkt kennengelernt? So was soll es ja geben, daß mann – Schrägstrich – frau einfach noch nicht reif für einen gewissen Partner ist.

Ich für meinen Teil war irgendwie nie reif für einen gediegenen Bären. Das sah man schon daran, daß ein uneheliches Kind mich nicht davon hatte abhalten können, weiterhin hemmungslos meinem ungezügelten Selbstverwirklichungsdrang zu frönen.

Er für seinen Teil hatte ja zum Zeitpunkt unseres Kennenlernens allerhand Frust mit Frau und Hund und Gemeinschaftspraxis und Villa; der gefühlsmäßige Ablösungsprozeß von solchen Dingen brauchte auch seine Zeit.

Diesen Zeitraum der allgemeinen Selbstfindung überbrückte ja nun auf ihre bekannt-selbstlose Art Tante Pupke, und ob das so richtig war, weiß ich bis heute nicht.

Vielleicht war es jetzt an der Zeit, sich von der lieben alten Tante Pupke zu trennen? Es MUSSTE da doch noch ein Mittelding an Kinderfrau geben – engagiert und flexibel, aber eben DOCH mit der Bereitschaft, ab und zu mal nach Hause zu gehen.

»Du, Klaus?«

»Ja?«

»Wieviel zahlen wir eigentlich der Frau Pupke so im Schnitt?«

»Wir?«

»Meinetwegen, du.«

»Nichts«, sagte Klaus und steckte sich einen von meinen kalt gewordenen Königsberger Klopsen in den Mund. Wie schon erwähnt, kann ich seit der Begegnung mit Frau Pupkes schlecht geschliffenen Zahnstummeln keine Königsberger Klopse mehr essen.

Klaus war da hartgesotten, als Arzt. Der las ja sonst auch immer zum Essen diese Fachblätter mit Großaufnahmen von versehentlich beim Heckeschneiden abgehackten Gliedmaßen und so.

»Nein, Klaus, ich meine, wieviel Frau Pupke bei uns monatlich verdient«, sagte ich, in der Hoffnung, daß es sich um ein Mißverständnis handeln könnte.

»Nichts«, sagte Klaus und tupfte sich die Stirn und den Bart mit der Lusthansa-Serviette. »Sie will nichts.«

»Sie WILL nichts?«

»Sie will jedenfalls kein Geld.«

»Was will sie denn?« (Was willa willa denn...)

»Sie macht das alles aus reiner Nächstenliebe.«

»Sie macht WAS?«

»Sie hat schon damals bei Irene und mir nichts gewollt als Familienanschluß. Dabei gab es bei uns überhaupt keinen Familienanschluß... außer Corinna natürlich, das liebebedürftige Tier. Bei uns hingegen fühlt sich Frau Pupke viel wohler. Sie liebt Paulchen, und dich hat sie auch ins Herz geschlossen.«

Klaus schloß zufrieden die Augen und richtete sich für ein Nickerchen unter der Frischluftdüse ein.

Ich starrte ihn an. Er ahnte NICHTS. Er fand das alles O. K. so. Papa, Mama, Omma und Kind. Kommt in den besten Familien vor.

Tante Pupke hatte sozusagen eingeheiratet! Wie das bei alleinstehenden Frauen ihrer Generation früher so üblich war. Frau machte sich nützlich und verschleuderte ihre ganze Nächstenliebe, und zur Belohnung bekam sie ein bißchen Familienanschluß.

Daß Tante Pupke mein Verhalten nicht gerade familienfördernd fand, war klar. Deshalb arbeitete sie so vehement an einem familiäreren Klima. Mir fielen ganze Jägerzäune von den Augen.

Frauen wie Tante Pupke hielten ja nichts von der Emanzipation, genausowenig wie von Nietenhosen und der frei improvisierten Kindererziehung. Letztens noch hatte sie mir streng verboten, des Nachts zu meinem Paulchen zu gehen, wenn es weinte. Das Kind hat seine Zeiten, und nachts muß es schlafen. Das ist so, das hat schon die Hebamme vonne Ursela imma gesacht. Und der Kalleinz hat se mit Gewalt im Bett festgehalten, wennse nachts zu ihrem weinenden Baby wollte. So hatte dat Baby vonne Ursela nach wenigen Wochen geschnallt, daß nächtliches Schreien nur zum Blauanlaufen führt, nicht aber zum Erscheinen eines tröstenden Elternteils. Sisste! Sarich doch! Und dat Baby hat nie wieder nachts geschrien! Woll? Sachma!

Daraufhin hatte ich zornentbrannt geantwortet, daß ich aber wohl zu meinem Baby laufen würde, wenn es weinte. Tante Pupke hatte angemerkt, daß das aber sehr rücksichtslos gegenüber dem Doktor wäre, wenn ich dauernd das Bett verließe, woll, sachma, und daß sie dann um des Doktors Nachtruhe willen schon lieber selbst laufen würde.

So war es dazu gekommen, daß Tante Pupke und ich nächtens im Nachthemd auf dem Flur um die Wette rannten, um Paulchen aus dem Bett zu reißen und zu trösten. Weil Tante Pupkes Zimmer neben dem Kinderzimmer lag und das Elternschlafzimmer am Ende des Flurs, war Igel Pupke immer schon da, während Hase Pauline wieder mal das Nachsehen hatte.

Irgendwann hatte ich zähneknirschend die Rangelei um das

Baby aufgegeben und Frau Pupke des Nachts ihre Nächstenliebe verschleudern lassen. Wie im kaukasischen Kreidekreis. Nur in echt.

Zumal Tante Pupke mir deutlich zu verstehen gegeben hatte, daß ich meine Nächstenliebe gefälligst innerhalb des Schlafzimmers verschleudern solle, wie das meiner Rolle als Frau zukomme. Tante Lilli hätte es nicht deutlicher formulieren können. Nur vornehmer.

Klaus, der arglose Familien-Bär, wußte von dem allen nichts. Er schlief des Nachts immer tief und fest in seiner Bärenhöhle. Irgendwelche Annäherungsversuche hatte er seit meinem Simon-Geständnis nicht mehr unternommen. Ewig untersagt ist Huldvereinung.

Wahrscheinlich war es ihm völlig egal, ob ich nun neben ihm lag oder Tante Pupke. Er liebte mich eben nicht mehr, der Klaus, und das war ihm auch nicht zu verübeln.

Deshalb war ich kurzerhand mit meiner Wolldecke zu Simon gezogen. Aber der liebte mich auch nur bei passender Gelegenheit. Erwähntermaßen war ich auch bei Simon nicht wunschlos glücklich. Zumal das Vorspiel immer so lange dauerte und außerdem ohne mich stattfand.

Kind, solange du dich nicht anpassen willst, kannst du auch nicht glücklich werden.

Anpassen?

Ja! Anpassen! Das ist das ganze Geheimnis!

Nee, ist klar. Anpassen. Wenn's mehr nicht ist!

Frau zu sein bedarf es wenig, wer sich anpaßt, ist ein König.

Warum hatte ich nur solche Schwierigkeiten mit dem verdammten Anpassen? Wo doch schon Tausende von Frauen vor mir durch Anpassungsfreude zum Ziel gekommen waren?

Was machte ich nur immer falsch?

»Hat die gnädige Frau noch einen Wunsch?«

Der Mensch, der uns die Koffer auf unsere bescheidene Suite gebracht hatte, wartete ergebenst auf weitere Befehle.

»Bring er mir den Veranstaltungskalender«, sagte ich, »hurtig, sput er sich!«

Klaus wollte ein Bier, aber ein großes.

Wir sanken auf das breite ovale Bett. Auf dem Kopfkissen lag für jeden von uns ein weißes Praliné.

»Was machen wir heute abend?« fragte Klaus, während er die beiden Pralinés in den Mund stopfte. In jede Backentasche eines.

»Wir könnten in die Oper gehen«, sagte ich begeistert. »Oder ins Konzert.«

»Oh«, sagte Klaus mit vollen Backen. »Jetzt habe ich dein Betthupferl aufgegessen. Entschuldige! Ich werde dir sofort ein neues bestellen!« Er griff zum Telefon.

»Danke«, sagte ich. »Du weißt doch, was mein Motto ist.«

»Nee, hast du ein Motto? Ist mir noch gar nicht aufgefallen!«

»Bachkantate Nummer 54.«

»Bachkantate Nummer 54? DAS ist dein Motto?«

Klaus war wirklich sehr naiv.

»Widerstehe doch der Sünde.«

»Ach so«, sagte Klaus. »Das ist allerdings dein Motto.«

»Nicht, was du meinst.«

»Ich bin ja auch im engsten Sinne keine Sünde.«

»Nee, aber vielleicht eine Sünde wert«, sagte ich leichtsinnig.

»Ja? Meinst du wirklich?« Klaus schmiß sich begeistert in meine Betthälfte. Er roch verführerisch nach einer süßlichen Mischung aus Vanille, Rum, Sahne und Rasierwasser.

»Nein, nein«, sagte ich erschrocken. »Laß doch den Quatsch! Halte dich bitte an unsere Abmachung!«

»Und die lautet?« fragte Klaus körperkontaktfreudig.

»Nich am Bär packen«, sagte ich und kicherte.

In dem Moment kam der Angestellte des Hotels mit dem Veranstaltungskalender und dem Bier.

»Hmmm!« sagte Klaus, als er aus dem Glas wieder auftauchte. »So was Köstliches gibt es nur in Bayern!«

Ich stöberte aufgekratzt in dem Kulturkalender herum. Heute abend gab es in der Oper: Frau ohne Schatten. Nein danke. Das hatten wir doch schon mal gesehen. Dunkel, wie dunkel, war das Bühnenbild, und düster, geradezu finster war die Erinnerung an diesen Silvesterabend. Vielen Dank. Wir haben einen Eindruck.

Am Musikantenstadl mit Fredl Fusl waren wir nicht so interessiert, Klaus und ich. Auch auf Godot mochten wir nicht warten. Das Leben ist kurz genug. Aber hier: In der Residenz gab es heute abend ein Sinfoniekonzert! Die Münchner Philharmoniker spielten Beethovens Neunte! Wenn das nicht ein musikalischer Glücksfall war!

»Klaus«, sagte ich entschieden, »da gehen wir hin!«

»Wenn es dir Freude bereitet«, sagte Klaus.

Ich sah ihn durchdringend an. Nach dem reichhaltigen Essen im Flugzeug und dem großen Bier im Hotelzimmer würde er bestimmt einschlafen, wie er das bei kulturellen Veranstaltungen immer zu tun pflegte.

Mir sollte es egal sein. Ich würde Beethoven hören! Freude schöner Götterfunke! Tochter im Delirium! Genau danach war mir zumut'. Klaus ohne Pupke: das schrie doch nach Triumphgesang!

Ich starrte eifrig auf das Kleingedruckte.

Die Solisten. Wer waren die Solisten?

Mir stockte das Herz. »Antje Zier, Sopran«, stand da. Mein Gott, wie steil war ihre Karriere!!

Mein Schweinehund torkelte vor seine Hütte und mußte sich aus Neid überantworten.

Tante Lilli schlug mit der Rute auf ihn ein: Willst du wohl gönnen können, du charakterloses Borstenvieh! Deine Freundin ist auf dem Weg nach oben! Stell auf den Tisch die duftenden Reseden! Winde ihr den Jungfernkranz!

Ist O. K., mach' ich, sagte ich zerknirscht. Klar freue ich mich für sie. Pock.

Anstandshalber guckte ich noch auf die anderen Solisten-Namen. Den Alt kannte ich nicht. Intellektua Kraft. Nie gehört. Der Tenor war mir irgendwie geläufig. Unter Baß stand »NN«

»Was heißt denn »NN«? fragte Klaus, der sich nähebedürftig zum Mitlesen an meine Schulter gelehnt hatte.

»Noch niemand«, sagte ich fachmännisch.

»Aber bis heute abend werden sie doch einen gefunden haben, oder muß das Konzert sonst ausfallen?«

»Mach dir keine Hoffnungen. Die finden einen. So eine Mucke läßt sich so schnell keiner entgehen.«

»Also gut«, sagte Klaus und raffte sich auf, um sein Outfit zu verändern. »Gehen wir hin. Aber nur, wenn wir nachher noch was Richtiges essen.«

Es war ein merkwürdiges Gefühl, einmal nicht mit Koffer und Noten durch den Lieferanteneingang zu kommen. Noch toller war es, daß ich zwar eine prickelnde Spannung fühlte, nicht aber diese Höllenpein, die sonst vor Konzerten von mir Besitz ergreift.

Mit leuchtenden Augen stand ich in meinem gekürzten Pupke-Kleid neben der Abendkasse und sah Klaus dabei zu, wie er zwei der teuersten Karten löste. Typisch Klaus. Mit einem Stehplatz oder einem in der zweiten Reihe hätte er sich nie abgefunden. Wir erstanden im hastigen Eintreten noch schnell ein Programm. Ich war viel zu hektisch, um darin zu blättern. Bemüht, nicht von meinen hohen Absätzen zu kippen, ließ ich mich von Klaus in unsere vorderste Reihe lotsen.

Das Orchester saß bereits. Ich reckte den Hals. Hach, wie war es alles aufregend! Geräusche von scharrenden Füßen, von verhaltenem Reden im Publikum, vom Stimmen der Instrumente und von letzten hereinhuschenden Zuhörern waren mir so vertraut, daß ich automatisch anfing, mich zu räuspern und meinen Stimmsitz zu prüfen.

»Soll ich dich anbinden? Nicht daß du gleich auf die Bühne rennst!«

»Nein, ich finde es großartig, daß ich hier sitzen darf und den ganzen Abend keinen Ton von mir geben muß.«

»Soll ich dir das glauben? Gib's doch zu, du würdest wahnsinnig gerne jetzt da vorne stehen!«

»Ich denke, Psycho-Freaks interpretieren nicht?!«

»Denk mal, du könntest jetzt da vorne stehen, und alle würden dir zuhören! Wäre das nicht schön für dich?«

»Denk mal, ich kann hier völlig entspannt im Sessel lümmeln und mir mit verschränkten Armen die lieben Kollegen betrachten! Und wenn sie anfangen zu singen, werde ich knallhart nachprüfen, ob ihre Noten zittern oder die Hosenbeine flattern!«

»Kriegst du aber kein Honorar für!«

»Das ist es mir wert! Ich werde mir in Ruhe ansehen, ob die

Sänger ihr Repertoire beherrschen oder ob sie ständig in die Noten starren! Vielleicht werde ich auch ein bißchen zuhören, mal sehen. Vielleicht verziehen sie bei hohen Tönen das Gesicht, oje, das werde ich aber auf falsche Technik zurückführen! Ich werde mir auffällig Notizen machen, auf den Rand des Programms, damit alle sehen, wie kompetent und kritisch ich bin. In der Pause werde ich dann mein Sektglas vor mir hertragen und sehr laut meine fachkundige Meinung über alles kundtun. Oh, wie ich mich selbst beneide! Ich kann...«

Weiter kam ich nicht mit meinem aufgekratzten Gefasel. Da erschienen sie. Die Solisten. Höflicher Beifall. Ich klatschte auch, aber nicht zu doll. Erst mal sehen, was ihr zu bieten habt, meine Lieben!

Vorneweg schritt Antje Zier, meine heißgeliebte Freundin. Sie hatte etwas Schneeweißes, Flatterndes mit einem raffiniert geschnittenen Cape an, das ihr um die bloßen Schultern wehte. Ich würde sagen: ein Kleid von Dior. Am Hals und in den Ohren: echte Hinkelsteine. Nicht runtergesetzt.

Nächster Blick: der Alt. Eine fette schwarze Eule mit grauen Haaren. Warum die wohl engagiert worden war. Wo es doch mich gab! In der Neunten von Beethoven hört man den Alt sowieso nicht, deswegen kann man auf jeden Fall ein bißchen an die Optik denken. Ich schluckte an einem Neidkloß.

Der Tenor. Ach, das war ja Kantaten-Ede aus Wien! Wie nett, ihn mal wiederzusehen. Ich hatte ihn mal auf einem Wettbewerb im Rauschmittelmuseum in der dritten Runde rausgeworfen. Klasse war das. Besonders angesichts der Tatsache, daß der Bursche inzwischen Karriere gemacht hatte und ich nicht. Keine Ahnung hatten diese Typen aus der Jury.

NN, der Baß. Schwarzer Rolli, schwarzer Anzug, schütteres Haar. Thermoskanne und Blockflöte.

Simon.

Reflexartig griff ich mit schweißnasser Hand nach Klausens Bärentatze. Er drückte erfreut zu. Vielleicht wähnte er, wir wären im Kino. Die Schuhe hatte er jedenfalls schon ausgezogen. Früher hätte er sich so was nie getraut. Das mußte mein Einfluß sein...

Simon!

Ich starrte ihn an. Der gehörte doch nicht in diesen Film! Der saß doch in seinem Kellerloch, sah sich einen verschneiten Western an und zelebrierte ein Fruchtschnittchen!

Der Dirigent sprang behend aus seinem Verschlag und schaffte den Sprung auf seinen Kasten beim ersten Versuch. Der Beifall schwoll an.

SIMON! Meine Hand krampfte sich fester in Klausens Pranke, die im Wegdämmern zuckte.

Der Dirigent zeigte uns sein Antlitz; er und drei von den vier Solisten verbeugten sich. Simon nicht. Der saß auf seinem Hintern und schraubte den Deckel von der Thermoskanne los. Dann verstaute er sein Gepäck unter dem Stuhl. Ich kannte jeden Handgriff auswendig. Gleich würde er sich umständlich die Brille putzen und dabei den Mund zu einer wirkungsvollen Grimasse verziehen. Er konnte Auftritte ohne szenische Einlagen nicht leiden. Nun straffte sich der Dirigent, drehte uns entschlossen den Rücken zu und riß den Taktstock in die Höhe. Die Streicher rissen ihre Geigen an die Backe, und los ging's.

Ich weiß nicht mehr, wie das Konzert war.

Meine Gedanken flogen schneller, als die Geigenbögen zucken konnten.

Simon. Warum hatte er mir dieses Konzert verschwiegen? O.K., wir waren uns keinerlei Rechenschaft schuldig. Ich hatte ihm ja auch die eine oder andere Kleinigkeit verschwiegen.

Trotzdem.

Das hier war keine Lappalie. Auch für den lässigen, autarken Simon nicht. Es wäre einer unverbindlichen Erwähnung wert gewesen.

Er mußte was mit einer anderen haben. Das war's! Die dicke Eule schied aus. Sie war nicht sein Geschmack, auch wenn er zu Absonderlichkeiten neigte. Antje schied auch aus.

ODER? Wieso eigentlich? Nur weil sie verheiratet war? Simon machte sich bestimmt nichts aus solchen Äußerlichkeiten. Antje auch nicht!

ANTJE!?! DU?!

Die Solisten saßen während der ersten drei Sätze untätig auf ihren Stühlen herum, und wir hatten Zeit, einander zu betrachten, die Sänger und das Publikum. Mustere ich sonst immer einzelne Gesichter aus dem Zuschauerraum und versuche, nicht darüber nachzudenken, wo die gerade herkommen und was die eben noch gegessen haben und wie lange sie vor dem Kleiderschrank gestanden haben, bis sie dann das angezogen, was sie jetzt anhaben, und wie lange sie gebraucht haben, bis sie endlich in die Parklücke gepaßt haben, so glotzte ich diesmal genauso dämlich auf die Solisten wie alle anderen im Publikum auch. Dabei versuchte ich mich im Schatten von Klaus zu verstecken. In meinem Kopf hämmerten die kleinen grauen Männchen.

Simon.

Antje.

Wie lange wohl schon?

Ganz klar. Er sagte auch Mäuschen und Kleines und Häschen zu ihr. Mindestens. Wenn nicht noch Kätzchen und Schätzchen und Spätzchen.

Ich fühlte mich elend und verraten.

Klaus! Die Diva fühlt sich kompromittiert! Wach sofort auf, wink das Orchester ab und mache die offizielle Ansage, daß du eine Erklärung von Simon für diese Demütigung deiner Kindsmutter erwartest, andernfalls du Satisfaktion durch den Paukenschlag verlangst!

Kannst du nicht eine Stunde mit mir wachen, du promovierter Entspannungskünstler?

Moment, sagte Tante Lilli. Sie hatte wider Erwarten auch noch eine Eintrittskarte zu diesem Konzert ergattert und hockte nun auf meiner Stuhllehne, um mir von hinten einige Erziehungsmaßnahmen ins Ohr zu zischen. Wie KANNST du den gediegenen Mann dafür verantwortlich machen, daß deine Privatangelegenheiten inzwischen so verwickelt sind!

Mich verwirren will das Irren! stammelte ich und zog den Kopf ein.

Laß das jetzt! würgte Tante Lilli mich ab. Du hast dir das alles selbst eingebrockt, da siehe du zu! Dieser Simon ist nicht gediegen, das habe ich dir schon immer gesagt!

Meinst du, er HAT was mit Antje? fragte ich fassungslos.

Natürlich, Kind, nein, was bist du naiv. Außerdem ist diese Antje ein Flittchen. Hab' ich dir gleich gesagt.

Ich sah Simon an. Wie er dasaß und an seiner Thermoskanne schraubte und zu Antje rüberschaute und sich mit ihr unterhielt, mitten in der Neunten von Beethoven über die Köpfe von zwei Kollegen hinweg.

Und Antje. Wie sie so liebreizend und unschuldig aussah und geschmeichelt errötete unter den Blicken von Simon und weiteren tausend Zuschauern.

Klar ist das spannend, auf offener Bühne zu flirten! Weiß ich, weiß ich. Tut man aber nicht!!!

Die dicke Eule am Alt saß regungslos auf ihrer Stange und starrte toten Blickes ins Leere. Ein totaler Profi war die, das hatte ich sofort gesehen. Jetzt aber, da Simon ihr den dampfenden Becher anreichte, damit sie ihn weitergeben möge, schnellte ihr Kopf plötzlich nach rechts und dann nach links, genau wie bei einer richtigen Eule, und dann starrte sie wieder geradeaus.

Kantaten-Ede, der Tenor, blätterte hastig in seinem Klavierauszug. Aus dem Getöse des Orchesters wurde er anscheinend nicht schlau. Jedenfalls bemerkte er nicht, was sich um ihn herum abspielte.

Aber ich bemerkte es! Er baggerte sie an! Auf offener Bühne! Ge-schmack-los.

Ich weiß wirklich nicht mehr, wie dieses Konzert ablief. Irgendwann müssen sie alle aufgestanden sein und gesungen haben, ich habe keine Ahnung.

Wie im wachen Traume schwebt sein Bild mir vor. Taucht aus tiefem, tiefem Dunkel heller, heller nur empor. Sollte ich mich so in Simon geirrt haben? Gut, er war ein außergewöhnlicher Mensch. Euer Merkwürden, sozusagen. Damit hatte ich mich ja längst abgefunden. Aber im allgemeinen war Simon doch völlig einfach strukturiert! Leicht durchschaubar, absolut monoton! Wußte man einen seiner Tricks, so konnte man sich die anderen zusammenreimen. Auch seine Unverbindlichkeit war mir schon bekannt. Simon hielt nichts von festen Bindungen. O.K. Damit konnte ich leben. Ich hielt schließlich auch nichts davon. Aber so ein handfester, vorsätzlicher Betrug?!

Das war aber gar nicht ausgesprochen nett von ihm!

Zu meiner Überraschung bemerkte ich, daß es mir noch viel weher tat, über Antje nachzudenken. Wir hatten in einem Bettchen geschlafen! Wir hatten von einem Tellerchen gefrühstückt! Wir hatten zusammen gelacht und gelästert und einander von unseren sieben Zwergen erzählt. So was prägt!

Sie wußte von mir und Simon.

Kein Zweifel. Antje wußte, daß sie mich betrog.

Und sie tat es einfach so.

»Wie sieht er aus?« hatte sie gefragt, damals, im französischen Bett von Montcluton.

»Intellektuell«, hatte ich geantwortet.

»Dann ist er es«, hatte sie gesagt und war fröhlich eingeschlafen.

Antje. Meine Freundin Antje.

Sie liebte Simon nicht. Sie liebte überhaupt niemanden außer sich selbst.

Sie tat es einfach so, aus Spaß. Um uns damit zu zeigen, daß sein erbarmungsvoller Wille...

Männer waren doch alle gleich.

Mehr oder weniger autarke Waschlappen.

Man konnte sie alle durch die Pfeife rauchen.

Simon und Antje waren von der Bühne gegangen, ohne mich zu bemerken.

Zu sehr waren sie mit einem kleinen neckischen Wortgeplänkel beschäftigt gewesen. Allerdings: ich hatte auch nicht geklatscht oder »Zugabe!« gebrüllt, sondern mich unauffällig im Hintergrund gehalten.

Später saßen der ausgeschlafene Herr Doktor und die geknickte Diva im Hotel-Restaurant.

Es war wie damals: Klaus speiste mit großem Appetit ein frisch erlegtes Wildschwein, und die Diva blickte stumm auf dem ganzen Tisch herum. Sosehr der devote Kellner mit den öligen Haaren auch versuchte, ihr die Speisekarte schmackhaft zu machen.

Mir war nach einem lauwarmen Haferschleim. Recht fadenziehend sollte er sein und nach Pappe schmecken.

»Meine Frau hat einen empfindlichen Magen«, sagte der Herr Doktor zum Kellner. »Haben Sie nicht etwas Leichtes, vielleicht eine Portion Milchreis oder... Brei?«

Wütend stieß ich ihn unter dem Tisch ans Schienbein. Erstens war ich nicht seine Frau, und zweitens gingen den Kellner meine Eßstörungen nichts an.

Der Kellner verzog keine Miene. »Wir hätten da ein Mus vom Lachs«, sagte er aalglatt. »Ganz leicht bekömmlich und auch sehr kalorienarm!« Er freute sich über seine Kombinationsgabe. Klar. Die Kleine mit den Puffärmeln wollte nicht so dick werden wie ihr Mann.

»Gegen Fisch ist sie allergisch«, sagte Klaus freundlich und führte sich das Weizenbierglas zum Munde.

»Ein Schneckensüppchen...?« versuchte es der Kellner.

Ich wand mich vor Verlegenheit.

Kind, der Mann meint es doch nur gut. Nun sei bescheiden und höflich und bestell dir das Schneckensüppchen und mach dich nicht so wichtig.

Klaus tauchte soeben wieder aus seinem Glas auf, wischte sich mit Hilfe der damastenen Serviette den Schaum aus dem Gesicht und sagte: »Sie ist beim Essen etwas eigen. Haben Sie nicht irgend etwas ohne Fleisch?«

»Unser Vollkornbratling wird immer gern genommen«, sagte der Kellner und strich sich die öligen Haare glatt. »Der ist in reinem Sonnenblumenkernöl zubereitet.«

»Nein danke«, sagte ich, seine Frisur betrachtend.

»Haben Sie Quark?« fragte Klaus. »Meine Frau ißt gerne Sachen, die man nicht kauen muß! Zur Zeit steht sie auch unheimlich auf Grießbrei.«

Die Diva stampft und hacket, mit ihren Stiefelein.

»Zähne hat sie aber«, bemerkte der Kellner höflich.

»Die benutzt sie nur zum Fletschen«, sagte Klaus und tauchte erneut in seinem Glas unter.

»Ich werde sehen, was ich machen kann«, sagte der Kellner und machte eine Kehrtwende. Klaus streckte ihm noch sein leeres Glas in den Weg, damit er bloß nicht ohne frisches Bier wiederkäme.

»Na, wenigstens du bist heute abend gut drauf«, sagte ich.

»Klar«, sagte Klaus. »Ich bin mit dir zusammen. Da bin ich

immer gut drauf!« Fröhlich schaute er mich über eine Gabel Rotkohl hinweg an.

Wieso war dieser Mann so unkompliziert?

Und warum war es mit ihm einfach nicht romantisch?

Romantische Liebhaber essen eben keinen Rotkohl und trinken kein Bier und schlafen nicht in Konzerten und lesen keine Zeitung mit ekelhaften Geschwüren vorne drauf. Ganz klar. Klaus fehlte einfach das gewisse Etwas.

»Aber dir geht es wieder mal nicht toll«, analysierte der feinfühlige Herr Doktor.

»Woran merkst du das?«

»Du bist ungewöhnlich schweigsam. Was ist los, hat dich die Altistin geschafft? Du mußt nicht glauben, daß sie besser war als du. Nur lauter. Und dicker. Mach dir nichts draus.«

Der Kellner kam und brachte ein großes Bier. An Süßspeisen könne er Mousse à l'orange empfehlen, sagte er, mit frischen Mangospalten und in Sherry flambiert. Auch gebe es eine hervorragende Crème de chocolat auf frischer Sahne und mit Mokkatrüffeln beraspelt.

»Hm«, sagte Klaus. »Das nehme ich beides.«

»Ich dachte im Moment mehr an die junge Dame«, sagte der Kellner und grinste anzüglich. Schließlich hatte ich immer noch nichts zu essen, während Klaus schon an den Gebeinen des abgenagten Wildschweines knabberte.

»Meine Frau ißt so was nicht«, sagte Klaus selbstbewußt. »Wenn Sie keinen Grießbrei haben oder Milchreis im Pappbecher, werden Sie bei ihr kein Glück haben.«

Der Kellner drehte ab. Klar, dachte er bestimmt, Ärztekongreß. Dieser Doktor hat seinen schlimmsten Fall gleich mitgebracht.

»Also, warum bist du wieder breisüchtig?« fragte Klaus, während er die Knochen auf einen Extra-Teller legte. »Zwischendurch hast du doch schon wieder mit Messer und Gabel gegessen! Will es mit der Karriere nicht klappen?«

»Das auch«, sagte ich düster.

»Und mit diesem Opernfuzzi auch nicht?«

Klaus nun wieder. Messerscharfer Diagnostiker. Früher hätte er sich dieser lockeren Wortwahl übrigens niemals befleißigt.

»Er betrügt mich«, sagte ich und hatte Mühe, nicht loszuheulen. »Ich weiß es seit heute abend.«

»Das ist doch in deinem Milieu so üblich«, sagte Klaus ungerührt und rettete den letzten Knödel vor dem Abfalleimer. »Das weiß ich doch aus eigener Erfahrung.«

Ich steckte diesen Seitenhieb hastig weg.

Klaus hatte Simon jedenfalls nicht wiedererkannt. Wie sollte er auch, im Tiefschlaf.

»Quatsch«, sagte ich, zum Angriff übergehend. (Angriff ist die beste Verteidigung.) »Du hast ja überhaupt keine Ahnung! Simon ist ein Mann von Welt, er ist vollkommen autark, er ist ein Künstler durch und durch...«

»Genau«, sagte Klaus ungerührt. »Diese Sorte kenne ich. Das sind die Schlimmsten.«

»Wie kannst du sie alle über einen Kamm scheren!« schnauzte ich. »Du als Intellektueller solltest wissen...«

»Dein Brei kommt«, sagte Klaus erfreut.

Tatsächlich. Der ölige Kellner brachte eine große Schüssel mit Grießbrei und eine silberne Karaffe Himbeersaft.

»In diesem Hause ist nichts unmöglich«, näselte er stolz, als ich ihn sprachlos anstarrte. »Guten Appetit, gnädige Frau!«

Die gnädige Frau errötete bis zum lieblichen Rundausschnitt. Wie peinlich! Ich konnte doch unmöglich jetzt vor all den Leuten den Grießbrei in mich hineinschaufeln! Im Abendkleid mit Puffärmeln!

»Ober!« rief Klaus und winkte mit einem Fünfzigmarkschein. »Meine Frau ist allergisch gegen Silberbesteck. Bitte bringen Sie ihr einen Plastiklöffel.«

Der Ober lächelte säuerlich. Unter seiner öligen Frisur begann er zu schwitzen. Trotzdem gelang es ihm, Haltung zu bewahren. Mit seiner üblichen Zackigkeit drehte er ab.

»Ober!« rief Klaus ungerührt hinter ihm her. Der Ober zuckte. »Wenn es möglich ist, bitte einen roten!«

»Na, geht es dir jetzt besser?« Klaus stand vor dem Zimmerspiegel und riß sich die Krawatte vom Halse.

»Ja«, sagte ich zufrieden und ließ mich auf das ovale Bett fallen. »Du hast dich ja ganz schön für meine Belange eingesetzt. Echt partnerschaftlich! Wer kann das heute noch!«

Mit einem Seufzer des Wohlbehagens zog ich mir die hochhackigen Pumps von den geschwollenen Füßen und warf sie unter die Heizung.

Klaus befreite sich von seinem Jackett und schmiß es auf einen Sessel. »Klar«, sagte er, während er in der hoteleigenen Fernsehzeitung blätterte. »Ich liebe dich doch schließlich.«

Schweigend guckte ich ihm auf die Rückfront.

Er liebte mich noch? Nach allem, was ich ihm angetan beziehungsweise eben nicht angetan hatte?

»In Bayern drei gibt es noch einen Tatort«, sagte Klaus. »Sollen wir uns den noch reinziehen?« Diese Wortwahl! Früher hätte er allerhöchstens »anschauen« gesagt!

»Ja«, sagte ich automatisch. Klaus war eben kein bißchen romantisch. Dafür alltagstauglich. Wenn ich jetzt allein gewesen wäre, hätte ich mir den verdammten Tatort schließlich auch noch reingezogen.

Klaus öffnete die Minibar. »Magst du noch was trinken?« Geschäftig klapperte er mit den Flaschen.

»Wenn, dann Alkohol«, antwortete ich lakonisch. Wegen der ganzen Panne mit Simon hatte ich Angst, ohne Schlaftrunk in unnötiges Grübeln zu geraten.

Klaus schmiß sich quer über das Bett und tippte auf dem Haustelefon herum.

»Champagner!« rief er dem Bedienten.

Dann knöpfte er sein Hemd auf und warf es in die Ecke. Die Hose flog hinterher.

»Frau Pupke! Abräumen!« Klaus beliebte zu scherzen! Wer hätte das gedacht!

»Ach ja, die ist ja nicht dabei. Ungewohnt, woll?«

Ich befreite mich erleichtert von meinem Puffärmelkleid und schlüpfte unter die Decke. Das Bettzeug war ausgesprochen frisch gestärkt und knisternd appetitlich. Es hatte keine Knöpfe. Ein ausgesprochen nettes Hotel war das.

Die Qualität eines Hotels erkenne ich immer daran, ob es Knöpfe hat oder nicht. Wenn ja, ist es eine Absteige. Wenn nein, hat es Niveau und ist meistens zu teuer.

Außer, wenn der Doktor zahlt.

Aber das wollen wir ja nicht einreißen lassen.

»Ohne die liebe Achnes ist es auch mal ganz schön«, sagte

Klaus und verschwand im Badezimmer. Sofort ging ein unverbindlich lüftender Ventilator an. Das wäre was für Simon gewesen. Obwohl der ja immer die Tür offenließ! Da reagiert so ein Ventilator nicht.

»Und?« schrie ich begeistert gegen die Tür. »Wolle mer se entlasse? Sachma!«

»Ich versteh' nichts!« brüllte Klaus zurück. »Mach schon mal den Fernseher an!«

Der Mensch mit dem Champagner erschien. Auf einem silbernen Handkarren fuhr er die klappernden Gläser und den Eisbottich herein.

»Danke«, sagte die spärlich bekleidete Diva unter den damastenen Laken. »Stellen Sie's hierher!« Ich winkte ihn lasziv heran.

»Kann ich sonst noch was für Sie tun?« fragte der Page.

»Ja, Sie stehen gerade«, sagte ich. »Können Sie mal eben Bayern drei anmachen?«

Der Page fummelte am Fernseher herum und trollte sich frustriert. Die Diva hatte gerade keine Dollarnote griffbereit gehabt...

Klaus kam im hoteleigenen Bademantel aus der Dusche zurück. Als er die Tür schloß, ließ auch das heftige Gebläse nach.

»Worum geht's?« fragte er, während er sich auf die Bettkante schmiß und auf die Mattscheibe sah.

»Weiß nicht«, sagte ich. »Hat gerade erst angefangen.«

Dann sahen wir fern, einträchtig Schulter an Schulter, und leerten dabei die ganze Flasche Champagner.

»Gemütlich mit dir«, sagte Klaus.

»Mit dir auch«, sagte ich. »Redet gar keiner dazwischen, woll?«

Achnes hätte jetzt schon zwanzigmal gesagt, daß sie von Anfang an gewußt habe, wer der Mörder sei. Sachma. Um dann am Schluß fünfzigmal zu sagen: HAPPICH es nich gesacht? Ich HAPPES doch gesacht! Sachma! Kannste fragen, ich HAPPES gesacht, woll?

»Kannst du mich mal unter dem linken Schulterblatt kratzen?« fragte Klaus.

»Klar«, sagte ich.

Dann kratzte ich meinem Kindsvater den Rücken, und Kommissar Haferflock löste derweil einen undurchsichtigen Fall.

»Sollten wir öfter mal machen«, sagte Klaus. »Ich hatte ganz vergessen, wie schön es mit dir ist.« Dabei knabberte er an meinem Unterarm.

Ich fand es auch schön mit ihm. Besonders ohne Frau Pupke. Eigentlich fand ich es sogar wunderbar mit ihm.

»Das nächste Mal nehmen wir Paulchen mit.«

»Klar, machen wir«, sagte Klaus. »Spätestens, wenn er nicht mehr in die Gegend kackt!« Wir kicherten erfreut.

»Und Frau Pupke lassen wir zu Hause«, triumphierte ich.

»Wie du meinst.« Der Herr Doktor lächelte zärtlich zu mir herab. Was sollte das nun wieder bedeuten, daß sich in der Kniekehle plötzlich alles so zusammenzog?

Die Bärentatzen wanderten auf der Diva herum. Es war der Diva gar nicht so unangenehm.

Jetzt war es aber an der Zeit, das Pupke-Problem anzuschneiden! Erst die Arbeit, dann das Vergnügen!

»Wobei du dir die Brote dann vorübergehend selbst schmieren müßtest«, stichelte ich, um die Stimmung ein bißchen anzuheizen.

»Und du die Creme auf Paulchens Hintern.«

»Und du dein Hemd hilfsweise selbst in den Schrank hängen müßtest.« Noch schafften wir es, jedwede Erotik im Keim zu ersticken.

»Und du deine Abendkleider selbst kürzen und das Paulchen selbst auf den Topf setzen und das Vier-Minuten-Ei selbst kochen müßtest«, vervollständigte Klaus die Liste der Schwarzmalerei.

»Kricht man Pickel von«, sagte ich.

Vorübergehend war die Erotik tatsächlich in sich zusammengesunken. Buchstäblich. Trotzdem wußte ich keinen Mann der Welt, der mir vertrauter war.

»Eigentlich bist du ja nur eifersüchtig auf Frau Pupke.«

»Ja, Herr Doktor. Sie können mir Ihre Diagnose in Rechnung stellen.«

»Dabei meint sie es ehrlich nur gut.«

»Das ist das Fatalste daran.«

»Sie ist eben eine einfache, schlichte Frau.«

»Meinst du? Wo sie doch soviel gelesen hat! Und die Kinder vonne Ursella! So was bildet! Sachma!«

»Pauline, jetzt bist du ungerecht.«

»Tschuldigung. Eine meiner weniger nobelpreisverdächtigen Eigenschaften.«

»Wir müssen morgen mal in aller Ruhe darüber reden«, schlug der Herr Doktor vor. »Heute habe ich dazu keine Lust mehr.« Dabei nahmen die Bärentatzen ihre Wanderung wieder auf.

Ich lag da neben Klaus und fühlte mich unendlich geborgen. Plötzlich war mir so klar wie nie zuvor, daß er und kein anderer es war, den ich in zwanzig oder fünfzig Jahren immer noch in meinem Alltag zu Hause wissen wollte.

Kind, PASS auf, rief Tante Lilli, die urplötzlich am Fußende des Bettes aufgetaucht war. Du weißt ja, was jetzt passieren kann!

Au ja, sagte ich automatisch und rappelte mich hastig auf, um in meiner Handtasche zu wühlen. Fast hätte ich sie mit Absicht vergessen, die kleinen Hormon-Liebesperlen.

Ich kramte unwillig nach der weißen Packung, die ich normalerweise immer bei mir trug. Eigentlich sind das ja Hormone, dachte ich, kricht man Pickel von.

»Was machst du da?« fragte Klaus und streckte die Hand aus. »Komm doch her zu mir!«

»Bleib so, unbedingt!« rief ich, »ich komme sofort!«

Pflichtschuldigst ging ich ins Badezimmer, um dort nach dem Päckchen zu kramen. Eigentlich wollte ich auch mal testen, wie laszive Langsamkeit lähmen kann.

Das Päckchen war nicht in meinem Necessaire.

Das Päckchen war im Hause Simonis des Aussätzigen!

Ich hatte es dort im Badezimmer liegenlassen. Nicht ganz aus Versehen, wenn ich ehrlich war. Eigentlich aus nackter Berechnung.

Wenn Klaus mich noch lieben würde, dann wollte ich mit ihm eintauchen in das tiefe, trübe Wasser des Vertrauens. Und zwar ohne Schwimmflügel.

Und das hatte mit Simon und Antje und anderen Äußerlichkeiten nicht das geringste zu tun.

Plötzlich hatte ich keine Lust mehr, Klaus warten zu lassen. Plötzlich hatte ich Lust auf Bärentatze pur.

Ohne weitere Umstands-Verhinderungs-Krämerei kroch ich in die vorgewärmte Lasterhöhle.

Und tat das, was alle mir schon immer vorgeschlagen hatten: Ich kam endlich meinen verdammten Pflichten nach.

Und dachte dabei weder an Tante Lilli noch an Frau Pupke.

Auch nicht an Simon und auch nicht an Antje.

Ich dachte dabei nur an Klaus und mich.

Und ein kleines bißchen an Paulchen.

Und war sehr, sehr glücklich dabei.

Wer kann das heute noch.

München im Frühling! Kinder, nein, wie isses nur schön! Nach einem ausgedehnten Spätstück – Klaus hatte die Kellner nur unter Androhung von Handgreiflichkeiten daran hindern können, das Frühstücksbüfett abzuräumen, weil sie für das Mittagessen eindecken wollten – wanderte ich durch den Englischen Garten, derweil der Herr Doktor wenigstens anstandshalber mal im Kongreßsaal vorbeischaute. Schließlich waren wir nicht zum Vergnügen hier! Um dreizehn Uhr sollte ich mich aber bitte wieder zum Essen einfinden, hatte der gemeine bayerische Bergwaul mir noch eingeschärft. Die Herren Kollegen brächten auch ihre Gattinnen mit. Obwohl ich nicht die geringste Lust hatte, meine Breisucht im Plenum zu diskutieren, hatte ich versprochen, pünktlich zu sein. Die eine Stunde wollte ich nutzen, um mir den Frühlingswind und meine Maiglöckchengefühle um die Nase wehen zu lassen.

Tante Lilli, wie fandest du es?

Kind, der Mann ist gediegen. In jeder Lebenslage.

Ich stutzte. Wie meinst 'n das?

Grund genug, dich nicht auf ihn einzulassen, kläffte mein Schweinehund. Gediegen! Wie spießig! Du bist auf dem besten Wege, eine biedere blöde Bondes-Börgerin zu werden!

Gediegen ist aber wieder in, sagte Tante Lilli altklug. Wahrscheinlich hatte sie gerade eine repräsentative Umfrage gelesen. Der deutsche Mann ist wieder monogam! Treue ist im Trend! In der Familie liegt die Zukunft!

Bäh, bäh, bäh! giftete der Schweinehund. Hoffentlich Firlefanz-versichert! Wir machen aus der Zukunft eine Sause! krächzte er aufgebracht.

Na und? Besser ein Besonnener im Bett als ein Versponnener auf dem Dach!

Ich weiß nicht... wagte ich einzuwerfen.

Du hältst dich da raus! giftete der Schweinehund.

An die Leine, bissiges Biest, zeterte Tante Lilli und warf einen Stock nach der Bestie.

Die beiden stritten noch eine ganze Weile miteinander, während ich auf den geharkten Pfaden der städtischen Grünanlage einherwanderte. Links und rechts lagen die knackbusigen Bayernmädels im Heu und übten sich im provokant-unkonventionellen Sonnenbaden. Hach, seufzte ich so vor mich hin, diese sorglosen jungen Dinger!

Pauline, mach Karriere! Laß dich bloß nicht von einem gediegenen Doktor daran hindern! Und vergiß nie wieder mit Absicht die Pille! Dummes Mädel aber auch! Wenn das mal gut geht!

Pauline, denk an deinen Sohn! So einen Mann für die Mutter deines Sohnes findest du nie wieder! Und so einen Vater für den Bruder deines Sohnes auch nicht!

Klar findest du Männer, der Bühnenhimmel und der Orchestergraben sind voll davon! Das Abenteuer ruft!

Du bist zu alt für Abenteuer. Du gehst auf die dreißig zu! Willst du eine alte Jungfer werden?

Mit dreiunddreißig Jahren, da fängt das Leben an, bölkte der Schweinehund heiser. Reife Frauen wissen das erst richtig zu schätzen! Im verkorksten Mann liegt der Reiz des Exzentrischen!

Und Simon?

Klar! Der auch! Der Kerl hat Klasse! Und ein herrlich dominantes Egoschwein! Mit dem werde ich mich auf der Lasterwiese tummeln!

Welchen von diesen zweien...?

Wir konnten einfach nicht zu einer Einigung kommen. Dafür war eine Stunde zu knapp.

Müde und geschafft und völlig uneins mit mir und meinem Innenleben erreichte ich wieder das Hotel.

Drunten in dem Saale saß man schon beim Mahle.

Sämtliche Mediziner plus Anhang hockten artig auf ihren samtenen Stühlen und starrten stumm auf das Stilleben vor ihrer Nase: Suppentasse, Serviette, Silberbesteck.

Nein, meine Suppe eß ich nicht, rief der Schweinehund und wandte sich widerborstig ab.

Es wird gegessen, was auf den Tisch kommt, rief Tante Lilli und zog das Tier an den Ohren.

Wasch dich, kämm dich, mach dich nett, zier dich nicht und sei ganz natürlich und bescheiden und rede nur, wenn du gefragt wirst, und schmatz nicht beim Essen und lach nicht mit vollem Mund und sei nicht immer gleich so plump vertraulich!

Nee, ist klar. Tapfer erhobenen Hauptes schritt ich auf meinen Stöckelschuhen quer durch den Saal.

Der ölige Kellner stand bereits mit der Kelle am Tisch. Tu mir nichts, ich tu dir auch nichts, sagte ich mit Blicken zu ihm.

Da bemerkte mich Klaus, der bereits hungrig ein paar Brote mit Kräuterbutter zur Strecke gebracht hatte, wie die tausend Krümel rund um seinen Eßplatz indiskret verrieten.

Erfreut stand er auf und kam mir entgegen. Das Bier in seinem Glas schwappte unwillig.

»Gut siehst du aus, Pauline«, strahlte er mich an. »Ich bin stolz auf dich!«

»Nur keine Vorschußlorbeeren«, raunte ich ihm zu. »Ich tue, was ich kann!«

Klaus stellte mich den Herrschaften an seinem Tisch vor. »Frau Frohmuth, meine Frau!«

Das war ja nun wirklich übertrieben!

Lässig klopfte ich mit den Fingerknöcheln ein paarmal auf das Tischtuch. »Tach zusammen!«

Die Herren, die schon, ihre Jacketts zuknöpfend, aufgesprungen waren, um mir untertänigst die Hand zu küssen, ließen sich wieder auf ihre samtenen Sessel fallen.

Der ölige Kellner griff erneut zur Kelle.

Klaus schob mir den Stuhl zurecht und lachte fröhlich in die Runde.

»Dann können wir ja anfangen! Was gibt es denn Schönes?«

»Schneckensüppchen«, sagte der Kellner emotionslos. Die anderen Damen falteten elegant ihre Servietten auseinander und deponierten sie mit spitzen Fingern auf ihrem Schoß.

»Na?« fragte ich erstaunt. »Worauf warten wir?«

»Möchte die gnädige Frau heute wieder etwas Bestimmtes?« fragte der Kellner den Herrn Doktor.

»Nein«, sagte ich großzügig. »Heute probiere ich mal Ihr Schneckengebräu!« Friedfertig grinste ich den Kellner an.

Schließlich war ich eine Frau von Welt! Jeder Situation gewachsen! Patrizia von Tut-und Taugt-Nix konnte schließlich auch nicht ihren heimlichen Süchten frönen!

»Schütten Sie ruhig ein!« munterte ich den Ober auf. »So ein Schneckensüppchen ist genau das, was mich jetzt aus der Krise reißt!«

Die anderen Herrschaften warteten.

Der Ober verdrehte die Augen gen Himmel. Er mußte mich für eine besonders renitente Patientin halten.

»Also, worauf warten Sie noch?«

Der Kellner hatte anscheinend Angst vor mir. Ohne mich mit seiner Schneckensuppe zu beglücken, wanderte er die anderen Damen ab und spendierte jeder von ihnen einen bemessenen Schneckenschluck.

Dann kamen die Herren dran.

Mich überging er glatt, der Prolet!

»Klaus, sollen wir uns das bieten lassen?« fragte ich empört. Jetzt hatte ich mich schon dazu durchgerungen, eine Dame zu sein, dann will ich auch wie eine behandelt werden!

»Nein, natürlich nicht«, sagte Klaus, der bereits mit dem Einverleiben der Suppe fertig war.

»HERR Ober! Meine Frau möchte Suppe!«

Gespannt lugten die anderen über den Rand ihres Silberbestecks.

Ohne eine Miene zu verziehen, kam der Ober mit seinem Bottich zurück, stellte sich vorschriftsmäßig links hinter mich und kippte mir eine Portion Suppe über die gestärkte Serviette, die immer noch kunstvoll gefaltet in meinem Teller lag. Sofort saugte sich die Serviette voll. Nur eine einsame Schnecke klebte noch oben drauf.

»Guten Appetit«, sagte der Kellner höflich und ging davon.

»Guten Appetit«, sagten auch die anderen und führten sich die Suppe schräg zum Munde.

Keiner lachte.

Kind, aus dir wird nie eine Dame, sagte Tante Lilli und wendete sich weinend ab.

Da gedachte ich der Thermoskanne von Simon und der ungeahnten Vorteile, vollkommen autark zu sein, und beschloß, hier und jetzt noch keine endgültige Entscheidung zu treffen.

Eigentlich hätte nun mein Alltagsleben mit Pupke, Paul und Klaus seinen Lauf nehmen können. Ich kehrte jedenfalls mit bestem Willen in unsere kleine Wohn- und Zweckgemeinschaft zurück.

In München hatten wir ganz klar besprochen, Frau Pupke um etwas weniger Engagement zu ersuchen. Auch wollten wir sie in einem günstigen Moment darum bitten, eine regelmäßige Freizeit und ein angemessenes Gehalt in Anspruch zu nehmen. Wir wußten, daß es ein schwieriges Gespräch werden würde, und wir warteten einen geeigneten Zeitpunkt dafür ab.

Eines schönen Sommerabends war es dann soweit.

Bei selbstgebrautem Pupke-Saft und Kartoffelsalat mit Achnes-Burgern saßen wir auf dem Balkon und genossen die laue Stadtluft in der späten Dämmerung. Aus den umliegenden Wohnzimmerfenstern tönten die Stimmen bekannter Synchronsprecher einer amerikanischen Plastikserie. Ich schaufelte zufrieden meinen Roggen-Vielkorn-Verdauungs-Brei. Seit ich nicht mehr so viele Konzerte hatte, mußte ich zu solchen Mitteln greifen.

Paulchen schlief nebenan bei geöffnetem Fenster. Es herrschte ein tiefer Friede, und die Stricknadeln von Frau Pupke klapperten im Takt zu ihrem schaurigschönen Moritatengesang. »Wo wir uns fihinden wohl unter Lihinden zur A-bend-zait…«

»Sing doch mit, Pauline, biss doch ne Sängerin! Sachma!«

»Ich kann nicht«, sagte ich zwischen den Zähnen, »mit vollem Munde singt man nicht. Woll?«

»Klaus, dann sing du doch mit! Kennze doch, dat schöne alte Volkslied, woll? Kain schöna Land in diesa Zait…«

Hastig biß Klaus in eine neue Frikadelle. »Geht nicht«, bedauerte er heuchlerisch, »Mund voll!«

»Biß ga nich mehr so viel wech, Pauline«, sagte Achnes. »Sachma. Biß gar nich mehr so viel wech! Wie kommt dat? Sachma. Was?«

Klaus und ich guckten uns an. Jetzt! Jetzt konnten wir es ihr sagen, daß wir beschlossen hatten, uns aneinander zu gewöhnen, Paulchen, Klaus und ich.

»Früher waahßte viel öfter wech, woll? Sachma. Woran liecht dat? Tun se dich nich mehr so häufig engagieren? Was? Sachma!«

»Doch, doch«, sagte Klaus und schluckte an der Frikadelle. »Im Sommer ist bloß Saure-Gurken-Zeit. Da sind nicht so viele Konzerte. Pauline möchte deshalb...«

»Sachma«, unterbrach ihn Frau Pupke. »Früher waaße viel öfter wech. Woll? Sarich dat richtig? Was? Klaus? Getz isse viel öfters zu Hause, woll? Sachma!«

»Pauline möchte...«

»Woll?« sagte Frau Pupke und hielt ein Wollknäuel gegen das Licht. »Sollich getz dise Wolle nehmen oder dise?«

Wir betrachteten eingehend die Wolle.

»Wat? Für 'n Junge?« wägte Achnes ab.

»Die hellblaue ist doch sehr hübsch«, sagte Klaus.

»Finde ich auch«, sagte ich. »Die hellblaue. Jetzt, wo Sommer ist.«

»Mainze?« fragte Frau Pupke und starrte auf das Knäuel.

»Achnes«, sagte Klaus. »Wir wollten etwas mit dir besprechen. Pauline und ich möchten dich bitten...«

»Sachma«, sagte Achnes und hielt das Knäuel prüfend auf ihren halbfertigen Topflappen.

Ich nahm all meinen Mut zusammen und sagte plump: »Ich würde gern meinen Sohn selbst erziehen.«

In Erwartung eines fürchterlichen Donnerwetters inklusive Stricknadelattacke und Tränenausbruch saß ich herzklopfend da. Ich hatte es gewagt! Kind, was BIST du auch wieder vorlaut!

Klaus drückte mir unterstützend die Hand. Wir verstanden uns großartig, wir zwei, und wir würden es schaffen. Auf die ganz diplomatische, taktvolle Art. Wie abgemacht.

»Ich hap getz die richtige Brille nich auf«, sagte Achnes. »Kuckma, Klaus, is dat getz gerade?«

Wir guckten auf das Knäuel und den Topflappen und überschlugen uns darin, ihr zu bestätigen, daß es gerade sei.

»Dann tu ich dat ers reihen«, sagte Achnes.

Wir warteten, bis sie sich und ihr Nadel-und-Faden-Sortiment gesammelt hatte.

Klaus biß zur Auflockerung der Spannung in eine saure Gurke. Ich kratzte verlegen in meinem Hafernapf herum.

»Wir wollten mit dir auch mal grundsätzlich die Gehaltsfrage besprechen...« begann Klaus.

»Is der Katoffelsalat aunich zu sauer?« fragte Achnes. »Ich happ die Guakn ja extra separat geleecht.«

»Nein, er schmeckt ganz köstlich«, rief ich, ohne ihn je probiert zu haben. Ich wollte nun endlich zur Sache kommen!

»Die Guakn waren schon wat matschich«, sagte Achnes. »Die hatten zulange inne Sonne gelegen. Sahen schon ganz unappetitlich aus. Deswegen happich se mit Semf beschmiat. Tu ma apkratzen, den Semf, dann siehßet.«

»Wir würden mit dir gern mal ein paar Termine absprechen«, sagte Klaus. »Zum Beispiel, wann du mal ein paar Tage freinehmen möchtest. Was hast du denn zum Beispiel in den Sommerferien vor?«

Das war ein gewagter Vorstoß. Gespannt biß ich auf meinem Plastiklöffel herum.

»Ich weiß wat Schönet für den Klain«, sagte Achnes. »Da tut ihr beide euch auch gut erholen. Anne Noadsee. Ich hap da ne Bekannte wohnen. Wolltich imma ma wieda hin.«

Ich holte tief Luft und sagte: »Wir würden aber gerne mal alleine fahren...« Weiter kam ich nicht. Das Telefon klingelte.

»Ich geh schon dran«, sagte Achnes, »muß sowieso die andere Brille holen!« Damit wieselte sie hinein.

»Pauline«, sagte Klaus tadelnd. »Nicht mit dem Holzhammer!«

»Sonst kommen wir nie von ihr los!«

»Wir wollen ja auch nicht von ihr loskommen. Wir wollen uns nur ein bißchen distanzieren«, sagte Klaus. »Das ist ein Unterschied!«

»Aber in den Urlaub willst du sie doch wohl nicht mitnehmen!«

»Warum eigentlich nicht? Dann hätten wir beide endlich mal Zeit für uns. Stell dir mal vor, morgens gemütlich ausschlafen...«

»Du willst dich also auf keinen Fall von ihr trennen?« fragte ich mit plötzlicher Aggression. »Noch nicht mal im Urlaub?!«

»Dazu besteht doch überhaupt kein Grund«, sagte Klaus.

»Dann haben wir zwei uns wohl gründlich mißverstanden«, zischte ich wütend. »Ich dachte, wir hätten in München besprochen...«

»Daß du wieder bei uns einziehst, ja. Aber nicht, daß Frau Pupke dafür auszieht!«

»Dann nimm sie doch gleich mit ins Bett!« giftete ich ihn an.

Kind, nun wirst du aber geschmacklos!

Klaus blieb vor Staunen der Mund offenstehen.

»Du bist doch nicht etwa eifersüchtig! Doch nicht auf Frau Pupke! Frau Pupke ist einundsechzig!«

Ich kam mir zwar entsetzlich blöd vor, aber es gab kein Zurück.

»Entweder sie oder ich!« schrie ich theatralisch und sprang auf.

Jetzt hatten die Fernsehgucker auf den Nachbarbalkons ein echtes Kontrastprogramm! Dallas live! JR will sich nicht von Miss Ellie trennen, und Sue Ellen kriegt einen Rückfall in die Breisucht!

»Pauline«, sagte Klaus und zog mich am Arm. »Wir sind doch auf sie angewiesen! Beim nächsten Konzert weißt du wieder nicht, wohin mit Paul! Sei doch vernünftig! Wir reden gleich in Ruhe mit ihr!«

Ich war aber zu keinerlei Sachlichkeit mehr bereit. Irgendwie war ich sowieso ziemlich überempfindlich in letzter Zeit. Besonders, wenn es darum ging, Klaus mit einer Frau Pupke teilen zu müssen.

»Wenn ich hier noch mal ausziehe«, schnaufte ich in höchster Erregung, »dann nehme ich Paulchen mit!«

Blind vor Tränen riß ich mich los. »Heirate doch Frau

Pupke, vielleicht kriegt ihr auch noch ein Kind!« Mit diesen großartigen Worten wählte ich den linken Bühnenabgang und stolperte ins Wohnzimmer. Ich schämte mich ganz fürchterlich. Und schlecht war mir. Das auch. Frau Pupke stand am Telefon und plauderte kokett mit dem Hörer.

Tränenblind wollte ich an ihr vorbeistürmen, um mich wie üblich zum Heulen auf die Toilette zurückzuziehen.

»Da kommt se grade«, sagte Frau Pupke fröhlich. »Ich tu dann mal übergeben!«

Eigentlich hatte ich genau das gerade vorgehabt, aber ich nahm den Hörer und wartete, bis ich meine Fassung wiedergewonnen hatte. Frau Pupke ging arglos wieder auf den Balkon hinaus.

»Is einer vonne Oper«, hörte ich sie ehrfürchtig flüstern.

Ich schluckte an meinem dicken Kloß im Hals, räusperte mich dann energisch und drückte erwartungsvoll den Hörer ans Ohr.

»Ja?« sagte ich mit wackliger Stimme.

»Ich schau dir in die Ohren, Kleines«, sagte der Hörer. Es war Simon.

»Was kann ich für dich tun?« fragte ich kühl.

»War das eben deine Frau Mutter?«

»Nein. Das war Frau Pupke, meine Angestellte.«

»Die ist aber ausgesprochen nett.«

»Was willst du?« Ich war nicht zu alberner Konversation bereit.

»Och«, sagte Simon betont lässig. »Ich habe im Prinzip nix dagegen, dich mal wiederzusehen. Du hast lange nichts von dir hören lassen.«

»Ist dir das auch schon aufgefallen!« gab ich schnippisch zurück.

»Ja, es ist mir vor einiger Zeit aufgefallen«, sagte Simon freundlich. »Hier liegt immer noch eine rote Wolldecke von dir. Und eine Packung Anti-Baby-Pillen. Vermißt du die gar nicht?«

Die sollte er doch durch die Pfeife rauchen!

»Die Wolldecke vermisse ich nicht, weil Sommer ist«, sagte ich schmallippig. »Und das andere Zeug kann man überall kaufen.« Simon brauchte nicht zu wissen, daß ich beschlossen hatte, diese gefährlichen kleinen Hormonbomben, von denen man Pickel und sonst nichts bekommt, ab sofort nicht mehr zu benutzen.

»Dann hast du ja im Prinzip nix dagegen, daß ich die Schachtel bei passender Gelegenheit weiterverschenke«, sagte Simon. Provokativ lutschte er auf seinen Gummibärchen herum.

Ich wäre ihm gern mit nacktem Hintern ins Gesicht gesprungen, aber das war telefonisch nicht machbar.

»Wie geht's dir denn so?« fragte Simon unverbindlich. »Was macht die steile Karriere?«

»Und selbst?« sagte ich einsilbig.

»Soweit, so gut«, sagte Simon in seiner unverwechselbaren konkreten Art. »Ich wollte dich fragen. ob du Lust auf eine Zauberflöte hast.«

»Wenn du damit deine eigene meinst, dann nein.«

»Wer wird sich denn gleich so ereifern. Ich rede von Wolfgang Amadeus Mozart! Immer diese Zweideutigkeiten!«

»O. K., O. K.«, lenkte ich ein. »Was für eine Zauberflöte also?«

»Wir suchen immer noch eine dritte Dame«, sagte Simon. »Wir hatten zwischenzeitlich eine, aber die war zu dick. Sie paßte rein optisch nicht in die Gruppe. Also, wie sieht's mit dir aus? In der spielfreien Zeit geht das Ensemble auf Tournee.«

»Japan und Südamerika und so?« fragte ich herzklopfend. Karriere! Weltweit! Zugreifen! hechelte der Schweinehund.

»Nee, mehr so die nähere Umgebung«, sagte Simon und kaute dabei genießerisch auf seiner Pfeife. Ich roch förmlich den süßlichen Vanille-Duft. »Lauter nette westfälische Kleinstädte. Ich werde wohl den Papageno singen.«

»Sing doch den Papagallo, das liegt dir!«

»Da hätte ich im Prinzip auch nix gegen! Spaß beiseite, Süßes: Der ursprünglich vorgesehene Papageno hat schulpflichtige Kinder und muß mit denen zum Camping in die Eifel.«

»Wie spießig. Camping in der Eifel.«

»Ooch, das kann auch ausgesprochen nett sein. Je nachdem, ob da ein paar nette Eifelhäschen campieren...«

»Komm doch bitte zur Sache.«

Simon freute sich, daß ich mich ärgerte. »Eile mit Weile«, sagte er, »nur keine hektische Hast.«

Schließlich erschien Achnes auf ihren wackeren Beinchen und stellte mir meinen abgegessenen Vielkornbrei neben das Telefon.

»Tu man aufessen«, raunte sie, »dann kann ich schomma spülen!«

Der Haferbrei hatte schon Kalk angesetzt und war genauso zäh wie mein Gespräch mit Simon.

»Störe ich dich beim Essen?« fragte er, nur um wieder vom Thema abzukommen. »Spachtelst du wieder einen deiner Frust-Bomber?«

»Schnauze«, sagte ich.

»Du bist wirklich süß, wenn du wütend bist, Mäuschen.«

»Also ich habe keine Lust, mir weiter deine Verniedlichungen anzuhören«, bellte ich barsch.

Kind, faß dich kurz und sei höflich und weise den Mann in seine Schranken. Freundlich, aber bestimmt.

»Ich dachte mir dich als dritte Dame. Das wäre eigentlich nett.«

»Zur ersten Dame habe ich es bei dir wohl nie gebracht!«

Kind, so was SAGT man nicht zu einem Mann!

Simon wollte mich sowieso nicht verstehen. »Die erste Dame ist eine Sopran-Partie, soweit ich unterrichtet bin. Das macht übrigens eine Bekannte von dir, die nette kleine Antje Zier! Hahaha, das reimt sich!« freute er sich.

Würd' ich mein Herz der Liebe weih'n, so müßt's nicht dieser Dümmling sein, dachte ich erschüttert.

Ich hatte eigentlich schon zusagen wollen, nur um meinen häuslichen Problemen aus dem Wege zu gehen, aber zwei sehr unterschiedliche Gesichtspunkte hielten mich zurück. Zwei Weibsbilder nämlich, die es auf meine zwei Männer abgesehen hatten. Die Pupke und Antje. Beide auf ihre Art höchst gefährlich.

Ich sollte fort? Sie wäre gern mit ihm allein, nein, nein, das kann nicht sein! Was würd' die Pupke darum geben, könnt' sie mit diesem Doktor leben!

»Tut mir leid. Ich habe keine Lust, die dritte Dame zu sein.

Ich geb' mich nie mit zweit- und drittklassigen Besetzungen ab. Meine Tante Lilli ist übrigens der Meinung, daß aus mir sowieso keine Dame wird. Wenn euch die fette schwarze Eule aus München nicht gut genug war – tja, Pech für die Oper!« Dann legte ich auf.

Damit hatte ich mich verraten. Ganz klar. Selbst der unkonventionelle Simon mußte nun darauf kommen, warum ich unsere lockere, ausgesprochen nette Beziehung, gegen die er im Prinzip nix gehabt hatte, von heute auf morgen abgebrochen hatte.

Postwendend rief er wieder an.

»Du warst also in der Neunten in München.«

»War ich«, äffte ich gereizt.

»Es war ein ausgesprochen netter Einspringer für mich.«

»Weil das ausgesprochen nette Häschen Antje Zier dort einhersprang, was!« höhnte ich haßerfüllt.

»Warst du nicht mit einem Arzt dort zum Kongreß?«

»Ja. Aber das tut nichts zur Sache.«

»Und was sagt der zum Thema Eifersucht?«

»Nichts«, antwortete ich übellaunig. »Der schlief.«

»Pauline!« rief Klaus von draußen. »Kommst du?«

»Gleich!« schrie ich zurück. Ich wußte nicht, für wen ich größeren Haß hegen sollte, für meinen Friede-Freude-Eierkuchen-Kindsvater oder meinen Beste-Freundin-Verführer und Ex-Matratzen-Liebhaber Simon.

»Da ruft dich wer«, bemerkte Simon mit zäher Penetranz.

»Genau. Ich bin nämlich nicht allein!«

»Nein, nein, deine Frau Mutter ist da, und ihr eßt Kartoffelsalat und saure Gurken«, sagte Simon. »Weiß ich alles schon.«

Ich kriegte plötzlich sehr viel Lust auf saure Gurken. »Tschüß«, sagte ich. »War 'ne schöne Zeit mit dir.«

Dann legte ich auf.

Als ich vom Heulen auf dem Klo zurückkam, waren Klaus und Achnes mit ihrer Haushaltsdebatte schon sehr viel weiter gekommen.

Die Urlaubspläne, die die beiden inzwischen geschmiedet hatten, waren dermaßen abschreckend, daß ich bereit gewesen wäre, sogar die achte oder zwölfte Dame in Hinterzarten zu singen. Oder als stumme Statistin Theresa Horn die Krokotasche hinterherzutragen.

Der Bekannte von Achnes, besagter Walta, hatte nämlich eine weitläufige Cousine auf einer ostfriesischen Insel, die eine sogenannte Fremdenpension bewirtschaftete. Da auf jener ostfriesischen Strafkolonie weder kulturell noch wirtschaftlich der Stand des zwanzigsten Jahrhunderts erreicht war, fuhren dort auch keine Autos. Achnes schwärmte davon, mit Sack und Pack per Fährschiff anzureisen und dann viele windige Urlaubstage auf den rauhen Dünengräsern zu verbringen. Da gebe es auch ein Wellenbad, in dem sich bei schlechtem Wetter, also meistens, die gesamte Urlauberschar versammelte. Es bestehe aber Badehaubenpflicht wegen de Hügieene, woll? Ich stellte mir Achnes und Klaus mit Badehaube im pipiwarmen Salzwasser vor und wußte, daß ich den Freizeitwert dieses Urlaubs durch meine pure Anwesenheit nur schmälern konnte.

Macht eure Hochzeitsreise ohne mich!

Für Paulchen war der Ostfriesentrip sicherlich eine Alternative zum städtischen Sandkasten. Schon wegen der Luftveränderung.

Später würde ich ihm erklären müssen, warum er als Einjähriger bereits ohne seine Mutter in Urlaub fahren mußte. Wegen Zerwürfnis des Elternhauses mit dem Personal.

Klaus schmiß mir Blicke zu, die mich anflehten, ihn doch nicht mit Achnes allein auf die unzivilisierte Insel des Grauens zu schicken.

Ich übersah sie geflissentlich.

Zertrümm're, zerschelle! Den kalten Verräter mit plötzlicher Wut! Ich erhob mich ohne hektische Hast und schritt erhobenen Hauptes zum Telefon.

Die Würfel waren gefallen.

Ich würde auf dem Festland bleiben und Karriere machen. Wenigstens vorübergehend. Solange es noch ging.

Mit eisiger Stimme rief ich Simon an und teilte ihm in knappen Worten mit, daß ich aus rein finanziellen Gründen die dritte Dame singen würde. Simon fand das ausgesprochen nett.

Achnes freute sich wie ein Kind, als ich ankündigte, daß ich den geplanten Familienurlaub aus beruflichen Gründen leider würde boykottieren müssen. »HAPPICH es nich grade gesagt, daß du in letzter Zeit nich viel wech warst? HAPPICH es nich gesagt? Sachma! Und da ruft ein Opernsänga an, un schonn bisse wieda wech! Woll! Sachma! Wenn das nich ein Zufall is! Was? Klaus! Sachma! Getz isse wieda wech! Getz hat se wieda wat zu singen! Kaum sarich es, da krichtse wieda ein Auftritt! Sachma. Wenn dat nich ein Zufall is. Sachma. Woll?«

Klaus sagte weder woll noch sachma. Schweigend erhob er sich und ging hinein und satzte sich an seinen Computer, wo er sich immer verschanzt hatte, wenn ich zu keiner Huldvereinung bereit gewesen war. Zwischen uns herrschte augenblicklich wieder die altgewohnte Zweckgemeinschaft.

Wahrscheinlich glaubte Klaus, daß Simon der Grund für meine Absage war.

Dabei war es Achnes mitsamt ihrer ostfriesischen Cousine, die mich in die Arme des anderen getrieben hatte!

Daß Männer so blind sein können!

Nachdem wir Frauen unserer Haushaltsrolle gemäß in der Küche Ordnung gemacht hatten, wobei Achnes mit nicht zu bremsender Begeisterung von Waltas Cousine Alma, deren Mann Hugo und dessen Erlebnissen im Fischereigewerbe auf dem ihm eigenen Hochseekutter erzählt hatte, schlich ich mich zu Klaus ins Arbeitszimmer.

»Es tut mir leid, daß ich nicht mitfahre«, begann ich. »Aber ich kann einfach nicht.«

»Natürlich«, sagte Klaus, indem er auf seinen Bildschirm starrte. »Tu, wozu du dich berufen fühlst. Es ist doch völlig klar, daß du ein Engagement annehmen mußt, wenn du endlich mal eines kriegst. Dein Beruf ist dir sehr wichtig, und das akzeptieren wir selbstverständlich.«

Mit großer Konzentration fummelte er an seinem Schiebeschalter herum, den er »Maus« nannte und dem er irgendwelche Befehle zu geben die Macht hatte.

Das akzeptieren WIR! Achnes und er, eine untrennbare Einheit!

»Das finde ich nett von euch«, sagte ich ironisch.

»Ist doch klar«, antwortete Klaus und tippte weitere chaotische Zeichen in den Apparat.

Reine Übersprungshandlung natürlich.

Ich stand abwartend mit dem Rücken zur Tür und starrte auf die beleidigte Hinterfront meines Kindsvaters.

Tu doch was, du dickfelliger Eisbär, steh auf und zieh mich leidenschaftlich auf deinen Chefsessel und drück mir meinetwegen einen feuchtwarmen Kuß ins Gesicht, wie du das früher immer getan hast!

Beschwöre mich, daß ich mitfahre auf die ostfriesische Insel, weil du ohne mich nicht wellenbaden magst! Beteuere, daß du viel lieber mit mir unter einer Badehaube steckst als mit Frau Pupke! Sofort lasse ich das blöde Engagement sausen!

Nur ein Wink von deinen Händen stürzt ohnmächt'ger Menschen Macht!

Doch nein.

Klaus wollte leiden.

»Keiner hat dich richtig lieb, woll!« sagte ich streitlustig. »Nur Tante Pupke!«

»Quatsch«, sagte Klaus, ohne sich umzudrehen.

»Sachma!« sagte ich provokant.

Klaus fuhr wütend auf seinem Drehstuhl herum: »Deine Eifersucht auf Frau Pupke ist lächerlich!«

»Ist sie nicht! Frau Pupke zerstört meine Gefühle für dich im Keim!«

»Frau Pupke wäre froh, wenn du Gefühle für mich hättest!«

»Meine Gefühle für dich gehen Frau Pupke einen Scheiß an!«

Ich wurde rot. Das hatte ich so direkt eigentlich gar nicht formulieren wollen. Ärgerlich wendete ich mich ab.

»Gehen sie nicht, weil Frau Pupke mit zur Familie gehört! Ohne sie wären wir aufgeschmissen!«

»Wären wir nicht! Mit etwas gutem Willen hätten wir morgen schon eine andere Haushälterin! Eine, die NICHT zur Familie gehört!«

»Und an Paulchen denkst du nicht?!«

»Doch«, brüllte ich, »gerade an Paulchen!«

»Deine Erfahrungen mit Kinderfrauen waren doch allesamt bejammernswert«, schnauzte Klaus, »ich habe dir lange genug freie Hand gelassen!«

»Du hast mir überhaupt keine freie Hand zu lassen«, pöbelte ich im Emanzenton. »Ich BIN frei! So! Damit du es weißt!«

»Bist du auch!« schrie Klaus und donnerte die Maus auf den Schreibtisch. »Geh deiner Wege! Das habe ich dir schon Weihnachten angeraten!«

»Aber meinen Sohn nehme ich mit!« schnaufte ich in höchster Wut.

»Und wohin, wenn ich fragen darf?«

»Was gehet dich das an!«

»Es geht mich eine ganze Menge an, was mit meinem Sohn geschieht!«

»DEIN Sohn?! Frau Pupkes Sohn, willst du sagen!«

»Jedenfalls nicht der Sohn von diesem exzentrischen Spinner, der sich pausenlos auf Kosten anderer selbstverwirklicht! Zu dem kannst du gerne gehen, du paßt ja zu ihm! Aber Paulchen läßt du hier!«

Ich überlegte kurz. Zu Simon konnte ich Paulchen wirklich nicht bringen. Außerdem wollte ich sowieso nicht mehr zu ihm zurück. Keinen Schritt.

Robby. Der Geiger. Er war ein Freund.

Aber Paulchen dorthin schleppen?

Nein. Ausgeschlossen.

Frauenhaus? Sozialamt? Jugendfürsorge?

Nein, Pauline. Nicht im Ernst. Hier ist Paulchen zu Hause, hier geht es ihm gut.

»Wie undankbar du bist«, sagte Klaus und streckte die Hand nach mir aus. »Frau Pupke hat dir noch nie was Böses getan.«

»Sie hat uns allen wohlgetan«, sagte ich bissig. »Viel zu wohl. Wieviel Kilo hast du eigentlich schon zugenommen?«

Das war gemein und ging unter die Gürtellinie, und Klaus antwortete nicht auf ein Wort.

»Frau Pupke mag es manchmal an Feingefühl mangeln«, sagte er schließlich, »wie dir übrigens auch.«

Ich schluckte. Kind, wie recht er hat.

»Sie ist aber kein Gerät, das man nach Gebrauch in die Ecke legen kann. Sie ist ein Mensch, und sie verdient, wie ein Mensch behandelt zu werden!«

»Honig und Milch kleben unter deiner Zunge!« höhnte ich. »Heul doch und schmeiß dich an Frau Pupkes Brust!«

Das war wieder mal sehr unsachlich, Kind. Klaus ist viel gelassener als du!

»Ich verstehe deinen Haß auf Frau Pupke nicht! Sie will doch nur dein Bestes!«

»Genau!« giftete ich. »Mein Bestes ist Paulchen! Das will sie, aber das kriegt sie nicht!!«

»Wie können Frauen nur so feindselig sein?« sinnierte Klaus. »Du wolltest eine liebevolle, flexible Kinderfrau, die sogar noch den Haushalt macht. Jetzt hast du sie! Sei doch zufrieden! Wie viele Mädels würden dich um Frau Pupke beneiden!«

»Wie viele Jungens würden DICH erst um Frau Pupke beneiden!« höhnte ich. »Sie wäscht deine Unterhosen und bügelt deine Hemden und kocht dir jeden Tag Leberknödel mit Sauerkohl! Und schmiert dir die Schnittchen und gießt dir Kaffee ein! Und kostet dich keinen Pfennig! Andere müssen für so eine Dienstleistung extra heiraten!«

»Würdest DU mir denn die Hemden bügeln und die Socken waschen? Das glaubst du doch selber nicht!«

»Wie KÄME ich denn dazu!« schrie ich. »Deine Einstellung zu Frauen schreit zum Himmel! Da lobe ich mir aber Simon! Der ist vollkommen autark!«

»Der paßt anscheinend wirklich besser zu dir als ich«, sagte Klaus mit markerschütternder Traurigkeit. »Geh ruhig wieder zu ihm, wenn es dich glücklich macht. Ich habe dir versprochen, daß du ein freier Mensch bist. Ohne Bedingungen.«

»Du STELLST aber Bedingungen!« schrie ich unter Tränen. »Die Bedingungen sind unzumutbar! Ich soll meinen Sohn einer fremden Frau überlassen, die ihn verzieht! Ich darf ihn ja noch nicht mal mehr allein ins Bett bringen!«

Jetzt heulte ich Rotz und Wasser.

»Pauline, du willst es nicht anders«, sagte Klaus. »Du hast deine Freiheit gewollt, jetzt hast du sie. Du wolltest eine Kinderfrau, jetzt hast du sie. Nun mach mir das nicht zum Vorwurf. Schließlich wolltest du um jeden Preis berufstätig sein.«

»Wieso, du willst doch auch um jeden Preis berufstätig sein«, schnauzte ich kalt. »Oder würdest du MIR die Unterhosen waschen und die Socken bügeln? Na? Was ist? Dazu fällt dir wohl nichts mehr ein!«

»Pauline, wenn du jetzt Äpfel mit Birnen vergleichst...«

»Wieso vergleiche ich Äpfel mit Birnen?! Was bildest du dir eigentlich ein? Bist du eine Art höheres Wesen, nur weil du ein Mann bist?«

»Du bist unsachlich, Pauline. Ich bin berufstätig, du bist berufstätig, wir haben einen gemeinsamen Sohn, und dafür haben wir eine gemeinsame Kinderfrau. Wer ist da also benachteiligt?«

»Ich als Mutter«, sagte ich. »Sie nimmt mir mein Kind weg!«

»Das bildest du dir ein, Pauline! Sie liebt es eben!«

»Sie ZERliebt es mir!«

»Pauline, das Kind ist noch nicht mal ein Jahr! Glaub mir, man kann es in dem Alter noch gar nicht mit Liebe verwöhnen! So ein Menschlein braucht unendlich viel Zuwendung und Zuspruch...«

»Und wenn er größer ist, will sie ihm die Nietenhosen wegnehmen und in den Ofen schmeißen«, heulte ich.

»...und Liebe und Wärme und Geborgenheit und eine regelmäßige Bezugsperson...«

»Wie ein kleines Entlein...« höhnte ich sarkastisch. »Herr Doktor, wo haben Sie das nur gelesen! Das mag ja theoretisch alles stimmen, nur auf unseren praktischen Fall bezogen...«

»Unser praktischer Fall ist der, daß die Mutter sich mit aller Macht selbstverwirklichen will«, sagte Klaus scharf. »Dazu kommt, daß die Mutter sich überhaupt nicht auf den Vater festlegen mag. Und solange die Mutter sich ausgesprochen pubertär benimmt und nur sehr unregelmäßig zu Hause erscheint, ist Frau Pupke hier nicht wegzudenken. So. Und das bestimme ich im Interesse meines Sohnes. Weil ich ihn nämlich auch liebe, den Paul!«

Spätestens jetzt heulten wir beide. Klaus wie immer aus Selbstmitleid und ich wie immer aus Wut.

»Armer, schwarzer Kater!« schnaubte ich. »Geh ma nach Tante Pupke hin, die wischt dir bestimmt die Tränen ab und putzt dir die Nase. WOLL!«

Damit ergriff ich endgültig die Flucht. Ich knallte die Tür, daß sein Computer Rauchwölkchen entwickelte, und polterte ins Schlafzimmer, um meinen Koffer zu packen. Draußen auf dem Flur stand klein und schrumpelig Frau Pupke. So sah also die Frau aus, die mich im Kampf um den Vater meines Kindes besiegt hatte. Wer hätte das gedacht.

»Hapta Streit?« fragte sie, als ich tränenblind an ihr vorbeistob. »Sollt doch nett zueinander sein, happich doch gesacht!«

Ich packte in grenzenloser Verzweiflung meine Habseligkeiten. Hier gehörte ich nicht mehr hin. Hier wurde ich übervorteilt und meiner Grundrechte beraubt. Man nahm mir mein Kind und man nahm mir die Luft zum Atmen.

Frau Pupke war ins Aabeitszimma gegangen und tröstete Klaus, der gramgebeugt über seinem kaputten Computer saß.

»Ich zieh dir dat Kind groß«, hörte ich sie sagen.

»Happich dir damals schon bei Irene gesacht. Aba die wollt ja kains. Ich tu es dir großziehen. Kannzte zukucken. Wenn du Nachtdienst hast, bringe ich es dir jeden Tag in die Klinik!«

Fassungslos stand ich da und lauschte.

»Es ist Paulines Kind«, sagte Klaus.

»Die will dat doch nich«, sagte Achnes. »Die hat doch nur ihre Karriere im Kopf!«

Der Lauscher an der Wand...

Wie betäubt lief ich ins Kinderzimmer, um von Paulchen Abschied zu nehmen.

Und ob ich dich will, mein Kerlchen!

Es lag da mit seinem lächerlichen selbstgestrickten hellblauen Hasen im Arm und atmete fast lautlos, in Tiefschlaf versunken.

Tschüs, mein Kleiner. Fahr schön an die See und erkälte dich nicht. Ich hole dich hier raus!! Deinen Papa würde ich auch gerne hier rausholen. Weil ich ihn eigentlich fürchterlich liebe. Aber solange er es vorzieht, eine Frau als Versorgungsinstitut zu betrachten, soll er verdammt noch mal bei seinem

Nächstenliebespeienden Drachen bleiben. Ich werde dich von dem Ungetüm befreien, das schwöre ich!! Wenn wir uns wiedersehen, kannst du bestimmt schon laufen. Schade, daß ich deine ersten Schritte nicht erlebe...

Dabei verlor ich endgültig die Fassung. Tränenblind stolperte ich mit meinen Koffern in die warme Sommernacht hinaus.

Von der nächsten Telefonzelle rief ich Robby den Geiger an. Ohne große Erklärungen fragte ich: »Kann ich fürs erste bei dir wohnen?«

Der Geiger fand die Idee großartig. Er sei zwar gerade auf dem Sprung in den Orchestergraben, aber er lege mir den Schlüssel unter die Fußmatte.

Eine Stunde später saß ich auf seiner Küchenbank.

Wer hätte das gedacht.

Robby war nun bereits der dritte Mann, bei dem ich innerhalb von einem Jahr einzog. Komisch. Als ich noch ledig und kinderlos war, war mir das nie passiert. Da war ich immer vollkommen autark irgendwie!

Immerhin: Hier gab es weder eine unerträgliche Nebenbuhlerin mit überdurchschnittlichen hausfraulichen Qualitäten, noch mußte ich mich mit zwei Quadratmetern auf einer Schmuddelmatratze begnügen.

Robby war schier aus dem Häuschen vor Gastfreundschaft. Er überschlug sich ohn Unterlaß, um mir alles recht zu machen.

»Pauline! Daß du da bist! Wer hätte das gedacht! Was möchtest du essen, trinken, schlafen, rauchen, telefonieren, lesen... Was kann ich für dich tun?!«

»Mir zuhören und mich in Ruhe lassen«, sagte ich und schnaubte mir die Nase.

»Wenn's mehr nicht ist«, sagte Robby und setzte sich zu mir an den Tisch.

»Leg mal los, Pauline. Gibt's Ärger mit dem Kindsvater?«

»Ja, und mit Frau Pupke!« schniefte ich.

Dann erzählte ich ihm, von hemmungslosem Geschluchz geschüttelt, mein bejammernswertes Schicksal.

Es dauerte Stunden.

Robby, der Fünfziger-Jahre-Held, übte sich im Trösten und Tätscheln.

Ich fühlte mich sehr wohl bei ihm. Andeutungsweise zu Hause.

»Jetzt bleibst du erst mal bei mir«, sagte Robby.

Ich sah ihn staunend an.

»Für eine Weile«, ergänzte er schnell.

»Ohne Bedingungen?« fragte ich tränenverquollen. Oh, wie leid ich mir doch tat!

»Ohne Bedingungen«, sagte Robby. »Sag mir, wie ich mich verhalten soll, damit du dich wohl bei mir fühlst.«

Er war ein Freund. Ein wahrer Freund.

Deshalb legte ich ihm gleich am ersten Abend all meine kleinen liebenswürdigen Eigenheiten dar.

Die Diva ißt grundsätzlich nur Brei mit dem Plastiklöffel. Im Moment steht sie auf Dr.-Flusa-Vollweizen-Gel. Gibt es in jedem Reformhaus. Ansonsten mag sie Milchreis von Mühlmanns ohne Rosinen. Zu trinken wünscht die Diva entweder herben Weißwein mit viel Wasser verdünnt oder alkoholfreies Bier mit Cola light gemischt. Zu schlafen beliebt die Diva von Mitternacht bis gegen zehn, und wenn sie erwacht, möchte sie nicht angesprochen werden. Den Kaffee trinkt sie stets mit Honig, und im Badezimmer braucht sie zweimal zehn Minuten.

Im Bett kann sie keine Knöpfe ertragen, dagegen ist eine Wärmflasche sehr erwünscht. Zur Verdauung absolviert sie mindestens einmal täglich einen Marsch von einer Stunde zur Bekämpfung des inneren Schweinehundes, und zur Erhaltung der sogenannten Figur schwimmt sie mehrmals pro Woche zweitausend Meter am Stück. Das sogenannte Einsingen findet unmittelbar nach dem Frühstück statt, dauert zwei Stunden und fördert auf jeden Fall die Verdauung. Telefonate also bitte erst nach dem Einsingen.

Wenn am Abend ein Auftritt ansteht, ist es besser, die Diva vierundzwanzig Stunden vorher nicht mehr mit überflüssigen Lappalien zu belästigen. Mit anderen Worten, man richtet besser überhaupt nicht mehr das Wort an sie. Zur Zeit stehen aber keinerlei Konzerte an. Außer der dritten Dame natürlich.

Ansonsten gibt es kaum Verhaltensmaßregeln für Menschen, die mit ihr zusammenleben wollen.

Wenn das nicht einfach war! Jetzt fiel mir erst mal auf, wie unkompliziert ich war! Wenn ich da an die Marotten von Simon Reich dachte!

Robby fand mich auch unkompliziert. Noch am selben Abend improvisierte er ein breiiges Abendessen auf Haferflockenbasis und kredenzte eine alte verstaubte Flasche Wein mit Leitungswasser. Dann nahm er seine feinste Bettwäschegarnitur, hielt sie aus dem Fenster und schnitt alle Knöpfe ab. Er bestand darauf, daß ich in seinem Bett schlief, während er selbst im Wohnzimmer nächtigte.

»Du mußt nicht zufällig jetzt auf dem Fußboden schlafen?« fragte ich, als er sich Dieter-Porsche-mäßig mit einem Kuß auf die Stirn verabschiedete.

»Darüber reden wir ein andermal«, sagte Robby und zog sich diskret zurück. Hach aber auch!

Die Diva kuschelte sich im doppelten Sinne weinseelig in die Biber-Bettwäsche mit den appen Knöpfen. Mein Paulchen! In den Händen von Barbaren! Die Mutter obdachlos und auf Almosen angewiesen! Eine wahre Geschichte zum Weinen und Schluchzen, und ich steckte mittendrin!

Die Story mußte ich unbedingt aufarbeiten, für »Das tote Blatt«.

Robby der Geiger tröstete mich übrigens NICHT. Tante Lilli hatte recht. Dieser Mann hatte überhaupt keinen Schweinehund.

In den nächsten Tagen schaffte ich mir mit Hilfe einer alten ausgeleierten Schallplatte aus dem Geigerschen Archiv die dritte Dame drauf. Meine Übungsstunden wurden meistens von plötzlich auftretenden Heulanfällen unterbrochen, wenn ich an mein Paulchen dachte. Die Sehnsucht nach ihm war grenzenlos.

Doch ich hatte keine Wahl. Ohne Geld und Sicherheiten konnte ich nicht existieren, es sei denn, ich hätte mich selbst zur Sozialhilfeempfängerin degradiert, was Tante Lilli nie geduldet hätte. Mein Vertrag bei der Plattenfirma, wo ich immer backgroundmäßig »schubi duba« gesungen hatte, war nach

Paulchens Geburt nicht verlängert worden, so daß ich auf meine mehr oder weniger sensationellen Solo-Engagements im klassischen Showgeschäft angewiesen war.

Ich erzählte Robby mein Dilemma.

»Warum heiratest du diesen Doktor denn um Himmels willen nicht?« fragte er aufgebracht. »Denk doch mal an Antje Zier. Die hat das doch so praktisch gelöst!«

»Wahrlich, du bist auch einer von denen, denn deine Sprache verrät dich«, sagte ich ärgerlich.

Robby sah mich fragend an. »Von denen?«

»Von diesen Grufties aus der verkalkten Generation.«

Mühsam erklärte ich ihm, daß ich nicht aus Sicherheitsgründen geheiratet werden wollte und daß ich außerdem immer noch zäh an die Mär von der großen Liebe glaubte. Da hätten wir etwas gemeinsam, sagte Robby. Er glaubte auch immer noch an die große Liebe. Und guckte mich wieder so markerschütternd offen an.

»Wieso liebt der dich denn nicht, der Trottel?« empörte er sich. Es war seine rührende Art, mir klarzumachen, daß er, Robby, mich wohl lieben würde, wenn ich ihn ließe. Dieter Porsche eben. Direkt, aber indirekt. Das hat was.

Ich verzichtete darauf, Robby zu erklären, daß ich es war, die Klaus nicht zu lieben gewillt war, wenigstens nicht öffentlich und schon gar nicht nach dem jetzigen Stand der Entwicklungen. Wäre Robby eine Frau gewesen, hätte ich ihm wahrscheinlich mehr erzählt. Aber ich wollte ihm nicht weh tun.

So schob ich die ganze Schuld auf Frau Pupke.

»Warum entlaßt ihr sie nicht?« fragte Robby. »Ich habe auch mal eine Putzfrau entlassen, weil sie immer meine neuen Socken für ihren Mann geklaut hat.«

»Frau Pupke ist aber keine Putzfrau, darauf legt sie größten Wert! Sie nimmt kein Geld für ihre Arbeit. Sie klaut aber auch keine Socken, leider«, sagte ich. »Im Gegenteil: Sie strickt immer neue! Das ist ja das Schlimme. Außerdem kann man niemanden entlassen, der gar keinen Arbeitsvertrag hat.«

Ich erzählte Robby unter Schaudern, daß Agnes Pupke bei uns Wohnrecht auf Lebenszeit besaß und daß sie sich strikt weigerte, auch nur einen Pfennig Geld anzunehmen.

»Wohnrecht auf Lebenszeit? Habt ihr das etwa notariell festgelegt?«

»Klaus hat sich moralisch festgelegt. Das ist schlimmer.«

»Also dein Doktor muß sich entscheiden«, sagte Robby, indem er intensiv über seine Brillengläser lugte. »Entweder er heiratet dich und verläßt die Pupke, oder ... er braucht dich ja eigentlich nicht gleich zu heiraten«, sinnierte er. Wahnsinnig lernfähig, der Robby. »Es würde doch reichen, wenn ihr zusammenleben würdet. In ...« er suchte nach einem passenden Ausdruck »... wilder Ehe sozusagen ...?«

»Er lebt mit der Pupke in wilder Ehe«, grollte ich, »mit MEINEM Kind! Das ist ganz ungeheuerlich!«

»Pauline, du mußt dringend mit ihm reden!«

»Habe ich doch schon, weiß Gott!«

»Und? Er will sich nicht entscheiden?«

»Nein. Er will uns beide, und das geht nicht.«

Mit Schaudern dachte ich daran, daß in früheren Zeiten grundsätzlich die Schwiegermutter mitgeheiratet wurde. Aber Frau Pupke war noch nicht mal meine Schwiegermutter! Sie war eine einfache alleinstehende Frau aus Wanne-Eickel. Sachma. Weder verwandt noch verschwägert!

»Ich wüßte schon, für wen ich mich entscheiden würde«, sagte Robby und versenkte seinen brillenlosen Randblick tief in meine Pupillen.

Ich übersah das geflissentlich.

Robby war ein Freund.

Weniger nicht.

Und den wollte ich, verdammt noch mal, nicht auch noch verlieren.

Robby mochte gut fünfundzwanzig Jahre älter sein als ich, dazu ein ausgemacht schweinehundloser Zeitgenosse. Dieter Porsche eben. Schade, daß mir die Rolle der Maria Schnell nicht lag. Ich selbst identifizierte mich eben in keiner Weise mit der guten, alten deutschen Ehefrau. Erstens natürlich aus Trotz. Schon allein, um den Männern zu zeigen, daß man(n) Frauen nicht einfach vereinnahmen kann. Zweitens aus Wut. Ich hatte doch nicht zehn Jahre lang meinen Kehlkopf geknechtet und mir sämtliche Partien, die für meine minderbemittelten Stimmbänder in Frage kamen, in den Schädel gehämmert, nur um jetzt meinem Gatten die Blümchentapeten wohnlicher zu gestalten. Als warmherziger Vordergrund. Drittens konnte ich nicht stricken, war des Reinigens einer Klobrillenunterseite nicht kundig und hatte irgendwie überhaupt keinen Sinn für das tägliche Entfernen von Krümeln unter dem Frühstückstisch. Auch mochte ich das Hemdenbügeln nicht in mein Repertoire aufnehmen. Selbst das Zerlegen eines zähen Hühnerbollens zwecks Bereitens einer kräftigenden Brühe für den abgearbeiteten Herrn Gemahl fiel mir schwer. Das lag alles daran, daß mein widerborstiger Schweinehund einfach nicht artig in seiner Hütte sitzen wollte. Noch nicht mal an der langen Leine. Der wollte ganz ohne Leine durchs Leben gehen. Eine üble Nebenerscheinung des neuen Zeitgeistes, mein Schweinehund.

Zumal das ganze Selbstverwirklichungsgefasel mit einem Kind einfach nicht vereinbar ist, sagte Tante Lilli streng. Du siehst ja, wohin das führt. Du tingelst als Freiwild von einem Mann zum anderen und bist abhängiger als je zuvor!

Nachmittags schlich ich mich oft zu den üblichen Pupkeschen Anlaufstellen im Stadtwald. Der Ententeich, das Wildgehege, der Kinderspielplatz und der Bäckerladen waren Orte, an denen ich mein Paulchen zu sehen hoffte. Manchmal überlegte ich, ob es Sinn habe, Paulchen einfach zu entführen. Aber abgesehen von dem Ärger mit der Polizei und dem Jugendamt würde ich dann auch wieder mein ganz altes Problem haben: Wohin mit Paulchen? Wo doch die Karriere gerade begann!

Robby konnte und wollte ich nicht als Babysitter mißbrauchen. Zumal er mich dann anstandshalber vorher geheiratet hätte.

Kind, wenn du überhaupt einen heiratest, dann Klaus. Daß das mal klar ist.

Nicht, solange Frau Pupke ihm wichtiger ist als ich. Außerdem ist Heiraten völlig out! Wer will denn Liebe vertraglich absichern? Frau Pupke hat das voll erkannt! Die hat auch keinen Vertrag!

Tante Lilli wollte nicht mit mir über diesen Punkt diskutieren. Das hatten wir schon zu oft getan.

Jedenfalls reiß dich jetzt zusammen und straff die Schultern, rief sie streng. Wo ist dein sagenumwobener Optimismus?

Sobald ich wieder eigenes Geld verdienen würde, wollte ich Paulchen zu mir holen. Ganz einfach. Ich brauchte nur erst die passende Wohnung – eine Kleinigkeit, als singende Vorstadt-Callas mit unehelichem Kleinkind eine preiswerte Dreizimmerwohnung in einer verkehrsberuhigten Straße nahe des Stadtwaldes zu finden! – und dann, endlich, die passende Kinderfrau. Auch die würde leicht zu finden sein! »Suche hochdeutsch sprechende Kinderfrau, die Tag und Nacht zur Verfügung steht«, würde ich inserieren. »Ausgefülltes Privatleben erwünscht! Übernahme von Hausarbeit und Kochen kein Hindernis!« und schon würden mir die Bewerberinnen in Scharen die Tür einrennen!

Ich räusperte mich mit Entschiedenheit und begann wieder mit meinen Tonleitern. Vor lauter innerem Streß wurde mir dabei richtig flau. Ich zerrte an meinem Nietenhosenbund. Zuviel Frustbrei in letzter Zeit!

Auf, Pauline! Der Bühnenhimmel wartet auf dich! Und außerdem: Alle berühmten Sänger sind dick.

»Bitte Ruheee auf der Probeeebühneee!« Der Herr Einpauker, genannt Schikaneder, fuchtelte mit seinem Klavierauszug herum und scheuchte ein paar langmähnige Gestalten aus dem Raum. »Werkstattprojekt hat jetzt Pauseee! Bitte meine Herren! Wir möchten jetzt arbeiten! Hier ist nur noch Zauberflöteee! Erste Szeneee, bitte meine Damen!«

Alle Gestalten schlenderten betont gemächlich von dannen. Außer uns drei Mädeln, genannt Damen, und einer Ausnahmeee: Simon Reich. Der war gerade damit beschäftigt, seine Fingernägel zu pflegen. Wobei er nicht gestört werden wollte! (Der Handpfleger hatte aber eine Gewohnheit.) Der Herr Schikaneder ließ ihn gewähren, weil er sich nicht mit einem Sonderlichen vor andern anlegen wollte. Außerdem hatte Simon Reich eine Hauptrolle. Mit solchen Leuten spaßt man nicht.

Ich war ziemlich aufgeregt. Das lag zum einen daran, daß ich mich kreislaufmäßig in letzter Zeit recht angeschlagen fühlte, und zum anderen, daß die beiden anderen Damen mir nicht nur bekannt, sondern mit mir auch verfeindet waren. Die erste war erwähntermaßen Antje Zier, die mich damals in München mit Simon betrogen hatte. Ihretwegen saß Simon jetzt auch hier rum und manikürte sich die Fingernägel! Weil er ihr künstlerischer Berater und Beischläfer war! Es war eine Provokation erster Güte. Die zweite Dame war zu meinem großen Entsetzen Walpurgis, meine ganz spezielle Lieblings-Feindin. Wegen grob unkollegialen Verhaltens mochte ich sie erst recht nicht. Walpurgis hatte einmal in einer geplatzten Uraufführung alles auf einmal abgestaubt, mein Kamm-Solo und meinen damaligen Begleiter, Herrn Lalinde, seines Zeichens Kulturkritiker.

Ausgerechnet diese Zimtzicke mußte nun neben mir stehen! Mit ihr würde ich mir schon gar nichts zu sagen haben. Über ausrangierte Männer spricht man nicht!

Die Probe begann. Wir drei Damen, eine immer dämlicher als die andere, sangen mit aller Kraft, die unsere mittelbegabten Stimmbänder hergaben, gegeneinander an und versuchten, die Gunst des Herrn Einpaukers durch treue Augenaufschläge und arbeitsintensives Nicken bei jedweder Anmerkung zu gewinnen.

»Stirb, Ungeheur!« röhrte ich Walpurgis an. Ich dachte, mit der szenischen Ausarbeitung könnte gar nicht früh genug begonnen werden.

»Triumph, Triumph, sie ist vollbracht, die Heldentat«, kreischte Walpurgis mir ins Ohr. Elende Schnepfe! »Er ist befreit durch unseres Armes Tapferkeit«, bestätigte sie meine den Kulturkritiker betreffende Vermutung. Ich haßte sie mit meiner ganzen gebeutelten Seele.

»Bitteee, meine Damen! Dies ist eine rein musikalische Probeee«, sagte Herr Schikaneder tadelnd. »Die dramatische Gestaltung überlassen Sie bitte dem Regisseur!«

Wir mußten uns dann laut Klavierauszug um einen schönen Mann streiten. Antje hatte mir Simon weggenommen, Walpurgis Herrn Lalinde. Eigentlich wäre die dritte Dame Frau Pupkes Rolle gewesen, denn die hatte mir Klaus weggenommen. Oh, wie brünstig konnte ich meine Partie interpretieren! Sie war mir in die Kehle komponiert! Danke, Amadeus!!

Herr Schikaneder war nicht ganz einverstanden mit meinem künstlerischen Beitrag.

»Drittee Damee bitte etwas weniger forciert. Es klingt zu breiig«, sagte er.

Ich schluckte.

Walpurgis konnte sich eines üblen, unkollegialen Kommentars nicht enthalten:

»Das ist bei ihr eine Ernährungsfrage«, erläuterte sie.

»Bitte noch mal etwas schlanker!« sagte Herr Schikaneder, der Walpurgis' hämisches Petzen überhört hatte.

»Spätzchen, etwas weniger con breio!« sagte Simon sonor aus seiner Ecke heraus.

Antje und Walpurgis kicherten.

Ich wurde rot vor Ärger.

Wir begannen noch einmal von vorn. Ich versuchte, meinen Sound zu verändern. Kind, du solltest mal wieder eine Gesangstunde nehmen. Allein – von welchem Gelde? Herr Schikaneder bemerkte mit einem besorgten Seitenblick mein fleckentstelltes, dunkelrotes Antlitz. Wahrscheinlich war er es gewohnt, daß immer mal wieder eine gekränkte Diva in Tränen ausbrach. Deshalb machte er von dem pädagogisch so wertvollen Auf-Tadel-folgt-Lob-Trick Gebrauch:

»Musikalisch ist das schon sehr schön, was Sie da machen. Dagegen bei den anderen beiden Damen hapert es noch mit der Intonation...«

Der Mann hatte echte Führungsqualitäten! Das Prinzip der Gleichbehandlung dreier gleichbesoldeter Ensemblemitglieder war ihm absolut geläufig!

Jetzt war es an mir, einen kollegialen spitzzüngigen Kommentar abzugeben.

»Genau«, sagte ich befriedigt. »Auf meiner Schallplatte zu Hause klingt das nicht nur sauber, sondern rein!«

Keiner lachte.

Ich Trampel aber auch. So ein Eigentor!

Kein Sänger, der was auf sich hält, gibt öffentlich zu, daß er zu Hause eine Schallplatte hat!

Alle Hervorbringungen eines musisch begnadeten Sängers kommen aus seinem beseelten Selbst!

Der Einpauker überhörte es jedenfalls ebenfalls.

»Die anderen bitte noch mal zu Hause zurechtlegen«, kommentierte er seine Arbeit.

In der nächsten Szene war Simon alias Papageno mit im Spiel. Aha, dachte ich. Deswegen hat er im Raum bleiben dürfen. Ordnung muß ja sein. Der Herr Einpauker ist eine Autorität, seine Entscheidungen haben Hand und Fuß.

Simons Mitwirkung an der frostig-frustigen Probe brachte ein wenig Auflockerung in die Atmosphäre aus Haß, Verleumdung und schwarzer Galle.

»So, ihr schönen Frauenzimmer, darf ich, so empfehl' ich mich«, intonierte er gestenreich.

Mensch, zieh Leine, dachte ich. Auf mich hat dein theatralisches Getue sowieso keine Wirkung mehr.

Die Probe nahm ihren Lauf. Ich hatte Angst vor ihrem Ende. Man würde das eine oder andere private Wort wechseln müssen.

Walpurgis? Man zischelt viel sich in die Ohren. Allein, die Augen sprühen Gift.

Antje? Eigentlich mochte ich sie immer noch. Wie sie so schön und liebreizend und fröhlich einhererschien! Man konnte ihr gar nicht richtig böse sein.

In ihr wohnte eben auch ein recht lebensfroher Schweinehund. Deswegen fühlten wir uns ja auch so verbunden.

»Gehen wir noch irgendwohin?« fragte Antje, als uns der Herr Einpauker in Gnaden entlassen hatte. »Ich habe dir viel zu erzählen!«

»Ja, plaudre, lüge nur nicht wieder«, sagte ich, frei nach Emanuel Schikaneder, also dem wahren Schikaneder. Der Einpauker hieß mit Vornamen Hubert. Und mit Nachnamen Dörrsupp. Konnte er auch nichts für.

Wir gingen in die Künstlerkneipe, die vis-à-vis zum Bühnenausgang lag und die ich letztens noch so vehement gemieden hatte. Diesmal gehörte ich dazu! Mein erster Auftritt in diesen Kreisen! Mit sehr erhobenem Haupt betrat ich das Etablissement. Um diese nachmittägliche Zeit war es noch ziemlich leer. Wir setzten uns an einen wackligen Tisch an der hinteren Wand. Erstens waren wir hier ungestört, und zweitens hingen dort so interessante Künstlerporträts.

»Kennst du den?« fragte Antje und zeigte auf einen runden, vor Gesundheit strotzenden Typ mit Bart.

»Nein«, sagte ich.

»Der macht inzwischen die fünfte Drogentherapie«, sagte Antje cool.

Ich schluckte. Wie schnell man doch aus dem Licht der Öffentlichkeit verschwinden konnte!

»Oder die hier! Die war lange Zeit hier die Lustige Witwe«, sagte Antje. »Jetzt spielt ihr Mann die Rolle des lustigen Witwers.«

Zack, abserviert. Der Nächste bitte. Nur nicht drängeln.

»Zu komisch«, sagte ich. »Hängen hier die Lebenden und die Toten alle durcheinander?«

»Ja. Ein paar von denen leben noch. Der hier zum Beispiel.«

Sie stupste liebevoll auf ein kleines Bildchen, das rechts unten in der Ecke hing: Simon Reich, als er noch ein Waldbauernbub war. Da hatte er noch Haare.

Jedenfalls waren wir jetzt beim Thema.

»Ach, der«, sagte ich.

»Unser Papageno«, sagte Antje. »Ist er nicht süß?«

»Es geht«, sagte ich säuerlich.

»Was trinkt ihr, Mädels?« rief der Typ hinter dem Tresen, der über und über mit ausrangierten Programmheften beklebt war. Also der Tresen, nicht der Typ. Obwohl in diesen Kreisen alles möglich war. Bei jedem Windstoß blätterten die Programmhefte sich auf und gaben dem Besucher in Windeseile einen Einblick in den Spielplan der letzten dreißig Jahre. Wirklich originell.

»Schampus«, sagte Antje.

»Ihr liebt den Sekt, ich lieb' ihn auch«, zitierte ich.

»Ist das nicht Sympathie?« grunzten wir einstimmig.

»Die lustigen Weiber von Windsor«, sagte der Typ ungefragt. »Hatten wir 1958 und 1964...« Er ging um den Tresen herum, um die jeweiligen Programmhefte aufzublättern. Das von 1958 hatte das Haltbarkeitsdatum überschritten und hing deshalb nicht mehr dort. »1973 hatten wir dann eine Neuinszenierung...« Heftiges Rascheln und Blättern bei gebückter Haltung und unter Zuwendung seines ausgebeulten Hinterteils aus Cord, »...und letztes Jahr wurde die Premiere abgesagt, weil der Falstaff betrunken war.«

»Wenn das kein Stichwort ist«, sagte ich.

»Wir hätten gern etwas zu trinken«, rief Antje. »Wir wollten nicht nur Bilder gucken!«

Der Typ trollte sich und rollte davon.

Ich kicherte. Antje war leider süß. Sosehr ich auch beschlossen hatte, ihr zu widersagen.

»Ist was?« fragte Antje, als ich sie so von der Seite ansah.

»Ich grolle nicht, und wenn das Herz auch bricht«, faselte ich.

O holde Kunst, in wieviel grauen Stunden!

»Meinst du wegen Simon?« Antje war ehrlich erstaunt.

»Seit wann läuft denn das schon mit euch?« Mein nachsichtig-rügender Tonfall traf exakt den von Tante Lilli: Seit wann stehst du denn schon vier in Mathe?

»Seit der Neunten in München. Wir haben uns mitten im Konzert kennengelernt. Unsere Affäre begann vor ausverkauften Reihen.«

»So was hat seinen Reiz.«

»Ich wußte ja zuerst gar nicht seinen Namen. Er war ganz kurzfristig eingesprungen und stand nicht auf dem Plakat.«

»Stimmt. Da stand nur NN.«

»No name«, kicherte Antje. »Er ist ein No-name-Produkt!«

»Jedenfalls benimmt er sich so.«

Ich sah sie mit zusammengekniffenen Augen an. Sollte ihr überhaupt nicht bewußt sein, daß sie mir meinen Macker ausgespannt hatte?

Der dicke Typ mit der ausgebeulten Cordhose brachte den Sekt.

Wir prosteten uns zu.

»Schön, daß du hier bist. Mit Simon und mit dir zusammen auf der Bühne! Jetzt ist mein Glück perfekt!«

Antje strahlte mich an.

Sie wußte wirklich nichts. So gut konnte es um ihre Schauspielkunst nicht bestellt sein.

»Habt ihr... habt Simon und du...« Ich wand mich vor Verlegenheit. »Habt ihr niemals über mich gesprochen?«

»Doch«, sagte Antje. »Erst letztens noch. Simon sagte, er wisse eine ausgesprochen nette Besetzung für die dritte Dame. Pauline Frohmuth. Da hab ich gesagt, daß ich dich kenne. Ich habe ihm erzählt, daß du einen kleinen Sohn hast und in Köln-Klettenberg wohnst. Und daß dein Mann Arzt ist.«

»Warum hast du ihm nicht gleich gesagt, daß mein Mann wegen seiner Wirbelsäulenprobleme die Missionarsstellung ablehnt?!?«

»Ach, durfte ich ihm das nicht erzählen?« Antje war ehrlich erstaunt. »Daß ihr nicht verheiratet seid, habe ich nicht gesagt, weil ich dachte, daß ihn deine verworrenen Privatangelegenheiten nichts angehen.«

»Gehen sie auch nicht«, sagte ich müde.

»Er hat dich noch in meinem Beisein angerufen. Wir sind sogar zusammen zur Telefonzelle gegangen, weil er zu Hause kein Telefon hat.«

»Nee, ist klar. Wo sollte er das auch hinstellen.«

»Zwischendurch war das Gespräch unterbrochen, und er kam raus, um sich von mir neue Groschen zu holen.«

»Da war mir der Hörer aus der Hand gefallen.«

»Kennst du seine Wohnung? Chaotisch, nicht?«

»Och was. Jungens räumen eben nicht auf. Da kriegen die Pickel von.«

»Ich muß dir was gestehen. Durch seine Unbürgerlichkeit weiß ich erst, wie spießig es mit Rolf war!«

»Wieso war? Habt ihr euch getrennt?«

»Vorübergehend, erst mal.«

»Was du nicht sagst!«

»Ich muß zwar bei Simon auf dem Fußboden schlafen, aber Simon ist ein Weg zurück zum Wesentlichen. Er ist so anders, so spontan, er braucht keinen Luxus, wie soll ich sagen, er ist einfach...«

»Vollkommen autark.«

»Genau.«

»Und das magst du so an ihm.«

»Ja. Bei uns zu Hause war alles immer so geregelt! Bei uns kochte die Britta Diät – Rolf muß dauernd abnehmen, weißt du –, und die Britta räumte auf und versorgte die Kinder, und abends hatten wir Gäste, und in den Ferien fuhren wir nach

Garmisch. Das ging mir mit der Zeit immer mehr auf die Nerven! Rolf ist so gar nicht künstlerisch...«

»...du meinst, wenn man ihn fragt, was länger brennt, eine Geige oder ein Klavier, dann WEISS er es nicht?«

»Doch. Klavier brennt länger. Das sagt ihm sein praktischer Verstand. Er ist so phantasielos!«

»Sagtest du nicht, er sei Hersteller von irgend etwas Nützlichem?« Ich wußte nur, daß er beruflich im erdnäheren und lukrativeren Bereich angesiedelt war als unsereins.

»Er ist Chef einer Schraubenfabrik«, sagte Antje bekümmert.

»Das ist allerdings ein trister Job«, gab ich zu.

»Natürlich hatten wir immer Geld, aber ich habe festgestellt: Geld ist nicht alles!«

»NEIN?!?«

Welch bombastische Entwicklung hatte Antje durchgemacht! Und alles wegen Simon...

»Also seit der Neunten in München, sagst du...« nahm ich den Faden wieder auf.

»Seit dem dritten Satz, um genau zu sein. Da hat er mir doch mitten auf der Bühne...«

»Ich weiß«, sagte ich. »Hühnerbrühe. Im Thermosbecher. Das hat was.«

Antje stutzte. »Woher weißt du das alles?«

»Ich saß in der ersten Reihe«, sagte ich. »Hast du mich nicht gesehen?«

Antje kniff die Augen zusammen. »In der ersten Reihe saß ein großer Dicker und schlief. Daran kann ich mich genau erinnern. Er hatte auch ein Mädel dabei, aber das warst nicht du!«

»Doch. Leider.«

»Nein. Das war eine Bayernmaid. Im Dirndlkleid mit Puffärmeln.«

»Puffärmel stimmt.«

»Das warst DU!?!« Antje starrte mich an.

»Worüber wunderst du dich? Über die Puffärmel? Ich muß zugeben, nicht gerade mein übliches Outfit...«

»Aber warum bist du denn nachher nicht hinter die Bühne gekommen? Ich hätte mich wahnsinnig gefreut!«

»Erstens habe ich mich meiner Puffärmel geschämt, und zweitens wollte ich nicht stören.«

»Aber du hättest doch nicht gestö...« Antje unterbrach sich. Heftig stellte sie ihr Glas ab. Dann schlug sie sich mit der flachen Hand vor die Stirn.

»Simon und du! Das darf nicht wahr sein! DU warst das, derentwegen ich wochenlang nicht in seine Wohnung durfte!«

»Das glaube ich nicht. Da ist er unkompliziert. Wahrscheinlich war es nur nicht so aufgeräumt wie sonst. Mir ging es damals genauso.«

»Er sagte immer, bei ihm wohne zur Zeit noch jemand! Er wisse nicht, ob und wie lange dieser Jemand noch weiter dort wohnen werde!... Dir gehört also die rote Wolldecke!«

»Geschenkt«, sagte ich.

Antje schluckte. »Und die Packung Anti-Baby-Pillen...«

»Geschenkt«, sagte ich großzügig. »Ist es wenigstens deine Marke?«

»Nein.«

»Na, dann verschenkt Simon sie weiter, bei passender Gelegenheit.«

»Also wirklich!«

»War nur einer meiner weniger gelungenen Scherze.«

Da saßen wir, Busen an Busen, und guckten uns an.

»Prost denn.«

»Bist du mir auch nicht böse?«

»Ach was. Du mir auch nicht?«

»Kein bißchen.«

Wir tranken den Sekt aus.

Plötzlich fiel bei ihr der nächste Groschen.

»DER war es, von dem du mir in Frankreich erzählt hast!« schrie sie und wurde des Schlagens vor ihre Stirn nicht müde. »Der Intellektuelle!«

»Du sagest's!«

»Der Autarke, der Außergewöhnliche!«

»Genau«, sagte ich. »Simonis der Aussätzige.«

»Der Alltagsuntaugliche!«

»Das hast du gesagt. Mit Alltagsuntauglichen macht es im allgemeinen mehr Spaß.«

»Macht es auch!« schrie Antje begeistert.

»Darauf einen Dujardin.«

Wir bestellten neuen Sekt. Der bauchige Kellner brachte eine bauchige Flasche.

Ich mußte an Klaus denken. Obwohl: so bauchig wie der Kellner war der nicht. Nur knuffig irgendwie. Griffig. In jeder Hinsicht. UND alltagstauglich. Das kam noch dazu. Unser einziges kleines Problem war Frau Pupke. Klein, aber sehr zäh.

Antje riß mich aus meiner grüblerischen Lethargie.

»Und seit wann seid ihr nicht mehr zusammen, Simon und du?«

»Seit der Neunten in München. Seit dem dritten Satz.«

»Dann bin ICH schuld«, sagte Antje und holte schon wieder zum Stirnschlagen aus.

»Ist ja schon gut«, rief ich und hielt ihre Hand fest. »So was soll ja vorkommen unter Mitmenschen!«

Wir tranken.

»Und du bist mir nicht mehr böse?«

»Nein.«

»Kein bißchen?«

»Nein.«

»Dann liebst du ihn auch nicht mehr?«

»Nein.«

»Kein bißchen?«

»Nein.«

»Darauf einen Dujardin«, sagte Antje.

Wir tranken. Antje sah heute noch viel entzückender aus als sonst. Ich wahrscheinlich nicht. Bei mir kamen immer die unkleidsamen roten Flecken. Frau Pupke hätte gejubelt!

Iss Alkohol denn gut für so 'n Mädchen? Kricht die Flecken von. Sachma.

Wir bestellten noch eine Flasche Fleckenwasser.

Mir wurde immer warmherziger zumut'. Nein, daß ich wenigstens meine gute alte Freundin wiederhatte!

Der Schmerz um Antje hatte mich einige Tränen mehr gekostet als der Schmerz um Simon. Das mochte ich ihr aber nicht sagen.

Sollte sie ruhig auf meiner ehemaligen Wolldecke glücklich werden.

Antje und ich verbrachten den ganzen Abend in dieser Kneipe. Wir hatten uns unendlich viel zu erzählen! Nachdem erst mal die Besitzansprüche Simon Reich betreffend geklärt waren, kamen wir viel offener ins Gespräch. Von Frau zu Frau sozusagen. Wir bestellten uns zwischendurch etwas zu essen, weil wir uns gegenseitig schon doppelt sahen.

»Was macht dein Alltagstauglicher?« fragte Antje über einem Teller hausgemachter Bratkartoffeln mit Speck.

»Weiß ich nicht«, sagte ich. »Er ist zur Zeit mit Paulchen in Urlaub. Auf irgendeiner gottverlassenen Insel.«

Lustlos stocherte ich in meinem Salat herum. Bei dem Thema konnte einem aber auch der Appetit vergehen.

»Karibik?«

Klar. Sie hatte die Fernziele der Traumreisenliste alle schon abgehakt. Mit Rolf. Deswegen fand sie den Fußboden von Simon im Souterrain auch so schick. Zurück zum Wesentlichen.

»Nee«, sagte ich und streifte die Tomate wieder von der Gabel, woraufhin sie zurück in ihre Tunke sank. »Eine ostfriesische Insel ist das, glaub' ich, mit dem Namen Langeweil oder Spießertum oder Wangerotz oder Bohrturm. Eigentümliche Namen haben die da oben.«

»Was will er denn da?« fragte Antje angewidert. »Da ist doch der Hund begraben.«

»Der Schweinehund!« sagte ich schadenfroh.

Dann erzählte ich ihr von Frau Pupke.

Es dauerte eine geschlagene Stunde, bis ich alles Nennenswerte über Frau Pupke hervorgebracht hatte. Ich sparte dabei nicht an wörtlicher Rede im Originalton. Das Einbauen der Worte »woll« und »sachma« ging mir in Fleisch und Blut über.

Antje fraß ihre Bratkartoffeln mit wachsender Wut. »Schmeiß sie raus!« war die einzige Bemerkung, die ihr hin und wieder über die fettglänzenden Lippen kam.

»Geht doch nicht«, stammelte ich ein übers andere Mal. »Ich habe dir doch gerade erklärt, warum!«

Wir mußten unbedingt noch eine Flasche Sekt bestellen. Der Bauchige rollte an.

»Mädels«, sagte er, »ihr habt morgen um zehn Uhr Probe!«

»Mann«, lallte ich lustvoll, »du hälzichdaraus! Sachma!«

»Besoffen sein is schön, woll?« sagte Antje, als er wieder weg war. »Da traut man sich zu sagen, was man denkt. Sachma.«

»Wollnech«, gab ich zu.

»Dann mußu dir einen antrinken und zu dieser Frau Pups-hicks-ke gehen und ihr gehörig die Meinung sagn«, schlug Antje vor.

Ich hielt diesen Ansatz für überdenkenswert.

»Aber deinen Klaus, den kannzu durch die Pfeife rauchen, woll?« faselte Antje betrunken.

»Meinzu wirklich? Sachma.«

»Ein Mann von Entschlüssn isser jeenfalls nich.«

»Wieso! Er hattsichdochntschlossn, Frau Pupke nich anne Luff... hicks... zusetzn – wenn das kein Nschlußiss! Klausis ein Ehrenmann! Der Rächer der Enterptn, der Retter der Genervtn, der Vater der Unehelichn!« faselte ich. »Dein Simon übrigens auch nich.«

»Was aunich?«

»Mann von Nschlüssn!«

Wir tranken auf unsere beiden ideenlosen Softies. Und darauf, daß wir sie doch irgendwie liebhatten.

»Apopo: Mussu nich ssuSimon aufe Madradse?«

Antje schwankte, als sie aufstand und ihren Handtascheninhalt in echtem Leder und Gold zusammenklaubte.

Damit auch Antje merkete, daß ich ihn aus Neid überantwortet hatte, faselte ich noch ein bißchen weiter: »Da is Simon ganz spontan. Wenn grade nix im Fernsehn kommt... manchmal isser unheimlich fleks – hicks – fleggsibl. Bei passender Gelegnheit finn ers sogar aussesprochn nett, da hat er imprinzipnixgegn!«

»Aber EilemitWeile«, sagte Antje, »nur keine hektische Hast!«

»Musser bei dir au immer ers aufe Brille?«

»Jedenfalls musser es nich dreimal am Tag haben, sachma«, sagte Antje, »wie Rolf, woll. Rolf issein Spießa.«

»Rolf isss eben nich autark«, sagte ich gläsernen Blickes und hielt mich schwankend am Tischrand fest.

»Wie meinst'n das?« fragte Antje. Der Einfachheit halber knallte sie einen Hundertmarkschein auf den Tisch.

»Weisiaunich«, sagte ich und legte zwei Mark fünfzig dazu. »Tringell!« rief ich dem Bedienten.

Dann verließen wir Arm in Arm die Szene.

Es war ein großartiger Abgang, alles in allem sehr professionell.

Antje und ich, wir liebten uns wieder.

Wer kann das heute noch.

Die Probe am nächsten Morgen um zehn habe ich recht verschwommen in Erinnerung. Die erste und die dritte Dame betraten bleich und übelriechend mit zwanzig Minuten Verspätung die Bühne und konnten nur krächzende Geräusche von sich geben, während Walpurgis, die zweite Dame, geradezu abstoßend gut in Form war. Wie immer waren Frisur und Stimmbänder sorgfältig gestylt. Außerdem hatte sie ihre Intonationsprobleme mit Hilfe ihrer Schallplatte über Nacht vollständig in den Griff bekommen. Trotzdem mußte die Probe nach kurzer Zeit wegen Indisposition der Zwei-Drittel-Mehrheit der Beteiligten abgebrochen werden. Herr Schikaneder sah das mit Mißfallen. »Bittee noch mal zu Hause zurechtlegen«, sagte er tadelnd.

Ich taumelte fort, um mich noch mal zu Hause zurechtzulegen. Ich schlief den ganzen Tag bis zum späten Abend. Ein zaghaftes Klopfen an die Geigersche Schlafzimmertür weckte mich.

»Pauline? Telefon!«

Robby stand im schwarzen Anzug mit seinem Geigenkasten im Flur.

»Geeße aabeiten?« fragte ich, als ich den Hörer übernahm.

»Heute Fliegender Holländer«, sagte Robby. »Kann später werden. Abendessen steht auf dem Tisch. Aspirin auch. Tschüs, Pauline!«

Ich drückte ihm ein Küßchen auf die Backe und wartete, bis er die Wohnungstür ins Schloß gezogen hatte. Mir war fürchterlich schlecht. Nie wieder Alkohol, schwor ich mit gegen die Flurdecke erhobener Faust.

»Wer da?« fragte ich heiser in die Muschel.

Klaus war es, mein entschlußunfreudiger Kindsvater. Der Kühle aus dem Hohen Norden.

Mein Herz klopfte plötzlich ganz unrhythmisch und aufdringlich. Still, Organ! Halt die Herzklappe!

Klaus wolle sich nur mal melden mit der Nachricht, daß sie gut angekommen seien. Das Wetter sei sehr gemischt. Die Stimmung auch.

»Na bitte«, sagte ich schadenfroh. »wie geht es meinem Paulchen?«

»Er sitzt unter seinem Regendach und vermißt dich.«

Ich fing an zu heulen.

»Und sein Vater sitzt auch unter dem Regendach und vermißt dich.«

Ich hörte auf zu heulen. »Das geschieht dir recht. Mensch, Alter, sitz nicht rum, sondern beweg dich! Schön wacker wandern in der rauhen Luft! Macht schlank und entschlackt die verklebten Sinne! Wo wir gerade beim Thema sind: Was macht Frau Pupke? Sachma!«

»Frau Pupke vermißt dich glaubich am wenigsten. Sie hat hier sehr viel zu tun.«

»Ich vermisse sie auch kaum und habe hier auch viel zu tun.«

»Frau Pupke versorgt hier die Pensionsgäste, besonders einen gewissen Walter.«

»Was du nicht sagst. Ist das der mit dem Cholesterinspiegel?«

»Genau. Und die übrige Rentnerbänd will auch umhegt und unterhalten werden.«

Nanu. Schaffte sich die Gute etwa einen neuen Wirkungskreis? Waren da Entwicklungen im Gange? Sachma!

»Halt um Himmels willen Paulchen fern! Das ist kein Umgang für ihn!«

»Darauf kannst du dich verlassen. Paulchen und ich hängen sehr aneinander. Besonders er an mir! Ich schnalle ihn mir auf den Rücken und ziehe stundenlang mit ihm durch die Gegend.«

»So richtig, wie die Eingeborenen das auch machen?«

»Bleibt mir ja nichts anderes übrig. Den Buggy kann man bei den Bodenverhältnissen nicht gebrauchen.«

»Tu ihn schön warm einpacken«, sagte ich im Originalton Pupke. »Höörße! Woll? Sachma! Schön waam einpacken!

Und setzen alle zehn Minuten aufs Töpfchen! Höörße! Sonz machta inne Hose, und dann krisse nasse Schultan. Höörße? Sachma! Schön Pipi machen lassen! Woll? Sachma!«

»Frau Pupke kann einem schon auf die Nerven gehen«, sagte Klaus am anderen Ende der Leitung.

»Nun sei aber nicht ungerecht! Frau Pupke will doch nur dein Bestes!« Ich krächzte vor Wollust.

»Wenn man Tag und Nacht mit ihr zusammen ist, kann sie doch dann und wann anstrengend sein.«

»Das bildest du dir ein!«

»Nein, wirklich! Die letzten Nächte haben wir gemeinsam an Paulchens Bett verbracht, weil er so geweint hat. Sie hat mir ihre ganze Lebensgeschichte mindestens fünfmal erzählt! Wenn nicht sechs!«

»Auch die Geschichte mit der Moorleiche, die sie gefunden hat?«

»Ja, die auch.«

»Und die Geschichte mit dem Strangulationsversuch durch einen abgewehrten Liebhaber?«

»Ja. Mit ihrer Strumpfhose hat er sie gewürgt.«

»Nein, mit ihrem BH!«

»Strumpfhose! Weißich ganz genau! Sachma!«

»BH!«

»Strumpfhose!«

»Und die Geschichte mit dem Vulkanausbruch in Spanien, wo sie gerade noch mit ihrem Fiat als letzte Lebende davongekommen ist?«

»Lawine in Tirol war das! Und VW Käfer!«

»Das mit der Lawine war in Oberammergau. Motorroller. Weißich ganz genau! HAT sie mir doch erzählt!«

»Vulkanausbruch! Wiaklich!!«

»Lawine!«

»Und die Geschichte mit der Niederkunft ihrer Nachbarin im Schrebergarten? Wo sie die Nabelschnur mit einer Rosenschere...«

»Heckenschere!«

»Zwillinge hat die gekriegt! Einen Jungen und ein Mädchen!«

»Zwei Mädchen! HAT sie doch gesagt!«

»Stimmt nicht! Nur ein Mädchen!«

»Zwei!«

»Eins!!«

»Warum weint er denn, der Paul?« Ich schluckte und schluckte.

»Er kriegt Zähne, sagt Achnes. Aber ich glaube, er hat Sehnsucht nach seiner Mama.«

»Ach, hör doch auf mit der Gefühlsduselei!« schnauzte ich, während der Kloß im Hals dicker wurde. »Warum hockst du überhaupt an Paulchens Bett, wenn doch Achnes schon da hockt?«

»Weil es mir ein tiefes, inneres Bedürfnis ist!«

»Achnes' Gruselgeschichten zu hören?«

»Bei Paulchen zu sein. Ich habe mich so schrecklich an den kleinen Kerl gewöhnt!«

»Ich mich auch!«

»Komm doch her! Paulchen braucht dich so!«

»Weißt du was?« Ich schneuzte mich heftig in eines von Robbys frischgebügelten Taschentüchern, die er in der Oper immer an die Backe drückte. »Nimm Paulchen einfach mit in dein Bett. Aber tu ihn mir nicht erdrücken, höörße! Nicht so wild schlafen wie sonz imma!«

»Was heißt hier sonst IMMER! Schön wär's!«

»Fasel nicht! München war die berühmte Ausnahme, die die Regel bestätigt!«

Assoziativ dachte ich daran, daß die Regel mir allerdings noch nichts bestätigt hatte, München betreffend.

»Wann sehen wir dich?«

»Keine Zeit. Nächste Woche ist Premiere.«

Ich wunderte mich über meine Schauspielkunst. Da inszenierte ich die coole Karrierefrau, obwohl ich mich mit jeder hektisch klopfenden Herzklappe nach meinen beiden Menschen sehnte. Klaus und Paulchen. Warum schaffte ich es nicht, das zuzugeben?!?

»Paulchen hat bald Geburtstag!« sagte Klaus.

»Weiß ich. Ich war letztes Jahr dabei.«

»Ich auch!«

»Achnes nicht.«

»Das waren noch Zeiten.«

»Ja. Das waren noch Zeiten. Nur wir drei. Ohne Achnes.«

»Und ohne Karriere.«

»Trenn dich von Achnes, und wir fangen neu an.«

»Wie stellst du dir das vor? Du willst Erfolg haben und reisen und singen und üben! Unser Paulchen steht dir dabei im Weg! Achnes ist für uns alle die beste Lösung! Bitte, versuch doch, dich an sie zu gewöhnen! Mir zuliebe! Diese Spannungen sind nicht länger zu ertragen!«

»Sind sie auch nicht.«

Ich legte auf.

Klaus Klett hatte nichts kapiert, nichts.

Und so was wollte medizinischer Berater sein.

Mir war ja so fürchterlich schlecht!

Mein verheultes Antlitz lugte mir aus dem Flurspiegel entgegen. »Frau Kammersängerin, Ihr seid die Schönste hier, aber Frau Pupke, hinter den sieben Dünen, bei dem lieben Hünen, ist noch tausendmal schöner als Ihr!« Ich rannte ins Badezimmer und mußte mich übergeben. Obwohl das nicht im Drehbuch stand.

Zwei Tage vor der Premiere war die öffentliche Generalprobe. Da das Opernhaus geschlossen war, fuhren wir ins benachbarte Zwergheim, wie sich das für westfälische Festspielzwerge gehörte. Dort gab es angeblich eine Stadthalle. Robby nahm mich in seinem Auto mit.

»Geht's dir besser? Du sahst in letzter Zeit ziemlich blaß aus.«

»Danke, blendend«, log ich. Warum sollte ich ihm auch auf die Nase binden, daß ich am Vormittag beim Arzt gewesen war? Ein Mann wie Robby würde es nicht verstehen, was ich mir da eingebrockt hatte. In meiner jetzigen Situation! Ganz unmöglich! Blauäugig! Naiv! Oder berechnend?

Ich hatte mir ein zweites Paulchen eingebrockt. Und zwar im Vollbesitz meiner weiblichen Waffen. In München, ohne Netz und doppelten Boden.

Von Klaus, dem Vorjahressieger. Weil er der Mann war, mit dem ich noch ein Kind haben wollte. Wenn nicht noch mehr.

Und zwar ohne Frau Pupke.

Robby würde das nicht verstehen.

Er würde auf der Stelle seinen Wagen wenden und mich veranlassen, das Aufgebot für mich und meinen Kindervater zu bestellen. Oder, falls der nicht wollte, hilfsweise für ihn selbst.

Und das konnte ich beim besten Willen nicht verantworten.

So, wie der Auto fuhr.

Schon wieder so ein Schleicher, der des Wagenlenkens auf öffentlichen Straßen nicht mächtig war. Die Gemütvollen konnten alle nicht Auto fahren.

»Bist du gut bei Stimme?« fragte Robby mit einem besorgten Seitenblick. Ich lutschte ununterbrochen Fischers-Fritze-Fetzer, extra scharf. Beim Auswickeln der Stimmbandentferner zitterten mir die Finger.

»War schon mal besser drauf«, sagte ich. »Könntest du bitte etwas geradeaußer fahren?«

»Aber ich fahre doch geradeaus!«

»Nein, du fährst Schlangenlinien.«

»Bist du nervös?«

Nein. Schwanger. Das verstehst du nicht.

»Quatsch. Ist doch nur die dritte Dame!«

»Aber dein erster szenischer Auftritt!«

»Ach was«, sagte ich. »Wenn du wüßtest, wie viele szenische Auftritte ich schon in meine konzertanten Darbietungen eingeflochten habe!«

Wir schwiegen ein bißchen. Meine Nerven flatterten im Sommerwind hinter mir her. Hach, daß ich aber auch wieder so unpäßlich sein mußte!

Mein Magen hüpfte unwillig auf und nieder. In jeder Kurve der gewundenen Landstraße wollte er mir schier aus dem Mund fallen. Robby fuhr wie auf faulen Eiern. Und genauso fühlte ich mich auch.

Zwei Stunden später standen wir auf der Bühne, Antje, Walpurgis und ich. Wir steckten in schwärzlichen Gewändern, die den staubigen Boden wischten. In der Hand hatten wir alle einen Besenstiel, der mit Stanniolpapier umwickelt war. Wie praktisch, dachte ich. Walpurgis kann nach der Vorstellung gleich damit wegreiten.

Der Vorhang war noch geschlossen. Unter uns im Orchestergraben schrubbten sie die Ouvertüre.

Der Tamino erschien in seinem prächtigen japonesischen Jagdkleide am rechten Bühneneingang. Hilflos hantierte er mit seinem Pfeil und Bogen herum. Die Bühnenarbeiter drapierten den Dinosaurier aus Pappmaché um seine Füße. Tamino fühlte sich augenscheinlich belästigt und trat nach den Bühnenarbeitern. Niederes Volk! Hinweg!

»Mir ist so schlecht«, flüsterte ich.

»Mir auch!« raunte Antje.

Walpurgis schüttelte rügend das Haupt.

»Mein Paulchen hat morgen Geburtstag«, flüsterte ich Mitleid heischend, »ich glaube, ich kriege gleich keinen Ton raus!«

»Sing doch: Happy birthday, liebes Paulchen!«

»Außerdem war ich heute morgen beim Arzt und habe erfahren, daß ich wieder schwanger bin!«

»Mir geht's auch nicht besser«, trumpfte Antje auf. »Ich war heute morgen beim Anwalt und habe die Scheidung eingereicht!«

»Die Schei...! Etwa wegen Simon?« rief ich halblaut.

»Ruhe!« rief Walpurgis dreiviertellaut. Der pure Neid. Sie hatte eben nichts annähernd Skandalöses beizutragen.

Tamino, der sich in den Fängen des Dinosauriers verheddert hatte, guckte irritiert zu uns rüber.

»Ja, wegen Simon«, sagte Antje provokativ. Scheiß-Walpurgis!

»Simon ist nicht alltagstauglich! Hast du dir das auch gut überlegt?« rief ich gegen das Crescendo im Orchester an.

»Ja, habe ich!« schrie Antje zurück. »Ich bin zur Zeit auch nicht alltagstauglich! Das ist vielleicht ein tolles Gefühl!«

Das Orchester ging zum Adagio über. Die Bläser blusen: Tadaa! Tadaa! Tadaa! Dann kam eine Generalpause.

»Haltet doch mal die Schnauze!« rief Walpurgis in die Stille hinein.

Atemberaubende zehn Sekunden Totenstille.

Irritiert fingen die Geiger wieder an zu zirpen.

Walpurgis lief so rot an, daß sie auf der dunklen Bühne einhererschien wie ein Glühwürmchen.

Antje und ich mußten uns aneinander festhalten, um nicht vor Schadenfreude in unsere Gewänder zu pinkeln.

Der Inspizient kam angerannt.

»Ist alles in Ordnung? Ihr seid gleich dran!«

»Klar, Mann«, sagte ich lässig. Und Antje dehnte noch hinzu: »WIR sind Profis!«

Tamino hatte sich inzwischen von den Bühnenarbeitern seinen Flitzebogen erklären lassen und kletterte damit hinter die Kulisse. Hastig nahm er noch seinen Kaugummi aus dem Mund und klebte ihn mitten auf einen grauen Plastikfelsen. Fiel gar nicht weiter auf, der Kaugummi auf dem Felsen!

Da gibt es doch so ein Lied von Schönberg, das heißt so ähnlich, dachte ich, aber in meiner Nervosität kam ich nicht auf den Titel. Walpurgis hätte ihn bestimmt gewußt, aber die wollte ich in dieser Angelegenheit im Moment nicht stören.

Die Ouvertüre verklang. Es-Dur. Ohne Gnade.

Der Vorhang ging auf. Wir standen hinter unserer Tempelwand, Schneewitzchen, Rosenrot und Dornrötzchen, und unsere Knie zitterten dreimal so schnell wie die Geigenbögen der Streicher unter uns.

»Zu Hülfe!« begann der Tamino. »Zu Hülfe, sonst bin ich verloren!«

Der fühlte sich also auch nicht besser. Obwohl er mit nichts anderem zu kämpfen hatte als mit einem Drachen aus Pappe. Na ja, zugegeben: Die Arien, die er noch abliefern mußte, waren nicht von Pappe.

Laut Inszenierung fiel er schon nach wenigen Takten in Ohnmacht, ein Regiegag, um den ich ihn beneidete, der aber als szenische Einlage in meinem Repertoire schon recht abgegriffen war. Der Inspizient gab uns ein Zeichen, hinter der wackligen Pappwand hervorzukommen. Wir droschen mit unseren Besenstielen auf den Dinosaurier ein und spielten uns damit frei. »Triumph!« intonierten wir sehr professionell während des Dreschens, »Triumph!« Dann war zum Abladen von Aggressionen keine Zeit mehr, denn jetzt kam ein zusammenhängender Satz: »Sie ist vollbracht, die Heldentat!«

Der Angstschweiß stand mir auf der Stirn.

»Er ist befreit durch unseres Armes Tapferkeit!«

Ich dachte an Klaus.

Oh, wie passend war doch diese Szene!

»Ein holder Jüngling, sanft und schön!«

Paulchen, mein geliebtes Paulchen! Morgen wurde er ein Jahr alt, und ich war nicht dabei, um ihm beim Ausblasen der einen Kerze behilflich zu sein! Statt dessen stand ich auf einer staubigen Kleinstadtbühne in einer lächerlichen Mehrzweckhalle und haute mit einem lächerlichen stanniolumwickelten Besenstiel auf einen lächerlichen stanniolumwickelten Pappdrachen ein!

Statt das alles im wirklichen Leben zu tun!

War diese Bühne hier der Altar, auf dem ich mein Paulchen opferte?! Und Klaus?!?

»Nein, nein, das kann nicht sein, ich schütze ihn allein!«

Nun endlich stellte es sich ein, das sagenumwobene Gefühl, seinen darstellerischen Neigungen in aller Öffentlichkeit nachgehen zu dürfen. Großartig, ganz großartig!!

»Was wollte ich nicht darum geben, könnt' ich mit diesem Jüngling leben! Hätt' ich ihn doch so ganz allein! Doch keine geht, es kann nicht sein!«

Die alte breiige Inbrunst ergriff wieder von meinen Stimmbändern Besitz.

Das war hier kein Spiel!

Leute, das ist echt! Die Diva steht da mit dem Besen und erschlägt den Drachen! Sie erkämpft sich das alleinige Sorgerecht für ihren Sohn! Ich fühlte mich großartig. Wie doch kreatives Spiel befreien kann!

»Du Jüngling, schön und liebevoll, du trauter Jüngling, lebe wohl! Bis ich dich wiederseh', bis ich dich wiederseh'...«

Morgen würde ich ihn wiedersehen.

Morgen, an Paulchens Geburtstag. Ich würde zu ihm gelangen, und wenn ich durch die Nordsee schwimmen müßte. Oder auf meinem stanniolumwickelten Besenstiel durch die Lüfte fliegen. Was Walpurgis konnte, konnte ich auch. Und so wanderten wir singend hinter unsere Pappwand zurück, Antje, Walpurgis und ich.

Für mich war es ein großartiges Erlebnis.

Mein erster geglückter szenischer Auftritt.

WAHN-SINN.

Am nächsten Tag saß ich im Flugzeug.

Robby hatte mich bis auf das Rollfeld gefahren.

»Pauline, hast du dir das auch gut überlegt? Morgen abend ist Premiere!«

»Klar. Noch dreißig Stunden. Es muß also gehen.« Ich war so cool wie noch nie. Irgendwie wußte ich: Es ging um mein Leben. Und nicht nur um meins.

»Soll ich dich nicht lieber fahren?«

»Nein. Diesen schweren Weg muß ich allein fliegen. Das verstehst du nicht!« Ich drückte ihn so fest, als wäre es ein Abschied für immer.

Es war so ein mörderischer Zweisitzer mit Propeller, aber er flog mich zu meinem Sohn. Und zu Klaus.

Antje hatte mir in der Garderobe den Tip gegeben.

»Charter dir doch 'n Flieger«, hatte sie lässig gesagt, während sie sich den Busenansatz puderte.

»Klar, mach' ich«, hatte ich noch lässiger gesagt. »Daß ich da aber auch nicht eher drauf gekommen bin! Was mag denn so ein hüpfendes Taxi kosten?«

»Einen Limburger.«

»Wie meinen? Einen Hamburger oder einen Limburger Käse oder was?«

Vielleicht ließen sich die ostfriesischen Piloten immer noch mit Naturalien bezahlen.

»Der Limburger Dom ist auf dem Tausendmarkschein drauf.«

»Ach so. Das Kleingeld, das bei mir zu Hause rumfliegt, guck' ich nie so genau an, weißt du.«

Walpurgis hatte vor Neid ihre Wimperntusche verschmiert.

»Also mir wäre das Wiedersehen mit meinem Sohn mehr wert als ein Zehntel der Gage«, hatte Antje mit einem hinterlistigen Seitenblick auf Walpurgis angemerkt.

Walpurgis war daraufhin wütend auf ihrem Besenstiel aus der Garderobe geritten. Sie fiel eben auf alles rein, die Walpurgis.

Jedenfalls hockte ich nun angeschnallt und mit einem Fallschirm auf dem Rücken neben dem Piloten und kämpfte gegen die Übelkeit.

Gestern, im Auto von Robby, war mir ja schon übel gewesen, und nachher, auf der Bühne, noch mehr, aber hier oben in den Lüften, hoch über Kotznabrück, war mir regelrecht zum Speien. Krampfhaft umklammerte ich die praktisch zu öffnende Einweg-Tüte der Firma »Brechnapf und Speibeck«, die der freundliche Pilot mir mit einer gütigen Geste überreicht hatte.

Ich hätte mich ja gerne mit ihm unterhalten, so wie Simon das immer tat; ganz unverbindlich und ausgesprochen nett. Es hätte mich wahrscheinlich sehr erleichtert, dem unschuldigen Piloten meine ganze bescheuerte Lebensgeschichte zu erzählen, aber ich fürchtete, wenn ich nur den Mund aufmachen würde, müßte ich die Tüte entweihen. Außerdem interessierten den Piloten doch nicht die lächerlichen Probleme einer ständig schwangeren eheunwilligen Dorfprimadonna mit Rosinen im Kopf und Furz im Gehirn und einer zweiundsechzigjährigen Nebenbuhlerin am häuslichen Herd.

So schwiegen wir vor uns hin, der Pilot und ich. Ich hing meinen wirren Gedanken nach, die wie die Wolkenfetzen draußen vor dem Bullauge an mir vorbeiflitzten. An was der Pilot dachte, weiß ich nicht. Vielleicht konzentrierte er sich auf den Verkehr.

Klaus. Auf ihn freute ich mich ganz fürchterlich. Besonders auf seine überraschten Augen. Was sollte ich sagen?

»Ich habe mir übrigens was Raffiniertes einfallen lassen, um Frau Pupke loszuwerden. Dreimal darfst du raten.«

»Du hast einen Kochkurs gemacht.«

»Falsch.«

»Du hast die Oper an den Nagel gehängt.«

»Falsch.«

»Du kriegst schon wieder ein Kind.«

»Richtig! Wie bist du darauf gekommen?«

»Ich war dabei!«

Quatsch. Das war zu harmlos.

Jetzt mal bitte etwas ernster. Kind, du bist jetzt eine DAME. Wenn auch nur die dritte. Aber immerhin.

Paulchen. Wie ich mich auf ihn freute! Mein kleiner Geburtstags-Bär! Ich hatte nicht gewußt, daß ich fähig war, mich nach einem kleinen Menschlein so zu verzehren. Wie wunderbar, daß frau ihr Kind so unerträglich schmerzhaft lieben kann. Das hat die Natur so eingerichtet, dachte ich altklug Lilli-mäßig, während ich unauffällig vor mich hin rülpste.

Und Achnes, die bestimmt schon am Prickeln im Urin gespürt hatte, daß ich kommen würde: »HAPPICH es nicht gesacht, sachma? Ich HAPP es doch gesacht, woll! Heute kommt bestimmt die Mama! Bestimmt! Sachma! Ich HAPPES gesacht!!«

Und Antje, die sich scheiden lassen wollte. Sie hatte Rolf nie geliebt.

»Aber das ist doch kein Scheidungsgrund!«

»Seit ich Simon kenne, doch.«

»Aber die Schraubenfabrik!«

»Ich pfeife auf die Schraubenfabrik! Simon ist vollkommen autark!«

»Mag sein, aber er fühlt sich noch nicht reif für die Ehe! Hat er selbst gesagt!«

»Das ist ja das Schöne! Ich mich nämlich auch nicht!«

»Aber die Kinder!«

»Die kommen nach den Ferien ins Internat.«

»Du verstößt die Kinder? Du verleugnest sie? Wegen Simon??«

»Genau das hast du doch auch getan!«

»Ja, ja! Reib mir meine Unzulänglichkeiten nur immer wieder unter die Nase!«

»In meinem Fall liegen die Dinge anders. Die Kinder sind groß. Sie gehen sowieso bald ihrer Wege. Jetzt muß ich endlich mal an MICH denken!«

Zuerst habe sie sich in ihrem goldenen Käfig sehr wohl gefühlt, erklärte Antje abschließend, denn Rolf, ihr schraubendrehender Gatte, habe alle ihre musischen Selbstverwirklichungsgelüste stets begeistert finanziert. Doch nun sei das Leben mit ihm nur noch leer und öde. Das einzige, was sie noch verbinde, sei der leidige Sex, den er mindestens dreimal täglich auszuüben die Pflicht verspüre. Das wiederum sei ein lästiges Anhängsel seiner Erziehung zum Macho. Sie hatte sowieso vorgehabt, sich von ihm zu trennen, wenn die Kinder aus dem Haus gingen. Und das war ja jetzt der Fall. Das einzige, worum es ihr wirklich leid täte, sei die Britta.

»Welche Britta?« hatte ich verwirrt gefragt und automatisch an den Schäferhund Corinna gedacht, der auch als einzig Leidtragender aus der gescheiterten Ehe von Klaus und Irene hervorgegangen war.

»Die Kinderfrau«, hatte Antje geantwortet.

Britta! Die Einmalige! Die autarke Perle mit dem Sinn fürs Wesentliche und dem erfreulich ausgefüllten Privatleben!!

Mein Herz hatte plötzlich höher geschlagen.

»Gibst du mir ihre Nummer?«

»Klar. Ihr zwei hättet einander verdient!«

Wie Antje das nun interpretiert wissen wollte, hatte ich nicht mehr in Erfahrung bringen können.

Jedenfalls würde ich diese Britta postwendend engagieren. Koste es, was es wolle.

Der Pilot setzte zur Landung an.

»Hallo, Taxi!«

Völlig lädiert und schwankend vor Übelkeit taumelte ich aus dem lächerlichen Flughafengebäude, das noch nicht mal über ein marmornes Speibecken verfügte.

Vor mir sah ich nichts als Dünengras.

»Ist hier jemand?!?«

Nein. Niemand. Wozu auch.

Große Abendwolken ziehn am Firmament...

SEEEEhnsuchtsvoll, nach dir, mein Lieb, das Herze brennt!!

Das einzige, was ich am Horizont zwischen grauschwarzen Wolken und grauschwarzem Meer ausmachen konnte, war eine Telefonzelle. Sie war gelb. Und schwankte irgendwie auch.

Ich stapfte in die Richtung, um mir ein Taxi zu bestellen.

Bei näherem Hinsehen handelte es sich aber um einen großgewachsenen Mann in der hier üblichen Tracht: einer gelben Ölhaut. Er stand unbeweglich da und starrte aufs Meer. Wahrscheinlich ein Fischer, der auf die Rückkehr seiner Beute wartete. Garnelen in Öl oder so.

Entschlossen ging ich weiter.

Dieser Einheimische würde mir immerhin die Richtung zu den Behausungen der Eingeborenen weisen können. Vielleicht würde er meine Sprache nicht verstehen. Aber mit dem Finger in eine Richtung zeigen, das traute ich ihm schon zu. Diese blöden Vorurteile, die ostfriesischen Menschen betreffend, teilte ich sowieso nicht.

Ich näherte mich tapfer.

Der Mensch stand und starrte.

Er hatte irgendwas auf dem Rücken. Einen Sack Miesmuscheln wahrscheinlich oder einen Zentner Salz.

Vielleicht war er eine Statue? So eine Art Denkmal? Einer, der zur Salzsäule erstarrt war, weil er sich noch einmal nach der Zivilisation umgedreht hatte?

Er war mir ziemlich unheimlich.

Mühsam kämpfte ich mich durch die unwirtliche Bodenstruktur. Es windete heftig. Die Statue begann im Zwielicht vor meinen Augen zu flimmern.

Sie hatte irgendwie Ähnlichkeit mit Klaus.

Meine armen, vom Weinen schon ganz trüben Augen spielten mir einen Streich. Sollte Klaus so verwachsen sein? Ich hatte ihn gar nicht so bucklig in Erinnerung!

Es war Klaus.

Der Buckel auf seinem Rücken war kein Sack Muscheln und kein Sack Salz.

Der Buckel auf seinem Rücken war Paulchen.

Und Paulchen schlief.

»Hallo«, sagte Klaus im windschnittigen Friesennerz.

»Woher weißt du …?«

»Robert Harkort. Echt pfiffige Leute sitzen da bei euch im Orchestergraben. Man sollte öfter in die Oper gehen.«

Ich rannte um Klaus herum und küßte das kalte, rote Bäckchen, das da aus der Buckeltrage lugte.

Schlafend hatte ich ihn zuletzt gesehen, und schlafend sah ich ihn auch wieder. Jetzt einfach wachküssen, und die hundert Jahre Trennung waren wie weggeblasen!

»Er schläft«, sagte Klaus.

Vor lauter Verlegenheit fiel ihm nichts Schlaueres ein.

»Ach was«, sagte ich.

Ich küßte und herzte das frische Friesenkind, und aus Versehen bekam der bärtige, kalte Friesenvater auch ein paar Küsse ab.

»Daß ihr mich abholt!«

»Klarer Fall! Tante Pupke läßt sich entschuldigen, sie mußte bei den Geburtstagsgästen bleiben.«

»Ist nicht so schlimm«, sagte ich.

»Warum heulst du dann?«

»Weil ich mein Paulchen wiederhab'!«

Klaus nahm meine Tasche, und ich nahm das Händchen von Paul.

So stapften wir los.

Diese herrliche, salzige, frische Luft! Diese romantischen schwarzen Wolken, wie sie jagten! Alle Übelkeit und Trauer der letzten Wochen rissen sie mit sich fort. Und alle wackligen Bühnenbretter, die angeblich die Welt bedeuten.

Dieses HÄNDCHEN!

Und Klaus, dieser gelbe, gestählte Allwetterwaul! Echt stark, der Typ! Er hätte gut Werbung machen können für Fischers-Fritze-Stimmband-Fetzer. Fröhlich blickte er auf mich graue Stadtmaus herab und sagte:

»Ich hab' eine Überraschung für dich!«

Ich auch für dich, Mann. Du kippst aus den Gummistiefeln.

»Was Schönes?«

»Ja. Was ganz Tolles!«

»Was denn?« Erwartungsvoll hüpfte ich neben ihm her.

»Hier gibt es in jedem Restaurant Milchreis. Riesige Mengen!«

Ich war enttäuscht. Irgendwie hatte ich in meiner Naivität gehofft, er würde mir einen Heiratsantrag machen. Obwohl ich den natürlich abgelehnt hätte!

»Gehen wir essen?«

Klar, daß Klaus wieder mal nichts anderes im Kopf hatte. Mir war alles gleich. Hauptsache, ich mußte dieses Händchen nicht wieder loslassen.

Kurz darauf saßen wir in einer warmen, urigen Kneipe. Obwohl es Anfang August war, bollerte ein gemütliches Öfchen.

Wir wärmten uns an einem Tee mit Rum.

Paulchen hatten wir vorsichtig aus der Trage genommen. Er schlief auf meinem Schoß.

»Wovon ist denn der Kerl so kaputt?«

»Die Frischluftzufuhr schafft ihn. Soviel Sauerstoff ist der einfach nicht gewöhnt.«

»Gib's zu: Die Pupke schafft ihn.«

»Ja. Heute besonders: Sie hat sage und schreibe SIEBEN Kuchen gebacken!«

»Hat er die alle essen müssen?« Besorgt blickte ich auf meinen schlummernden Sprößling.

»Nein, nein! Es waren ja über dreißig Gäste da! Paulchen war wirklich ganz fertig am Schluß.«

»Und die kamen alle zu seinem Geburtstag?«

»Ja.«

»Und alle haben ihm aufblasbare Kaulquappen und so was geschenkt? Mein armer, kleiner Liebling!«

»Er hat ziemlich viel nutzloses Zeug bekommen, das stimmt.«

»Wahrscheinlich hat Tante Pupke allen anwesenden Urlaubern auf der ganzen Insel erzählt, daß das arme verwaiste Kerlchen eine karrieresüchtige Rabenmutter hat, und aus lauter Mitleid und Empörung haben sie es mit Geschenken und Süßigkeiten überhäuft.«

»Die Süßigkeiten habe ich schon aus dem Verkehr gezogen«, sagte Klaus.

Der Milchreis kam. Ein Riesenbottich stand da vor mir, dampfte verlockend und roch nach Zimt.

Normalerweise hätte ich vor Wonne gejubelt!

Aber merkwürdig: Ich hatte viel mehr Lust auf den matschigen Matjeshering von Klaus.

»Du? Wollen wir tauschen?«

Klaus guckte mich besorgt an. »Ist was mit dir? Fühlst du dich nicht wohl?«

»Doch, mir geht es hervorragend! Aber ich hätte Lust auf Fisch!«

Schweigend schob Klaus mir seinen Teller rüber.

Schweigend verschlang ich die Nordseequalle.

»Hm, köstlich!«

»Hör mal, Pauline...« begann Klaus besorgt.

»Meinst du, wir könnten noch eine Portion bestellen?« unterbrach ich ihn.

»Solltest du nicht erst den Milchreis...?«

»Nein. Ich will Meeresgetier!«

»Ober!?«

Klaus bestellte eine große gemischte Fischplatte. Und als Vorspeise Nordseescholle im eigenen Sud.

»Den Milchreis können Sie wieder mitnehmen.«

Glücklich wiegte ich mein Kind im Arm. Trotz der beißenden Gerüche von Fisch mit Zimt wachte es nicht auf.

»Was starrst du mich so an?«

»Ich mache mir so meine Gedanken«, sagte Klaus.

»Wird auch Zeit. Hättest du dir eher machen können.«

»Nein, ich meine was ganz Bestimmtes.«

»Hab' ich Gräten im Haar?« Nervös zupfte ich an mir herum. Betont blöde blickte ich ihn an. Tja, Alter, streng mal deine kleinen grauen Zellen an! Biss doch en Doktor!

»Seit wann magst du keine Milchprodukte mehr?«

»Och, seit ein paar Wochen. Ich war in letzter Zeit ziemlich appetitlos. Das liegt am Streß. Morgen ist Premiere!«

»Mußt du zurück?«

»Ja. Morgen mittag geht der Hüpfer.«

Kinder, nein, wie WAR ich nur cool!

»Guck mich mal an.« Klaus nahm mein Kinn und starrte mir in die Augen.

»Koß dat getz wat?« fragte ich. Ja, Doktorchen! Gleich hast du's! Wärmer, noch wärmer, heiß...

»Fühlst du dich in letzter Zeit öfter unwohl?«

»Wahnsinnig unwohl. Die Künstlerkarriere zerrt an meinen Nerven. Die dritte Dame liegt mir stimmlich und darstellerisch einfach nicht. Und meine private Situation... die zweite Dame liegt mir persönlich irgendwie auch nicht. Und die erste Dame kriege ich einfach nicht angeboten. Na ja. Wem sage ich das.«

»Wie lange ist München her?«

»Du meinst, mein letzter Flug? Ja, komisch. Da war mir überhaupt nicht schlecht.«

»Wie lange ist das her?« Kommissar Haferflock gab nicht nach.

»Tja, laß mich mal rechnen. Das war doch um Pfingsten rum?«

»Acht Wochen? Neun Wochen?«

»Neuneinhalb Wochen«, sagte ich. »So um den Drehtag rum.« So, Doktorchen. Jetzt hast du's. Heiß, heiß...!!

»Mensch, Mädchen! Wirst du eigentlich nicht aus Erfahrung klug?«

»Nein«, sagte ich. »Nie.«

Klaus nahm meine Hand. »Das macht dich ja irgendwie liebenswert.«

»Find' ich auch.«

»Gehe ich recht in der Annahme, daß du schwanger bist?«

»Klar«, sagte ich. »Welches Schweinderl hättens denn gern?«

Endlich! Er war von selbst drauf gekommen!

»Jetzt fällt es dir wie Schuppen aus den Flossen, was?«

»Ein blaues«, sagte Klaus.

Der Fisch kam.

Wir beachteten ihn nicht.

»Freust du dich...?« fragte ich nach einer Weile.

Klaus sah mich durchdringend an. »Das hast du ja ganz schön raffiniert eingefädelt!«

»Wieso ich?«

Klaus grinste.

»Und deine Karriere? Frau Kammersängerin, morgen ist Premiere!«

»Morgen sieht man es vielleicht noch nicht«, überlegte ich.

»Du weißt genau, was ich meine!«

Klaus nahm meine Hand und hielt sie einfach fest.

Wir schwiegen. Der Fisch dampfte vor sich hin.

»Wie stellst du dir das denn vor?« fragte Klaus.

»Es muß also gehen!«

»Wie bitte? Wie stellst du dir dein Leben vor?!«

»UNSER Leben stelle ich mir so vor: Wir müssen es von Grund auf neu strukturieren. Zum Beispiel nehmen wir eine Besetzungsänderung vor. Tante Pupke geht, Karlchen Frohmuth kommt. Wie findest du das?«

Klaus hielt den Zeitpunkt für geeignet, nun mit seiner Überraschung rauszurücken.

»Sie wäre sowieso ausgezogen. Stell dir vor.«

»Ich versuche es gerade. Tante Pupke zieht aus...? Nein.

Das kann ich mir nicht vorstellen. Ganz ausgeschlossen. Ich träume das bloß alles.«

Gleich wache ich auf und liege einsam in des Geigers biberbettwäschebezogenem Bett und denke dem Traume nach. Träne auf Träne dann stürzet hernieder...

»Doch. Du hättest gar nicht schwanger werden müssen. Das war ganz unnötige Mühe.«

»Och«, sagte ich, »nicht der Rede wert! Hat aber Spaß gemacht. Sie zieht AUS?!?«

»Ja. Ich habe es ihr nahegelegt. Und stell dir vor: Sie hatte es ohnehin schon vorgehabt! Sie wollte uns bloß nicht im Stich lassen!«

Ich starrte ihn an. Tante Pupke wollte uns nicht im Stich lassen. WAR sie nicht rührend!! IMMER dachte sie zuletzt an sich!

»Was hat sie denn vor? Heiratet sie etwa diesen Cholesterin-Walter?«

»Erraten. Welches Schweinderl hättest DU denn gern?«

»Auch ein blaues«, sagte ich.

Wir guckten uns an. Ziemlich lange und ziemlich intensiv. Verdammt. Zu ihm gehörte ich? Wie hatte ich je daran zweifeln können?

Klaus war ja ein Mann der Tat! Er hatte es getan! Ganz von selbst. Ohne embryonalen Druck von innen.

Ich fühlte auf meinem Bauch herum. Ganz klar. Da regte sich Leben. Oder war das nur der Fisch, der dort hin und her schwamm?

»Und du hast es ihr NAHEgelegt? Auf deine unnachahmlich diplomatische, sachliche und liebenswürdige Art?«

»Ja. Ich wußte plötzlich, daß ich dich um nichts in der Welt verlieren wollte. Schon gar nicht wegen Frau Pupke.«

»Und da hast du sie einfach rausgeschmissen? Einfach so?!? Erzähl ma! Was hast du wörtlich gesagt?« geiferte ich begeistert.

»Na ja, ich wollte ihr eine Abfindung zahlen, wie das im allgemeinen so üblich ist, aber...«

»Sie hat sie nicht genommen«, unterbrach ich ihn.

»Sie hat mich gar nicht ausreden lassen. Übrigens eine eurer wenigen Gemeinsamkeiten. Gerade als ich ihr alles erklären wollte, platzte sie damit heraus, daß sie den Cholesterin-Walter heiratet. Warum, weiß ich auch nicht. Steuerliche Gründe waren es nicht.«

»Hast du dich gleich erkundigt, ob man hilflose, cholesterinverseuchte Alt-Gesellen von der Steuer absetzen kann?« fragte ich hämisch.

Klaus lachte. »Deinen Sinn für Humor hast du jedenfalls nicht verloren. Jetzt aber zu dir! Wie stellst du dir den Alltag vor, mit zwei kleinen Kindern, die noch nicht mal laufen können?«

»Es gibt da von der Firma Klapperstorch ein ganz irres Kinderwagenmodell«, sagte ich eifrig. »Hinten kann der Säugling liegen, und vorne hockt das Kleinkind. Die Türkenfrauen haben alle so was!«

»Aber deine Karriere?!« fragte Klaus verstört.

»Eile mit Weile«, sagte ich. »Nur keine hektische Hast.«

Dann begann ich mit Wonne, den Fisch zu verzehren. Klaus konnte ganz gegen jede Gewohnheit keinen Bissen runterkriegen. Ganz klar. Er wurde Vater.

Tags drauf mußte die heilige Familie schon wieder Abschied nehmen. Wir wanderten Hand in Hand zur Buckelpiste, Klaus, Paulchen mit Windmühle im Tragesack und ich.

»Die Pflicht ruft«, sagte ich betont lässig, um jedwede Gefühlswallung im Tränensack zu lassen. »Frauen wie ich müssen nun mal an ihr Fortkommen denken. Karrierefrauen kommen nur auf Stippvisite zu Mann und Kind und lassen die Familie nach wenigen Stunden frustriert zurück, um wieder ein bißchen am beruflichen Fortkommen zu basteln. Immerhin können wir von unserem verdienten Geld unseren Männern einen Pelzmantel oder eine goldene Uhr schenken, damit sie vor ihren Freunden damit angeben können.«

»Quatsch du nur«, sagte Klaus, »wenn es dich befreit.«

Er hatte mir eine Tablette gegeben, die er mir bei passender Gelegenheit in Rechnung stellen wollte. Bei Schwangerschaft und Reisekrankheit, hatte auf dem Beipackzettel gestanden. Und das traf ja nun auf jeden Fall beides zu.

Der gemeine Inselwaul begleitete mich in die Abflughalle. Ich nahm Paulchen auf den Arm.

»Du sollst nicht mehr so schwer tragen!«

»Schnauze, Doc!«

»Soll ich denn wirklich nicht mitfliegen?«

»Nein. Erstens kriegen wir bei deinem Übergewicht keine Starterlaubnis, und zweitens bestehe ich darauf, daß du bei Paulchen bleibst.«

Klaus lehnte sich überraschenderweise nicht gegen meine Anordnung auf. Er lernte eben dazu. Es gibt ja noch flexible Exemplare der Spezies Mann. Selten, aber es gibt sie.

»Grüße bitte auf jeden Fall Tante Pupke von mir. Ich wünsche ihr viel Glück mit dem waghalsigen Walter. Wenn ich in Form bin, kann ich ja auf ihrer Hochzeit singen. Rentner hören so was immer wieder gern!«

In diesen heil'gen Abflughallen kennt man die Rache nicht.

»Wo kann ich dich telefonisch erreichen? Bei Robby?«

»Nein. Ich ziehe wieder in unsere Wohnung. Zum dritten Mal übrigens, aber den Embryo könnte die Geige stören.«

»Grüß ihn trotzdem, den Geiger. Er ist ein wahrer Freund.«

»Wieso? Deiner auch?«

»Stell dir vor! Er hat mich nicht nur regelmäßig angerufen und mir akribisch mitgeteilt, wie viele seiner frischgebügelten Taschentücher du vollgeheult hast, sondern wir waren auch zweimal nachts zusammen in der Opernkneipe. Schnuckelige Pinte übrigens. Da hängen Hunderte von Programmheften am Tresen. Bald hängst du da auch! Und Bratkartoffeln haben die! Wir sollten da öfter mal hingehen!«

»Ihr habt euch in MEINER Kneipe getroffen? Und was habt ihr zu besprechen gehabt? Ich hatte gedacht, das Mauscheln und Tuscheln hinter jemandes Rücken sei ausschließlich den Weibsleuten vorbehalten!«

»Betriebsgeheimnis! Jedenfalls ist der gute Robby schwer in Ordnung. Der muß unbedingt demnächst Pate werden.«

»Und auf der Taufe geigen!«

»Obwohl er ja mehrmals hat durchblicken lassen, daß er auch gerne auf unserer Hochzeit geigen würde.«

»Typisch Robby, findest du nicht? Total antiquiert ist der. Als wenn zwei Kinder ein Grund zum Heiraten wären!«

»Ja, der ist eben von überholten Klischees geprägt...«

»Der altmodische Gruftie! Aber daß er von sich aus Kontakt zu dir aufgenommen hat! Um dir meinen Standpunkt nahezubringen...«

Dieter Porsche hatte eben pfiffige Ideen edelsten Ursprungs. Wer hat die heute noch.

»Na ja, er hat mir ganz klar angedroht, dich zu heiraten, wenn ich nicht endlich klare Verhältnisse schaffe. Da war ich wohl im Zugzwang!«

Der Pilot erschien. Er hatte die Starterlaubnis bekommen und kramte in seiner Hosentasche nach dem Zündschlüssel.

»Paß auf dich auf, Pauline! Eigentlich solltest du in deinem Zustand gar nicht fliegen!«

»Karrierefrauen wie mir bleibt da leider nichts anderes übrig. Mein Publikum will mich, ob ich nun schwanger bin oder nicht! Woll, Paulchen!« Lasziv strich ich mir die vom Winde verwehten Haare zurück.

Kind, das glaubst du ja selbst nicht.

Laß mich doch, Tante Lilli! Nur noch EINMAL!

»Apropos woll: Was machen wir denn, wenn deine Zauberflöte vorbei ist und unser Urlaub zu Ende?«

»Dann schnapp' ich mir meinen Sohn und putz' ihm die Nase selbst. Und zieh' ihm Nietenhosen an und lasse ihn mit Wonne in die Windeln pinkeln. Du glaubst gar nicht, wie ich mich darauf freue!«

»Du willst bei Paulchen bleiben?!«

»Klar. Und bei Karlchen auch! Fürs erste.«

»Kann ich das schriftlich haben?«

»Natürlich nicht. Du hältst doch nichts von Verträgen im Dienstleistungsbereich! Klaus, ich werde nie ein Hausfrauchen sein, und wenn ich fünf Kinder kriege!«

Klaus versuchte nicht mehr, mich zu überreden. Anscheinend hatte ihm der Urlaub im Dünengras Zeit zum Nachdenken gegeben.

»Wir brauchen eine neue Kinderfrau«, sagte er. »Und zwar schnell!«

DU SAGEST'S!!

»Das dürfte kein Problem sein«, frohlockte ich. »Ich weiß schon eine ganz tolle!«

»Kann die kochen?!«

»O ja, mein Lieber! Und zwar Diät!! UND sie geht nach getaner Arbeit nach Hause! JEDEN Abend!!«

Der Pilot hatte seinen Zündschlüssel gefunden. »Können wir?«

»Ja. Wir können.«

Ich überreichte Klaus seinen Ältesten.

»Paß mir gut auf ihn auf! Er soll nicht soviel Sand essen!«

»Und du mir auf den da! Er soll nicht soviel Fisch essen!«

Dann wandte er sich an den Piloten:

»Hallo, Sie! Können Sie meiner Frau die Tasche abnehmen, sie ist in Umständen!«

»Wenn es Ihnen keine Umstände macht«, sagte ich verbindlich. Kind, sei immer höflich und bescheiden.

Der Pilot nahm verdutzt die Tasche. »Aber Sie haben doch bis eben das Kind geschleppt!«

»Das ist was anderes. Außerdem: Was gehet Sie das an?«

Der Pilot ging mit der Tasche zum Rollfeld. Ich küßte mein Paulchen auf die Bäckchen und auf die Windmühle.

Draußen regnete es. Der Propeller begann sich zu drehen. Es windete heftig. Wie in dem Film mit Ingrid Bergman!

Klaus sagte nicht: »Ich schau dir in die Augen, Kleines.«

Solche Hervorbringungen lagen ihm nicht.

Er sagte trotzdem etwas sehr Originelles. Jedenfalls ist so ein Spruch für einen Mann geradezu außergewöhnlich.

»Ich möchte mich noch bei dir entschuldigen. Hab' 'ne Menge falschgemacht.«

»Danke gleichfalls«, antwortete ich.

Klaus sagte dann etwas ziemlich Profanes, was ebenso abgedroschen wie einfallslos war und wieder mal überhaupt keinen Pep hatte:

»Ich denke, wir sollten jetzt aber wirklich heiraten!«

Au nein, Mann! Kriegst du denn nie einen bühnenreifen Abgang hin? Wenn das Humphrey Bogart hört!

»Wirst du eigentlich gar nicht aus Erfahrung klug?« sagte ich. »Das macht dich ja irgendwie liebenswert.«

Ich kramte meine Zauberflöten-Noten aus der Tasche und hielt sie mir gegen den Regen über den Kopf.

Dann rannte ich zu dem Zweisitzer.

ENDE

Personen und Handlung dieses Romans sind wieder mal an den Haaren herbeigezogen. Ähnlichkeiten mit tatsächlich existierenden Personen wären mir ausgesprochen peinlich. Ehrlich.

Hera Lind

Das Weibernest

Roman

Band 13770

Der Bestseller *Die perfekte Frau* hat aus Franka Zis eine öffentliche Figur gemacht. Die Medien reißen sich um sie. Einzig ihre alte Nachbarin Alma mater und ihre treue Seele Paula scheinen sie noch als Menschen wahrzunehmen. Sie flieht mit ihren drei Kindern in die Schweiz, wo sie endlich wieder Franziska sein will. Gerade als sie zu dem Entschluß gekommen ist, sich nicht mehr von Enno Winkel öffentlichkeitswirksam vermarkten zu lassen, bietet ein Fernsehprogrammdirektor mit zwei verschiedenartigen Augen ihr eine eigene Talkshow an. Beherzt greift sie zu. Im Laufe ihrer chaotischen Fernsehkarriere kommt es zu manch überraschender Begegnung. Franka lernt Marie kennen, eine frisch geschiedene Modedesignerin, die ebenfalls drei Kinder hat. Aufgrund der weisen Erkenntnis, daß Männer und Frauen sowieso nicht zusammenpassen, gründen die vier Frauen – Franziska, Alma mater, Paula und Marie – eine frech-fröhliche Wohngemeinschaft.

Fischer Taschenbuch Verlag

fi 695 / 4